Jeux macabres

DU MÊME AUTEUR AUX ÉDITIONS MIRA

Rapt
Black Rose
Le venin
La griffe du mal
Trahison
Cauchemar
Pulsion meurtrière
Le silence du mal
Le tueur d'anges
Collection macabre

ERICA SPINDLER

Jeux macabres

Roman

MIRA

Titre original :
KILLER TAKES ALL
publié par MIRA®

Traduction de l'américain par JEAN-CHRISTOPHE NAPIAS

83/85 boulevard Vincent Auriol 75646 PARIS CEDEX 13.
ISBN 978-2-2808-4485-7 — ISSN 1765-7792

1.

Lundi 28 février 2005
1 h 30 du matin
La Nouvelle-Orléans, Louisiane.

Stacy Killian fut réveillée en sursaut par le bruit d'un coup de feu.

Elle s'assit et chercha immédiatement le Glock .40 qui était rangé dans le tiroir de sa table de nuit. Dix années passées dans la police l'avaient conditionnée pour réagir sans la moindre hésitation sitôt qu'elle entendait une détonation.

Elle vérifia le chargeur, marcha jusqu'à la fenêtre et écarta légèrement le rideau. Dans le jardin illuminé par la lune, elle distingua les quelques arbres chétifs, le portique déglingué et le petit enclos de César, le chiot de sa voisine Cassie.

Aucun bruit. Aucun mouvement.

Sur la pointe des pieds, Stacy sortit de la chambre et pénétra dans la pièce voisine qui lui servait de bureau. Elle louait la moitié d'une *shotgun house* plus que centenaire — ces habitations de plain-pied, colorées et tout en longueur, qui avaient connu leur heure de gloire bien avant l'invention de la climatisation.

Son arme braquée devant elle, Stacy pivota sur la gauche,

puis sur la droite, enregistrant chaque détail : la pile de livres destinés à l'écriture de son article sur le *Mont Blanc* de Shelley, son ordinateur portable ouvert, la bouteille de vin blanc à moitié vide. L'obscurité. Profonde. Immobile.

Comme elle s'y attendait, elle ne trouva rien de plus dans les autres pièces. Le bruit qui l'avait réveillée ne provenait pas de son appartement.

Elle gagna la porte d'entrée, l'ouvrit et sortit sous le porche. Le bois craqua sous ses pieds et déchira le silence qui régnait dans la rue déserte. Le froid humide de la nuit la fit frissonner.

Tout le quartier semblait endormi, même si quelques rares fenêtres étaient éclairées. Scrutant la rue du regard, Stacy remarqua quelques voitures qu'elle ne connaissait pas — ce qui n'avait rien de très étonnant dans un quartier habité en grande partie par des étudiants de l'UNO, l'université de La Nouvelle-Orleans. Tous les véhicules semblaient vides.

Stacy resta ainsi quelques minutes dans la pénombre de son porche, à sonder le silence. Non loin, une poubelle métallique se renversa avec fracas. Des rires s'élevèrent. Sans doute des gamins en train de pratiquer un équivalent urbain du *cow tipping*, ce jeu qui consiste à renverser sur le côté des vaches endormies…

La jeune femme fronça les sourcils. Etait-ce ce bruit qui l'avait réveillée et qu'elle avait pris pour un coup de feu ?

Un an plus tôt, une telle pensée ne l'aurait pas effleurée : elle n'aurait pas douté un seul instant de ses perceptions. Mais un an plus tôt, elle était flic, inspecteur au sein de la brigade criminelle de Dallas. Elle n'avait pas encore affronté la trahison qui avait sapé sa confiance en elle et l'avait poussée à réagir vigoureusement face à l'insatisfaction croissante qu'elle tirait de sa vie et de son travail.

Elle commençait à avoir froid. Elle assura sa prise sur le Glock et glissa les pieds dans ses sabots de jardin, rangés dans un *rack* à côté de la porte. Elle traversa le porche, descendit dans le jardin, contourna la maison et rejoignit l'arrière, tout en vérifiant qu'il n'y avait rien d'anormal.

Ses mains tremblaient. Pas tant à cause du froid que du sentiment de panique qui montait en elle. La peur d'avoir perdu la tête, d'avoir basculé une fois pour toutes dans la folie.

C'était déjà arrivé. A deux reprises. La première fois, c'était juste après son emménagement. Elle s'était réveillée en croyant entendre des coups de feu et elle était allée réveiller ses voisins les plus proches.

Et, chaque fois, elle n'avait découvert qu'une rue endormie. Ces fausses alarmes ne l'avaient pas servie pour entrer dans les bonnes grâces de ses nouveaux voisins qui lui avaient claqué la porte au nez.

Sauf Cassie. Elle l'avait invitée à entrer prendre un chocolat chaud.

Stacy remarqua qu'il y avait de la lumière à la fenêtre de son amie… En y réfléchissant, les détonations devaient provenir de là.

Submergée par l'effroi, la jeune femme courut jusqu'au porche de Cassie. Elle trébucha sur les marches, se rétablit, tandis que des hypothèses rassurantes lui traversaient l'esprit : les coups de feu n'étaient sans doute que le fruit de son inconscient. Quand elle manquait de sommeil, elle commençait à imaginer des choses…

Stacy frappa à la porte de son amie. A plusieurs reprises.

— Cassie ? C'est Stacy. Ouvre !

Comme elle n'obtenait pas de réponse, elle tourna la poignée.

La porte s'ouvrit.

Tenant le Glock à deux mains, Stacy poussa le battant de la pointe du pied et rentra. Un calme absolu l'accueillit.

Elle appela de nouveau, et perçut une note de peur dans sa voix qui tremblait.

Quelques instants plus tard, elle eut la désagréable surprise de constater que son inquiétude était loin d'être injustifiée. Cassie était étendue dans le salon, face contre terre. Une grande tache sombre auréolait son corps. Du sang. Beaucoup de sang.

Stacy se mit à trembler et chercha aussitôt à se maîtriser. A surmonter sa peur et son appréhension. A penser comme un flic.

Elle s'agenouilla près de son amie, et sentit qu'elle était en train de passer en mode professionnel : elle prenait ses distances avec ce qui s'était passé.

Elle chercha le pouls de Cassie. Elle n'en trouva pas et examina le corps. Apparemment, on avait tiré sur la jeune femme à deux reprises. Une fois entre les omoplates et une seconde fois dans le haut de la nuque. Ce qui restait de sa chevelure blonde et bouclée était souillé de sang. Elle était encore habillée — un jean, un T-shirt bleu et des Birkenstock aux pieds. Stacy reconnut le T-shirt, un des préférés de Cassie. Sauf erreur, il devait y avoir écrit devant : « Dream. Love. Live. »

Rêvez. Aimez. Vivez.

Stacy sentit les larmes lui monter aux yeux, mais elle les combattit. Pleurer n'aurait été d'aucune utilité à son amie.

Par contre, en gardant son calme, elle avait une chance de retrouver l'assassin.

Il y eut du bruit au fond de la maison.

Beth.

Ou l'assassin.

Malgré les tremblements qui agitaient sa main, Stacy affermit sa prise sur la crosse du Glock. Le cœur battant à grands coups, elle s'enfonça lentement dans l'appartement, aussi silencieusement que possible.

Elle trouva Beth dans le couloir qui menait à la deuxième chambre. Elle était sur le dos, les yeux ouverts. Elle portait un pyjama en coton rose, avec des petits chatons gris et blancs.

Elle aussi avait été abattue. Deux balles dans la poitrine.

Stacy se redressa et se tourna dans la direction d'où provenait le bruit.

Il s'agissait d'une plainte... Et aussi d'un reniflement du côté de la porte de la salle de bains.

César.

Stacy alla appeler doucement le chiot. Il répondit d'un aboiement court et strident.

Quand la jeune femme ouvrit la porte, le labrador se précipita vers elle en jappant avec reconnaissance.

Depuis combien de temps était-il là ? Etait-ce Cassie qui l'avait enfermé ou bien son assassin ? Et pour quelle raison ? Quand elle sortait ou qu'elle allait se coucher, Cassie déposait toujours le chiot dans sa caisse.

Stacy prit l'animal dans ses bras et fit le tour de l'appartement, afin de s'assurer que l'assassin avait bien quitté les lieux. Son intuition se vérifia : il n'y avait plus personne.

Elle aurait sans doute pu croiser le tueur... Elle n'avait

entendu ni claquement de portière ni moteur en train de démarrer. Cela signifiait-il qu'il était parti à pied ? Peut-être. Mais pas forcément.

Il fallait appeler le 911. Mais Stacy voulait d'abord examiner la scène du crime. Elle consulta sa montre. Dès qu'elle aurait composé le numéro d'urgence de la police, le *dispatcher* enverrait une voiture de patrouille s'il s'en trouvait une dans les environs. Ce qui lui laisserait trois minutes. Or, elle avait besoin d'au moins un quart d'heure pour mener ses recherches.

A première vue, Cassie avait été tuée la première. Beth avait probablement entendu les deux premiers coups de feu, et elle était sortie de son lit pour voir ce qui se passait. Elle n'avait sans doute pas tout de suite identifié la nature du bruit. Ou alors, elle avait sans doute tout fait pour se convaincre qu'il ne s'agissait pas de détonations.

Stacy décrocha le téléphone en tenant le combiné avec le bas de sa veste de pyjama. Elle entendit la tonalité. Apparemment, personne n'avait cherché à téléphoner.

Elle passa en revue les possibilités. A l'évidence, l'endroit n'avait pas été cambriolé. La porte n'avait pas été fracturée. Cassie avait donc fait entrer son assassin. Il — ou elle — était un ami, une relation. Une personne qu'elle attendait. Quelqu'un qu'elle connaissait. Peut-être était-ce le tueur qui lui avait demandé d'enfermer le chien…

Stockant toutes ces questions dans sa tête pour plus tard, Stacy composa le 911.

— Double meurtre, annonça-t-elle, la voix tremblante. 1174, City Park Avenue.

Puis elle s'assit par terre, et se mit à pleurer en serrant César dans ses bras.

2.

Lundi 28 février 2005
1 h 50 du matin

L'inspecteur Spencer Malone arrêta sa Chevrolet Camaro 1977 rouge cerise devant la double *shotgun house* du quartier de City Park. C'était son frère John qui avait acheté la voiture. Elle était neuve, à l'époque. John la considérait comme son bébé, sa joie et sa fierté. Jusqu'à ce qu'il se marie et qu'il ait des enfants… A présent, la Camaro était la joie et la fierté de Spencer. Et elle était toujours dans un état impeccable. Comme neuve.

Spencer observa la maison à travers le pare-brise. Les premiers policiers arrivés sur place avaient sécurisé les lieux ; le ruban jaune avait été tendu en travers du porche de bois légèrement affaissé. Un flic se tenait juste derrière et notait le nom et l'heure d'arrivée de ses collègues.

Plissant les yeux, Spencer reconnut Connelly, un jeune policier qu'il considérait comme un ennemi acharné.

Sale connard !

Spencer inspira profondément pour endiguer un de ces accès d'humeur qui lui avaient déjà valu trop d'ennuis. C'était à cause de son caractère de cochon que l'on avait douté de lui et qu'il avait failli perdre son boulot...

Il s'efforça de revenir au présent, et se concentra sur l'enquête qui commençait. C'était lui qui la dirigeait. Pas question qu'il merde, cette fois.

Il sortit de sa voiture au moment où l'inspecteur Tony Sciame arrêtait la sienne juste devant la *shotgun house.* Dans la police de La Nouvelle-Orléans, les inspecteurs n'avaient pas d'équipiers attitrés ; ils fonctionnaient par roulement. Lorsqu'une affaire se présentait, celui qui répondait à l'appel en héritait. Il choisissait alors un collègue pour l'assister, fondant son choix sur des facteurs tels que la disponibilité, l'expérience et l'amitié.

Généralement, Tony et lui faisaient du bon boulot ensemble, l'un comblant les lacunes de l'autre.

A ceci près que Spencer avait beaucoup plus de lacunes à combler que Tony.

Tony était dans la police depuis trente ans, dont vingt-cinq passés à la criminelle. Un vieux de la vieille. Il était marié depuis vingt-huit ans — un mariage heureux qui lui avait fait prendre cinq cents grammes tous les ans —, et il avait quatre enfants. L'un gagnait déjà sa vie, la benjamine était toujours à la maison, et les deux autres étudiaient à la Louisiana State University, à Baton Rouge. Tony avait un emprunt immobilier sur le dos et un chien miteux qui s'appelait Frodo.

Bien que leur collaboration fût toute récente, on les avait déjà comparés à divers personnages de bandes dessinées : Mutt et Jeff, Frick et Frack. Ou même Laurel et Hardy, dans un autre registre. Spencer aurait préféré qu'on les rapproche de Mel Gibson et Danny Glover, dans *L'Arme fatale.* Bien entendu, il aurait joué le rôle du beau gosse… Mais leurs collègues pensaient autrement.

— Salut, Futé ! lança Tony.

— Salut, Gros Lard !

Spencer aimait taquiner Tony sur son bel appétit. Et Tony répliquait en l'affublant de divers surnoms tels que *Futé, Junior* ou *le Crack*. Peu importait que Spencer — trente et un ans, dont neuf passés dans la police — ne fût plus un bleu ni un gamin. Sa nomination au grade d'inspecteur de la Criminelle était toute récente, ce qui, dans la culture de La Nouvelle-Orléans, autorisait les autres à le malmener gentiment.

Tony se mit à rire, tout en se tapotant le ventre.

— Tu es jaloux, voilà tout.

— Ça doit être ça, oui.

Spencer désigna la camionnette des techniciens « scène de crime ».

— Ils sont arrivés avant nous.

— Des rapaces : ils rappliquent dès qu'il y a un peu de boulot.

Ils se mirent en marche tous les deux. Tony leva les yeux vers le ciel sans étoiles.

— Je me sens trop vieux pour tout ça. On m'a appelé juste au moment où Betty et moi on était en train de faire la leçon à la petite parce qu'elle n'avait pas respecté le couvre-feu.

— Pauvre Carly !

— Tu parles ! Quatre gosses, et la dernière est une vraie diablesse. Tu vois ça ? ajouta Tony en désignant son crâne presque chauve. Ils y ont tous contribué. Mais Carly… Attends, tu verras !

Spencer se mit à rire.

— J'ai grandi au milieu de six frères et sœurs. Je sais ce que c'est. Voilà pourquoi je n'ai pas de gosses.

— Ça, c'est ce que tu dis. Au fait, c'est quoi son nom ?

— A qui ?

— Ton rancard de ce soir.

En vérité, il était sorti avec Percy et Patrick, ses frères. Ils avaient bu deux bières et mangé un hamburger à la Shannon's Tavern. Puis ils avaient joué au billard.

Mais s'il disait ça à Tony, il refuserait de le croire. Les frères Malone étaient des légendes au sein de la police de La Nouvelle-Orléans. Ils avaient une lourde réputation de têtes brûlées, de fêtards et de tombeurs de ces dames.

— Je ne donne jamais de noms, partenaire.

Ils rejoignirent Connelly. Il suffit que Spencer croise son regard pour que tout lui revienne d'un coup… Il travaillait alors avec l'unité d'enquête du Cinquième District, et s'occupait notamment d'une cagnotte servant à rémunérer les informateurs — mille cinq cents dollars, ce qui ne représentait plus grand-chose, aujourd'hui. C'était tout de même assez pour qu'il hérite de gros ennuis quand l'argent avait disparu. Il avait été suspendu sans indemnité, accusé, puis inculpé.

Toutefois, les accusations avaient été levées assez vite. On avait découvert que c'était le lieutenant Moran, son supérieur immédiat, qui l'avait piégé.

N'empêche que Spencer avait perdu un an et demi de sa vie.

Et la cicatrice n'était pas complètement refermée. Il ne pouvait pas oublier que bon nombre de collègues s'étaient retournés contre lui, y compris l'autre petite fouine. Et ça le rendait encore furieux.

Avant cet incident, sa vie était une fête, et il considérait la police de La Nouvelle-Orléans comme une seconde famille.

Le lieutenant Moran avait mis fin à tout cela. Il avait transformé l'existence de Spencer en enfer ; il avait détruit toutes ses illusions sur la police et sur le métier de flic.

Pour éviter que Spencer entame une procédure, on l'avait intégré à la DES, la Division de Soutien aux Enquêtes. Le boulot dont il rêvait.

A la fin des années 90, la police avait été décentralisée : des unités comme la Criminelle ou les Mœurs avaient quitté le quartier général pour être installées dans les commissariats des huit districts de la ville, et on les avait réunies au sein d'une unité d'enquête multitâches : la DIU. Les inspecteurs de cette DIU n'avaient pas de spécialité ; ils récupéraient tout ce qui passait : des cambriolages aux affaires de mœurs en passant par les meurtres.

Toutefois, pour les meilleurs éléments de la Criminelle — ceux qui avaient le plus d'expérience et de savoir-faire —, on avait créé la DES. Les hommes étaient installés dans le quartier général de la police et se chargeaient de toutes les histoires de meurtres non résolues au bout d'un an, en même temps que des affaires les plus délicates : crimes sexuels, crimes en série ou enlèvements d'enfants.

Pour certains, la décentralisation était un immense succès. D'autres y voyaient au contraire un échec gênant — notamment pour les affaires criminelles. Au bout du compte, il n'y avait qu'une certitude : l'histoire avait permis à la police de réaliser de grosses économies.

Si Spencer avait accepté ce piston, c'est parce qu'il était flic avant tout. Pour lui, c'était plus qu'un boulot : c'était sa vie, sa raison d'être. Jamais il n'avait envisagé un autre destin. Comment aurait-il pu ? Il avait ça dans le sang. Son père, son oncle et sa tante étaient policiers. De même que plusieurs de ses cousins et quatre de ses frères et sœurs. Si son frère Quentin avait quitté la police au bout de seize ans pour étudier le droit, il n'avait pas pour autant rompu avec la tradition familiale. Il travaillait au bureau du District Attorney, et aidait à faire condamner les types sur lesquels les autres Malone avaient mis la main.

— Salut, Connelly ! dit Spencer d'un ton sec. Me voilà de retour d'entre les morts. Surpris ?

L'autre évitait son regard.

— Je ne vois pas ce que vous voulez dire, inspecteur.

— Tiens, tiens ! Ça va vous poser un problème de travailler avec moi ?

Spencer s'était penché vers Connelly, et le jeune policier fit un pas en arrière.

— Aucun problème, monsieur.

— Tant mieux. Parce que j'ai l'intention de rester.

— Oui, monsieur.

— Alors, qu'est-ce qu'on a, ici ?

— Double meurtre, répondit Connelly d'une voix légèrement tremblante. Deux femmes. Des étudiantes de l'UNO.

Il baissa les yeux sur son carnet.

— Cassie Finch et Beth Wagner. C'est la voisine qui a appelé. Stacy Killian... Elle est là.

Spencer regarda dans la direction indiquée. Sous le porche se tenait une jeune femme qui serrait un petit chien dans ses bras. Grande, blonde et, pour ce qu'il en voyait, très jolie. Il eut l'impression qu'elle portait un pyjama sous son blouson en jean.

— Qu'est-ce qu'elle raconte ?

— Elle a cru entendre des coups de feu et elle est venue voir ce qui se passait.

— Ça, c'est vraiment le truc à faire ! dit Spencer en secouant la tête.

Ils se dirigèrent vers le porche, et Tony lui jeta un coup d'œil en coin.

— Une petite dinde, ouais.

Tony n'avait jamais pris part à l'espèce de lapidation morale dont Spencer avait été victime et qui était devenue le passe-temps favori de beaucoup, dans la police de La Nouvelle-Orléans. Il s'était tenu au côté de son ami, au côté du clan Malone. Ça n'avait pas toujours été facile, Spencer le savait, surtout quand les pseudo-preuves avaient commencé de s'accumuler.

Certains ne croyaient toujours pas en l'innocence de Spencer. Malgré sa réintégration, malgré les aveux de Moran et son suicide. Ils s'imaginaient que la famille Malone avait d'une manière ou d'une autre arrangé l'affaire et utilisé son influence pour que tout fût réglé à son avantage.

Ça fichait Spencer en rogne. Même s'il était innocent, il ne supportait pas d'avoir été impliqué dans une affaire qui avait terni le nom de sa famille ; il détestait les coups d'œil perplexes et les chuchotements qu'il surprenait encore sur son passage.

— Ça va s'arranger, lui glissa Tony, comme s'il lisait dans ses pensées. La mémoire des flics n'est pas si bonne que ça. Certains disent que c'est à cause du saturnisme…

— Tu crois ça ? répliqua Spencer en gravissant les marches

du perron. Je pencherais plutôt pour une manipulation trop fréquente du bleu de toluidine.

Il sentit le regard de la voisine posé sur lui, et l'évita délibérément. Il aurait tout le temps de s'occuper de sa détresse, de répondre à ses questions. Mais après. Pas maintenant.

Ils entrèrent dans la maison, où les techniciens étaient en plein travail. Spencer survola la scène du regard, éprouvant une légère poussée d'adrénaline.

D'aussi loin qu'il s'en souvienne, il avait toujours voulu travailler à la Criminelle. Enfant, il écoutait son père et son oncle Sammy discuter d'affaires. Plus tard, il avait regardé ses frères John et Quentin avec admiration. Au moment de la décentralisation de la police, il avait voulu intégrer la DES.

Autrement dit, ce qu'il y avait de mieux.

Il reporta son attention sur le décor qui l'entourait. Typique d'un appartement d'étudiant. Des meubles d'occasion qui en étaient à leur troisième ou quatrième propriétaire, des cendriers qui débordaient et au moins deux douzaines de boîtes de Coca-Cola Light éparpillées dans la pièce. Une piaule de fille, pensa Spencer. Si un garçon avait habité là, il y aurait eu des cannettes de bière. De la Miller Lite. Ou de la Abita Beer, la bière du sud de la Louisiane.

La première victime était étendue sur le ventre, l'arrière du crâne en partie explosée. L'enquêteur des services du coroner lui avait déjà enveloppé les mains dans des sachets en plastique.

Le regard de Spencer glissa jusqu'à un jeune inspecteur qu'il reconnut : un type du Sixième District. Impossible de se rappeler son nom.

— Salut, Bernie ! lança Tony qui s'en souvenait, lui. C'est à toi qu'on doit d'être ici ?

— Désolé, mais je me suis dit que plus tôt vous seriez dans le coup et mieux ce serait.

Le jeune inspecteur paraissait nerveux. Il était nouveau, à la DIU, et ça devait être sa première affaire sérieuse.

— Mon partenaire, Spencer Malone.

Il y eut une lueur furtive dans ses yeux. Il avait dû entendre parler de lui.

— Bernie Saint-Claude.

Ils se serrèrent la main.

Ray Hollister, le coroner, leva les yeux.

— Je vois que toute l'équipe est là.

— La cavalerie, répliqua Tony. On a de la chance. Tu as déjà travaillé avec Malone, Ray ?

— Pas ce Malone. Bienvenue au club des noctambules de la Criminelle ! ajouta Bernie avec un signe de tête à l'intention de Spencer.

— Ravi d'être ici.

Deux des techniciens firent entendre un grognement, et Tony grimaça un sourire.

— Le pire, c'est qu'il le pense, commenta-t-il. Modère un peu ton enthousiasme, Junior. Les gens vont jaser.

— Va te faire voir ! répliqua Spencer avec bonne humeur, avant de reporter son attention sur le coroner. Qu'est-ce que vous avez ?

— Tout est assez clair, jusque-là. On lui a tiré dessus à deux reprises. Si la première balle ne l'a pas tuée, la deuxième s'en est chargée.

— Mais pourquoi est-ce qu'on lui a tiré dessus ? se demanda Spencer à voix haute.

— Ça, c'est votre boulot. Pas le mien.

— Elle a été agressée sexuellement ?

— Je dirais non, a priori. Mais l'autopsie nous racontera toute l'histoire.

Tony hocha la tête.

— On va jeter un coup d'œil à l'autre victime.

— Amusez-vous bien.

Spencer resta où il était, à observer les éclaboussures de sang sur le mur, à côté de la victime.

— Le meurtrier était assis ? demanda-t-il en se tournant vers Tony.

— Qu'est-ce qui te fait dire ça ?

— Regarde.

Contournant le cadavre, Spencer s'approcha du mur.

— Le sang a giclé vers le haut, puis vers l'extérieur.

— Nom d'un chien !

— Et les blessures confirmeraient assez cette théorie…

Tout excité, Spencer regarda autour de lui. Ses yeux s'arrêtèrent sur un bureau et une chaise.

— Le tueur était là, dit-il en rejoignant la chaise.

Comme il ne voulait pas déranger de possibles indices, il s'accroupit derrière. Il visualisa la scène. Le tueur qui était assis, la victime qui lui tournait le dos, et puis… *Pan ! Pan !*

Qu'est-ce qu'ils fichaient, tous les deux ? Pourquoi est-ce qu'il voulait la tuer ?

De nouveau, il fit glisser son regard sur le plateau poussiéreux du bureau. Il découvrit des traces presque imperceptibles qui suggéraient l'emplacement d'un ordinateur portable.

— Viens voir, Tony. Je pense qu'il y avait un ordinateur, ici.

La prise électrique et la prise téléphonique installées sur le mur adjacent semblaient confirmer cette hypothèse.

Tony hocha la tête.

— Possible, oui. Ça pourrait aussi être des bouquins, des cahiers ou des journaux.

— Ça pourrait. En tout cas, ce qui était posé ici a disparu. Et très récemment, on dirait.

Après avoir enfilé une paire de gants en latex, Spencer fit courir un doigt sur le rectangle délimité. Aucune poussière. Il demanda alors au photographe de venir prendre un cliché du bureau et de la chaise.

— Qu'ils relèvent bien les empreintes, ici ! recommanda Tony.

Ils se rendirent ensuite auprès de la seconde victime. Elle avait également été abattue, mais le scénario semblait différent. Elle avait reçu deux balles dans la poitrine, et elle était étendue sur le dos, au niveau de la porte d'entrée, en travers du seuil. Le devant de son pyjama était couvert de sang, un sang qui formait une grande flaque sur le sol.

Spencer s'approcha d'elle, vérifia son pouls, puis se tourna vers Tony.

— Elle était au lit. Elle a entendu les coups de feu et elle s'est levée pour voir ce qui se passait.

Tony cligna des yeux, tandis que son regard allait de la victime à Spencer.

— Carly a le même genre de pyjama, déclara-t-il, une drôle d'expression sur le visage. Elle le porte tout le temps.

La coïncidence ne signifiait rien de particulier, mais elle avait touché une corde sensible.

— On l'aura, cet enfoiré ! lâcha Spencer.

Tony hocha la tête et finit d'examiner le corps.

— Je ne pense pas qu'un cambriolage soit à l'origine de ce carnage, dit-il. Pas plus qu'une agression sexuelle. Il n'y a aucun signe d'effraction.

— Pourquoi, alors ? demanda Spencer en fronçant les sourcils.

— Mlle Killian va peut-être pouvoir nous aider.

— Tu t'en charges ?

— C'est toi qui sais t'y prendre avec les dames, répliqua Tony en souriant. Vas-y.

3.

Lundi 28 février 2005
2 h 20 du matin

Stacy frissonna et serra César dans ses bras. Le chiot, à peine assez vieux pour être sevré, laissa échapper une petite plainte. Elle aurait dû le déposer dans sa caisse mais elle n'en avait pas le cœur.

Elle frotta sa joue contre la tête douce et soyeuse de l'animal. Entre le moment où elle avait appelé la police et celui où les premiers agents étaient arrivés, elle était retournée à son appartement pour cacher son Glock et enfiler son manteau. Même si elle avait un permis pour le pistolet, elle savait d'expérience qu'un civil en possession d'une arme pouvait faire un suspect idéal sur le lieu d'un crime, ou du moins détourner les enquêteurs des éléments importants.

Elle ne s'était jamais trouvée de ce côté de la procédure — en tout cas pas dans le rôle de la spectatrice impuissante, de surcroît amie très proche de la victime —, même si elle en avait été très près, l'année précédente. Une histoire éprouvante au cours de laquelle sa sœur Jane avait échappé de peu aux griffes d'un assassin. C'était à cause de cela que Stacy avait décidé de quitter la police et tout ce qui allait avec. Le sang. La violence et la cruauté. La mort.

Il était devenu clair qu'elle aspirait à une vie normale, à une relation saine et durable. A fonder sa propre famille. Et cela n'arriverait pas tant qu'elle serait inspecteur. Le métier de flic l'avait profondément marquée. C'était comme si elle portait sur la peau un « F » invisible. « F » pour foutue. Car on était foutu quand on voyait au quotidien le pire de ce que la vie avait à offrir.

Stacy savait qu'elle seule pouvait changer sa vie.

Elle s'y était employée.

Et voilà que tout recommençait.

La mort l'avait suivie. Et cette fois, elle avait trouvé Cassie. Et Beth.

Une bouffée de rage l'envahit. Où étaient les inspecteurs ? Pourquoi étaient-ils si longs ? A ce rythme, l'assassin aurait gagné le Mississippi avant même qu'ils aient fini d'examiner la scène du crime !

— Stacy Killian ?

Elle se retourna. Le plus jeune des deux inspecteurs se tenait derrière elle. Il lui montra son insigne.

— Inspecteur Malone. J'ai cru comprendre que c'était vous qui aviez appelé ?

— C'est moi, oui.

— Ça va ? Vous avez besoin de vous asseoir ?

— Non, ça ira.

Il désigna César.

— Il est mignon. C'est un labrador ?

Elle hocha la tête.

— Il n'est pas à... il était à... Cassie.

Agacée par la façon dont sa voix s'était presque brisée, elle se ressaisit.

— On pourrait en venir aux faits ?

Les sourcils du policier se haussèrent légèrement, comme s'il était surpris de sa brusquerie. Il devait la croire froide et insensible — ce qui était très loin de la vérité.

Il baissa les yeux sur son calepin, un carnet à spirale identique à ceux qu'elle utilisait.

— Qu'est-ce qui s'est passé exactement ?

— Je dormais. J'ai dû entendre les coups de feu et je suis allée voir si mes amies avaient un problème.

L'expression du policier se modifia de façon presque imperceptible, et il passa à autre chose.

— Vous vivez ici ?

— Oui.

— Seule ?

— Je ne suis pas certaine que cela ait de l'importance, mais… oui, je vis seule.

— Depuis combien de temps ?

— J'ai emménagé ici la première semaine de janvier.

— Et avant ça ?

— Dallas. Je suis venue à La Nouvelle-Orléans pour suivre des études de troisième cycle à l'université.

— Vous connaissiez bien les victimes ?

Victimes. Le mot fit grimacer Stacy.

— Cassie et moi nous étions de bonnes amies. Son ancienne colocataire avait laissé tomber ses études et était retournée chez elle. Beth avait pris la suite. Elle n'était installée que depuis une semaine.

— Vous avez dit que vous étiez « bonnes amies ». Vous

ne vous connaissiez pourtant que depuis deux mois, n'est-ce pas ?

— C'est vrai. Mais… comment dire ? On a flashé l'une sur l'autre.

Le policier sembla peu convaincu.

— Vous dites que vous avez été réveillée par les coups de feu et que vous êtes venue vérifier que vos amies n'avaient pas de problème. Qu'est-ce qui vous a fait penser qu'il s'agissait de coups de feu ? Ça aurait pu être des pétards. Ou un pot d'échappement.

— Je sais reconnaître un coup de feu, inspecteur.

Elle détourna un instant le regard, puis fixa de nouveau les yeux sur lui.

— J'ai été flic pendant dix ans. A Dallas.

L'inspecteur haussa les sourcils une fois encore. A l'évidence, cette information modifiait la première impression qu'il avait eue.

— Que s'est-il passé ensuite ?

Stacy raconta qu'elle était sortie, qu'elle avait fait le tour de la bâtisse et qu'elle avait vu de la lumière chez Cassie.

— C'est à ce moment-là que j'ai compris : le bruit… il venait de là, d'à côté.

L'autre inspecteur franchit à son tour la porte. Malone surprit le regard de la jeune femme et se tourna légèrement. Stacy en profita pour étudier les deux hommes. Le flic âgé et expérimenté qui faisait équipe avec le crack moins galonné — un tandem qu'on avait vu et revu dans de nombreux films hollywoodiens.

Sa propre expérience lui avait montré que ce genre d'équipe se révélait plus efficace dans la fiction que dans la réalité. Trop souvent, l'aîné du tandem était un ripou au bout du rouleau et l'autre, un jeune arrogant.

— Je suis l'inspecteur Sciame, dit le nouveau venu en les rejoignant.

En entendant sa voix, César ouvrit les yeux et agita la queue. Stacy posa le chiot et tendit la main.

— Stacy Killian.

— Mlle Killian a été des nôtres pendant dix ans.

Sciame reporta sur elle son regard chaleureux et plein d'intelligence. Il était peut-être au bout du rouleau, ou ripou, mais au moins ce n'était pas un imbécile.

— C'est vrai ? demanda-t-il en lui serrant la main.

— Inspecteur de première catégorie. A la Criminelle de Dallas. Appelez-moi Stacy.

— D'accord. Moi, c'est Tony. Qu'est-ce que vous faites dans notre belle ville ?

— Je suis venue étudier la littérature anglaise à l'UNO.

Il hocha la tête.

— Vous en avez eu assez du boulot, c'est ça ? J'ai moi-même songé à abandonner plusieurs fois. Mais j'ai la retraite en ligne de mire, maintenant : ça n'aurait aucun sens…

— Pourquoi des études de troisième cycle ? demanda Malone.

— Pourquoi pas ?

Il fronça les sourcils.

— La littérature anglaise me semble à des années-lumière du métier de flic.

— C'est exactement ça.

Tony désigna la partie de la *shotgun house* qu'occupait Cassie.

— Vous avez vu la scène du crime ?

— J'en ai eu un assez bon aperçu, oui.

— Qu'est-ce que vous en avez pensé ?

— Cassie a été tuée la première. Puis Beth, quand elle s'est levée pour voir ce qui se passait. Il n'y a pas eu de violences sexuelles — mais ça, le légiste le confirmera. Je pense que le tueur était soit un ami, soit une relation de Cassie. Elle l'a laissé entrer et elle a enfermé César dans la salle de bains.

— Vous étiez l'une de ses amies, remarqua Malone.

— C'est vrai. Mais je ne l'ai pas tuée.

— C'est ce que vous dites. Vous êtes la première personne arrivée sur les lieux…

— Donc, la première suspecte. Procédure opérationnelle standard.

Tony hocha la tête.

— Vous avez une arme, Stacy ?

La question ne la surprit pas. Elle était même plutôt contente qu'il la pose ; cela signifiait que l'affaire avait des chances d'être résolue.

— Un Glock .40.

— On a le même copain. Et vous avez un permis ?

— Bien sûr ! Vous voulez voir les deux ?

Comme il hochait la tête, elle récupéra César par terre et rentra. Ils la suivirent. Elle ne protesta pas : là encore, il s'agissait de la procédure standard. Aucun inspecteur digne de ce nom ne laisserait un suspect rentrer ainsi tout seul chez lui pour y récupérer une arme ou quoi que ce soit d'autre.

Stacy laissa César dans sa chambre, et montra l'arme et le permis aux deux inspecteurs. Ils examinèrent soigneusement le pistolet. Il était évident qu'il n'avait pas servi depuis un bon bout de temps.

— Cassie avait un petit ami ? demanda Tony en lui rendant le Glock.

— Je ne crois pas.

— Des ennemis ?

— Pas à ma connaissance.

— Elle fréquentait les bars ?

Stacy secoua la tête.

— RPG et études, c'est tout.

— RPG ? répéta Malone en fronçant les sourcils.

— *Role-playing games* — les jeux de rôle, quoi. Ses préférés étaient *Donjons et Dragons* et *Vampire, la Mascarade*. Mais elle jouait aussi aux autres.

— Pardonnez mon ignorance, intervint Tony, mais ce sont des jeux de société ? Des jeux vidéo ?

— Ni l'un ni l'autre. Chaque jeu propose des personnages et des scénarios bien établis, le tout supervisé par un meneur de jeu. Chaque participant incarne un personnage différent.

Tony se gratta la tête.

— C'est comme un jeu grandeur nature ?

— Pas vraiment non plus, répondit Stacy en souriant. Je n'y joue pas moi-même, mais d'après ce que Cassie m'a expliqué, tout est purement intellectuel. Le joueur est comme un acteur qui suit un scénario et découvre son rôle au fur et à mesure — sans costumes, sans décors, sans effets spéciaux. On peut y jouer en présence des autres participants ou par l'intermédiaire d'Internet.

— Et pourquoi ne jouez-vous pas ? demanda Malone.

Stacy marqua une courte pause avant de répondre :

— Cassie m'a proposé de me joindre à son groupe, mais sa description ne me disait rien qui vaille. La menace permanente du danger, le besoin d'être tout le temps sur ses gardes… J'avais déjà suffisamment éprouvé ça quand j'étais dans la police.

— Vous connaissiez certains de ses partenaires de jeu ?

— Pas vraiment.

L'inspecteur Malone haussa un sourcil.

— Pas vraiment… Qu'est-ce que ça signifie ?

— Elle m'a présentée à certains d'entre eux. Ils se retrouvaient du côté du centre universitaire ou bien au Café Noir.

— Le Café Noir ?

— Un café d'Esplanade Avenue. Cassie y passait beaucoup de temps. Comme moi, d'ailleurs. On y étudiait.

— Quand avez-vous vu Mlle Finch pour la dernière fois ?

— Vendredi après-midi… à la fac…

Le souvenir de leur dernière rencontre lui revint brutalement. Cassie était tout excitée parce qu'elle avait rencontré quelqu'un qui jouait à *White Rabbit* — Lapin Blanc. Et cette personne lui avait promis de la brancher avec ce qu'elle avait appelé « Le Lapin Blanc Suprême ».

— Mademoiselle Killian ? Vous vous rappelez quelque chose ?

Elle les mit au courant, mais ils n'eurent pas l'air très impressionné.

— Le Lapin Blanc Suprême ? répéta Tony. Qu'est-ce que c'est que ça, encore ?

— Je vous l'ai dit, je ne joue pas. Mais d'après ce que j'ai compris, chaque jeu à son meneur. Pour *Donjons et Dragons*, c'est le Maître du Donjon qui contrôle les opérations, en gros.

— Et dans le jeu dont vous venez de nous parler, cette personne s'appellerait donc le Lapin Blanc Suprême ? suggéra Tony.

— Exactement. L'idée qu'elle rencontre ce type ne me plaisait pas. Cassie était beaucoup trop crédule. Il a fallu que je lui rappelle que cette personne lui était totalement inconnue, que je la supplie de choisir un endroit public pour leur entrevue…

— Et quelle a été sa réaction ?

Sa réaction ? Elle avait dit : « Qu'est-ce que tu crois ? Qu'un mordu de jeu va me tendre un piège et me tirer dessus ? »

— Elle a ri, répondit Stacy. Et elle m'a dit de me calmer.

— Donc, le rendez-vous a eu lieu ?

— Je n'en sais rien.

— Vous a-t-elle dit comment s'appelait ce type ?

— Non. Je ne le lui ai pas demandé.

— Où avait-elle rencontré la personne qui était à l'origine du rendez-vous ?

— Ça aussi, je l'ignore, répondit Stacy, consciente de la frustration qui perçait dans sa voix. Je ne sais pas pourquoi, mais je pense qu'il devait s'agir d'un homme.

— Autre chose ?

— J'ai un drôle de pressentiment au sujet de cette histoire.

— Intuition féminine ? demanda Malone.

Agacée, Stacy le fixa en plissant les yeux.

— Disons plutôt l'instinct d'un flic expérimenté.

Elle vit Tony Sciame réprimer un sourire.

— Et sa colocataire, Beth ? demanda-t-il. Elle était adepte de ces jeux, elle aussi ?

— Non.

— Votre amie avait-elle un ordinateur ? demanda Malone.

Elle reporta aussitôt son regard sur lui.

— Un portable, oui. Pourquoi ?

— Elle l'utilisait pour jouer ?

— Ça lui arrivait, je crois. Mais la plupart du temps, elle jouait en présence des autres.

— N'empêche qu'on peut jouer en ligne, n'est-ce pas ?

— Je pense, oui. Pourquoi ? demanda Stacy en regardant les deux hommes tour à tour.

— Je vous remercie, mademoiselle Killian. Votre témoignage nous a été précieux.

Stacy attrapa le bras de Sciame.

— Attendez ! On lui a volé son ordinateur, c'est ça ?

— Désolé, mademoiselle. On ne peut pas vous en dire plus.

Elle aurait fait pareil, à leur place. Mais ça la fichait en rogne.

— Je vous suggère de fouiller du côté de ce jeu : le *White Rabbit*. Interrogez les gens, voyez qui y joue, en quoi il consiste.

— Nous n'y manquerons pas, dit Malone en fermant son carnet. Merci de votre aide.

Elle voulut leur demander s'ils comptaient la tenir informée de l'avancée de l'enquête, puis se ravisa. Ils n'en feraient rien, de toute façon. Même s'ils s'y engageaient, ce serait une promesse en l'air.

Elle savait bien qu'elle n'avait aucun droit à l'information. Elle ne faisait même pas partie de la famille de la victime. Ils ne lui devaient donc rien, hormis la courtoisie d'usage.

Pour la première fois depuis son départ de la police, elle mesura les implications de son geste.

Stacy Killian n'était plus flic. Et elle était seule.

4.

Lundi 28 février 2005
9 h 20

Spencer et Tony pénétrèrent dans le quartier général de la police. Le City Hall, situé au 1300 Perdido Street, était un immeuble de verre qui abritait non seulement la police de la ville, mais aussi les bureaux du maire, ceux du conseil municipal et le quartier général des pompiers. La Public Integrity Division, la version locale du ministère de l'Intérieur, se trouvait dans d'autres locaux, de même que le laboratoire médico-légal.

Ils s'inscrivirent sur le registre et prirent l'ascenseur pour rejoindre la DES.

— Salut, Dora ! lança Spencer à la réceptionniste.

Elle portait l'uniforme, bien qu'elle ne fût pas flic. Le tissu bleu de sa veste était tendu un peu partout, révélant aux endroits stratégiques des éclats de soie rose vif.

— Des messages ? demanda Spencer.

Elle lui tendit une poignée de petits formulaires jaunes, tout en le jaugeant du regard. Il fit mine de ne pas s'en apercevoir.

— Le capitaine est arrivé ?

— Il est là et il vous attend, beau gosse.

Spencer haussa un sourcil, et la standardiste gloussa.

— Décidément, dit-elle, les Blancs n'ont aucun sens de l'humour !

— Et aucun style ! ajouta Rupert, un collègue de Spencer qui passait par là.

— Exact, approuva Dora. Et en matière d'élégance, Rupert en connaît un rayon.

Spencer détailla le dénommé Rupert. Il portait un costume italien très chic, une chemise d'un blanc éclatant et une cravate bariolée. Lui-même était vêtu d'un jean, d'une chemise en lin et d'une veste en tweed.

— Vous travaillez à la DES, maintenant ! lui lança Dora. La crème de la crème. Il va falloir s'habiller en conséquence.

— Hé, Junior, tu viens ?

Spencer se tourna vers son partenaire.

— Je ne peux pas. Je suis en pleine consultation sur l'épineuse question de la mode.

Tony lui rendit son sourire.

— Une consultation ? J'appelle ça un sermon, moi.

— Laissez tomber ! lui lança Dora en agitant le doigt dans sa direction. Vous, vous êtes un cas désespéré. Un désastre en matière de mode.

— Quoi ?

Tony écarta les mains en signe d'incompréhension, révélant au-dessus de la ceinture de son pantalon en polyester un ventre proéminent qui semblait près de faire craquer les boutons de sa chemisette écossaise.

La réceptionniste fit entendre un claquement de langue dégoûté, tandis qu'elle lui tendait ses messages.

— Vous n'avez qu'à venir voir Mlle Dora, mon joli ! ajouta-t-elle à l'intention de Spencer. Je tâcherai de vous arranger un peu.

— Je m'en souviendrai, promit-il en s'éloignant.

— Faites ça, mon cœur. Les femmes ont un faible pour les hommes stylés.

— Elle a raison… *mon cœur* ! ironisa Tony.

Quand ils se trouvèrent devant le bureau du capitaine, Spencer frappa à la porte, bien qu'elle fût ouverte.

— Capitaine ? Vous avez une minute ?

Le capitaine Patti O'Shay leva les yeux et leur fit signe d'entrer.

— Bonjour, messieurs. J'ai entendu dire que vous aviez eu une nuit chargée.

— Un double meurtre, annonça Tony en s'installant sur l'une des chaises qui faisaient face à sa supérieure.

Patti O'Shay était l'une des trois seules femmes capitaines dans la police de La Nouvelle-Orléans. Elle était intelligente, intraitable et juste. Elle avait travaillé sans relâche pour arriver là où elle était. Il lui avait fallu batailler deux fois plus que n'importe quel homme pour surmonter le machisme et toutes les idées reçues. Elle avait débarqué à la DES l'année précédente, et certains pensaient qu'elle finirait au sommet de la hiérarchie.

Elle se trouvait aussi être la tante de Spencer — la sœur de sa mère.

Spencer avait du mal à faire le lien entre cette femme et celle qui lui glissait des gâteaux en cachette, quand sa mère ne regardait pas. Elle était également sa marraine, et elle prenait son rôle très au sérieux.

Mais elle avait été claire dès le premier jour, quand Spencer était arrivé à la DES : ici, elle était la patronne et rien d'autre.

Elle fixa sur lui un regard pénétrant.

— Vous pensez que la DIU nous a refilé le bébé un peu vite ?

Il se redressa, s'éclaircit la gorge.

— Impossible, capitaine. On a été appelés avant eux.

Elle interrogea Tony du regard.

— Inspecteur Sciame ?

— Il dit vrai. Et je pense qu'il faut travailler tout de suite sur l'affaire, avant que la piste refroidisse.

— Deux femmes ont été abattues, reprit Spencer.

— Quels noms ?

— Cassie Finch et Beth Wagner. Des étudiantes de l'UNO.

— Wagner venait d'emménager, précisa Tony. Pauvre gamine ! Putain, c'est vraiment pas de chance…

— Un ordinateur portable a disparu, déclara Spencer, mais je pense, malgré tout, que l'on peut exclure l'idée d'un cambriolage. Quant à un motif sexuel… aucune des victimes n'a été violée.

— Que s'est-il passé, alors ?

— Désolé, capitaine, mais ma boule de cristal ne fonctionne pas, ce matin, déclara Tony.

— Amusant ! repartit Patti d'un ton qui laissait entendre tout le contraire. Vous n'auriez pas une théorie, au moins ?

Spencer se chargea d'exposer les premières hypothèses sur la façon dont les deux étudiantes avaient été tuées.

— Vous avez des pistes ?

— Peut-être. On va aller faire un tour à la fac, questionner les amies et les profs des victimes. Leurs petits copains aussi, si elles en avaient.

— Bien. Autre chose ?

— Tout le voisinage a été interrogé, dit Spencer. A l'exception de la voisine qui nous a appelés, personne n'a rien entendu.

— Son histoire a été vérifiée ?

— Elle a l'air réglo. C'est un ancien flic. Elle travaillait à la Criminelle de Dallas.

Le capitaine fronça légèrement les sourcils.

— Vraiment ?

— Je vais effectuer une vérif', dit Spencer.

— D'accord.

— Le coroner a prévenu les familles ?

— C'est fait.

Patti tendit la main vers le téléphone, signifiant que l'entretien était terminé.

— Je n'aime pas trop avoir des affaires de double meurtre dans ma juridiction. Je les déteste carrément tant qu'elles ne sont pas résolues. Compris ?

Les deux inspecteurs hochèrent la tête, puis se levèrent et se dirigèrent vers la porte.

— Inspecteur Malone ? appela le capitaine.

Il se tourna.

— Vous allez garder votre sang-froid, n'est-ce pas ?

— Aucune problème, tante Patti ! répondit-il en lui décochant un sourire. Parole de scout et d'enfant de chœur !

Tandis qu'il s'éloignait, il l'entendit rire. Probablement parce qu'elle se rappelait quel pitoyable enfant de chœur il avait fait.

5.

Lundi 28 février 2005
10 h 30

Quand Spencer entra au Café Noir, le parfum des cookies chauds le submergea. Le petit déjeuner lui semblait soudain très loin — un friand à la saucisse de Francfort acheté en hâte dans un drive-in, alors que le soleil pointait tout juste à l'horizon.

Il n'aimait pas trop ce genre d'endroit. Trois dollars pour une tasse de café sophistiqué au nom venu d'ailleurs ? Non merci ! Et qu'est-ce qu'ils avaient avec ces histoires de « grand », « maxi » et « giga » ? Ça posait un problème de dire « petit », « moyen » et « grand », comme tout le monde ? Qui pensaient-ils abuser, au juste ?

Une fois, il avait fait l'erreur de commander un « café américano ». Il pensait se retrouver avec une tasse de bon vieux café américain à l'ancienne. Il avait eu tout autre chose.

Cette fois, il décida de s'abstenir, et se contenta de regarder autour de lui. L'endroit était typique de ce qu'il connaissait des cafés. Des couleurs terre, profondes, des fauteuils imposants disposés autour de tables sur lesquelles on pouvait travailler. Il y avait même une grande cheminée ancienne.

Indispensable, pensa Spencer. Après tout, on était à La Nouvelle-Orléans, une ville qui jouissait d'un climat chaud et humide sept jours sur sept, plus de neuf mois sur douze...

Spencer rejoignit le comptoir et demanda à la fille qui se tenait à la caisse s'il pouvait voir le propriétaire ou le directeur. L'adolescente lui sourit et désigna une grande blonde élancée qui regarnissait le buffet. Pas forcément le genre de femme qu'il pensait trouver à la tête de ce genre d'établissement.

— Billie Bellini. C'est la propriétaire.

Spencer eut un sourire de remerciement et se dirigea vers la blonde.

— Billie Bellini ?

Les lèvres pleines de la jeune femme esquissèrent un sourire.

— Oui ?

— Inspecteur Spencer Malone, de la police de La Nouvelle-Orléans, dit-il en présentant son badge.

Elle haussa un sourcil au dessin parfait.

— Que puis-je pour vous, inspecteur ?

— Connaissez-vous une personne du nom de Cassie Finch ?

— C'est l'une de nos habituées.

— C'est-à-dire ?

— C'est-à-dire qu'elle passe beaucoup de temps ici. Tout le monde la connaît... Pourquoi ?

Ignorant sa question, Spencer lui en posa une autre.

— Et Beth Wagner ?

— La colocataire de Cassie. Je ne la connais pas vraiment. Elle est venue une fois. Cassie me l'a présentée.

— Et Stacy Killian ?

— C'est aussi une habituée. Elles sont amies. Mais j'imagine que vous savez déjà tout ça.

Spencer baissa les yeux. A l'annulaire de la jeune femme, il découvrit une énorme pierre et une alliance en or ornée d'un diamant. Il n'en fut pas surpris.

— Quand avez-vous vu Mlle Finch pour la dernière fois ?

Une lueur d'inquiétude apparut dans le regard de Billie Bellini.

— Pourquoi ces questions ? Il s'est passé quelque chose ?

— Cassie Finch a été assassinée.

Billie porta une main à sa bouche, qui formait un « O » parfait.

— Vous... il doit y avoir une erreur.

— Je suis désolé.

— Excusez-moi, je...

Elle tâtonna à la recherche d'un fauteuil et s'y laissa tomber. Elle resta un long moment immobile, luttant de façon visible pour recouvrer une contenance.

Quand elle leva de nouveau les yeux vers lui, Spencer n'y vit aucune larme.

— Elle était ici hier après-midi.

— Combien de temps est-elle restée ?

— Deux heures, environ. De 15 heures à 17 heures.

— Elle était seule ?

— Oui.

— A-t-elle parlé à quelqu'un ?

La patronne du Café Noir serra ses mains l'une contre l'autre.

— Oui, aux suspects habituels.

— Je vous demande pardon ?

— Désolée, dit-elle avant de s'éclaircir la gorge. Je voulais dire : aux personnes habituelles. Au personnel qui était de service.

— Et Stacy Killian ? Elle est venue, hier ?

De nouveau, l'expression de Billie s'altéra.

— Non. Est-ce que… Stacy va bien ?

— Pour autant que je sache, oui.

Spencer marqua une pause.

— Cela m'aiderait beaucoup si je pouvais connaître le nom de toutes les personnes que Cassie fréquentait. Les habitués.

— Bien sûr.

— Avait-elle des ennemies ?

— Pas à ma connaissance. Ça paraît même difficile à imaginer.

— Avez-vous été témoin de disputes ?

— Non, répondit la jeune femme d'une voix tremblante. Je… je n'arrive pas à croire à ce qui se passe…

— J'ai appris qu'elle participait à des jeux de rôle.

Spencer marqua une nouvelle pause. Comme Billie ne le contredisait pas, il poursuivit :

— Lui arrivait-il de venir avec son ordinateur portable ?

— Elle l'avait toujours.

— Vous ne l'avez jamais vue sans ?

— Jamais.

Spencer hocha la tête.

— Très bien. Maintenant, j'aimerais m'entretenir avec vos employés, madame Bellini.

— Bien sûr ! Nick commence à 14 heures et Josie à 17 heures. C'est Paula qui est de service actuellement. Voulez-vous que je l'appelle ?

— S'il vous plaît, oui, répondit Spencer en sortant de sa poche une carte de visite. Si un détail vous revient à l'esprit, appelez-moi.

Il s'avéra que Paula en savait encore moins que sa patronne. Spencer lui donna également sa carte et prit congé.

Il sortit du café. La présentatrice météo de Channel 6 avait annoncé que le thermomètre monterait jusqu'à 21 ou 22 degrés, aujourd'hui. Et au vu de la douceur qui régnait déjà, ses prévisions avaient toutes les chances de se vérifier.

Desserrant son nœud de cravate, Spencer se dirigea vers sa Camaro, stationnée contre le trottoir.

— Détective Malone, attendez !

Il s'arrêta et se tourna. Stacy Killian claqua la portière de sa propre voiture et se dirigea vers lui.

— Bonjour, mademoiselle Killian.

— Vous avez obtenu tout ce que vous vouliez, ici ? demanda-t-elle en désignant le café.

— Pour le moment. Je peux vous aider ?

— Je me demandais si vous aviez commencé à vous renseigner sur le jeu de rôle dont je vous ai parlé.

— Pas encore.

— Pourquoi est-ce si long ?

Spencer consulta sa montre, puis releva les yeux vers la jeune femme.

— Sauf erreur de calcul, l'enquête n'est commencée que depuis 8 heures.

— Et les probabilités de résoudre l'affaire diminuent d'heure en heure.

— Pourquoi avez-vous quitté la police de Dallas, mademoiselle Killian ?

— Je… Pardon ?

Spencer remarqua la façon dont elle avait légèrement tressailli.

— C'était juste une question. Alors, pourquoi êtes-vous partie ?

— J'avais besoin de changement.

— Est-ce la seule raison ?

— Je ne vois pas ce que ça vient faire dans l'histoire, inspecteur.

Il plissa les yeux.

— Vous semblez très désireuse de diriger l'enquête à ma place.

Les joues de la jeune femme se colorèrent.

— Cassie était mon amie. Je ne tiens pas à ce que son assassin s'en tire impunément.

— Moi non plus. Alors, lâchez-moi les baskets et laissez-moi faire mon boulot !

Alors qu'il passait à sa hauteur, elle lui saisit le bras.

— *White Rabbit* est la meilleure piste dont vous disposiez.

— Ça, c'est ce que vous dites. Personnellement, je n'en suis pas convaincu. Ce que vous m'avez raconté pourrait n'être qu'une coïncidence. Notre vie est une suite incessante de rencontres, mademoiselle Killian. Des étrangers croisent notre chemin tous les jours sans avoir la moindre intention de nous tuer.

— C'est vrai pour la plupart d'entre eux, dit Stacy. L'ordinateur de Cassie a disparu, n'est-ce pas ? Qu'est-ce que vous en dites ?

— Son meurtrier l'aura emporté comme un trophée... A moins que l'appareil ne soit en réparation.

— Ou alors, Cassie jouait à *White Rabbit* sur Internet, et ce jeu est en rapport avec sa mort.

Spencer secoua la tête.

— Vous extrapolez, mademoiselle Killian, et vous le savez parfaitement.

— J'ai été inspectrice pendant dix ans...

— Et vous ne l'êtes plus, coupa Spencer. Vous êtes dans le civil, à présent. Ne vous mettez pas sur mon chemin. Ne vous mêlez pas de cette enquête. Je risque de vous le demander moins gentiment, la prochaine fois...

6.

Lundi 28 février 2005
11 h 10

Stupide. Méprisant. Arrogant.

En entrant au Café Noir, Stacy fulminait. L'expérience lui avait appris que les mauvais flics pouvaient être classés en trois catégories. En tête de liste, il y avait les flics malhonnêtes. Là, pas besoin d'explication. Ensuite venaient ceux qui, pour une raison ou pour une autre, se contentaient de faire le strict minimum. Et puis, il y avait les prétentieux.

Il s'agissait de cela, bien sûr. Et il n'était pas question de laisser un as du pistolet tout frais émoulu et sûr de lui bousiller cette affaire. Pas question qu'elle reste assise sans rien faire pendant que l'assassin de Cassie était toujours en liberté.

Stacy inspira profondément, et concentra son attention sur Billie. La nouvelle avait dû l'anéantir.

Son amie se tenait au comptoir. Cette ravissante blonde d'un mètre quatre-vingts faisait tourner toutes les têtes. En plus, elle était très intelligente et incroyablement drôle, dans un registre plutôt caustique.

Billie leva les yeux, croisa le regard de Stacy. Elle avait pleuré.

Stacy la rejoignit et lui tendit la main.

— Je suis effondrée, moi aussi.

— La police sort d'ici, expliqua Billie en lui serrant la main. Je n'arrive toujours pas à y croire.

— Moi non plus.

— On m'a posé des questions à ton sujet, Stacy. Pourquoi ?

— C'est moi qui les ai trouvées, elle et Beth. Et j'ai appelé la police.

— Oh ! Stacy… c'est horrible.

Des larmes submergèrent les yeux de Billie.

— Raconte-moi.

Elle fit signe à son employée.

— Je suis dans mon bureau, Paula. Si tu as besoin de moi, tu m'appelles.

La jeune fille les regarda toutes les deux, les yeux brillants, le visage pâle. Malone avait dû l'interroger, elle aussi.

— Allez-y, dit-elle d'une voix altérée. Je m'occupe de tout.

Billie entraîna Stacy à travers la remise pour rejoindre son bureau. Elle laissa la porte légèrement entrebâillée.

— Comment est-ce que tu vis ça ?

— Plutôt mal.

Cassie était l'une des personnes les plus gentilles qu'elle eût connues. Non seulement sa mort était absurde, mais les circonstances dans lesquelles elle était survenue constituaient un véritable affront à la vie.

Elle fit face à Billie.

— J'aurais pu la sauver.

— Quoi ? Mais tu ne pouvais…

— J'étais juste à côté. J'ai une arme, j'ai été flic. Pourquoi est-ce que je n'ai rien vu, rien entendu ?

— Parce que tu n'es pas médium, voilà pourquoi ! lui répondit Billie avec douceur.

Stacy serra les poings. Elle savait que Billie avait raison, mais elle puisait plus de réconfort dans la culpabilité que dans l'impuissance.

— Elle m'a parlé de ce jeu : *White Rabbit*. Ça ne me plaisait pas. Je l'ai mise en garde, je lui ai dit de faire attention…

Billie tira l'unique chaise du bureau.

— Vas-y, assieds-toi. Et dis-moi tout.

Stacy lui raconta l'histoire. Billie l'écouta sans intervenir, les yeux de plus en plus brillants. A la fin, elle dut fournir un gros effort pour recouvrer une certaine contenance.

— C'est… c'est affreux, dit-elle. Qui a pu faire ça ? Et pourquoi ? Cassie est… elle…

Elle *était*.

Il faudrait parler d'elle au passé, désormais.

— Ce jeu, tu en as déjà entendu parler ?

Billie secoua la tête.

— Tu en es certaine ?

— Absolument.

— Cassie était tout excitée à l'idée d'y jouer, expliqua Stacy. Elle m'a dit qu'une certaine personne avait accepté d'organiser une rencontre avec un expert de *White Rabbit*.

— Quand ?

— Je l'ignore. J'étais en retard pour mon cours et j'ai pensé qu'on aurait tout le temps d'en parler plus…

Plus tard. Sa voix avait craqué ; elle n'avait pas pu terminer sa phrase.

— Et tu crois qu'elle a rencontré cette personne et que... que c'est en rapport avec sa mort ?

— C'est possible. Cassie accordait sa confiance à n'importe qui. Je ne serais pas étonnée d'apprendre qu'elle avait invité un inconnu chez elle.

Billie acquiesça d'un hochement de tête.

— Et toute cette histoire de *White Rabbit* ne serait qu'un stratagème. Cette personne aurait fait croire à Cassie qu'elle jouait à ce jeu uniquement pour s'introduire chez elle...

— Mais pourquoi ?

Incapable de rester assise plus longtemps, Stacy se leva et commença de marcher fébrilement dans la petite pièce.

— Il y a aussi cette histoire d'ordinateur...

— Le policier m'a interrogée à ce sujet, tout à l'heure. Cassie ne s'en séparait jamais. Elle l'emportait partout avec elle. Un jour, je lui ai même demandé si elle couchait avec. Elle s'est mise à rire et elle m'a répondu que oui.

— Je le sais bien. Et c'est sûrement pour ça que l'assassin l'a pris.

— Il ne voulait pas que la police trouve certaines informations, c'est ça ? Des indices qui auraient permis de remonter jusqu'à lui. Ou jusqu'à elle.

— C'est aussi ce que je pense. Ce qui nous ramène donc à la personne qu'elle avait rencontrée...

— Qu'est-ce que tu vas faire ?

— Poser des questions ici et là. Interroger les amis de Cassie. Voir ce qu'ils savent sur *White Rabbit*. Il est possible qu'elle ait parlé à quelqu'un de cette fameuse *personne* qui devait servir d'intermédiaire.

— Moi aussi, je vais en parler autour de moi. Il y a beaucoup de joueurs parmi mes clients…

Stacy prit la main de son amie.

— Sois prudente, Billie. Si jamais tu as de mauvaises ondes, tu m'appelles tout de suite, d'accord ? Ou bien tu contactes l'inspecteur Malone. C'est dangereux, tu sais ? A mon avis, l'assassin de Beth et de Cassie n'hésitera pas à tuer de nouveau s'il se sent repéré.

7.

Mardi 1er mars 2005
9 heures

L'UNO, l'université de La Nouvelle-Orléans, s'étendait sur près de 80 hectares devant le lac Pontchartrain. Créée en 1956 sur une ancienne base aérienne de la marine américaine, elle accueillait essentiellement des élèves venant des environs de la plus grande ville de Louisiane, et avait réussi, malgré sa taille restreinte, à se forger une solide réputation. Les départements d'ingénierie maritime, de management en hôtellerie, de restauration et, surtout, de cinéma étaient très cotés.

Stacy stationna sur le parking le plus proche du centre universitaire. C'était là que se concentrait l'activité sociale du campus, notamment parce que la majorité des étudiants vivaient à l'extérieur du campus et faisaient donc la navette entre leur domicile et l'université. Quand un étudiant n'était pas en cours ou à la bibliothèque, il était en train de bavarder au centre.

C'était également là que Stacy comptait rencontrer les amis de Cassie.

Elle pénétra dans le bâtiment, trouva une table et se débarrassa de son sac à dos. Puis elle promena son regard à travers la salle immense. Il n'y avait pas grand monde. Les étudiants arriveraient après les premiers cours de la journée, puis la fréquentation connaîtrait un pic vers midi, lorsqu'ils s'arrêteraient pour déjeuner.

La jeune femme prit une tasse de café et un muffin. Puis elle s'assit et sortit le *Frankenstein* de Mary Shelley, qu'elle étudiait dans le cadre de son cours sur les romantiques tardifs. Mais elle ne l'ouvrit pas.

Elle but une gorgée de café et songea à tout ce qu'elle avait prévu de faire durant la journée. Prendre contact avec les amis de Cassie. Les interroger sur *White Rabbit*, sur ce qu'ils savaient de la dernière soirée de Cassie. Trouver quelque chose de solide pour avancer.

La veille au soir, Stacy s'était entretenue avec la mère de son amie. Elle l'avait appelée pour lui présenter ses condoléances et l'interroger sur les dispositions à prendre au sujet de César. La malheureuse était en état de choc. D'un ton absent, mécanique, elle avait annoncé à Stacy son intention de ramener sa fille chez elle, à Picayune, dans le Mississippi, pour l'enterrer, dès que les services du coroner lui auraient rendu le corps. Elle avait aussi demandé à Stacy si elle accepterait d'organiser une messe de souvenir ; elle estimait préférable que la cérémonie se déroule dans le campus, dans le Newman Religious Center.

Stacy avait acquiescé. Les amis de Cassie étaient nombreux, et ils seraient heureux de cette occasion de lui dire adieu.

De même que la police accueillerait favorablement cette opportunité de voir qui assistait à la cérémonie.

Les assassins, et tout particulièrement les tueurs maniaques, avaient la réputation de venir assister aux funérailles de leurs victimes. Ils avaient aussi une propension certaine à se rendre sur la tombe de leurs victimes ou à retourner sur le lieu du meurtre. A travers ces gestes, ils renouaient avec l'excitation malsaine qu'ils avaient recherchée en commettant leur acte criminel.

Les meurtres de Cassie et de Beth étaient-ils l'œuvre d'un maniaque ? Stacy en doutait. Il y manquait les rituels qui caractérisaient ce type d'affaire… mais, bien sûr, cela ne permettait pas d'exclure totalement cette possibilité.

Stacy aperçut deux amies et partenaires de jeu de Cassie. Ella et Magda. Leurs plateaux à la main, elles se dirigeaient vers une table en riant d'un air insouciant.

De toute évidence, elles n'avaient pas appris la nouvelle.

Stacy se leva et rejoignit leur table. Elles sourirent en la reconnaissant.

— Salut, Stacy. Ça va ?

— Je peux m'asseoir ? Je voudrais vous demander quelque chose.

Devant son expression, elles perdirent le sourire. Elles lui désignèrent une chaise vide, sur laquelle elle se glissa. Elle décida de commencer par les interroger sur le jeu. Car elle avait peu de chances d'obtenir des réponses cohérentes, une fois qu'elle leur aurait appris la mort de Cassie.

— L'une de vous aurait-elle entendu parler d'un jeu qui s'appelle *White Rabbit ?*

Les deux jeunes filles échangèrent un coup d'œil, et ce fut Ella qui parla la première.

— Tu n'as jamais participé à des jeux de rôle, Stacy. Pourquoi est-ce que ça t'intéresse ?

— Donc, vous en avez entendu parler.

Comme elle n'obtenait pas de réponse, Stacy ajouta :

— C'est très important. C'est en rapport avec Cassie.

— Cassie...

Fronçant les sourcils, Ella consulta sa montre.

— Elle devrait déjà être là. Elle nous a envoyé un mail à toutes les deux, dimanche soir. Elle nous demandait d'être ici à 9 heures. Elle a une surprise, paraît-il.

Une surprise.

White Rabbit.

Stacy se pencha vers Ella.

— A quelle heure vous a-t-elle envoyé ce message ?

Les deux amies réfléchirent un instant. Ce fut encore Ella qui répondit la première.

— Autour de 20 heures, en ce qui me concerne. Et toi, Magda ?

— Même chose, je crois.

— Vous avez entendu parler du jeu ?

Elles se consultèrent de nouveau du regard, puis hochèrent la tête.

— Mais aucune de nous n'y a joué, précisa Madga.

— *White Rabbit* est... disons radical et underground, expliqua Ella. Tout se passe de joueur à joueur. Pour apprendre le jeu, il faut absolument connaître quelqu'un qui est déjà dans la partie. C'est un véritable clan. Ils cultivent le secret.

— Et Internet ? On doit pouvoir y trouver des informations, non ?

— Des informations, c'est sûr, répondit Ella dans un murmure. Mais je n'ai pas vu de règle du jeu. Et toi, Magda ?

La jeune fille secoua la tête.

— Moi non plus.

Voilà pourquoi Cassie était aussi excitée.

— On y joue en ligne ? reprit Stacy. Ou en chair et en os ?

— Les deux, je pense. Comme pour beaucoup de jeux. Mais Cassie préfère jouer en temps réel. On a l'habitude de se retrouver : on est un petit groupe.

— C'est quand même plus sympa, expliqua Magda. Le jeu sur ordinateur intéresse surtout ceux qui n'arrivent pas à trouver des partenaires ou qui n'ont pas le temps de se consacrer à des parties en temps réel.

— Oui, des gens qui cherchent juste le frisson, ajouta Ella.

— C'est-à-dire ?

— Le plaisir de manœuvrer les adversaires et de les avoir.

— Cassie a-t-elle fait allusion à une rencontre avec quelqu'un qui jouait à *White Rabbit* ?

— Elle ne m'a parlé de rien, répondit Ella. Et à toi, Magda ?

— A moi non plus.

— Vous pouvez me dire autre chose sur le sujet ? leur demanda Stacy.

— Non, pas grand-chose.

Elle consulta de nouveau sa montre.

— C'est bizarre que Cassie ne soit toujours pas là. Vérifie sur ton portable, dit-elle à son amie.

Au même moment, Amy, un autre membre du groupe, se dirigea vers leur table. A son expression, Stacy comprit qu'elle était au courant. Elle se raidit en prévision de la suite.

— Oh ! mon Dieu ! dit Amy en atteignant la table. On… on vient de me dire. C'est horrible ! Cassie… elle…

Les yeux noyés de larmes, elle plaqua la main sur sa bouche.

— Quoi ? s'écria Magda. Qu'est-ce qui s'est passé ?

Amy se mit à pleurer.

— Elle… elle est morte.

Ella se dressa d'un bond, renversant sa chaise vers l'arrière. Les occupants des tables voisines se tournèrent dans leur direction.

— C'est impossible, enfin ! Je viens de lui parler !

— Moi aussi ! s'écria Magda. Comment… ?

— La police est venue à la résidence, ce matin. Ils voulaient aussi vous parler.

— La police ? répéta Magda qui paraissait paniquée. Je ne comprends pas.

Amy se laissa tomber sur une chaise et fondit de nouveau en larmes.

— Cassie a été assassinée, annonça posément Stacy. Dimanche soir.

Magda se contenta de la fixer, tandis qu'Ella s'en prenait à elle.

— Tu mens ! Qui aurait pu faire du mal à Cassie ?

— C'est ce que j'essaie de découvrir.

Un instant, les trois étudiantes restèrent silencieuses, dévisageant Stacy d'un air absent. Puis l'expression d'Ella se modifia à mesure qu'elle comprenait.

— C'est pour ça que tu nous posais toutes ces questions sur *White Rabbit ?* Tu pensais que…

— Le jeu ? demanda Amy à travers ses larmes.

— J'ai vu Cassie, vendredi, expliqua Stacy. Elle devait

rencontrer une personne susceptible de la présenter au Lapin Blanc Suprême. Elle t'en a parlé ?

— Oui. Elle m'a appelée, dimanche soir. Elle m'a expliqué qu'elle aurait une surprise pour nous, ce matin. J'ai senti à sa voix qu'elle était très excitée.

— Autre chose ?

— Elle devait partir. Quelqu'un l'attendait à la porte.

Stacy sentit les battements de son cœur s'accélérer. *Quelqu'un* ? Son assassin ?

— Elle t'a dit de qui il s'agissait ?

— Non.

— Elle n'a même pas précisé si c'était un homme ou une femme ?

L'air misérable, Amy secoua la tête.

— Quelle heure était-il ?

— Comme je l'ai dit à la police, je ne m'en souviens plus très bien. Mais je pense qu'il devait être autour de 21 h 30.

A 21 h 30, Stacy était plongée dans son travail. Elle avait juste reçu un coup de fil de sa sœur Jane, et elles avaient bavardé une vingtaine de minutes, principalement au sujet du bébé, l'incroyable petite Apple Annie…

— Tu es certaine qu'elle n'a rien dit d'autre ? Rien du tout ?

— Non. Oh ! si seulement j'avais…

La phrase d'Amy se perdit dans un sanglot.

Le visage rougi par les larmes et le chagrin, Ella se tourna vers Stacy.

— Comment se fait-il que tu en saches autant ?

Stacy lui expliqua que c'était elle qui avait découvert les corps.

— Tu as fait partie de la police, n'est-ce pas ?

— Oui.

— Et tu joues au flic, maintenant, c'est ça ? Tu renoues avec les jours glorieux ?

L'accusation qui perçait dans ces paroles prit Stacy par surprise.

— Pour la police, Cassie n'est qu'une victime parmi d'autres. Pour moi, elle était bien plus. J'ai l'intention de faire en sorte que celui ou celle qui a fait ça ne s'en sorte pas impunément.

— Sa mort n'a rien à voir avec les jeux de rôle !

— Qu'en sais-tu ?

— C'est toujours la même chose, déclara Ella d'une voix tremblante. Les gens nous montrent du doigt, ils racontent que les jeux de rôle transforment les jeunes en zombies ou en machines à tuer. C'est stupide ! Tu ferais mieux d'aller parler avec ce taré de Bobby Gautreaux.

Stacy fronça les sourcils.

— Je le connais ?

— Sans doute pas, répondit Magda.

Les bras croisés autour du buste, elle ne cessait de se dandiner nerveusement.

— Cassie et lui sont sortis ensemble, l'année dernière. Elle a rompu et il ne l'a pas très bien vécu.

— *Pas très bien vécu* ? répéta Ella en fusillant son amie du regard. Il a menacé de se suicider ! Et ensuite, c'est *elle* qu'il a menacée de tuer.

— Mais c'était l'année dernière ! objecta Amy.

— Aurais-tu oublié ce qu'elle nous a dit il y a une ou deux semaines ? répliqua Ella. Elle pensait qu'il la surveillait…

Amy écarquilla les yeux.

— C'est vrai, mon Dieu ! Ça m'était complètement sorti de la tête !

— Moi aussi, reconnut Magda. Bon, qu'est-ce qu'on fait, maintenant ?

Elles se tournèrent vers Stacy. Trois jeunes filles dont les existences venaient de prendre un tournant décisif. Un bouleversement engendré par la réalité la plus sordide.

— Qu'est-ce que tu en penses ? demanda Magda d'une voix mal assurée.

« Que cela change tout », pensa Stacy.

— Vous allez appeler la police et leur répéter exactement ce que vous venez de me dire. Tout de suite.

— Mais Bobby l'aimait vraiment, affirma Amy. Jamais il ne lui aurait fait de mal. Il a pleuré quand ils ont rompu. Il…

Stacy l'interrompit doucement.

— La vérité, c'est qu'il y a autant d'assassins motivés par l'amour que par la haine.

— Tu penses que Bobby… Mais pourquoi aurait-il attendu un an avant de la…

Amy s'étouffa presque sur les derniers mots, et fut incapable de les formuler.

Mais ils étaient quand même là, suspendus dans l'air.

Avant de la tuer.

— Certaines brutes frappent tout de suite, sans réfléchir. D'autres prennent le temps d'y penser et attendent le bon moment. Ils refusent de laisser parler leur colère. Si Bobby Gautreaux est l'assassin et qu'il a épié Cassie avant de la tuer, il entre dans la seconde catégorie.

— Je… je ne me sens pas bien, gémit Magda.

Amy s'approcha d'elle et lui passa doucement la main dans le dos.

— Ça va aller.

Ce qui était faux. Et elles le savaient toutes.

— Où est-ce que je peux trouver Bobby Gautreaux ? demanda Stacy.

— Il est étudiant en ingénierie, répondit Ella.

— Je pense qu'il vit dans l'une des résidences, ajouta Amy. En tout cas, c'était le cas, l'année dernière.

— Vous êtes certaine qu'il est toujours ici, à l'UNO ?

— Je l'ai vu plusieurs fois sur le campus, cette année, assura Amy. Je l'ai même aperçu ici, l'autre jour.

Stacy se leva et commença de rassembler ses affaires.

— Appelez le détective Malone. Répétez-lui ce que vous venez de me dire.

— Qu'est-ce que tu vas faire ? demanda Magda.

— Essayer de trouver ce Bobby Gautreaux. J'aimerais lui poser quelques questions avant que la police s'en charge.

— Au sujet de *White Rabbit ?* demanda aussitôt Ella d'un ton coupant.

— Entre autres choses, oui.

Alors que Stacy faisait passer son sac à dos sur son épaule, Ella se leva à son tour.

— Laisse tomber la piste du jeu. Ça ne te mènera à rien.

Stacy trouva étrange que l'une des supposées meilleures amies de Cassie semble plus soucieuse de préserver la réputation d'un jeu que de retrouver l'assassin de son amie. Elle la regarda dans les yeux.

— C'est possible, oui, lui dit-elle. Mais Cassie est morte. Et je ne laisserai aucune piste de côté.

La défiance d'Ella parut s'apaiser. Elle se rassit, une expression résignée sur le visage.

Pendant un instant, Stacy la regarda fixement, puis elle se tourna pour partir. Mais Ella l'arrêta.

— Ne laisse pas tout le travail à la police, d'accord ? On fera tout ce qu'on pourra pour t'aider. On aimait beaucoup Cassie.

8.

Mardi 1er mars 2005
10 h 30

— Bonjour ! lança Stacy en souriant à la secrétaire qui chapeautait le département d'ingénierie. Je suis étudiante de troisième cycle en littérature anglaise.

— En quoi puis-je vous aider ?

— Je cherche Bobby Gautreaux.

La femme, jusque-là tout sourires, fronça légèrement les sourcils.

— Je n'ai pas vu Bobby, aujourd'hui.

— Il n'a pas cours, le mardi ?

— Il me semble bien que si. Attendez que je vérifie.

Elle se tourna vers son ordinateur, accéda au programme de gestion des dossiers des étudiants et tapa le nom de Bobby.

— Voyons… Oui, il a bien cours. Mais je ne l'ai pas aperçu. Je peux peut-être vous aider ?

— Je suis une amie de sa famille. J'ai passé le week-end à Monroe pour voir mes parents, et Mme Gautreaux m'a demandé de remettre ceci à son fils.

Stacy tendit la carte et l'enveloppe qu'elle avait achetées juste avant de venir. Sur l'enveloppe, elle avait écrit : « Bobby ».

La femme sourit et tendit la main.

— Je me ferai un plaisir de la lui donner.

Mais Stacy tint bon.

— C'est que… j'ai pris l'engagement de lui remettre la lettre en main propre. Mme Gautreaux a beaucoup insisté là-dessus. Bobby habite dans le secteur de Bienville Hall, c'est bien ça ?

Un masque de méfiance apparut sur le visage de la secrétaire.

— Ça, je ne sais pas trop.

— Pourriez-vous vérifier ? lui demanda Stacy en baissant la voix. Il y a… de l'argent dans l'enveloppe. Cent dollars. Si jamais je vous la laisse et qu'il arrive quelque chose… je ne me le pardonnerai jamais.

La femme se mordit la lèvre.

— Je ne peux en aucun cas prendre une somme en liquide.

— C'est bien ce que je pensais. Plus tôt j'aurai remis cet argent à Bobby, et mieux cela vaudra.

La secrétaire hésita encore un peu, tout en regardant fixement Stacy, comme pour la jauger.

— C'est d'accord, dit-elle enfin. Je vais voir si je trouve l'information.

Elle revint à son ordinateur, entra quelques éléments, puis se retourna vers la jeune femme.

— C'est Bienville Hall. Chambre 210.

— Chambre 210, répéta Stacy en souriant. Merci pour votre aide.

Bienville Hall, une tour sans aucun charme, construite à

la fin des années 1960, s'élevait juste à côté des bâtiments du département d'ingénierie.

Stacy entra sans que personne ne fît attention à elle.

Elle emprunta l'escalier pour rejoindre le premier étage, puis se dirigea vers la chambre 210.

Elle frappa à la porte. Comme personne ne répondait, elle frappa de nouveau.

Toujours pas de réponse. Regardant autour d'elle, elle constata qu'elle était seule dans le couloir. D'un geste nonchalant, elle saisit la poignée et la tourna.

La porte n'était pas verrouillée.

Elle entra et ferma aussitôt derrière elle. Elle était en pleine illégalité, quoique l'infraction fût moins grave, maintenant qu'elle n'était plus dans la police. C'était curieux, mais c'était ainsi.

Du regard, elle fit rapidement le tour de la petite pièce extrêmement nette et bien rangée. Curieux, songea-t-elle. Les jeunes gens célibataires n'avaient pas franchement la réputation d'être des fées du logis. Bobby Gautreaux avait-il pour spécialité de défier les normes ?

Elle s'approcha du bureau sur lequel reposaient trois piles de documents. Elle examina rapidement chacune d'elles, avant d'ouvrir le tiroir. Elle passa en revue son contenu, sans rien trouver de particulièrement intéressant.

Son attention fut attirée par une photo fixée sur le tableau mural qui se trouvait juste au-dessus du bureau. Une photo de Cassie. Souriante. En maillot de bain. Sur son visage, on avait dessiné les cercles concentriques d'une cible.

Intriguée, Stacy continua à fouiller, et découvrit d'autres clichés de son amie — sur l'un d'eux, elle était affublée des cornes du diable et d'une queue pointue. Et sur un autre, il était écrit : « Brûle en enfer, salope ! »

Si ce garçon était l'assassin, il faisait preuve d'une absolue stupidité. Il devait pourtant bien se douter que la police prendrait contact avec lui ! En laissant exposées de telles photos au-dessus de son bureau, il était assuré d'avoir des ennuis.

— Hé, mais qu'est-ce que vous foutez là ?

Stacy fit volte-face. Le jeune homme qui se trouvait à la porte avait une mine affreuse, comme s'il avait passé une très mauvaise nuit. Il aurait pu poser pour une affiche dissuasive des Alcooliques Anonymes.

— La porte était ouverte.

— Et alors ? Foutez le camp !

— Tu es Bobby, n'est-ce pas ?

Il avait les cheveux humides et une serviette sur les épaules.

Détournant les yeux, il demanda :

— Et t'es qui, toi ?

— Une amie.

— Pas une des miennes.

— Une amie de Cassie.

Son visage se crispa en un rictus affreux, et il croisa les bras sur son torse.

— Qu'est-ce que ça peut me foutre ? Je ne l'ai pas vue depuis des siècles. Allez, tu dégages, maintenant !

Stacy se rapprocha de lui.

— C'est drôle, dit-elle en le regardant droit dans les yeux, mais elle m'a plutôt laissée penser que vous vous étiez parlés assez récemment.

— C'est que c'est une menteuse, alors. En plus d'être une salope.

Choquée, Stacy le détailla du regard. Il avait des cheveux noirs bouclés et des yeux d'un marron très sombre, qu'il devait tenir de ses ancêtres français acadiens. Sans son air revêche, il aurait pu être très séduisant.

— Elle m'a dit que tu savais quelque chose au sujet de *White Rabbit.*

L'expression de Bobby s'altéra légèrement.

— Qu'est-ce qu'il y a avec *White Rabbit* ?

— Tu connais ce jeu, n'est-ce pas ?

— Ouais, je le connais.

— Tu y as déjà joué ?

Il hésita avant de répondre :

— Non.

— Tu n'as pas l'air d'en être absolument sûr.

— T'es de la police ou quoi ?

Plissant les yeux, Stacy décida qu'il n'y avait décidément pas grand-chose à aimer chez Bobby Gautreaux. C'était un voyou, le genre d'individu qu'elle côtoyait au quotidien quand elle était encore dans la police.

En cet instant, elle regrettait de ne plus avoir son insigne ; elle aurait adoré voir ce petit voyou trembler de trouille.

Elle ne put réprimer un sourire en imaginant la scène.

— Comme je te l'ai dit, je suis juste une amie. Je cherche des informations. Tu pourrais me parler de *White Rabbit ?*

— Qu'est-ce que tu veux savoir ?

— Eh bien, en quoi consiste le jeu, comment on y joue, ce genre de choses…

Il fit la moue, ce qui devait lui tenir lieu de sourire.

— Ça n'est pas un jeu comme les autres. C'est très sombre. Violent.

Il marqua une pause, tandis que son expression s'animait soudain.

— Tu n'as qu'à imaginer la rencontre entre le chat chapeauté du Dr Seuss et Lara Croft, de *Tomb Raider*. Le cadre, c'est le Pays des merveilles. Dingo. Un monde bizarre.

Aux oreilles de Stacy, ça sonnait plutôt comme une vaste rigolade.

— Quand tu dis que c'est sombre, qu'est-ce que tu entends par là ?

— Tu ne joues pas, hein ?

— Non.

— Alors, va te faire foutre.

Comme il se détournait, Stacy lui attrapa le bras.

— Fais-moi plaisir, Bobby…

Il baissa les yeux sur son bras, avant de croiser de nouveau le regard de Stacy. L'expression qu'il y lut dut le convaincre qu'elle ne plaisantait pas.

— *White Rabbit* est un jeu de survie où ce sont les plus intelligents, les plus capables qui s'en sortent. Et le dernier emporte tout.

— Il emporte… *tout* ?

— C'est tuer ou être tué. Le jeu s'arrête quand il n'y a plus qu'un participant en vie.

— Comment peux-tu en savoir autant sur ce jeu si tu n'y as jamais participé ?

Il tira sur son bras pour se libérer.

— J'ai des relations.

— Tu connais quelqu'un qui joue ?

— Possible.

— Ça n'est pas une réponse. Tu connais quelqu'un ou pas ?

— Je connais la personne importante. Le Lapin Blanc Suprême.

Bingo ! songea Stacy.

— Et qui est-ce ?

— L'inventeur du jeu en personne. Un type qui s'appelle Leonardo Noble.

— Leonardo Noble, répéta Stacy en cherchant à se rappeler si elle avait déjà entendu ce nom.

— Il habite La Nouvelle-Orléans. J'ai entendu parler de lui à CoastCon, la grande convention de SF et de fantastique du Mississippi. Il est supercool mais du genre cinglé. Si tu veux en savoir plus sur le jeu, tu n'as qu'à aller le voir.

Stacy recula d'un pas.

— Je n'y manquerai pas. Merci pour ton aide, Bobby.

— Pas de quoi. Ça me fait toujours plaisir d'aider une amie de Cassie.

Stacy trouva qu'il y avait quelque chose de presque reptilien dans son sourire. Elle le contourna pour rejoindre la porte.

— Au fait, tu es au courant ? lui demanda-t-il alors qu'elle franchissait le seuil. Cassie est morte. On l'a tuée.

Stacy s'arrêta net et se tourna lentement vers lui.

— Qu'est-ce que tu viens de dire ?

— Cassie a été zigouillée. Cette gouine d'Ella, sa copine, m'a appelé, complètement hystérique. Elle m'a accusé d'être l'assassin.

— Et c'est toi ?

— Va te faire foutre !

Stacy secoua la tête, ahurie par le comportement de Bobby.

— Tu es stupide ou quoi ? Tu n'as donc pas compris ? C'est toi le principal suspect. Alors, je te conseille de changer de comportement parce que les policiers n'auront pas besoin que tu en rajoutes pour t'embarquer !

Deux minutes plus tard, elle sortait de la résidence. Elle aperçut alors l'inspecteur Malone et son partenaire qui se dirigeaient vers elle.

— Salut, les gars ! leur lança-t-elle d'un ton léger.

Malone parut contrarié en la reconnaissant.

— Qu'est-ce que vous fichez là ?

— Je suis passée voir un ami. La loi ne l'interdit pas, que je sache ?

Tony étouffa un gloussement tandis que Malone se renfrognait un peu plus.

— Entraver une enquête, c'est un délit.

— Bien reçu, inspecteur. J'en prends note, répliqua Stacy d'un petit air ironique.

Elle sourit aux policiers et poursuivit son chemin. Puis, comme elle avait l'impression de sentir le regard des deux hommes dans son dos, ce fut plus fort qu'elle : elle s'arrêta et leur lança par-dessus son épaule :

— Jetez donc un coup d'œil au tableau, au-dessus du bureau. Je suis sûre que ça ne manquera pas de vous intéresser.

9.

Mardi 1er mars 2005
13 h 40

Le déjeuner de Spencer, un sandwich complet de chez Mother's, se racornissait sur son bureau. Au début, Bobby Gautreaux avait joué la carte de la provocation et de l'insolence. Jusqu'à ce que les inspecteurs fassent une remarque sur la photographie de Cassie agrémentée d'une cible dessinée à la main. Là, cet idiot était devenu agité, puis carrément paniqué quand ils lui avaient annoncé qu'ils l'embarquaient pour un interrogatoire plus fouillé.

Sur la base des témoignages des amies de Cassie et des photos compromettantes trouvées chez lui, ils avaient demandé un mandat de perquisition pour la chambre et la voiture de Gautreaux. Contrairement à ce qui se passait dans d'autres Etats, les policiers de Louisiane devaient officiellement inculper un suspect pour obtenir une garde à vue. Sauf dans les affaires de drogue qu'il fallait conclure en vingt-quatre heures, ils avaient alors trente jours pour soumettre leur affaire au bureau du D.A.

A moins que les perquisitions ne leur donnent des éléments déterminants, ils seraient donc obligés de relâcher Gautreaux.

Tony s'approcha d'un pas tranquille du bureau de Spencer, et casa son imposante carcasse sur l'une des deux chaises qui lui faisaient face.

— Salut, Junior.

— Salut, répondit Spencer. Comment va le gamin ?

— Pas terrible. Il est comme un lion en cage. Et il a la tête de quelqu'un qui va vomir d'une seconde à l'autre.

— Il a demandé un avocat ?

— Il a appelé son père, qui va s'occuper de ça.

Tony baissa les yeux sur le sandwich de Spencer.

— Tu comptes le manger ?

— Tu n'as pas déjeuné ?

— Une salade avec un assaisonnement sans matière grasse, répondit Tony en faisant la grimace.

— Betty t'a encore collé au régime ?

— Pour mon bien, paraît-il. Elle ne comprend pas pourquoi je n'arrive pas à maigrir.

Spencer haussa un sourcil. S'il se fiait aux particules de sucre glace accrochées sur le devant de la chemise de son partenaire, celui-ci avait une nouvelle fois succombé à la gourmandise, ce matin.

— Moi, je pense que c'est à cause des beignets. Je pourrais l'appeler et…

— Fais ça et t'es un homme mort, Junior !

Spencer se mit à rire et, curieusement, il eut faim. Il saisit son sandwich à deux mains et enfourna une grosse bouchée avec une mimique de plaisir. De la sauce au jus de viande et de la mayonnaise suintèrent des deux côtés de la baguette de pain.

— T'es vraiment un sale petit con, tu le sais ?

— Oui, oui, je sais, répondit Spencer en s'essuyant les lèvres avec une serviette en papier. Mais évite de dire « petit » et « con » dans la même phrase : c'est pas sympa. Surtout quand tu t'adresses à quelqu'un de mon âge.

Son partenaire se mit à rire bruyamment, et deux autres policiers, dans la grande salle, se tournèrent vers eux.

— Qu'est-ce que tu penses de Gautreaux ? demanda Tony.

— Au-delà du fait que c'est un petit merdeux trop gâté ?

— Ouais, au-delà de ça.

Spencer hésita.

— Il fait un bon suspect.

— *Mais* ?

— Eh bien, c'est trop facile.

— Ça ne veut pas forcément dire qu'on se trompe.

Spencer déplaça le sandwich pour accéder au dossier qui se trouvait en dessous. Il contenait les rapports d'autopsie et les analyses toxicologiques de Cassie Finch et Beth Wagner. Des notes prises sur le lieu des crimes. Des photographies. Les coordonnées des amis, relations, membres des familles.

Spencer désigna le dossier.

— L'autopsie confirme que Cassie Finch a bien été tuée par balle. Aucun signe d'agression sexuelle ni d'autre blessure. Rien sous les ongles. Elle n'a rien vu venir. Le légiste estime l'heure de la mort autour de 23 h 45.

— Et la toxicologie ?

— Aucune trace d'alcool ni de drogue.

— Dans l'estomac ?

Spencer ouvrit le dossier pour le feuilleter de nouveau.

— Rien de significatif.

Tony se laissa aller en arrière, arrachant un grincement de protestation à sa chaise.

— Des indices ?

— Les trucs habituels : des fibres, des cheveux. Le labo s'en occupe.

— Le tueur lui a tiré dessus de façon délibérée, souligna Tony. Ça colle assez bien avec la personnalité de Gautreaux.

— Mais pourquoi est-ce qu'il l'aurait ouvertement harcelée, et même menacée, pour ensuite la tuer et laisser des éléments de preuves compromettants dans sa chambre ?

— Parce qu'il est stupide.

Tony se pencha en avant.

— La plupart des assassins sont des imbéciles. Si ça n'était pas le cas, notre monde serait invivable.

— Elle l'a laissé entrer, alors qu'il était tard. Elle ne l'aurait pas fait si elle avait eu peur de lui, comme le suggèrent ses copines.

— Elle était peut-être stupide, elle aussi. Tu vas apprendre ça avec le temps, Junior. La plupart des criminels, en particulier les assassins, sont des brutes primaires, et les victimes des êtres naïfs et trop confiants. Voilà pourquoi ils se font buter. C'est triste, mais c'est comme ça.

— Et Gautreaux a pris l'ordinateur parce qu'il avait envoyé à cette fille des lettres d'amour ou des menaces pleines de fiel par courrier électronique ?

— Exactement, l'ami ! On va maintenir la pression sur

Gautreaux, en espérant que les résultats du labo mettront à jour un lien direct entre lui et la victime.

— Et l'affaire sera classée ! lança Spencer en reprenant son sandwich. Tout ce qu'on aime.

10.

Mercredi 2 mars 2005
11 heures

Stacy s'arrêta devant le 3135, Esplanade Avenue, où habitait Leonardo Noble. Partant des informations de Bobby Gautreaux, elle avait effectué une recherche informatique concernant M. Noble. Elle avait ainsi découvert que c'était bien lui l'inventeur du jeu *White Rabbit*. Et comme l'avait indiqué Gautreaux, il vivait à La Nouvelle-Orléans.

A quelques pâtés de maisons du Café Noir.

Tout en coupant le moteur de sa voiture, elle observa un peu plus attentivement la maison. Esplanade Avenue était un vieux boulevard de La Nouvelle-Orléans, large et ombragé par d'immenses chênes. La ville, avait-elle appris, était située presque deux mètres cinquante *au-dessous* du niveau de la mer, et cette artère, comme de nombreuses autres à La Nouvelle-Orléans, avait été naguère une voie navigable, qu'on avait comblée pour créer un boulevard. Pourquoi les pionniers avaient-ils estimé qu'un marais était un bon emplacement pour s'établir, voilà qui échappait à la jeune femme.

En tout cas, le marais en question était devenu La Nouvelle-Orléans.

Le quartier qui se trouvait tout au bout d'Esplanade Avenue, près du City Park et de l'hippodrome Fairgrounds, s'appelait Bayou Saint-John. Magnifique et chargé d'Histoire, c'était un quartier de transition, où l'on voyait une propriété restaurée avec le plus grand soin voisiner avec une autre en décrépitude complète. A l'autre extrémité d'Esplanade Avenue, il y avait le Mississippi, en bordure du Quartier Français.

Entre les deux s'étendait une espèce de terrain vague, à l'abandon, livré à la pauvreté, au désespoir et au crime.

Stacy avait trouvé sur Internet des informations intéressantes concernant celui qui se présentait lui-même comme le Léonard de Vinci des temps modernes. Il ne vivait à La Nouvelle-Orléans que depuis deux ans. Auparavant, il habitait dans le sud de la Californie.

Physiquement, il était entre le surfeur californien, le savant fou et l'homme d'affaires. Pas vraiment séduisant mais très original avec ses cheveux blonds fous et ondulés, et ses lunettes à monture métallique.

Stacy se remémora rapidement les articles qu'elle avait trouvés sur l'homme et sur son jeu. Au début des années 80, il étudiait à Berkeley, en Californie. C'était là qu'avec un de ses amis, il avait imaginé *White Rabbit*. Depuis, d'autres créations emblématiques de la culture populaire étaient venues enrichir son palmarès : des campagnes de publicité, des jeux vidéo et même un roman, un best-seller dont avait été tiré un film à succès.

White Rabbit devait beaucoup au célèbre livre de Lewis Carroll, *Alice au pays des merveilles*. Ce qui n'avait rien d'original en soi : de nombreux artistes s'étaient inspirés du livre de l'écrivain anglais, comme le groupe de rock Jefferson Airplane, avec son hit de 1967 — *White Rabbit.*

Stacy inspira profondément en même temps qu'elle se concentrait. Elle avait donc décidé de suivre la piste *White Rabbit.* Elle espérait toujours que Bobby Gautreaux était le coupable, sans trop y croire, toutefois. Elle savait comment travaillaient les flics. Désormais, Malone et son partenaire allaient concentrer toute leur énergie sur Gautreaux. Avec un aussi bon suspect sous la main, ils n'avaient aucune raison de perdre un temps précieux à suivre d'autres pistes plus ou moins vagues. Gautreaux représentait la solution de facilité et aussi, il fallait bien l'admettre, un choix logique.

Les policiers avaient de nombreux cas à traiter en même temps ; ils espéraient toujours les résoudre au plus vite.

Stacy, elle, ne travaillait plus dans la police. Mais elle avait une affaire à élucider. Une seule.

Le meurtre d'une amie.

Elle ouvrit sa portière. Si Bobby Gautreaux était innocenté, elle comptait bien livrer au tandem Malone/Sciame une autre piste à suivre sans perdre de temps.

Elle descendit de voiture. Dans le style néoclassique, la maison Noble était un vrai bijou, magnifiquement restaurée. Le parc s'étalait sur tout un pâté de maisons. Trois chênes imposants veillaient sur la partie avant du jardin.

Stacy s'approcha du portail en fer forgé. Alors qu'elle passait sous les branches des arbres, elle vit qu'ils commençaient à bourgeonner. Elle avait entendu dire que le printemps offrait un spectacle unique, à La Nouvelle-Orléans ; elle entendait bien le vérifier par elle-même.

En gravissant les marches du perron, elle songea qu'elle

n'avait pas d'insigne. Pourquoi les Noble iraient-ils lui parler, et éventuellement lui livrer des informations permettant de remonter jusqu'à un assassin ?

Elle n'avait pas d'insigne, certes. Mais elle comptait donner l'impression qu'elle en avait un…

Elle sonna, tout en renouant avec ses réflexes d'inspectrice. C'était une question d'attitude, d'allure. D'expression, aussi. De voix.

Des éléments auxquels venaient s'ajouter la vision éclair d'une carte ou d'un badge imaginaires.

Devant l'employée de maison venue répondre à son coup de sonnette, Stacy ouvrit puis referma très vite son porte-carte, tout en affichant un sourire factice.

— M. Noble est-il chez lui ?

Comme elle s'y attendait, une expression de surprise passa sur le visage de l'employée qui s'effaça, néanmoins, pour la laisser entrer.

— Un instant, s'il vous plaît, dit-elle en fermant la porte derrière elle.

Tout en l'attendant, Stacy étudia la décoration intérieure. Un monumental escalier en courbe permettait d'accéder à l'étage. Sur sa gauche se trouvait un double salon et sur sa droite, une salle à manger de réception. Tout au fond, l'entrée donnait sur un large couloir qui, selon toute probabilité, menait dans la cuisine.

Le tout était un méli-mélo à la fois confortable et solennel, moderne et traditionnel. Les œuvres d'art présentaient le même éclectisme. Dans l'escalier, un grand tableau de l'artiste louisianais George Rodrigue, représentant un chien bleu, côtoyait un paysage des plus classiques. Sur l'un des murs de la salle à manger, Stacy aperçut le portrait d'un garçonnet — un de ces tableaux anciens où les enfants étaient représentés comme des adultes en miniature.

— Nous en avons hérité avec la maison ! lança une voix féminine depuis le haut de l'escalier.

Stacy leva les yeux. La femme qui lui apparut était superbe, de type asiatique. Une de ces beautés froides que Stacy admirait et haïssait à la fois — pour les mêmes raisons.

Elle l'observa tandis qu'elle descendait les marches puis la rejoignait.

— C'est affreux, n'est-ce pas ? dit-elle.

— Je vous demande pardon ?

— Ce portrait. Je ne le supporte pas. Mais pour une raison qui m'échappe, Leo s'y est attaché.

Elle sourit d'une façon automatique et sans la moindre chaleur.

— Je suis Kay Noble, dit-elle, la main tendue.

— Stacy Killian. Merci de me recevoir.

— Mme Maitlin m'a dit que vous étiez de la police…

— J'enquête sur un meurtre, répondit Stacy, tout en songeant que c'était la pure vérité.

Kay Noble écarquilla légèrement les yeux.

— Et en quoi puis-je vous aider ?

— J'espérais pouvoir m'entretenir avec M. Noble. Est-il disponible ?

— Je crains que non. Mais je suis sa directrice commerciale. Je peux peut-être vous aider.

— Deux jeunes femmes ont été assassinées, il y a quelques jours. L'une d'elles était très impliquée dans les jeux de rôle.

Et le soir où elle est morte, elle devait rencontrer une personne susceptible de l'initier au jeu que votre mari a créé.

— Mon *ex*-mari, précisa Kay Noble. Leo a imaginé de nombreux jeux de rôle. Auquel faites-vous allusion ?

— Au jeu qui refuse de mourir, je parie !

Stacy se retourna. Leonardo Noble se tenait dans l'entrée du salon. La première chose qu'elle remarqua, ce fut sa taille : il était bien plus grand que ne le laissaient supposer les photos de presse. Et son visage juvénile le faisait paraître plus jeune que ses quarante-cinq ans.

— Quel est le nom de ce jeu ? demanda Stacy.

— *White Rabbit*, bien sûr.

Il traversa le hall d'entrée pour venir la saluer.

— Je suis Leonardo.

— Stacy Killian, dit-elle en lui serrant la main.

— *Inspecteur* Stacy Killian, précisa Kay. Elle enquête sur un meurtre.

— Un meurtre ? répéta Noble en haussant les sourcils. Voilà qui est pour le moins inattendu.

— Une jeune femme, Cassie Finch, a été tuée dimanche dernier, tard dans la soirée. C'était une grande fan de jeux de rôle. Le vendredi qui a précédé sa mort, elle a expliqué à une amie qu'elle avait rencontré un joueur de *White Rabbit*, et que cette personne lui avait arrangé une entrevue avec un *Lapin Blanc Suprême.*

Leo Noble écarta les bras.

— Je ne vois toujours pas ce que je viens faire là-dedans.

Stacy sortit un petit carnet à spirale de la poche poitrine de sa veste, semblable à ceux qu'elle utilisait autrefois dans la police.

— Un autre joueur a parlé de vous comme du Lapin Blanc Suprême.

Il se mit à rire, puis demanda très vite à Stacy de l'excuser.

— Bien entendu, il n'y a rien de drôle dans la situation, mais c'est ce commentaire. Cette histoire de Lapin Blanc… *Suprême.* Vraiment !

— Ce n'est pas vous, en tant que créateur du jeu ?

— C'est ce que racontent certains. Ils me considèrent comme une espèce d'être mythique. Un dieu, en quelque sorte.

— Et c'est ainsi que vous vous voyez vous-même ?

Il rit de nouveau.

— Certainement pas !

— En tout cas, intervint Kate, c'est la raison de ce nom pour le moins intrigant : *le jeu qui refuse de mourir.* Ses fans sont obsédés. Possédés.

Le regard de Stacy passa de l'un à l'autre.

— Pourquoi ?

— Je ne sais pas, avoua Leonardo en secouant la tête. Si j'en avais la moindre idée, j'essaierais de recréer la magie. Parce que c'est bien de cela qu'il s'agit, vous savez ? ajouta-t-il en se penchant vers sa visiteuse d'un air enthousiaste. Pour atteindre les gens de façon aussi personnelle, aussi intense…

— *White Rabbit* n'a jamais été édité, lui fit remarquer Stacy. Pour quelle raison ?

Il jeta un coup d'œil à son ex-femme.

— Je ne suis pas l'unique concepteur de *White Rabbit.* Je l'ai inventé avec mon meilleur ami dans les années 80, alors que nous étions étudiants à Berkeley. *Donjons et Dragons* était au sommet de sa gloire. On y jouait, Dick et moi, mais on commençait à s'en lasser.

— Et vous avez donc décidé de créer votre propre scénario ?

— Exactement. Il a fonctionné, le bouche à oreille a fait son travail, et le jeu s'est propagé dans d'autres universités que Berkeley.

— Ils ont compris qu'ils avaient inventé quelque chose de spécial et que le succès commercial était à portée de main, souligna Kay.

— Puis-je connaître le nom de votre ami ? demanda Stacy.

— Dick Danson.

Elle nota, tandis que Noble poursuivait son récit.

— Nous nous sommes associés afin d'éditer *White Rabbit* et d'autres jeux qui étaient en chantier. Mais nous nous sommes brouillés avant la concrétisation du projet.

— Brouillés ? répéta Stacy. A quel propos ?

Noble parut mal à l'aise ; sa femme et lui échangèrent un nouveau coup d'œil.

— Disons que je me suis rendu compte que Dick n'était pas la personne que je croyais.

— Ils ont mis un terme à leur partenariat, expliqua Kay. Il était convenu qu'ils n'éditeraient aucun des projets auxquels ils avaient travaillé ensemble.

— Ça n'a pas dû être facile.

— Oh ! J'avais beaucoup d'opportunités. Beaucoup d'idées. Lui aussi. Et *White Rabbit* était déjà dans la nature — si je puis dire. Nous avons estimé que nous ne perdions pas grand-chose.

— Deux White Rabbit…, murmura Stacy.

— Vous dites ?

— Votre ancien partenaire et vous. En tant que cocréateurs du jeu, vous pouvez l'un et l'autre prétendre au titre de Lapin Blanc Suprême.

— Exact. Du moins, ce serait le cas si Dick était encore de ce monde.

— Il est mort ? Quand est-ce arrivé ?

Leonardo réfléchit un instant.

— Il y a environ trois ans. C'était avant que nous emménagions ici. Il roulait en voiture sur la Monterey Coast et il a quitté la route, au niveau d'une falaise.

Ce fut à Stacy se s'accorder une courte pause, au terme de laquelle elle demanda :

— Jouez-vous à ce jeu, monsieur Noble ?

— Non. Cela fait des années que j'ai laissé tomber les jeux de rôle.

— Je peux vous demander pourquoi ?

— Ça ne m'intéressait plus. C'est souvent le cas lorsqu'on s'adonne à une distraction de façon excessive : au bout d'un moment, elle perd de son sel… c'est moins excitant.

— Et on va chercher l'excitation ailleurs.

Il lui décocha un grand sourire.

— Quelque chose comme ça, oui.

— Fréquentez-vous des joueurs de La Nouvelle-Orléans ?

— Aucun, non.

— Et certains ont-ils essayé d'entrer en contact avec vous ?

Il hésita, presque imperceptiblement.

— Non.

— Vous ne semblez pas en être certain.

— Si, il en est certain.

Kay, qui venait d'intervenir, posa un regard appuyé sur sa montre ornée de diamants.

— Je suis désolée de vous interrompre, dit-elle, mais Leo risque fort d'arriver en retard à son rendez-vous.

— Oui, bien sûr, acquiesça Stacy en fourrant son calepin dans sa poche.

Ils se dirigèrent vers la porte. Elle en franchit le seuil, puis s'arrêta et se tourna.

— Une dernière question, monsieur Noble. Certains des articles que j'ai lus suggèrent qu'il existerait un lien entre les jeux de rôle et les comportements violents. Qu'en pensez-vous ?

Stacy nota un changement à peine perceptible dans la physionomie de son interlocuteur. Il continua de sourire, mais d'un sourire qui paraissait soudain contraint.

— Ce ne sont pas les armes qui tuent les gens, inspecteur Killian. Ce sont les gens qui se tuent entre eux. Voilà ce que je crois.

Une réponse toute faite et bien rodée, songea aussitôt Stacy. On avait déjà dû lui poser la question à plusieurs reprises.

Elle les remercia tous les deux et regagna sa voiture. Juste avant d'ouvrir la portière, elle jeta un coup d'œil derrière elle. Le couple avait déjà disparu dans la maison. Etrange, songea-t-elle. Il y avait vraiment quelque chose d'étrange chez eux.

Les yeux fixés sur la porte fermée, la jeune femme se remémora un instant leur conversation et s'interrogea sur ce qu'il fallait en penser.

Selon elle, ils n'avaient pas menti. En revanche, elle était quasi certaine qu'ils ne lui avaient pas dit toute la vérité. Mais pourquoi ? se demanda-t-elle en déverrouillant les portières de sa voiture.

C'était précisément ce qu'elle avait l'intention de découvrir.

11.

Jeudi 3 mars 2005
11 heures

Spencer se tenait au fond de la chapelle du Newman Religious Center et observait les amis de Cassie Finch et Beth Wagner qui sortaient du bâtiment. Situé sur le campus de l'UNO, la chapelle multiconfessionnelle était d'une architecture très sobre, pour ne pas dire purement utilitaire — à l'instar des autres constructions de l'université.

Elle s'était, en tout cas, révélée trop petite pour accueillir tous ceux qui étaient venus rendre un dernier hommage à Cassie et Beth. On avait dû refuser des gens.

Spencer s'efforça de surmonter la fatigue qui l'écrasait. Il avait commis l'erreur de retrouver des amis au Shannon, la veille au soir. De fil en aiguille, un verre en amenant un autre, il avait fait la fermeture du pub, à 2 heures du matin.

Maintenant, il payait. Le prix fort.

Il se concentra sur les visages. Celui de Stacy Killian était de pierre. Elle était accompagnée de Billie Bellini. Il y avait aussi les partenaires de jeu de Cassie, avec qui il s'était entretenu personnellement, ainsi que les amis et la famille. Et Bobby Gautreaux.

Spencer trouvait ça intéressant. Très intéressant.

Deux jours plus tôt, le gamin ne semblait pas très ému ; à présent, il affichait l'image même du désespoir.

Et sa situation avait, en effet, de quoi le désespérer.

La fouille de sa chambre n'avait rien donné de concret. Pas plus que celle de sa voiture. Les gars du labo essayaient de s'y retrouver au milieu des centaines d'empreintes et d'éléments divers qu'on avait découverts sur la scène du crime. Spencer ne lâchait pas le morceau pour autant. Gautreaux était leur meilleure piste.

De l'autre côté de la salle, il croisa le regard de Mike Benson, un de ses collègues. Spencer lui adressa un léger hochement de tête, avant de se décoller du mur. Il suivit le flot des étudiants qui se déversait lentement dans le jour froid et lumineux.

Tony était resté dehors pendant toute la cérémonie. Equipés d'appareils à téléobjectif, des photographes des services de police avaient été postés ici et là, afin d'enregistrer sur la pellicule tous les visages — qui seraient ensuite comparés à ceux d'éventuels suspects.

Spencer survola la petite foule du regard. Si Gautreaux n'était pas l'assassin, le meurtrier était-il là, en train de jouir du spectacle ? S'amusait-il carrément ? Se félicitait-il de son intelligence ?

Spencer n'éprouvait rien de particulier. Il ne voyait personne se détacher du lot en donnant l'impression de ne pas être à sa place.

Il se sentait frustré. Impuissant.

Bon sang, il n'était pas à la hauteur ! Il avait l'impression de se noyer.

Stacy s'éloigna de ses amis et se dirigea vers lui. Il lui adressa un signe de tête, tout en se glissant dans le personnage de brave gars qui lui allait si bien.

— Bien le bonjour, ex-inspecteur Killian !

— Gardez votre numéro de charme pour d'autres, Malone. Je suis au-dessus de ça.

— Vraiment, mademoiselle Killian ? Ici-bas, voyez-vous, on appelle ça du charme…

— Au Texas, on appelle ça des conneries. Je sais pourquoi vous êtes ici, inspecteur. Je sais ce que vous recherchez. Vous avez repéré quelqu'un ?

— Non. Mais je ne connaissais pas tous ses amis. Et vous, vous avez remarqué quelque chose ?

— Non, avoua Stacy avec un soupir de frustration. Personne à part Gautreaux.

Il suivit son regard. Le jeune homme se tenait un peu à l'écart du cercle des amis. Spencer eut le sentiment qu'il faisait tout son possible pour paraître éprouvé.

— C'est son avocat qui est avec lui ? interrogea Stacy.

— Ouais.

— Je pensais que cette petite fouine serait derrière les barreaux.

— On n'a rien de solide contre lui. Mais on continue de chercher.

— Vous avez obtenu un mandat de perquisition ?

— Oui, et on attend toujours les résultats du labo sur les empreintes, fibres et autres indices.

Quelque part, Stacy espérait mieux que cela : l'arme du crime ou n'importe quelle autre preuve irréfutable. Elle regarda un instant le jeune homme, puis revint à Spencer. Il était en colère, elle le voyait bien.

— Gautreaux n'est absolument pas peiné, dit-elle. Il fait juste semblant. Ça me met hors de moi !

Spencer lui effleura le bras.

— On ne laissera pas tomber, Stacy. Je vous le promets.

— Vous croyez pouvoir me rassurer aussi facilement ? J'ai raconté ce genre de trucs, moi aussi, quand je me suis retrouvée en face des familles et des amis de victimes. Je leur promettais de ne pas abandonner. Mais ça n'était que du vent. Parce qu'il y avait toujours une autre affaire qui se présentait. Une autre victime. Puis une autre…

Elle se pencha vers lui, la voix tendue par l'émotion et les yeux brillant de larmes contenues.

— Cette fois, pas question de baisser les bras.

Elle se détourna et s'éloigna.

En la suivant du regard, Spencer éprouva malgré lui un sentiment d'admiration. Cette fille était une coriace, aucun doute là-dessus. Résolue, pleine de détermination. Avec un cran peu commun.

Et elle était intelligente, il devait bien le reconnaître.

Peut-être même trop intelligente, songea-t-il en plissant les yeux.

Tony s'approcha de lui d'un pas tranquille.

— La piquante Mlle Killian t'a refilé un tuyau ?

— Pas le moindre. Et toi ? Tu as repéré quelqu'un ?

— Personne. Mais tu sais bien que ça ne veut rien dire.

Spencer hocha la tête, et lança un coup d'œil du côté de Stacy. Elle se trouvait avec la mère et de la sœur de Cassie. Elle prit la main de Mme Finch dans la sienne et la serra, tout en prononçant quelques mots, sans se départir de son expression farouche.

— Il faut garder un œil sur Stacy Killian, murmura Spencer à son collègue.

— Tu penses qu'elle en sait plus qu'elle ne le dit ?

Sur le meurtre de Cassie lui-même, il n'en était pas trop sûr. En revanche, il la croyait assez déterminée pour garder cachées certaines informations dont ils avaient besoin.

— Je pense que son intelligence risque de lui nuire.

— Et si elle était capable de résoudre cette affaire pour nous ?

— Et si elle y passait, elle aussi ?

Spencer croisa une nouvelle fois le regard de son aîné.

— Je vais suivre la piste du jeu *White Rabbit*.

— Tu changes d'avis, alors ? Pourquoi ?

C'était à cause de Killian.

Mais il n'allait pas l'avouer à Tony, sous peine d'endurer un bla-bla interminable.

Il se contenta donc de hausser les épaules et de répondre :

— Pas d'autre piste. Et celle-ci en vaut une autre.

12.

Jeudi 3 mars 2005
15 h 30

— C'est là, dit Spencer en désignant la résidence d'Esplanade Avenue où devait habiter Leonard Noble. Gare-toi.

Tony s'exécuta, tout en laissant échapper un sifflement.

— Dis donc, ça rapporte les jeux !

Spencer maugréa une réponse indistincte, les yeux fixés sur la maison. Au cours de ses recherches, il avait découvert que Noble, le créateur de *White Rabbit*, habitait La Nouvelle-Orléans. Le bonhomme n'avait aucun antécédent judiciaire. Pas même une simple contravention pour stationnement interdit.

Cela ne signifiait pas pour autant qu'il n'eût jamais rien fait de répréhensible. Ça prouvait juste qu'il était assez malin pour passer entre les mailles du filet.

Ils franchirent le portail en fer forgé. Pas d'aboiement de chien. Pas d'alarme non plus. Spencer inspecta rapidement la façade de la maison et constata qu'aucune fenêtre n'était équipée de barreaux.

A l'évidence, Noble se sentait en sécurité. C'était tout de même assez gonflé dans un quartier aussi défavorisé, surtout en faisant pareillement étalage de sa fortune.

Ils sonnèrent à la porte, et une femme vêtue d'une robe noire ornée d'un tablier blanc leur ouvrit. Ils se présentèrent et demandèrent à parler à Leonardo Noble. Quelques instants plus tard, un homme vint les accueillir. Un peu plus de quarante ans, allure sportive, chevelure abondante.

— Leonardo Noble, dit-il en tendant la main. Que puis-je faire pour vous ?

Spencer lui serra la main.

— Inspecteurs Malone et Sciame. De la police de La Nouvelle-Orléans.

Noble haussa les sourcils et attendit la suite.

— Nous enquêtons sur le meurtre de deux jeunes étudiantes de l'UNO.

— Je ne vois pas ce que je pourrais vous dire de plus.

— Mais vous ne m'avez encore rien dit !

Noble se mit à rire.

— Désolé, mais j'ai déjà parlé à votre collègue. L'inspecteur Killian. Stacy Killian.

Il fallut une seconde à Spencer pour prendre la mesure de la situation, puis une fraction de seconde supplémentaire pour sentir la moutarde lui monter au nez.

— Je suis au regret de vous dire que vous avez été abusé, monsieur Noble. Il n'y a pas de Stacy Killian au sein de nos services.

Noble les regarda sans comprendre.

— Mais je lui ai parlé. Hier.

— Leo ? dit une voix féminine derrière eux. Que se passe-t-il ?

Spencer se retourna. Une brune magnifique les rejoignait.

— Kay, voici les inspecteurs Malone et Sciame. Messieurs, je vous présente ma directrice commerciale, Kay Noble.

Un sourire chaleureux aux lèvres, elle leur serra la main.

— Et aussi son ex-femme, messieurs.

— D'où votre nom de famille, souligna Spencer en lui rendant son sourire.

— En effet.

Noble s'éclaircit la gorge.

— Ces messieurs m'expliquaient que la jeune femme qui est venue hier ne fait pas partie de la police.

— Comment ça ?

— Vous a-t-elle montré son insigne, madame ?

— Non. Mais c'est notre gouvernante qui l'a accueillie. Je vais la chercher. Excusez-moi.

Spencer éprouva un sentiment de compassion pour la gouvernante. Apparemment, Kay Noble n'était pas le genre de femme à tolérer la moindre erreur.

Un instant plus tard, elle revint en compagnie de son employée qui semblait toute retournée.

— J'aimerais que vous répétiez à ces messieurs ce que vous venez de me dire, Valérie.

La gouvernante, une sexagénaire aux cheveux gris acier réunis en chignon, serra nerveusement ses mains devant elle.

— Cette femme m'a montré un insigne… enfin, ce que j'ai cru être un insigne. Et elle a demandé à parler à M. Noble.

— Vous avez vu clairement sa carte ?

— Non, je…

Elle croisa furtivement le regard de sa patronne.

— Elle ressemblait vraiment à une femme policier. Le comportement, la voix, le…

Le reste de sa phrase se perdit, et elle s'éclaircit la gorge.

— Je suis désolée pour ce qui s'est passé, madame. Je vous promets que cela ne se reproduira pas.

Avant que Kay Noble ait pu émettre un commentaire, Spencer s'avança.

— Je ne pense pas que ce soit très grave, dit-il. La jeune femme qui s'est présentée chez vous était une amie de l'une des victimes. Et elle faisait partie de la police, autrefois.

— Rien d'étonnant à ce que vous soyez tombée dans le panneau, ajouta Tony en s'adressant à la gouvernante.

Valérie parut soulagée. Kay Noble, elle, était visiblement furieuse. Quant à son ex-mari, il les surprit tous en éclatant de rire.

— Je ne vois pas ce qu'il y a de drôle, Leo ! lui lança Kay d'un ton sec.

— Mais si, voyons, ma chérie. Cette histoire est du plus haut comique !

Le visage de la jeune femme s'empourpra.

— Mais n'importe qui aurait pu nous duper. Imagine qu'Alice…

— Il ne s'est rien passé. Comme l'a dit l'inspecteur, ça n'est pas grave.

Noble lui serra doucement le bras, comme pour la réconforter. Puis il se tourna vers Spencer.

— Bien, messieurs, en quoi puis-je vous aider ?

Une demi-heure plus tard, Spencer et Tony remerciaient Leonardo Noble et regagnaient leur voiture. L'homme avait répondu à toutes leurs questions. Il ne connaissait pas Cassie Finch. Il n'était jamais allé à l'UNO ni au Café Noir. Il n'avait aucun contact avec les joueurs de *White Rabbit.* Son complice de l'époque était aujourd'hui décédé…

Spencer attendit que la voiture ait démarré pour ouvrir la bouche.

— Qu'est-ce que tu en penses ? demanda-t-il à son coéquipier.

— Killian un — Malone zéro.

— Je te parle de Noble ! Tu penses qu'il est réglo ?

— J'aurais tendance à le croire, oui. Mais comme on n'a pas profité de l'effet de surprise, c'est difficile d'être sûr. Et pour la fille, qu'est-ce que tu comptes faire ?

Spencer plissa les yeux.

— Le Café Noir n'est pas très loin d'ici. Mon petit doigt me dit qu'on a une chance d'y retrouver Mlle la Fouineuse.

13.

Jeudi 3 mars 2005
16 h 40

En levant les yeux, Stacy vit les inspecteurs Malone et Sciame qui traversaient le café dans sa direction. Malone semblait *vraiment* en rogne.

Il avait dû découvrir qu'elle s'était rendue chez Leonardo Noble.

« Désolée, les gars, songea-t-elle, mais on est dans un pays libre. »

— Bonjour, messieurs ! leur lança-t-elle. Vous venez boire un café ?

— Se faire passer pour un officier de police est un délit, mademoiselle Killian, commença Spencer.

— Je le sais.

Un sourire aux lèvres, elle rabattit tranquillement le couvercle de son ordinateur portable, et demanda :

— Mais pourquoi me dites-vous ça, inspecteur ?

— Ne vous fatiguez pas. Nous revenons de chez Noble.

— Leonardo Noble ?

— Evidemment, Leonardo Noble ! Le créateur de *White*

Rabbit, considéré par les fans du jeu comme le Lapin Blanc Suprême.

— Je suis heureuse de constater que vous avez décidé de vous intéresser à cette piste.

Derrière Spencer, Tony s'éclaircit la gorge. Stacy vit qu'il luttait pour ne pas rire. Décidément, elle aimait bien Tony Sciame. Un certain sens de l'humour était un bon atout dans ce travail.

— Cela dit, reprit-elle, je ne vois toujours pas en quoi cela me concerne.

— Vous lui avez fait croire que vous apparteniez aux services de police de La Nouvelle-Orléans.

— Non, il *a supposé* que c'était le cas. Ou plutôt, c'est sa gouvernante qui a imaginé ça.

— Après que vous le lui avez habilement suggéré…

Stacy ne se donna pas la peine de nier.

— Je pourrais vous embarquer et vous faire inculper pour obstruction à une enquête, reprit Spencer.

— Mais vous ne le ferez pas, inspecteur. Bon, écoutez…

Elle se leva, de sorte qu'ils se retrouvèrent presque nez à nez.

— Vous pouvez m'embarquer, comme vous dites, me garder quelques heures, me faire passer un sale moment. Mais à la fin de la journée, vous serez bien obligé de me relâcher : vous n'avez rien de solide.

— Elle n'a pas tort, intervint Tony. Mademoiselle Killian, voilà ce que je vous propose : vous cessez d'interroger les suspects avant qu'on les ait vus. On a besoin de les cueillir à chaud, histoire d'observer leurs réactions quand on leur pose certaines questions. Vous avez été flic, donc vous comprenez.

Après votre passage, le témoignage des témoins est forcément faussé. Et on en revient à l'obstruction…

— Je peux vous aider, leur dit-elle. Et vous le savez.

— Vous n'avez plus d'insigne. Vous êtes hors du coup. Désolé.

Rien ne dissuaderait Stacy — du moins tant qu'elle n'aurait pas la certitude que l'enquête progressait sur des bases solides. Mais ça, elle n'allait pas le leur dire.

— Ecoutez, vous n'avez qu'à voir en moi une source d'infos. Un indic, en quelque sorte.

Tony hocha la tête d'un air satisfait.

— Excellente idée. Si vous avez une piste, vous nous la communiquez. Ça ne me pose aucun problème. Et à toi, Junior ?

Stacy croisa le regard de Spencer. Il n'y croyait pas, elle le vit aussitôt. Et pourtant, il affirma :

— Pas de problème pour moi non plus.

— Alors, la question est réglée ! s'exclama Tony en claquant des mains. A présent, voyons un peu ce qu'ils ont de bon ici…

— J'ai un petit faible pour leurs cappuccinos, dit Stacy.

— Je pense que je vais essayer un de ces machins frappés dont raffolent les ados. Tu veux quelque chose ?

Spencer secoua la tête, les yeux toujours rivés à ceux de Stacy.

— Qu'est-ce qu'il y a ? lui demanda-t-elle, alors que Tony s'éloignait.

— Pourquoi faites-vous cela ?

— Je vous l'ai déjà expliqué, il me semble.

— Ça n'est pas très malin, Stacy, de vous impliquer dans

cette enquête. Vous n'êtes plus flic. Vous étiez la première sur les lieux. Il se peut même que vous soyez la toute dernière personne à avoir vu Cassie Finch vivante…

— Sûrement pas car cela ferait de moi la meurtrière. Et vous savez bien que je n'ai pas tué ces deux gamines.

— Je n'ai rien dit de tel.

Stacy laissa échapper un soupir exaspéré.

— A d'autres, Malone !

Il se pencha vers elle.

— Le fait est que je représente la loi, Stacy. Pas vous. C'est la dernière fois que je vous le demande : je ne veux plus vous retrouver en travers de mon chemin.

Stacy l'observa tandis qu'il rejoignait son partenaire, lequel était déjà plongé dans le péché de gourmandise.

Elle réprima un sourire.

Que le meilleur enquêteur gagne, les amis.

14.

Dimanche 4 mars 2005
22 h 30

La bibliothèque Earl K. Long s'élevait au milieu du campus de l'UNO, face au Quad, cet immense espace vert où les étudiants venaient pique-niquer, travailler ou se détendre. Elle avait été construite à la fin des années 60, comme la plupart des bâtiments de l'université, et abritait sur quatre niveaux plus de dix-huit mille mètres carrés de savoir.

Stacy était installée à une table du troisième étage. C'était là que se trouvait le département multimédia, qui regroupait les collections de microfilms et de microfiches, et les documents audio et vidéo. Elle était venue effectuer des recherches sur les jeux de rôle après son dernier cours de l'après-midi. Elle se sentait fatiguée, affamée, et elle endurait un atroce mal de tête.

Pourtant, elle n'était pas pressée de rentrer chez elle. Les informations qu'elle avait dénichées sur les jeux de rôle, et particulièrement sur *White Rabbit*, lui semblaient fascinantes.

Fascinantes et dérangeantes. Les uns après les autres, les articles établissaient un lien entre des jeux de rôle et des suicides, des pactes de mort et même des meurtres. Les parents se plaignaient des transformations dramatiques du comportement de leurs enfants et de leur implication quasi obsessionnelle dans le jeu, qui faisait craindre pour leur santé mentale. Des groupes de parents s'étaient formés afin d'alerter les autres sur les dangers des jeux de rôle et obliger les fabricants à faire figurer des mises en garde sur les emballages.

Les éléments de preuves mettant en cause les jeux s'étaient révélés si impressionnants que des hommes politiques s'étaient engagés à leur tour dans ce combat — sans le moindre résultat, jusque-là.

En toute honnêteté, un certain nombre de chercheurs prenaient des distances avec ces conclusions qu'ils jugeaient alarmistes et sans fondement. Ils reconnaissaient néanmoins que dans les mains de certains jeunes, les jeux pouvaient se révéler des outils aussi puissants que dangereux.

Ce n'était pas le jeu en lui-même qui était dangereux, mais l'obsession du jeu.

Une formule qui n'était pas sans rappeler celle de Leonardo Noble : « Ce ne sont pas les armes qui tuent les gens, inspecteur Killian. Ce sont les gens qui se tuent entre eux. »

Stacy porta les mains à ses tempes et les massa distraitement. Elle avait follement envie d'une tasse de café bien fort et d'un cookie. Elle jeta un coup d'œil à sa montre. La bibliothèque fermait à 23 heures — dans moins d'une demi-heure. Elle pouvait attendre jusque-là.

Elle reporta son attention sur les documents qui se trouvaient devant elle. Le jeu qui avait suscité le plus de littérature était indéniablement *Donjons et Dragons*. En plus d'être le premier arrivé sur le marché, il restait le plus populaire. Quant à *White Rabbit*, bien qu'il fût en marge du marché, Stacy avait trouvé plusieurs références à son sujet. Un groupe de parents lui avait collé l'étiquette « diabolique », et d'autres parents le jugeaient « d'une violence déplorable ».

Du coin de l'œil, la jeune femme surprit un mouvement. Quelqu'un qui s'en allait, sans doute, songea-t-elle en s'avisant que la bibliothèque était maintenant presque déserte. Un traînard, comme elle. Les autres étudiants étaient déjà rentrés chez eux pour se détendre devant la télévision ou boire un verre avec des amis.

A 23 heures, les agents chargés de la sécurité sur le campus allaient entreprendre de vider le bâtiment en commençant par le troisième étage pour finir avec le rez-de-chaussée.

Bien qu'elle fût nouvelle à l'UNO, Stacy avait déjà assisté à la fermeture de la bibliothèque.

Elle pensa soudain à Spencer Malone et à leur affrontement. Elle était heureuse qu'il ne l'ait pas embarquée. A sa place, elle l'aurait fait. Pour le principe.

Mais au fait, pourquoi se montrait-elle si virulente avec lui ? Etait-ce parce qu'il lui rappelait Mac ?

A l'évocation de celui qui avait été son amant et son partenaire dans la police de Dallas, elle sentit son cœur se serrer. De douleur ? De regret ? Pas pour lui, en tout cas, car l'homme qu'elle aimait n'avait même pas existé. Plutôt pour ce qu'elle avait cru partager avec lui. L'amour. L'amitié. L'engagement.

Cette période de sa vie était révolue. Elle avait survécu à la trahison de Mac, laquelle avait servi de catalyseur pour lui permettre de prendre sa vie en main. De tout changer. Elle s'était soudain sentie assez forte.

Elle avait aussi décidé qu'elle n'avait pas besoin de l'amour d'un homme pour être heureuse…

Avec persévérance, elle revint à ses recherches. Différentes études permettaient de jeter les bases d'un portrait-robot du joueur type : un Q.I. au-dessus de la moyenne, une grande créativité alliée à une imagination très vive. Sinon, les joueurs venaient de tous les milieux sociaux, ils appartenaient à toutes les ethnies. Source d'excitation hors du commun, les jeux étaient, semblait-il, un exutoire pour les fantasmes, une opportunité d'expérimenter des sensations impossibles à connaître dans la vie réelle.

Un bruit derrière elle, en provenance des rayonnages, attira l'attention de la jeune femme. Elle tourna la tête. Ce bruit lui fit penser à une personne qui se serait efforcée de retenir son souffle.

— Il y a quelqu'un ? appela-t-elle.

Elle n'obtint aucune réponse. Et pourtant… Elle avait été flic assez longtemps pour sentir les tensions, pour savoir que quelque chose ne tournait pas rond. Qu'il s'agisse d'un sixième sens ou d'un instinct affûté à l'extrême, cette perception ne lui faisait jamais défaut.

L'adrénaline circulait à flots dans ses veines. Elle se leva lentement, et porta instinctivement la main à son arme.

Sauf qu'elle n'avait plus de holster. Plus d'arme.

Elle n'était plus flic.

Son regard tomba sur son stylo-bille, une arme qui pouvait se révéler mortelle, à condition d'être utilisée avec précision et sans hésitation. Son efficacité était optimale quand on l'abattait à la base du crâne, au niveau de la jugulaire ou dans un œil. Elle s'en empara et enroula sa main autour.

— Il y a quelqu'un ? appela-t-elle de nouveau, plus fort.

Elle entendit le grondement de l'ascenseur qui montait jusqu'au troisième étage. Les hommes de la sécurité, qui allaient vider le bâtiment. Tant mieux. Si c'était nécessaire, ils lui viendraient en aide.

Le cœur battant à grands coups, son stylo dans la main, Stacy s'approcha des étagères. Un bruit s'éleva alors, mais dans la direction opposée. Elle fit volte-face. Toutes les lumières s'éteignirent. La porte de l'escalier de secours s'ouvrit au même moment, laissant entrer de la lumière tandis qu'une silhouette franchissait le seuil.

Avant qu'elle ait pu lui crier de s'arrêter, on l'attrapa par-derrière et elle se retrouva plaquée contre un large torse musclé. Son agresseur la maintint contre lui, lui coinçant les bras le long du corps, et il plaqua la main sur sa bouche, tout en lui immobilisait la tête.

Stacy repoussa de son mieux le sentiment de terreur qui menaçait de la submerger. Ce type était beaucoup plus grand et beaucoup plus fort qu'elle. Et il connaissait son affaire : à la façon dont il lui enserrait la tête, il aurait pu sans peine lui briser la nuque s'il l'avait voulu… Lutter n'aurait été qu'une perte d'énergie.

Elle resserra ses doigts sur le stylo, attendant le bon moment pour passer à l'action. Son agresseur l'avait eue par surprise ; elle comptait bien lui rendre la politesse.

— Restez en dehors de tout ça, dit-il d'une voix sourde, qui semblait maquillée.

Il pressa ses lèvres contre l'oreille de Stacy, et elle sentit sa langue s'insinuer dans son oreille, en suivre les contours. Une vague de nausée la suffoqua.

— Sinon, vous allez le regretter, ajouta-t-il. Compris ?

Oui, elle comprenait. Il menaçait de la violer.

Mais c'était lui qui allait le regretter.

Elle sentit que le moment qu'elle attendait était arrivé. Il se détendit légèrement, persuadé qu'elle était tétanisée par la peur. Il allait la repousser, puis s'enfuir… Sans attendre, elle passa à l'action. Déplaçant son poids sur une jambe, elle tournoya, agrippa son agresseur de la main gauche et lui plongea le stylo-bille dans le ventre, au niveau de l'estomac. Elle sentit presque aussitôt la chaleur poisseuse du sang sur ses doigts.

L'homme poussa un hurlement de douleur et recula en titubant. Elle fit de même, s'écrasant contre un chariot plein de livres. Le chariot bascula et les livres se répandirent sur le sol.

Au même moment, le faisceau lumineux d'une lampe électrique transperça l'obscurité.

— Il y a quelqu'un ?

— Ici ! appela Stacy en s'efforçant de se rétablir. Au secours !

Son agresseur se releva et se mit à courir. Il atteignit la porte de l'escalier de secours un instant avant que l'agent de sécurité la rejoigne.

— Mademoiselle ? Ça va ?

— L'escalier ! lança-t-elle dans un souffle, le bras tendu. Il s'est enfui par là.

L'agent de sécurité ne perdit pas de temps à attendre ses explications. Il s'élança, tout en appelant des renforts par radio.

Stacy se redressa, les jambes flageolantes. Elle entendit les pas du garde dans l'escalier. Il avait peu de chances de rattraper le fuyard qui avait une solide avance sur lui.

La lumière revint soudain dans la bibliothèque. Stacy cligna des yeux. A mesure que sa vision se précisait, elle découvrit le chariot renversé, les livres par terre et les traces de sang qui menaient jusqu'à la porte de l'escalier.

Une femme se précipita vers elle. Elle semblait bouleversée.

—Est-ce que... Mon Dieu ! Mais vous saignez !

Stacy s'aperçut qu'en effet, son chemisier et sa main droite étaient couverts de sang.

— C'est celui de mon agresseur. Je me suis défendue avec un stylo à bille.

La femme pâlit notablement. Craignant de la voir s'évanouir, Stacy l'entraîna vers une chaise.

— Mettez votre tête entre vos genoux, lui conseilla-t-elle. Vous allez voir, ça ira mieux.

La bibliothécaire lui obéit, et Stacy ajouta :

— Maintenant, respirez. Profondément. Avec le nez.

Au bout d'un moment, la femme se redressa.

— C'est ridicule, dit-elle. C'est vous qui avez été agressée et je...

— Ne vous inquiétez pas pour ça. Vous vous sentez mieux, maintenant ?

La femme inspira de nouveau à fond, deux ou trois fois.

— Vous avez vraiment eu de la chance.

— De la chance ? répéta Stacy.

— Vous auriez pu vous faire violer. Les autres, ces malheureuses...

— ... n'ont pas eu autant de chance, compléta une voix masculine.

Stacy se tourna. L'agent de sécurité qui s'était porté à son aide était revenu. Il était jeune. Vingt-cinq ans environ.

— Vous ne l'avez pas rattrapé, j'imagine ?

— Non, désolé, répondit-il avec une évidente frustration.

Il désigna le sang sur la main de Stacy.

— Vous êtes blessée ?

— Elle a poignardé son agresseur avec un stylo, intervint la bibliothécaire.

Le jeune homme considéra Stacy avec un mélange d'admiration et d'incrédulité.

— Vous avez fait ça ?

— J'ai été flic pendant dix ans, expliqua-t-elle. Je sais me défendre.

— Vous avez bien fait. Il y a eu trois viols durant l'automne, mais on pensait que c'était terminé…

Stacy avait entendu parler de ces viols, et son directeur de thèse lui avait conseillé de se montrer prudente. En particulier à la nuit tombée. Mais la jeune femme doutait que son agresseur de ce soir fût le violeur en série. Un violeur aurait essayé de lui arracher ses vêtements au lieu de lui dire : « Restez en dehors de tout ça »…

Non, ça ne collait absolument pas.

Stacy raconta ce qui s'était passé à l'agent de sécurité, et elle lui fit part de ses conclusions.

— Le mode opératoire est pourtant le même, dit-il. Il s'est attaqué à des femmes seules, la nuit et sur le campus. Les trois agressions se sont déroulées entre 22 heures et 23 heures. La première a même eu lieu ici, à la bibliothèque.

— Ça n'était pas le même homme. Celui-ci ne voulait pas me violer. Il était même sur le point de me relâcher quand je suis passée à l'action.

Le jeune homme ne paraissait pas convaincu.

— Tout ça fait quand même penser à notre violeur. Il a l'habitude de chuchoter quelques mots à l'oreille de ses victimes…

— Mais pourquoi cet avertissement ? Et puis, il n'a absolument pas tenté de me violer…

L'agent de sécurité et la bibliothécaire échangèrent un coup d'œil.

— Vous êtes fatiguée, dit le premier. C'est compréhensible. Vous avez eu un choc et…

— … et je n'ai pas les idées claires, c'est ça ? Ecoutez, j'ai travaillé à la Criminelle pendant dix ans, et je me suis retrouvée plus d'une fois dans la merde, croyez-moi. Si je vous dis que ce type n'était pas un violeur, vous pouvez me croire, bon sang !

Le visage du jeune policier s'empourpra, et il fit un pas en arrière. Sans doute le vocabulaire qu'elle avait employé l'avait-il surpris, voire choqué. Tant pis.

— Bien, madame, dit-il d'un ton froid. Je contacte la police de La Nouvelle-Orléans. Quelqu'un va venir vous interroger et examiner les lieux.

— Demandez l'inspecteur Spencer Malone de la DES, lui suggéra Stacy. Précisez-lui que c'est en rapport avec l'affaire Finch.

15.

Samedi 5 mars 2005
0 h 30

Spencer salua le policier posté à l'entrée de la bibliothèque. Un vieux de la vieille.

— Comment ça va ?

L'autre haussa les épaules.

— On fait aller. Mais j'aimerais bien que le printemps arrive. Il fait encore trop froid pour mes vieux os.

Il n'y avait qu'un Néo-Orléanais pour se plaindre d'une température nocturne supérieure à quinze degrés.

Il tendit un registre à Spencer, qui apposa dessus sa signature.

— C'est en haut ?

— Ouais, au troisième.

Spencer trouva sans peine l'ascenseur. Il dormait quand on l'avait appelé. D'abord, il avait mal compris ce que lui racontait le dispatcher, au standard. Personne n'était mort. Il s'agissait d'une tentative de viol. Mais la victime affirmait que son agression avait un rapport avec l'affaire Cassie Finch.

Son affaire.

Il s'était donc extrait de son lit pour rejoindre l'UNO — qui lui semblait alors au bout du monde.

Au troisième étage, il sortit de l'ascenseur et se dirigea vers l'endroit d'où lui parvenaient des voix. Quand il aperçut le petit groupe, il s'arrêta net. Killian. Elle lui tournait le dos, mais il l'avait aussitôt reconnue. A cause de ses magnifiques cheveux blonds et de son maintien de princesse.

A sa droite se tenaient deux agents de sécurité du campus, ainsi que John Russell, du DIU du Troisième District.

— C'est à croire que les ennuis vous poursuivent, mademoiselle Killian ! dit-il en les rejoignant.

Les trois hommes et la jeune femme se tournèrent vers lui. Il découvrit le chemisier de Stacy taché de sang.

— On dirait, oui, lui répondit-elle.

— Vous avez besoin de soins médicaux ?

— Non. Mais le type qui m'a attaquée, peut-être bien.

Spencer n'était pas surpris qu'elle ait eu l'ascendant sur son agresseur. Il désigna la table de lecture la plus proche, et ils allèrent s'y asseoir.

— Qu'est-ce qui s'est passé exactement ? demanda-t-il en sortant son carnet à spirale.

— Tentative de viol, répondit Russell qui s'était approché. Même mode opératoire que les trois viols précédents et…

Spencer tendit la main.

— J'aimerais que ce soit Mlle Killian qui réponde.

— Merci, dit-elle. Ça n'était pas une tentative de viol.

— Je vous écoute…

— J'ai travaillé tard.

Le regard de Spencer survola les documents éparpillés sur la table.

— Des recherches… sur les jeux de rôles ?

Elle leva légèrement le menton.

— Oui. La bibliothèque était déserte — en tout cas, c'est ce que j'ai cru. Mais j'ai entendu quelqu'un, derrière les rayonnages. J'ai appelé. Comme personne ne répondait, je suis allée voir.

Elle marqua une pause et fit aller et venir ses mains sur ses cuisses, une manifestation de sa nervosité, par ailleurs invisible.

— Au moment où j'atteignais les rayonnages, la lumière s'est éteinte. La porte de l'escalier de secours s'est ouverte et j'ai vu quelqu'un sortir en courant. J'allais me lancer à sa poursuite quand on m'a attrapée par-derrière.

— Il y avait donc ici deux personnes en plus de vous ?

Stacy fronça les sourcils. Il n'avait fait que répéter ce qu'elle venait de dire, mais différemment…

Elle hocha la tête, et Spencer regarda les deux agents chargés de la sécurité du campus.

— Les victimes des viols ont-elles fait allusion à la présence de plus d'un agresseur sur les lieux ?

— Non, répondit l'un des agents.

Spencer revint à Stacy.

— Il vous a donc attrapée par-derrière ?

— Oui. Et à sa façon de me tenir, j'ai senti qu'il n'en était pas à son coup d'essai. Il savait parfaitement ce qu'il faisait. Il avait une certaine pratique.

— Montrez-nous, s'il vous plaît.

Elle se leva et s'approcha du plus jeune des agents de sécurité.

— Je peux ?

Comme il hochait la tête, elle montra comment son agresseur l'avait agrippée, puis tenue. Elle relâcha ensuite le jeune homme et revint s'asseoir.

— Il était nettement plus grand que moi, précisa-t-elle. Et bien plus fort.

— Comment avez-vous fait pour vous en débarrasser, alors ?

— Je lui ai planté mon stylo-bille dans le ventre.

— On a récupéré le stylo, intervint Russell. Il se trouve dans un sachet étiqueté.

— Et en quoi cette histoire est-elle liée au meurtre de Cassie Finch et Beth Wagner, selon vous ?

Elle eut un soupir agacé.

— Il m'a ordonné de « rester en dehors de tout ça », faute de quoi j'allais le regretter. Et il m'a léché l'intérieur de l'oreille, avant de me demander si je comprenais…

— Pour moi, intervint de nouveau Russell, ça ressemble à une menace directe de viol.

— Il me disait clairement de ne plus me mêler de l'enquête ! insista Stacy en se levant. Vous ne comprenez donc pas ? Je gêne quelqu'un.

— Qui ?

— Mais je ne sais pas !

— Nous avons demandé aux infirmières du campus de nous prévenir si un étudiant se présentait pour faire soigner une blessure au niveau du ventre, expliqua Russell.

La jeune femme secoua la tête.

— Parce qu'avec les vingt ou trente centres médicaux privés que comptent l'agglomération, vous pensez qu'il irait à l'infirmerie de l'UNO ?

— Peut-être, répondit le policier, sur la défensive. Si c'est un étudiant...

— Ce qui nous fait un gros « si ». Vous ne trouvez pas ?

Stacy consulta Spencer du regard.

— Je peux y aller, maintenant ?

— Bien sûr. Je vais vous raccompagner.

— J'ai ma voiture, merci.

Il la regarda attentivement. Si, pour une raison ou une autre, elle était contrôlée en voiture, les policiers l'embarqueraient sur-le-champ pour lui faire subir un interrogatoire plus poussé. Les chemisiers tachés de sang avaient cet effet sur les flics.

— Etant donné votre état, je pense que je vais vous suivre.

Il lui sembla qu'elle allait protester, mais elle n'en fit rien.

— D'accord.

Spencer suivit donc la voiture de la jeune femme à travers la ville. Une fois à destination, il arrêta sa Camaro devant une bouche d'incendie. Il abaissa son pare-soleil, révélant une carte d'identification de la police de La Nouvelle-Orléans, puis descendit du véhicule.

Le ruban jaune était toujours en place du côté de la maison de Cassie Finch. Il avait pourtant demandé qu'on le retire ! Et les lieux auraient dû être nettoyés depuis déjà plusieurs jours. Il était surpris que Stacy ne fasse pas de remarque à ce sujet.

— Je peux me débrouiller, maintenant, lui lança-t-elle après avoir fermé sa portière.

— Quoi ? Je n'ai même pas droit à un remerciement ?

Elle croisa les bras sur sa poitrine.

— Pour m'avoir raccompagnée ? Ou pour penser que je raconte n'importe quoi ?

— Je n'ai jamais dit ça !

— Inutile. C'est écrit en grosses lettres sur votre visage.

Il haussa un sourcil.

— En grosses lettres, vraiment ?

— Oh ! laissez tomber !

Elle pivota sur ses talons et se dirigea vers le perron.

Spencer la rattrapa, et lui saisit le bras pour l'obliger à se retourner.

— C'est quoi, votre problème ?

— Dans l'immédiat ? Vous !

— La colère vous rend très belle, vous savez ?

— Et quand je ne suis pas en colère ?

— Arrêtez de me manipuler, d'accord ?

— Vous prenez vos désirs pour des réalités, inspecteur ! Que voulez-vous que je fasse d'un bouseux du Sud ?

Il la fixa un instant du regard, partagé entre l'agacement et l'amusement. Finalement, il se mit à rire et la lâcha.

— Vous avez du café, chez vous ?

— Seriez-vous en train de me faire du gringue ?

— Je ne me le permettrais pas, Killian. Vous me remettriez aussitôt à ma place… Disons plutôt que j'aimerais donner une autre chance à votre théorie.

— Pourquoi ?

— Parce qu'elle n'est peut-être pas tout à fait inintéressante, déclara Spencer avec le sourire.

— Je ne parlais pas de cela. Pourquoi n'oseriez-vous pas me faire du gringue ?

— C'est simple. Vous me remettriez à ma place illico.

Elle le scruta un instant, avant de lui décocher un sourire ravageur.

— Bien vu. C'est ce que je ferais, en effet.

— Ah ! Nous voilà enfin d'accord sur un point ! s'exclama Spencer en portant une main à son cœur. Un vrai miracle !

— N'en faites pas trop, Malone. Venez, maintenant.

Ils se dirigèrent ensemble vers les marches du perron.

Une fois dans la maison, Spencer suivit la jeune femme dans la cuisine.

Elle ouvrit le réfrigérateur, jeta un coup d'œil à l'intérieur, puis tourna la tête vers Spencer.

— Je n'ai pas trop envie de café, pour être honnête, déclara-t-elle en sortant une bouteille de bière. Et vous ?

Il prit la bouteille et la décapsula.

— Merci.

Elle fit de même et but aussitôt une longue rasade.

— Dure soirée.

— Dure année, même, d'après ce que j'ai cru comprendre.

Spencer avait appelé les services de Dallas, et il en savait un peu plus sur le passé de la jeune femme. Elle avait passé dix ans dans la police de la ville, et avait acquis une excellente réputation auprès de ses pairs. Et puis, elle avait brusquement démissionné après avoir résolu une grosse affaire à laquelle sa sœur était mêlée. Le capitaine avec lequel Spencer s'était entretenu lui avait expliqué qu'il existait des raisons personnelles à cette démission, sans donner plus de détails. Spencer n'avait pas insisté.

— Vous voulez qu'on en parle ? demanda-t-il à la jeune femme.

— Non.

Elle prit une nouvelle gorgée de bière.

— Pourquoi est-ce que vous avez quitté la police ?

— J'avais besoin de changement.

Spencer fit rouler sa bouteille entre ses mains.

— C'est en rapport avec votre sœur ?

Jane Westbrook. La demi-sœur de Stacy. Une artiste jouissant d'une certaine renommée. Elle avait été la cible d'un complot meurtrier qui avait échoué de très peu.

— Vous vous êtes renseigné sur moi ?

— Bien sûr.

— Pour répondre à votre question : non. Ce sont des raisons personnelles qui m'ont fait quitter la police.

Il porta sa bouteille à ses lèvres et but une courte gorgée, sans la quitter des yeux.

— Qu'y a-t-il ? demanda-t-elle en fronçant les sourcils.

— Vous savez ce qu'on dit : « On peut arracher un policier à son boulot, mais on ne pourra jamais se débarrasser du flic qui est en lui. »

— Je connais, oui. Sauf que je n'accorde pas trop de crédit à ce genre de formule.

— Peut-être que vous devriez.

La jeune femme consulta sa montre.

— Il est tard.

— C'est vrai.

Spencer prit une autre gorgée de bière, faisant mine de ne pas avoir saisi l'allusion grossière de Stacy au fait qu'il devait partir. Il prit son temps pour finir sa bière, puis posa soigneusement la bouteille sur la table et se leva.

Stacy avait croisé les bras, l'air contrarié.

— Je pensais que vous vouliez écouter une nouvelle fois mon histoire…

— J'ai menti, répondit-il en récupérant son blouson de cuir sur le dossier de sa chaise. Merci pour la mousse.

Elle laissa échapper un soupir de contrariété.

Réprimant un sourire, Spencer se dirigea vers la porte. Il l'ouvrit, puis se retourna vers la jeune femme.

— Deux choses, Killian. D'abord, vous n'avez pas la moindre idée de ce qu'est un bouseux du Sud.

Elle esquissa un sourire.

— Et la seconde ?

— Il se pourrait que vous ne racontiez pas n'importe quoi, après tout.

16.

Samedi 5 mars 2005
11 heures

Stacy devait lutter pour se concentrer sur le texte qu'elle avait sous les yeux. John Keats, *L'Ode à Psyché.* Elle avait choisi d'étudier les romantiques parce que leur sensibilité était très éloignée de la sensibilité contemporaine — très éloignée aussi de la réalité brutale qu'elle avait côtoyée quotidiennement durant les dix dernières années.

En cet instant, toutefois, ce poème de beauté et d'amour spirituel lui semblait tarabiscoté et tout simplement stupide.

Elle se sentait sonnée, meurtrie, mais sans trop savoir pourquoi. A part deux petites ecchymoses, son agresseur ne l'avait pas blessée. Pour dire la vérité, grâce à l'adrénaline, elle n'avait même pas éprouvé de grosse frayeur. A aucun moment elle n'avait eu l'impression que la situation lui échappait.

Alors, pourquoi avait-elle la tremblote ?

Restez en dehors de tout ça. Ou vous allez le regretter.

C'était un avertissement. Elle avait dû placer quelqu'un dans une position très inconfortable.

Mais qui ? Bobby Gautreaux ? Cela semblait peu probable

puisque la police l'avait déjà appréhendé. Quelqu'un d'autre à qui elle avait parlé de *White Rabbit*, alors ?

Les policiers ne lui seraient d'aucune aide. Ils étaient convaincus que son agresseur et l'homme qui avait déjà violé trois étudiantes ne faisaient qu'une seule et même personne.

Stacy ne leur en voulait pas. Le mode opératoire de son assaillant était pratiquement identique à celui du violeur. D'après ce qu'elle avait appris sur ce type, il était grand et massif, et il s'attaquait à des femmes seules, la nuit, sur le campus, en les attrapant par-derrière. On l'avait surnommé Roméo à cause des mots doux qu'il chuchotait à l'oreille de ses victimes. Des choses comme : « Je t'aime », « On va être ensemble pour toujours » et, plus accablant, « Reste avec moi ».

Il se pourrait que vous ne racontiez pas n'importe quoi, après tout.

Malone la croyait-il ? Ou cherchait-il simplement à la rassurer afin qu'elle se taise ?

Je ne me permettrais pas de vous faire du gringue, Killian. Vous me remettriez aussitôt à ma place.

Ce commentaire la contrariait. Etait-elle aussi intimidante ? Donnait-elle à ce point l'image d'une peau de vache ?

Ses collègues de Dallas la surnommaient « Virago Killian ». Visiblement, la situation ne s'était pas arrangée. Elle semblait même s'être aggravée.

— Bonjour, inspecteur Killian.

Stacy leva les yeux. Leonardo Noble venait de la rejoindre à sa table. Il tenait un scone dans une main et une tasse de café dans l'autre.

— Je ne suis pas inspecteur, lui dit-elle. Mais j'imagine que vous le savez déjà.

Sans lui demander son avis, il s'assit à sa table.

— Mais vous l'avez été ! Dix ans au sein de la Criminelle, à Dallas : une carrière au cours de laquelle vous avez été distinguée à de nombreuses reprises. Vous avez démissionné en janvier afin de suivre des études de troisième cycle en littérature anglaise.

— C'est un sans-faute, monsieur Noble. Quelle est votre méthode ?

Ignorant la question, il but tranquillement une gorgée de café, et poursuivit :

— Sans vous, votre sœur serait morte et son assassin en liberté. Son mari serait en train de moisir en prison, tandis que vous…

Elle l'interrompit d'un geste. Elle n'avait pas besoin qu'on lui rappelle ce à quoi elle avait échappé. Des circonstances qui avaient failli mener à la mort de Jane.

— Merci, monsieur Noble. J'ai vécu tout ça. Inutile de me le rappeler.

Il goûta le scone, laissa échapper un marmonnement de satisfaction, puis reporta son attention sur Stacy.

— C'est incroyable tout ce qu'on peut apprendre sur quelqu'un en tapant juste quelques mots sur un clavier !

— Parce que vous savez tout à mon sujet ? Si c'est le cas, vous êtes un chef.

— Je ne sais pas tout, avoua-t-il en se penchant vers la jeune femme, une lueur d'intérêt dans le regard. Pourquoi avez-vous donné votre démission, après toutes ces années passées dans la police ? D'après ce que j'ai lu, vous étiez pour ainsi dire née pour faire ce métier.

Vous savez ce qu'on dit : « On peut arracher un policier à son boulot, mais on ne pourra jamais se débarrasser du flic qui est en lui. »

— Vous ne devriez pas croire tout ce que vous lisez. Et puis, ça ne regarde que moi.

Stacy laissa échapper un soupir agacé.

— Ecoutez, je suis désolée d'avoir eu cette mauvaise idée, l'autre jour. Je n'avais pas l'intention de…

— Mais si, bien sûr ! Vous m'avez volontairement abusé. Et la vérité, c'est que vous n'êtes pas désolée, mademoiselle Killian. Mais alors, pas du tout.

— D'accord, dit-elle en croisant les bras sur sa poitrine. Je ne suis pas désolée. J'avais besoin de certaines informations, et j'ai fait ce qu'il fallait pour les obtenir… Voilà. Vous êtes satisfait ?

— Pas du tout. J'attends quelque chose de vous.

Il mordit de nouveau dans son scone, attendant une réaction de Stacy. Comme elle demeurait muette, il poursuivit :

— Je n'ai pas été complètement honnête, l'autre jour.

Ça, elle ne s'y attendait pas. Surprise, elle s'assit tout au bord de son fauteuil.

— Vous voulez sans doute parler de ce que vous ne m'avez pas dit concernant l'influence du jeu sur certains comportements violents ?

— Comment savez-vous ça ?

— J'ai été flic pendant dix ans. Et j'ai procédé à des interrogatoires de suspects pratiquement chaque jour.

Il inclina la tête, comme pour montrer son admiration.

— Vous êtes très forte. Pour en revenir à votre question… Ce que je vous ai dit sur les armes et les gens, j'y crois fermement. Entre de mauvaises mains, même les choses les plus innocentes…

Laissant sa phrase en suspens, il plongea la main dans sa poche de veste et en sortit deux cartes postales qu'il tendit à Stacy.

La première était une illustration à l'encre de Chine, une représentation assez sombre et dérangeante de l'Alice de Lewis Carroll en train de courir après le Lapin Blanc. Stacy retourna la carte et découvrit le mot, unique, qui était inscrit au verso.

« Bientôt. »

Elle s'intéressa alors à la seconde carte. Il s'agissait cette fois d'une carte touristique bon marché sur laquelle on reconnaissait le Quartier Français de La Nouvelle-Orléans. Derrière, on pouvait lire :

« Prêt à jouer ? »

— Pourquoi vous me montrez ça ? demanda-t-elle en levant les yeux vers Leonardo Noble.

— J'ai reçu la première il y a environ un mois. L'autre, la semaine dernière. Et celle-ci, hier.

Il lui tendit une troisième carte. Encore une illustration à l'encre de Chine. On y voyait une souris en train de se noyer dans une espèce de mare ou de grande flaque. Stacy retourna la carte.

« Prêt ou pas prêt, la partie est engagée. »

Elle pensa inévitablement aux messages que sa sœur avait reçus et au fait que la police — dont elle faisait partie — n'y avait vu qu'une mauvaise plaisanterie. A la fin, quand même, ils avaient dû se rendre à l'évidence : la menace était bien réelle.

— Dans les jeux de rôle, murmura Noble, il y a généralement un meneur de jeu, une sorte d'arbitre qui contrôle la partie. Il crée des obstacles pour les joueurs, des portes dérobées, des monstres et autres. Les meilleurs meneurs de jeu sont les plus neutres.

— Et pour *White Rabbit ?*

— C'est le Lapin Blanc — le White Rabbit — qui est le meneur de jeu. Sa position est loin d'être neutre. Il incite les joueurs à le suivre ; il les fait tomber dans le terrier, c'est-à-dire dans son monde. Et à partir de ce moment-là, il n'est jamais franc. Il pratique le favoritisme. Il tend des pièges à certains joueurs ; il les trompe. Et seul le plus malin est en mesure de le vaincre.

— Le Lapin Blanc a donc un gros avantage.

— Toujours.

— Je ne vois pas ce qu'on peut trouver d'amusant à jouer sur un échiquier truqué.

— Nous voulions pousser le jeu jusqu'à ses limites. Déstabiliser complètement les joueurs. Et nous avons réussi.

— J'ai cru comprendre que dans votre jeu, il n'y a qu'un gagnant et qu'il rafle toute la mise.

— Après avoir tué tout le monde, précisa Noble. Il monte les joueurs les uns contre les autres. Et il affronte le dernier. Une fois la partie engagée, elle ne peut s'arrêter que lorsque tous les prétendants à la victoire sont morts, sauf un.

Stacy sentit un léger malaise l'envahir.

— Est-il possible que tous les joueurs se liguent contre le Lapin Blanc, pour l'éliminer ?

Noble parut surpris, comme si personne n'avait jamais émis une idée pareille.

— Ce n'est pas de cette façon que l'on joue.

Stacy en revint à la question qu'elle avait déjà posée :

— Pourquoi m'avez-vous montré ces cartes ?

— Je veux découvrir qui me les a envoyées et pourquoi. J'aimerais aussi que vous me disiez si j'ai des raisons de m'inquiéter. C'est un travail que je vous propose, mademoiselle Killian.

Elle le fixa en silence, momentanément déroutée. Puis elle comprit et se mit à sourire. Il venait de la piéger. Il lui rendait la monnaie de sa pièce.

— Et maintenant, monsieur Noble, vous n'avez plus qu'à dire : « Ah ! Ah ! je vous ai bien eue ! »

Il n'en fit rien.

Comprenant qu'il était sérieux, Stacy secoua la tête.

— Prévenez la police. Ou louez les services d'un détective privé. Je ne suis pas garde du corps. Désolée.

— Par contre, vous savez mener une enquête.

Comme pour prévenir d'éventuelles protestations, il tendit la main.

— Que pourrait bien faire la police, alors que je n'ai pas été ouvertement menacé ? Rien, absolument rien. Et si ce que je crains se vérifie, un privé nagera complètement.

Stacy plissa les yeux d'un air intrigué.

— Que craignez-vous exactement, monsieur Noble ?

— Que quelqu'un ait engagé une partie pour de bon — et pas seulement virtuelle. Or, si je me fie aux messages que j'ai reçus, je fais partie des joueurs, que ça me plaise ou non.

Il posa une carte de visite sur la table, puis se leva.

— Peut-être que votre amie était dans le jeu, elle aussi.

Peut-être qu'elle a été la première victime du Lapin Blanc. Pensez-y. Et appelez-moi.

Stacy le suivit du regard, tandis qu'il s'éloignait. Son cerveau fonctionnait à plein régime, alimenté par tout ce que Noble venait de lui dire et par ce qu'elle avait appris sur le jeu.

Elle pensa à son agresseur de la veille.

Il lui avait ordonné de rester « à l'écart de tout ça ». Mais à l'écart de quoi, au juste ? De l'enquête ou du jeu ?

Ce n'était pas le jeu en lui-même qui était dangereux, mais l'obsession du jeu.

Et si quelqu'un était effectivement obsédé par ce jeu au point de le sortir de son cadre strictement ludique ? Au point de confondre l'imaginaire et la réalité ?

Etait-il possible que Cassie eût été involontairement entraînée dans le jeu ?

Des outils aussi puissants que dangereux.

Cette phrase pouvait s'appliquer au pouvoir, aux armes, à l'argent… Pratiquement à tout.

Stacy examina le scénario dont Noble lui avait dévoilé les grandes lignes : un cinglé qui se mettrait à jouer non plus dans le virtuel mais dans le réel. L'unique moyen pour gagner serait de tuer les autres participants afin d'affronter le Lapin Blanc lui-même : celui qui contrôlait le jeu. Le grand manipulateur.

Un Lapin Blanc en chair et en os.

Le lien entre Cassie et le scénario de Leonardo Noble était des plus ténus, mais Stacy ne pouvait s'empêcher de se demander s'il n'y avait pas effectivement un rapport.

Elle avait vu des choses bien plus étranges.

L'année dernière, à Dallas, par exemple…

Billie arriva vers elle avec une assiette de petits gâteaux. Des muffins aux pépites de chocolat. Un chocolat noir, sombre et riche. L'assiette de Billie et sa façon d'apparaître à point nommé était un sujet de plaisanterie parmi les habitués. Elle surgissait lorsqu'il y avait de l'eau dans le gaz entre deux personnes ou quand des ragots circulaient.

Elle affichait ce sourire énigmatique qui lui avait déjà permis de prendre au piège quatre maris, dont le dernier était un nonagénaire millionnaire : Ricky Martin.

— Muffin ? proposa-t-elle à Stacy.

La jeune femme se servit, tout en sachant que ce traitement de faveur avait un prix. Billie attendait d'être payée, non en monnaie sonnante et trébuchante mais en informations.

Elle posa l'assiette sur la table et prit place dans le fauteuil qu'occupait un peu plus tôt Leonardo Noble.

— Qui est ce type ? Et qu'est-ce qu'il voulait ?

— Leonardo Noble. Il m'a proposé de m'embaucher.

Haussant un sourcil, Billie poussa l'assiette de muffins vers Stacy.

Celle-ci se mit à rire. Elle prit un autre gâteau et repoussa l'assiette.

— C'est en rapport avec Cassie. Plus ou moins.

— C'est bien ce que je pensais. Explique-toi.

— Tu te rappelles ce que je t'ai dit au sujet de Cassie et de son rendez-vous avec un joueur de *White Rabbit ?* Eh bien, cet homme, Leonardo Noble, est l'inventeur du jeu.

Une lueur d'intérêt remplaça la curiosité dans les yeux de Billie.

— Continue.

— Depuis notre dernière conversation, j'en ai appris un peu

plus sur ce jeu. Un jeu sombre et violent, au terme duquel le meilleur joueur et le Lapin Blanc s'affrontent dans un duel à mort.

— Charmant.

Stacy parla des cartes postales qu'avait reçues Noble et de sa théorie selon laquelle quelqu'un avait engagé une partie non plus virtuelle mais réelle.

— Je sais que ça peut paraître fou mais…

— Mais ça arrive, conclut Billie. Des études ont montré que chez les sujets ayant des difficultés à établir une frontière entre l'imaginaire et le réel, les jeux de rôle peuvent être dangereux. Dans *White Rabbit* ou *Donjons et Dragons*, l'implication émotive et psychologique est intense… et le résultat peut être explosif.

— Comment sais-tu cela ?

— Dans une vie antérieure, j'ai été psychologue clinicienne.

Voilà qui avait de quoi surprendre Stacy. Ou la conforter dans cette idée qui l'effleurait parfois, selon laquelle Billie serait une menteuse pathologique ou une reine de l'arnaque. Après tout, elle lui avait déjà parlé de quatre mariages, d'un boulot d'hôtesse de l'air et d'une carrière de mannequin. Et maintenant, elle se prétendait psychologue…

Mais Billie avait toujours sous la main des faits ou des anecdotes qui venaient étayer ses affirmations.

Stacy secoua la tête, revenant à Leonardo Noble et aux événements des derniers jours.

— J'ai l'impression d'avoir fait peur à quelqu'un…

Lisant la surprise sur le visage de son amie, elle lui fit rapidement le récit des événements de la veille au soir.

— Et je suis sûre de ce que j'ai entendu ! conclut-elle en faisant allusion aux paroles que son agresseur lui avait soufflées à l'oreille.

Billie resta un long moment sans mot dire, puis elle hocha la tête.

— Je n'en doute pas. Tu as été flic. Tu ne peux pas te tromper sur ce genre de choses.

Billie se leva, et prit l'assiette de muffins avec elle.

— Fais quand même attention ! dit-elle à Stacy. Je n'ai aucune envie de me rendre à une messe en souvenir de toi.

Tout en la suivant du regard, Stacy s'interrogea sur la frontière qui existait entre le réel et le virtuel. Se pouvait-il que Cassie se fût laissée entraîner malgré elle par un fou dans un jeu de rôle où l'on jouait pour de bon ? Avait-elle alors commis une erreur ? Une erreur fatale ?

Bon sang !

Stacy savait ce qu'elle devait faire. Elle prit son téléphone portable et appela Leonardo Noble.

— Je prends le boulot, lui annonça-t-elle dès qu'il eut répondu. Quand voulez-vous que je commence ?

17.

Dimanche 6 mars 2005
8 heures

Leonardo avait suggéré l'heure du rendez-vous, et Stacy avait choisi l'endroit : le Café Noir.

L'atmosphère y était paisible, ce dimanche matin.

— Tu es là bien tôt ! dit Stacy en s'approchant du comptoir.

— Toi aussi ! répliqua Billie.

Elle regarda son amie un instant.

— Tu as accepté sa proposition, c'est ça ? Tu vas travailler pour cet inventeur ?

— Leonardo Noble. Oui.

Billie s'affaira derrière le comptoir sans demander à Stacy ce qu'elle voulait. C'était inutile. Si elle avait désiré autre chose que son habituel cappuccino, elle le lui aurait signalé.

— Je n'aime pas trop ça, dit-elle finalement.

— Pourquoi ?

— Tu es sûr qu'il est franc du collier ?

— Comment ça ?

— Eh bien, il me semblerait assez logique que quelqu'un qui invente des jeux soit lui-même assez joueur…

Elle y avait pensé !

— Mais c'est pas bête, ça, dis donc ! Bravo !

— Et moi qui pensais n'être qu'une blonde sans cervelle...

Stacy se mit à rire. Quand une femme avait l'allure de Billie, ses capacités intellectuelles n'étaient pas ce que l'on remarquait en premier. Elle-même était tombée dans le panneau. Avant de connaître Billie, elle l'avait rangée dans la catégorie « blonde écervelée ». Elle savait maintenant que c'était une erreur.

— Je suis assez douée pour découvrir certaines choses, ajouta Billie. Si tu as besoin d'une taupe, tu peux faire appel à moi.

Billie Bellini, superespionne.

— Le trench-coat de Bogart t'irait à merveille.

— Sûrement ! Et en plus, ma proposition est sérieuse...

Stacy se dit qu'elle saurait s'en souvenir. Il ne faisait aucun doute que Billie était capable d'obtenir sans peine certaines informations que d'autres ne pourraient même pas arracher avec un pied de biche.

Stacy s'installa à une table, et Leonardo Noble arriva peu après, alors qu'elle sirotait son cappuccino. Curieusement, il était seul. Elle s'était imaginé qu'il viendrait en compagnie de Kay.

Il la chercha du regard dans la salle, et lui sourit en l'apercevant. Il lui signifia qu'il allait prendre un café et, d'un geste, lui demanda si elle en voulait également un. Elle souleva sa tasse en guise de réponse.

Elle l'observa tandis qu'il passait sa commande auprès de Billie. Il lui glissa quelques mots qui la firent rire. Jouait-il franc-jeu ? se demanda Stacy. Les cartes étranges qu'il avait reçues étaient-elles authentiques ou bien les avait-il confectionnées lui-même ?

Elle attendait d'avoir passé un peu plus de temps avec lui pour se faire une idée.

Alors qu'il s'approchait de la table, elle remarqua que son pas d'ordinaire énergique était un rien traînant, comme s'il venait de se lever. Il avait le regard voilé, aussi. Et ses cheveux étaient encore plus décoiffés que d'ordinaire.

— Vous n'êtes pas du matin, on dirait…

— Oh ! pas de problème. De toute façon, deux heures de sommeil par jour me suffisent.

— Excusez-moi, mais ce n'est pas l'impression que vous donnez…

Noble sourit, et un premier signe de vie éclaira son regard.

— Faites-moi confiance.

— Comme dit l'araignée à la mouche…

Il but une gorgée de café. Stacy nota qu'il avait le plus grand modèle de tasse — le « giga ». Et au vu de la montagne de mousse, elle devina qu'il s'agissait d'un cappuccino.

— Qu'est-ce que ce regard voulait dire, exactement ? demanda-t-il. Le reflet d'une certaine méfiance ?

— Quel regard ?

— Celui qui m'a donné l'impression d'être sur une table de dissection, pendant que je prenais ma commande au comptoir.

— Je m'interrogeais sur vos motivations. Vieux réflexe professionnel.

Elle le regardait droit dans les yeux, sans ciller.

— Personne n'est à l'abri des soupçons, monsieur Noble. Pas même vous.

Sans être déconcerté le moins du monde, il se mit à rire.

— Voilà la raison pour laquelle je veux vous embaucher. Et avant toute chose, vous allez m'appeler Leo, ou je romps d'emblée le contrat.

— D'accord, Leo, acquiesça Stacy en souriant. Pour commencer, j'aimerais que vous m'en disiez un peu plus sur votre domicile.

— Que voulez-vous savoir ?

— Tout. Votre bureau se trouve là-bas ?

— Oui. Ainsi que celui de Kay.

— Vous avez des employés ?

— Il y a Mme Maitlin, la gouvernante. Troy, mon chauffeur et homme à tout faire. Barry est chargé de l'entretien du parc et de la piscine… Oh ! et il y a le précepteur de ma fille : Clark Dunbar.

C'était la première fois qu'il faisait allusion à l'existence de sa fille, ce que Stacy trouva étrange. Il s'en rendit compte à son expression et précisa :

— Kay et moi avons une fille. Alice. Elle a seize ans… ou, comme elle aime à le répéter, presque 17 ans.

— Elle vit avec vous ou avec Kay ?

— Avec nous deux.

— Comment ça ?

— Kay habite dans la maison d'invités que vous avez peut-être remarquée dans le parc.

Il eut un sourire narquois.

— Je vois à votre expression que vous trouvez notre arrangement étrange.

— Je ne suis pas ici pour émettre des jugements sur votre vie privée.

Comme s'il ne tenait aucun compte de sa remarque, Noble poursuivit :

— Alice est la lumière de ma vie. Jusqu'à il y a peu de temps, elle…

Il s'interrompit.

— Elle a de vrais dons. Intellectuellement parlant.

— Ça n'a rien d'étonnant. J'ai lu quelque part que vous étiez le Léonard de Vinci des temps modernes.

Il eut un sourire qui ressemblait un peu à une grimace.

— Je vois que je ne suis pas le seul à savoir mener des recherches sur Internet. Mais Alice est réellement un génie. En comparaison, Kay et moi sommes des êtres très moyens.

Stacy mit de côté l'information, tout en s'interrogeant sur le fardeau que pouvait constituer un tel Q.I. et sur la façon dont cela devait influer sur la vie de l'adolescente, depuis ses passe-temps jusqu'à ses relations avec les autres.

— Elle a suivi une scolarité traditionnelle ?

— Non. Elle a toujours eu des précepteurs privés.

— Et cela a bien fonctionné ?

— Oui. Jusqu'à…

Il croisa les doigts. Pour la première fois, il semblait mal à l'aise.

— Jusqu'à récemment. Elle a manifesté le désir d'aller à la fac. Elle est devenue agitée, rebelle. Je crains qu'elle en fasse voir de toutes les couleurs à ce pauvre Clark.

Des symptômes assez courants chez les adolescents en butte à certaines angoisses.

— Intellectuellement, elle est prête, reprit Noble. Ça fait

même un certain temps. Mais elle est jeune… immature. La vérité, c'est que nous l'avons surprotégée.

Il s'éclaircit la gorge.

— Et le divorce n'a pas été facile, pour elle… Kay et moi, nous sommes un peu comme l'huile et l'eau. Mais nous nous aimons. Et nous aimons Alice. Nous avons donc trouvé cet arrangement.

— Pour Alice ?

— Oui. Surtout pour elle.

Il eut un sourire désolé qui le rajeunit.

— Eh bien, maintenant, vous savez tout de notre petite troupe et de ses dysfonctionnements. Vous voulez toujours vous joindre à nous ?

Elle scruta son expression. Etait-il franc ? se demanda-t-elle une nouvelle fois. Un homme pouvait-il réussir comme il l'avait fait sans être impitoyable ? Sans cacher des informations et les exploiter ensuite ?

Stacy se pencha vers lui.

— Voici ce que je pense, Leo. Les lettres anonymes comme celles que vous avez reçues sont presque toujours envoyées par une personne appartenant à l'entourage du destinataire.

— *Mon* entourage ? Je ne…

Stacy l'interrompit.

— Oui, votre entourage. Le but de ces cartes est de vous faire peur. De vous terroriser, même.

— Et l'expéditeur doit être assez proche pour pouvoir constater lui-même l'effet produit par ses messages. C'est ça ?

— Exactement. Plus vous serez effrayé, mieux ce sera.

Il plissa les yeux. Des yeux noisette, remarqua Stacy.

— Qu'ils aillent se faire foutre ! s'exclama-t-il soudain. Je n'ai pas peur, et ils vont laisser tomber. C'est comme à l'école, dans la cour de récréation : les gros durs vont voir ailleurs quand ils n'obtiennent pas la réaction escomptée… Au fond, ces gens-là sont des lâches.

— Oui. Ils ont trop peur pour provoquer une confrontation directe. Ils constituent donc une menace assez limitée.

— Ça, c'est le cas le plus fréquent. Et pour les autres ?

Stacy détourna les yeux. Elle pensait à sa sœur Jane. L'homme qui l'avait terrorisée faisait partie de cette seconde catégorie : celle des cas atypiques. Il avait tout planifié, jusque dans les moindres détails.

— Parfois, dit-elle en revenant à Leo, les lettres et les appels ne sont qu'un prélude au plat de résistance.

Comme il fronçait les sourcils, elle ajouta :

— Ils se rapprochent alors suffisamment pour vous toucher.

Leo resta silencieux. Pour la toute première fois, il paraissait déstabilisé.

— Je vous suis reconnaissant d'avoir accepté de m'aider et…

Stacy tendit la main pour l'arrêter.

— Une chose après l'autre. Je n'accepte pas votre offre pour *vous* aider. Je le fais pour Cassie, en pariant sur l'éventualité d'un lien entre son meurtre et les cartes que vous avez reçues. D'autre part, vous ne devez pas oublier que je suis étudiante. Mes études passent en premier. Voyez-vous quelque chose à redire à tout ça ?

— Absolument rien. Par où commençons-nous ?

— *Je* vais commencer par m'intégrer à votre foyer, apprendre à connaître tout le monde et gagner la confiance de chacun.

— Parce que vous pensez qu'il est là ?

— Il ou elle, précisa Stacy. C'est une possibilité, oui. Une forte possibilité.

Noble hocha la tête.

— Il va falloir trouver une bonne raison à votre présence fréquente dans la maison…

— Vous avez une idée ?

— Conseillère technique. Pour un nouveau roman… L'histoire pourrait être celle d'un lieutenant de la brigade criminelle.

— Ça me va, déclara la jeune femme avec un léger sourire. Etes-vous vraiment en train d'écrire un roman ?

— Ça fait partie de mes projets, oui.

— J'imagine que vous préféreriez que votre fille et votre ex-femme soient informées de la raison véritable de ma présence ?

— Kay, oui. Pour Alice, ce n'est pas nécessaire. Je ne tiens pas à l'effrayer.

— Très bien, dit Stacy en terminant son café. Quand voulez-vous que je commence ?

— Tout de suite, si ça vous va.

— D'accord. Pas de problème.

Leo se leva aussitôt, visiblement pressé de rentrer chez lui.

Tout en le suivant, Stacy jeta un coup d'œil à Billie, qui les observait.

L'expression de son amie la troubla et la fit trébucher légèrement contre le pied d'une table.

— Stacy ? lança Leo en se retournant. Un problème ?

Elle repoussa la désagréable impression qui l'avait envahie un instant, et sourit.

— Non, non, ce n'est rien. Allons-y, Leo.

18.

Mardi 8 mars 2005
13 heures

Après deux jours passés à traîner dans la propriété, Stacy comprit pourquoi Leo avait employé le mot « troupe ». La vie de la maison ressemblait à celle d'un cirque, avec des gens qui ne cessaient d'aller et venir tout au long de la journée. Des entraîneurs particuliers, des manucures, des livreurs, des juristes, des hommes d'affaires…

La jeune femme avait demandé à Leo de se comporter avec elle comme avec n'importe quel autre employé. Elle avait ainsi découvert que sa politique, dans ce genre de situation, était assez simple : il laissait les gens se débrouiller. Il lui avait donné un bureau voisin du sien, et elle avait passé beaucoup de temps à errer dans la maison, tout en donnant l'impression d'être occupée. Quand elle rencontrait quelqu'un, elle se présentait.

Elle avait eu droit à toutes sortes de réactions : froides, curieuses, amicales. Et elle avait fait la connaissance de tout le monde, à l'exception d'Alice — ce qui lui paraissait intéressant. Surtout depuis qu'elle s'était entretenue avec le précepteur de l'adolescente, Clark Dunbar.

C'était un homme paisible, comme savent parfois l'être les intellectuels, même s'il lui avait donné l'impression d'être constamment en train d'observer et d'écouter. Comme un chat que l'on voit mais que l'on n'entend pas.

Mme Maitlin, elle, l'évitait. Si jamais leurs chemins se croisaient, elle laissait voir de grands signes de nervosité, et prenait aussitôt la fuite. Pourtant, Stacy lui avait présenté des excuses pour ce qui s'était passé lors de leur première rencontre, affirmant que c'était Leo qui lui avait demandé de jouer cette petite comédie. Malgré ces explications, la gouvernante semblait se douter que Stacy était chargée d'une mission. Il fallait juste espérer qu'elle garderait ses soupçons pour elle.

Troy, le chauffeur et homme à tout faire de Leo, s'était montré le plus amical de tous — mais aussi le plus inquisiteur, bombardant Stacy de questions. Que devait-elle penser de lui ? Etait-il simplement curieux ou avait-il des mobiles précis ?

Quant à Barry, il se révélait extrêmement discret. Ses fonctions de jardinier lui offraient au cours de la journée mille opportunités de bavarder avec les gens qui allaient et venaient, mais il n'en faisait rien. Il restait à l'écart, sans pour autant perdre une miette de ce qui se passait autour de lui.

Stacy jeta un coup d'œil à sa montre et commença de rassembler ses affaires. A 14 h 30, elle devait assister à un cours de littérature médiévale.

— Bonjour.

Elle se retourna. Une adolescente se tenait devant la porte qui communiquait avec le bureau de Leo. Elle était petite et mince, avec le visage teinté d'exotisme de sa mère, la même couleur de cheveux, lesquels étaient aussi indisciplinés que ceux de son père.

Alice. Enfin !

— Bonjour, lui répondit la jeune femme en souriant. Je suis Stacy.

Ça ne parut pas trop intéresser l'adolescente.

— Je sais. Vous êtes la flic.

— Ancienne flic, corrigea Stacy. J'aide ton père sur des questions techniques.

Alice haussa un sourcil, tout en entrant dans le bureau.

— Des questions techniques..., répéta-t-elle.

Ce n'était pas une fille de seize ans comme les autres. Stacy ne devait surtout pas l'oublier.

— Je suis sa conseillère, si tu préfères. Sur tous les points en rapport avec la police, la justice...

— Et le crime ?

— Oui, bien sûr.

— Une experte en crime. Qu'est-ce que c'est intéressant...

Stacy préféra ignorer cette marque d'ironie.

— Certains le pensent, oui.

— Papa m'a tannée pour que je vienne me présenter. Vous savez qui je suis, j'imagine ?

— Alice Noble. Prénommée ainsi à cause d'une fameuse Alice...

— L'Alice du Lapin Blanc.

— C'est une drôle de façon de voir les choses. J'aurais plutôt parlé de l'Alice de Lewis Carroll.

— Mais vous n'êtes pas moi.

L'adolescente s'approcha des rayonnages de livres qui

tapissaient les murs. Elle s'empara d'une photo sur laquelle on la voyait en compagnie de ses parents. Elle la contempla un instant, avant de lever les yeux vers Stacy.

— Je suis plus intelligente qu'eux deux réunis, déclara-t-elle. Papa vous l'a dit ?

— Oui. Il est très fier de toi.

— Seulement quatre pour cent des gens ont un Q.I. supérieur à cent quarante. Le mien est de cent soixante-dix. Seule une personne sur sept cent mille atteint ce niveau.

A l'évidence, son père n'était pas le seul à être fier d'elle…

— Tu es une jeune fille très brillante.

— En effet, dit Alice en fronçant les sourcils. Je pense que nous devrions parler. Etablir les règles du jeu.

Intriguée, Stacy posa son sac et pensa à son cours, consciente du temps qui s'écoulait.

— Je t'écoute.

— Je me fiche de la raison pour laquelle vous travaillez avec mon père. Je veux juste que vous m'évitiez.

— Ai-je fait quelque chose qui t'a blessée ?

— Pas du tout. Il y a toutes sortes de parasites autour de papa, et je ne tiens absolument pas à les connaître.

— Des parasites ?

— Papa est riche. Charismatique. Les gens s'agglutinent autour de lui. Certains sont sincères. Il y a aussi des chasseurs d'autographes. Les autres ne sont que des sangsues.

Intriguée, Stacy croisa les bras sur sa poitrine.

— Et moi, dans tout ça ? Je me suis contentée d'accepter le travail qu'il m'a confié. Cela fait-il de moi une sangsue ?

— Je ne parle pas de vous, répliqua l'adolescente en haussant les épaules. Mais il lui arrive souvent de sortir avec des gens nouveaux. Il les trouve formidables et puis, quelques jours après, c'est déjà fini. Résultat : j'ai appris à ne pas trop m'attacher…

Voilà qui était intéressant. Quelques personnes avaient dû passer par la « troupe » Noble et en sortir plus tôt que prévu, avec un amour-propre blessé. L'une d'elles avait-elle pu garder une rancune tenace ?

— D'accord, Alice. Je ferai de mon mieux pour t'éviter.

Pour la première fois, ce qui pouvait ressembler à un sourire éclaira le visage de la jeune fille. Du coup, ses traits s'adoucirent.

— Je vous en sais gré.

Elle quitta le bureau, évitant son précepteur qui venait d'apparaître dans l'encadrement de la porte. Clark Dunbar. Quarante ans environ. Un visage mince tout en longueur. L'air studieux.

Il suivit Alice du regard, avant de se tourner vers Stacy.

— De quoi était-il question ?

La jeune femme sourit.

— Elle voulait établir les règles du jeu. Me mettre à ma place, en quelque sorte.

— C'est ce que je craignais. Les adolescents peuvent se montrer difficiles.

— Surtout quand ils sont aussi brillants.

Il appuya sa longue silhouette dégingandée contre le chambranle de la porte. Ses yeux étaient d'un bleu si intense que Stacy se demanda s'il ne portait pas des lentilles de contact colorées.

— Le plus merveilleux des dons peut se révéler un fardeau.

Elle y avait déjà pensé de cette façon, et c'était assez vrai.

— Vous avez une certaine expérience de ces enfants surdoués ?

— Je suis un peu masochiste…

— Clark Dunbar, le « superprécepteur » !

Il se mit à rire.

— Je me suis plus d'une fois demandé à quoi mes parents pensaient quand ils m'ont affublé du même prénom que Superman, ce type trop doux et incapable de séduire la femme de ses rêves…

— Vous n'avez pas un second prénom qui pourrait faire l'affaire ?

Il hésita.

— Je crains que mon cas soit désespéré. A moins que vous trouviez du charme à Randolf.

Stacy éclata de rire et lui fit signe d'entrer. Elle se percha sur le bord de son bureau tandis qu'il prenait place dans le fauteuil, devant elle.

— Vous avez toujours exercé ce métier ? Je veux dire, précepteur chez des particuliers ?

— J'ai toujours enseigné, répondit-il. Mais le travail et les horaires sont bien plus intéressants ici. Sans parler de mes élèves — enfin, de *mon* élève.

— Voilà qui me surprend. Où avez-vous enseigné ?

— Dans plusieurs universités.

Stacy haussa les sourcils.

— Et vous préférez être ici ?

— Vous allez peut-être trouver ça stupide, mais c'est un privilège d'avoir une élève aussi intelligente qu'Alice. C'est extrêmement stimulant.

— Mais, à l'université, vous avez dû rencontrer plus d'un étudiant qui…

— Aucun n'était comparable à Alice. Son intelligence…

Il marqua une pause, comme s'il cherchait le mot exact.

— … m'impressionne.

Stacy ne savait pas quoi dire. Ça la dépassait.

Dunbar se pencha légèrement vers elle, une expression presque malicieuse dans le regard.

— La vérité, c'est que je suis dans un trip un peu hippie — une espèce de retour aux années 60, si vous voulez. J'aime la liberté que me donne ce statut de précepteur particulier. Nous décidons nous-mêmes de nos cours, de nos horaires. Il n'y a jamais de routine.

— Pourtant, ça peut être une bonne chose.

Il hocha la tête et se laissa aller contre le dossier de son fauteuil.

— Parlez de votre expérience, maintenant. Un ancien inspecteur de la police qui devient conseiller technique ! Vous vous êtes lassée du sang et des viscères ?

— Quelque chose comme ça, oui.

Stacy jeta un coup d'œil à sa montre.

— Désolée de devoir interrompre cette conversation, mais…

— … vous avez cours. Et moi aussi.

Dunbar sourit. Il y avait un rien de nostalgie dans son expression.

— On pourrait peut-être parler des romantiques, un de ces jours ?

Tandis qu'ils se séparaient, Stacy eut le sentiment très net qu'il désirait autre chose qu'un simple échange littéraire.

Mais quoi ?

19.

Mardi 8 mars 2005
21 h 30

Stacy était assise à une table de travail, au premier étage de la bibliothèque, devant une édition d'*Alice au pays des merveilles.* Elle avait lu l'histoire — à peine 224 pages —, avant de parcourir une demi-douzaine d'essais sur l'auteur et son ouvrage le plus fameux.

Elle avait découvert à cette occasion que Lewis Carroll était considéré par certains comme le Léonard de Vinci de son temps. Un rapprochement intéressant, qui faisait écho à celui que Leonardo Noble avait effectué lui-même. Inventé à l'origine pour amuser une fillette durant une promenade dans un parc, *Alice au pays des merveilles* était devenu un classique, et même un ouvrage « culte » qui avait été analysé et décortiqué jusque dans les moindres détails. Selon les essayistes, ce roman allait au-delà de la simple histoire d'une fillette qui tombe dans un terrier de lapin et se retrouve dans un monde étrange ; on y trouvait les thèmes de la mort, de l'abandon, des réflexions sur la justice, la solitude, la nature et l'éducation.

C'était donc bien plus que la petite farce innocente qui apparaissait au premier abord.

Stacy se demanda furtivement si les critiques et les universitaires n'inventaient pas tout cela dans le seul but de justifier leur existence. Le genre de choses qu'elle ne répéterait pas devant ses professeurs, évidemment.

Elle avait déjà trouvé le moyen de figurer sur la liste noire du professeur Grant. Elle était arrivée en retard à son cours, il l'avait mal pris et, pour couronner le tout, elle n'avait pas préparé le cours en question. L'ayant rapidement découvert, l'enseignant avait clairement exprimé l'idée que le département attendait mieux de ses étudiants de troisième cycle...

Stacy posa son stylo pour se frotter les yeux. Elle était fatiguée, elle avait faim et elle n'était pas satisfaite d'elle-même. Ces études étaient sa chance de changer de vie. Si elle fichait tout en l'air, que ferait-elle ensuite ? Elle réintègrerait la police ?

Non. Jamais.

Mais elle devait quand même tout faire pour retrouver le monstre qui avait tué Cassie...

Elle reporta son attention sur l'essai qu'elle avait sous les yeux.

« L'idée sous-jacente d'un monde où le sens est insensé et où les lois de... »

Les caractères imprimés se brouillèrent. Ses yeux la brûlaient. Elle dut lutter contre les larmes. Elle n'avait pas pleuré lorsqu'elle avait découvert les corps. Ni depuis ce jour-là. Et il n'était pas question de craquer maintenant. Elle était assez forte pour tenir le coup.

Soudain, elle prit conscience du silence qui régnait dans la bibliothèque. Un sentiment de déjà-vu la paralysa un instant. Elle crispa les doigts sur son stylo-bille, et écouta.

Comme la semaine précédente, elle entendit du bruit derrière elle. Un bruit de pas. Un froissement.

Elle se leva d'un bond et fit volte-face, son stylo braqué comme une arme.

Malone.

Il lui souriait, à la manière de ce fichu chat de Cheshire créé par Lewis Carroll.

Il leva les mains, comme s'il se rendait. Dans l'une d'elles, il tenait un exemplaire du *Profil d'une œuvre* sur *Alice au pays des merveilles.*

Tiens, tiens ! Ils avaient eu tous les deux la même idée. Stacy en aurait pleuré.

— Ça vous ennuierait de baisser la garde ? demanda-t-il en désignant le stylo. Je ne suis pas armé.

— Vous m'avez fait peur.

— Désolé.

En vérité, il ne semblait pas désolé du tout. Stacy reposa le stylo sur la table et demanda :

— Pourquoi êtes-vous venu traîner à la bibliothèque ?

— Pour la même raison que vous, on dirait.

— Aidez-moi, mon Dieu !

Il se mit à rire, et tira une chaise qu'il tourna pour s'asseoir face à Stacy, les bras posés sur le haut du dossier.

— Moi aussi, je vous aime bien.

Stacy sentit son visage s'enflammer.

— Mais je n'ai jamais dit que je vous aimais, Malone !

Juste avant qu'il ait pu répondre, elle sentit son estomac qui gargouillait. Il l'entendit, de toute évidence, car il demanda :

— Vous avez faim ?

— Oui. Et je suis fatiguée. Sans parler de ce mal de tête épouvantable.

— Hypoglycémie, sans aucun doute. Vous devriez faire davantage attention à vous.

Il fouilla dans la poche de son coupe-vent et en sortit une barre chocolatée qu'il lui tendit.

Elle l'accepta avec reconnaissance, déchira l'emballage et mordit dedans avec un soupir de plaisir.

— Merci de votre sollicitude, Malone, mais je vais très bien.

Elle prit une autre bouchée. Les effets bénéfiques de cet apport en glucides sur son mal de tête furent presque immédiats.

— Vous avez toujours des barres chocolatées sur vous ?

— Toujours, affirma-t-il d'un ton solennel. Je m'en sers pour graisser la patte à mes indics.

— Ou pour soutirer des informations à une pauvre femme affamée et épuisée.

Il se pencha légèrement vers elle.

— La rumeur prétend que vous passez beaucoup de temps avec Leo Noble. Ça vous ennuierait de me dire pourquoi ?

— Qui suivez-vous ? répliqua-t-elle. Moi ou Leo ?

— Je vais poser la question autrement. Pourquoi Noble a-t-il engagé un ancien inspecteur de la brigade criminelle ? Pour sa protection ? De qui a-t-il peur, au juste ?

Inutile de nier, apparemment, puisque Malone connaissait la vérité.

— Je suis sa conseillère technique. Il écrit un roman.

— Ben voyons !

Stacy décida de changer de sujet.

— Je suis impressionnée, dit-elle en jetant un coup d'œil

au livre que tenait Malone. On croirait presque que vous préparez un travail écrit — dans un registre assez « light », évidemment.

Il eut un sourire en coin.

— Ne vous laissez pas trop impressionner. Je ne l'ai pas encore lu.

— C'est au-dessus de vos forces ?

— Mordre la main qui vous a nourri n'est pas une jolie chose. Et vous avez du chocolat autour de la bouche.

— Où ça ? demanda Stacy en se passant la langue sur les lèvres.

— Refaites ça, s'il vous plaît, dit-il en posant le menton sur ses bras. Ça me bouleverse.

Stacy ne put s'empêcher de rire.

— Vous, vous attendez quelque chose de moi. Alors ? De quoi s'agit-il ?

— Quel est le lien entre le jeu *White Rabbit* et *Alice au pays des merveilles ?*

Stacy pensa aux cartes que Leonardo avait reçues.

— C'est simple. Noble s'est inspiré du récit de Carroll pour créer son jeu. Le Lapin Blanc contrôle la partie. Les personnages du jeu sont ceux de l'histoire, même si tout a été déformé pour donner un résultat violent et dérangeant.

Malone désigna les livres disposés sur la table, devant la jeune femme.

— Pourquoi avez-vous besoin de tout ça si c'est aussi simple ?

Bien vu, songea Stacy, furieuse contre lui et contre elle-même.

— J'ai appris par des passionnés que *White Rabbit* était un jeu un peu à part. On y devient plus accro qu'à n'importe quel autre scénario. Il fait l'objet d'un culte autour duquel on cultive un grand secret. C'est, d'ailleurs, l'un des attraits du jeu.

— Et pour sa structure ?

— Il est plus violent que les autres, c'est certain.

Stacy marqua une pause, songeant à ce qu'elle avait appris.

— La différence majeure réside dans le rôle du meneur de jeu. Il s'agit généralement d'un personnage impartial. Ce n'est pas le cas du Lapin Blanc. Comme les autres, il joue pour gagner. Pour chaque joueur, le principe est simple : c'est tuer ou être tué.

— Ou survivre par n'importe quel moyen — cela dépend de la façon dont on voit les choses.

Stacy allait répondre quand le téléphone portable de Malone sonna.

— Malone, j'écoute.

Elle observa son visage, nota la façon dont sa bouche se crispait légèrement, puis le froncement de ses sourcils.

C'était un appel professionnel.

— Compris, dit-il. J'arrive.

Il devait partir. Quelque part, quelqu'un était mort. Assassiné.

Tout en rangeant son téléphone, il croisa le regard de la jeune femme.

— Désolé. Le devoir m'appelle.

— Allez-y.

Il s'en alla sans un mot de plus, sans même lui jeter un dernier regard. Tout dans son allure, sa façon de marcher, reflétait la détermination.

Stacy, qui le suivait des yeux, pensa à tous les appels semblables qu'elle avait reçus durant ces dix années passées dans la police. Elle les détestait. Elle les redoutait. Ils arrivaient toujours au mauvais moment.

Pourquoi éprouvait-elle en cet instant un sentiment de manque ? C'était une impression désagréable : celle d'être cantonnée au rôle de témoin, après avoir été si longtemps actrice.

Elle se tourna pour rassembler ses affaires, et aperçut Bobby Gautreaux qui marchait à grandes enjambées vers l'escalier. Elle l'appela, assez fort pour qu'il l'entende.

Il ne ralentit pas. Ne regarda pas dans sa direction.

Stacy se leva et l'appela de nouveau. Plus fort. Quand il se mit à courir, elle l'imita.

Mais au moment où elle atteignit l'escalier, il avait déjà disparu.

Elle dévala quand même les marches. Elle croisa une étudiante qui la dévisagea en fronçant les sourcils.

— Est-ce que vous auriez croisé un étudiant aux cheveux bruns, avec un sac à dos orange, juste à l'instant ? Il courait.

La jeune fille lui lança un regard hostile.

— Je connais beaucoup d'étudiants aux cheveux bruns.

Stacy plissa les yeux.

— Il n'y a plus beaucoup de monde à la bibliothèque. Il courait. Alors ? Vous ne voulez pas me répondre ?

L'étudiante hésita, puis désigna la porte d'entrée principale.

— Il est passé par là.

Stacy la remercia et remonta. Elle n'obtiendrait rien en se lançant à sa poursuite. D'abord, elle avait peu de chances de le trouver. Et même si elle mettait la main sur lui, que ferait-elle ? S'il était en train de l'espionner, jamais il ne l'admettrait.

Mais si c'était bien le cas, pour quelle raison faisait-il ça ?

Une fois au premier étage, Stacy rejoignit sa table et commença à ranger ses affaires. Puis, soudain, une pensée s'imposa à elle, et elle se figea. Bobby était baraqué. Bien plus grand qu'elle. Pas aussi grand que son agresseur de l'autre jour. Quoique... elle avait pu se tromper.

Bobby Gautreaux ne se contentait peut-être pas de l'espionner. Il se pouvait que ses intentions fussent plus sombres.

Stacy songea qu'elle allait devoir se montrer prudente. Très prudente.

20.

Mardi 8 mars 2005
23 h 15

Spencer attendait Tony sur le trottoir, devant la maison quelque peu délabrée. Son coéquipier, arrivé juste avant lui, n'était pas encore sorti de sa voiture. Il était au téléphone, et la conversation semblait pour le moins houleuse. Il devait encore s'agir de Carly, son adolescente de fille, avec qui il se livrait au énième round de leur combat quotidien.

Spencer reporta son attention sur la rue et les rangées de maisons, pour la plupart partagées entre plusieurs familles. Pour lui, le quartier de Baywater ne méritait guère plus que la note trois. Mais c'était très subjectif : certaines personnes auraient donné n'importe quoi pour vivre ici, alors que d'autres n'y auraient pas élu domicile pour tout l'or du monde…

Il revint à la maison. Les premiers flics arrivés sur place avaient établi le périmètre de sécurité, et un ruban jaune était tendu devant le porche. A une époque, la bâtisse avait dû être une jolie maison, assez spacieuse pour accueillir une grande famille de la classe moyenne. Plus tard, à un moment de son histoire, alors que le voisinage sombrait dans le délabrement et l'abandon, on l'avait démembrée pour y loger plusieurs locataires, et son élégante façade avait été tapissée de cet affreux papier goudronné si populaire après la Seconde Guerre mondiale.

Spencer se retourna en entendant une portière claquer. Tony avait terminé sa conversation. A voir son expression rageuse, elle allait reprendre à la première occasion.

— Je t'ai déjà dit à quel point je hais les ados ? lança-t-il en rejoignant Spencer.

— Plusieurs fois, oui. Merci d'être venu.

— En ce moment, la moindre excuse pour partir de chez moi est la bienvenue.

Ils se dirigèrent vers la maison.

— Carly n'est pas si horrible que ça, déclara Spencer. C'est toi qui es trop vieux…

Tony lui lança un regard mauvais.

— Ne me chauffe pas avec ça, Junior. Pas maintenant. Je suis vraiment à bout de patience avec cette gamine.

Spencer s'en tint là. Il souleva le ruban jaune pour Tony, avant de se baisser pour passer à son tour. Un chien étique se tenait à la clôture en grillage et les observait. Il n'avait pas aboyé une seule fois, ce que Spencer trouva curieux.

Ils s'avancèrent vers le premier flic, une jeune femme avec laquelle Percy, le frère de Spencer, était sorti. Ça ne s'était pas très bien terminé.

— Salut, Tina.

— Spencer Malone ! Je vois que tu as fait du chemin. Comment va ton bon à rien de frère ?

— Lequel ? C'est qu'ils sont plusieurs à correspondre à ta description…

— De même que toi. Et le personnage qui t'accompagne.

— Ça n'est pas moi qui vais vous contredire, agent DeAngelo.

Il sourit.

— Alors, qu'est-ce qui se passe ici ?

— Appartement à l'étage, droite. Victime dans sa baignoire. Habillée. Rosie Allen. Célibataire, vivant seule. C'est la propriétaire qui nous a prévenus. Elle habite juste en dessous. Il y avait une infiltration d'eau au niveau de son plafond. Elle a essayé de réveiller Rosie, mais comme elle n'y arrivait pas, elle nous a passé un coup de fil.

— Et pourquoi tu n'as pas contacté la DIU ?

— Parce que l'affaire sent la DES à plein nez. Le meurtrier nous a laissé sa carte de visite.

Spencer fronça les sourcils.

— Elle a entendu quelque chose, la propriétaire ? Remarqué un truc inhabituel ?

— Non.

— Et les autres voisins ?

— Idem.

— Les techniciens « scène de crime » sont prévenus ?

— Ils arrivent. De même que le représentant du coroner.

— Vous avez touché à quelque chose ?

— On a vérifié son pouls, et puis on a coupé le robinet d'eau. Et déplacé le rideau de douche. C'est tout.

Spencer hocha la tête, et Tony et lui s'engagèrent dans la petite allée. Ils atteignaient la porte d'entrée quand Spencer se retourna et lança :

— Je dirai à Percy que tu as demandé de ses nouvelles.

— Tu fais ça, et tu es un homme mort ! A toi de voir.

Il gloussa et gravit les marches jusqu'à l'étage.

La salle de séjour de l'appartement avait été transformée en atelier, avec deux tables équipées de machines à coudre — de type professionnel, à première vue. Des paniers remplis de vêtements étaient alignés le long d'un mur, tandis qu'un autre était occupé par des portants auxquels étaient notamment suspendus des costumes. Des costumes d'un genre spécial, pareils à ceux qu'on pouvait voir dans les défilés de mode gay, pendant le Carnaval. Beaucoup de strass et de paillettes.

Un canapé était installé contre le mur du fond, avec devant une table basse en piteux état. Des romans au format de poche étaient posés dessus. L'un d'eux était retourné et ouvert à une page. A côté, il y avait une jolie tasse en porcelaine chinoise, avec sa soucoupe. Visiblement ancienne. Féminine.

Spencer s'approcha de la table. Hormis un léger dépôt au fond, la tasse était vide. Un cookie entamé était posé en équilibre sur la soucoupe.

Spencer s'intéressa aux livres. Des romans sentimentaux. Quelques policiers. Un western. Les titres ne lui disaient rien.

— Pas de télé, fit remarquer Tony, une note d'incrédulité dans la voix. Tout le monde a une télé, de nos jours !

— Peut-être dans la chambre.

— Peut-être, oui.

Derrière eux, ils entendirent les techniciens qui arrivaient. On aurait dit qu'un troupeau de bestiaux s'était engagé dans l'escalier. Sans les attendre pour les saluer, Spencer fit signe à Tony de le suivre dans la salle de bains. Ils étaient les premiers arrivés et, à ce titre, ils avaient gagné le droit d'examiner la scène avant les autres.

La salle de bains était située au fond de l'appartement,

entre la chambre et la cuisine. Les carreaux noir et blanc du carrelage étaient encore inondés. Tout semblait normal, bien à sa place… à l'exception des pieds nus et des jambes qui dépassaient de l'extrémité de la baignoire.

Spencer promena son regard à travers la petite pièce. Une scène de crime intacte racontait des histoires, dans un chuchotement qui devenait parfaitement inaudible lorsqu'il y avait trop de monde sur place…

Il s'avança. Et il éprouva la sensation qu'il avait espérée. Comme une présence, un écho de ce qui s'était passé. Il en eut la chair de poule.

Il continua de scruter la pièce, tout juste assez grande pour la baignoire installée contre le mur du fond. Le rideau de douche en plastique, monté sur un support circulaire, avait été repoussé.

Ils s'approchèrent. Tony marmonna quelques mots au sujet de ses chaussures qui allaient être fichues. Spencer ne l'écoutait pas. Il avait les yeux rivés sur la victime.

Elle aussi le fixait depuis sa tombe aquatique, de ses yeux au bleu passé. S'étaient-ils délavés avec l'âge ? Avec la mort ? Ses cheveux entouraient son visage comme une espèce d'algue grisâtre. Elle avait la bouche ouverte.

Elle portait une robe de chambre de la même couleur que ses yeux. Dessous, une chemise de nuit en coton blanc. Les pantoufles roses pelucheuses accrochées au bout de ses pieds étaient sèches.

Ces yeux, ces yeux qui ne voyaient plus rien lui parlaient. Ils semblaient le supplier d'écouter.

Spencer se pencha.

Allez-y. J'écoute.

Elle était sur le point d'aller se coucher. Elle lisait en buvant une tasse de thé accompagnée d'un cookie. Si l'on se fiait à l'état de la salle de bains et au fait que ses pantoufles étaient sèches, elle n'avait dû opposer aucune résistance à son meurtrier.

Ses mains plongées dans l'eau semblaient propres.

— Curieux, dit Tony. Où est la carte de visite ?

— Bonne question. Voyons un peu si…

— Souriez, les gars : c'était pour la *Caméra Invisible* !

Ils se retournèrent. Un flash les aveugla, et le photographe des scènes de crime leur adressa un grand sourire. Employés par la police de La Nouvelle-Orléans, sans avoir pour autant prêté serment, certains techniciens étaient des types assez bizarres. A commencer par Ernie Delaroux. Des rumeurs faisaient état d'albums de photos dans lesquels il aurait conservé des souvenirs de toutes les scènes qu'il avait eu l'occasion de photographier — un petit livre des horreurs personnel.

— Va te faire foutre, Ernie !

L'autre se mit à rire bruyamment, et entra dans la salle de bains sans se soucier du sol inondé. Au contraire : on aurait dit un gamin en train de jouer dans une flaque.

Il avait chassé les murmures, songea Spencer, dépité.

— Quel malade ! maugréa Tony, tout en s'écartant pour lui permettre de faire son travail.

— J'ai entendu ! chantonna l'autre.

— Salut, les gars !

C'était Ray Hollister qui arrivait à son tour.

— Salut, Ray. Bienvenue au club.

— Merde, je vais bousiller mes pompes ! grommela Ray en baissant les yeux sur le carrelage.

— Exactement ce que j'ai pensé, lui confia Tony.

Le coroner de La Nouvelle-Orléans employait six pathologistes qui se rendaient sur les lieux de chaque meurtre commis dans la ville et faisaient leur propre rapport. Avec eux, il y avait sur place un chauffeur, également employé par le bureau du coroner, qui se chargeait du corps et photographiait la scène du crime. Non seulement les services du coroner tenaient à avoir leur propre témoignage photographique, mais l'existence de deux dossiers se révélait souvent très utile devant une cour.

Il était impératif que les photos soient prises avant qu'on ait touché au corps.

Ray attendit pendant que les deux hommes mitraillaient le cadavre.

— Qu'est-ce qui s'est passé ? demanda-t-il.

— On espérait que vous nous le diriez.

— Il arrive qu'il y ait un lapin dans mon chapeau, mais ça n'est pas toujours le cas.

Spencer hocha la tête. Tout flic digne de ce nom savait que les choses se passaient ainsi. Certaines affaires étaient réglées si facilement, si rapidement que cela semblait relever de la magie. D'autres, en revanche, ne se dévoilaient que peu à peu — et l'expérience des techniciens « scène de crime » n'y changeaient rien.

— Je dirais que la victime est morte noyée, déclara Spencer. La position des pieds et des jambes semble indiquer qu'il s'agit d'un meurtre, mais il n'y a aucun signe de lutte. C'est bizarre.

— J'ai déjà vu plus bizarre, inspecteur Malone.

Quand les deux photographes en eurent terminé avec la salle de bains et qu'ils allèrent prendre des photos du reste de l'appartement, Ray enfila des gants et s'approcha de la baignoire.

— Avec toute cette eau, ça va être coton pour les preuves…

— Essayez quand même de nous apprendre quelque chose !

— Je vais faire mon possible, messieurs. Accordez-moi quelques minutes.

Spencer et Tony rejoignirent le salon où les techniciens étaient déjà à pied d'œuvre pour relever les empreintes. Ils les contournèrent et se rendirent dans la chambre.

Le lit avait été ouvert pour la nuit, avec soin. Un panier d'osier contenait du linge sale. Un verre d'eau était posé sur la table de nuit, avec une petite pilule blanche juste à côté.

Rien ne semblait dérangé. Aucun détail ne paraissait clocher.

Comme dans un décor de théâtre, songea Spencer. On eût dit un instant figé dans le temps… Cette idée le mit mal à l'aise.

Ils jetèrent un rapide coup d'œil dans les tiroirs et la penderie, avant d'aller s'intéresser à la petite cuisine. Elle était à l'image du reste de l'appartement : parfaitement ordonnée. Une boîte de cookies était posée sur le comptoir, avec une boîte de thé à côté. De la tisane, constata Spencer.

— J'adore ces gâteaux, déclara Tony. Mais ma chère épouse ne veut plus en acheter. Trop de matière grasse, paraît-il.

— C'est une femme intelligente, Gros Lard, répliqua Spencer. Tu devrais l'écouter un peu plus.

Tony fit entendre un grognement, avant de demander :

— Alors, qu'en penses-tu ? Qu'est-il arrivé à Rosie ?

— Elle était sur le point d'aller se coucher. La robe de chambre, les pantoufles, le lit ouvert…

Hochant la tête, Tony poursuivit le récit :

— Elle est assise sur le canapé, elle prend une tasse de tisane avec un cookie et lit quelques pages d'un livre avant d'éteindre.

— On sonne. Elle répond et… bang ! Au revoir, Rosie.

— Elle devait connaître le meurtrier. Ça expliquerait qu'elle l'ait laissé entrer alors qu'elle était en robe de chambre, et aussi qu'il n'y ait pas de trace de lutte.

— Mais elle n'aurait pas dû résister un peu lorsqu'elle s'est rendu compte que la situation virait à l'aigre ? demanda Spencer. J'ai un problème avec ça…

— Il l'en a empêchée.

— De quelle manière ?

— Peut-être que Ray pourra nous le dire.

Ils regagnèrent la salle de bains pour constater que Ray avait déjà placé les mains de la victime dans des sachets en plastique.

— Les mains ont l'air propres, leur dit-il. Pas de sang ni d'ecchymoses. Rien de brisé, à première vue. On va sûrement trouver de l'eau dans ses poumons.

— Pas de coup à la tête ou quelque chose de ce genre ?

— Non.

— Vous n'avez vraiment rien à me donner, Ray ?

Il les regarda par-dessus son épaule.

— Vous avez déjà une jolie petite énigme à vous mettre sous la dent, les gars. Jetez un coup d'œil là-dessus.

D'un geste vif, il écarta le rideau de douche du mur du fond. Spencer retint son souffle. Tony siffla.

La carte de visite. Un message gribouillé sur le mur en carrelage, derrière le rideau. Avec ce qui ressemblait à du rouge à lèvres d'une épouvantable teinte orangée.

« Pauvre Petite Souris. Noyée dans une mare de larmes. »

21.

Mercredi 9 mars 2005
2 heures du matin

La sonnerie du téléphone réveilla Stacy en sursaut. Elle s'assit dans son lit, désorientée, puis cligna des yeux à plusieurs reprises, cherchant à dissiper le brouillard qui lui emplissait la tête.

Quelqu'un est mort. Il faut que je...

Le téléphone sonna de nouveau, et elle répondit comme elle le faisait dans la police.

— Killian à l'appareil.

— J'ai une question.

Le brouillard s'étant un peu dissipé, elle reconnut la voix de Malone. Elle se trouvait à La Nouvelle-Orléans, pas à Dallas. Et elle ne faisait plus partie de la police.

Son regard se posa sur son réveil.

2 h 05 du matin.

— J'espère que c'est une bonne question.

— Dans *Alice au pays des merveilles*, est-ce qu'une souris se noie ? Dans une mare de larmes ?

Stacy se redressa. Elle était complètement réveillée, à présent.

Elle se rappela la carte que Leo avait reçue, avec ce petit animal qui paraissait se noyer dans une mare de larmes.

— Pourquoi ? demanda-t-elle en repoussant ses cheveux vers l'arrière.

— J'ai un nouveau meurtre sur les bras. L'assassin nous a laissé un message. *Pauvre PetiteSouris, noyée dans…*

— … *une mare de larmes,* termina-t-elle pour lui.

— C'est bien dans l'histoire ?

— Pas exactement.

Elle jeta un nouveau coup d'œil au réveil et calcula combien de temps il lui faudrait pour s'habiller et se rendre chez Leonardo Noble.

— Qu'est-ce que je dois comprendre par *pas exactement* ? demanda Spencer.

— Je veux dire que c'est assez proche pour qu'il y ait un lien. Lisez le *Profil d'une œuvre* et vous comprendrez.

— Vous savez quelque chose, Killian. De quoi s'agit-il ?

Super ! songea-t-elle. Voilà qu'il déployait des dons de médium…

— On est en pleine nuit, Malone. Vous verriez un inconvénient à ce que je replonge dans le sommeil dont vous m'avez tirée ?

— Je vais devoir dire deux mots à votre patron…

— Nous sommes dans un pays libre. Bon, on se reparle dès qu'il fait jour.

Elle raccrocha avant qu'il ait pu protester, puis appela Leo sur sa ligne directe. Il lui avait affirmé qu'il ne dormait jamais ; elle allait pouvoir vérifier si c'était vrai.

Il répondit dès la deuxième sonnerie.

— Il s'est passé quelque chose, lui dit Stacy. J'arrive.

— Vous arrivez ? Maintenant ?

— Je n'ai pas le temps de vous expliquer. Je veux être là avant Malone et Sciame.

— L'inspecteur Malone ?

— Faites-moi confiance, d'accord ?

Elle sortit de son lit et se dirigea vers la salle de bains, le téléphone sans fil à la main. Avant de raccrocher, elle ajouta :

— Et préparez-moi du café.

22.

Mercredi 9 mars 2005
2 h 55 du matin

Une cinquantaine de minutes plus tard, Stacy s'arrêtait devant le domicile de Leo. Elle avait enfilé en hâte un jean et un pull, prenant tout juste le temps de réunir ses cheveux en queue-de-cheval.

Elle sortit de voiture et s'engagea dans l'allée en courant presque. La maison était plongée dans l'obscurité, à l'exception des lanternes du porche.

Leo se tenait en haut des marches et l'attendait.

— Un nouveau meurtre a été commis, annonça-t-elle en le rejoignant. Il semble qu'il y ait un lien avec *Alice au pays des merveilles.* Et avec l'une des cartes que vous avez reçues.

Il se figea.

— Laquelle ?

Rapidement, Stacy lui parla du coup de fil de Spencer, lui révélant dans la foulée tout ce qu'elle savait.

— J'ai la certitude qu'il va venir vous voir. Mais j'ai pensé que nous devions en parler, avant.

— D'accord. Entrons.

Il l'entraîna vers la cuisine. Il lui avait préparé du café.

— Alors ? demanda-t-il dès qu'elle eut bu une première gorgée.

— Il se pourrait qu'il existe un lien entre ce meurtre et vous.

— Le jeu. Le Lapin Blanc.

— J'ai bien dit, *il se pourrait*. Vous allez devoir montrer les cartes à la police.

— Avez-vous parlé à Malone…

— Des cartes ? Non. J'ai pensé que c'était à vous de le faire.

— Quand vont-ils venir ?

— D'une minute à l'autre, selon moi. Mais il est possible aussi qu'ils attendent demain matin. Tout dépend des éléments dont ils disposent et du sentiment d'urgence qu'ils éprouvent.

Au même moment, le carillon de la porte d'entrée se fit entendre. Leo interrogea Stacy du regard, et elle lui signifia d'un hochement de tête qu'il devait répondre.

Elle l'attendit dans la cuisine.

Un moment plus tard, il revint en compagnie des deux inspecteurs.

— Je pensais bien que je vous trouverais ici, dit Spencer avec un petit sourire.

— Et je me doutais que vous viendriez, répliqua-t-elle sur le même ton amusé.

— Café ? proposa Leo.

Les deux hommes refusèrent — visiblement à contrecœur pour Tony.

— J'imagine que Mlle Killian vous a informé de ce qui s'est passé, commença Spencer.

— En effet.

Le regard de Leo se porta sur Stacy, avant de revenir à Malone.

— Mais avant que vous ne poursuiviez, dit-il, il y a quelque chose que vous devez savoir.

— Quelle surprise ! lança Spencer en dévisageant Stacy.

Elle ignora le sarcasme, tandis que Leo reprenait :

— Au cours de ce dernier mois, j'ai reçu trois cartes d'une personne qui se présente comme le Lapin Blanc. Sur l'une d'elles, on voit une souris qui se noie dans une mare de larmes. Les cartes sont signées *Le Lapin Blanc.*

— Comme dans le jeu ? demanda Spencer.

— Oui.

Rapidement, Leo entreprit d'expliquer le rôle du Lapin Blanc dans son jeu. Il exprima aussi sa crainte que quelqu'un ait décidé de jouer une partie « pour de vrai ».

— On m'a adressé des courriers très loufoques, au fil des années, déclara-t-il pour conclure, mais ces cartes m'ont vraiment beaucoup troublé.

— Et c'est la raison pour laquelle il m'a engagée, glissa Stacy. Afin de découvrir qui les lui a envoyées et de déterminer si cette personne est dangereuse.

— J'aimerais voir ces cartes…

— Je vais les chercher.

— Je vous accompagne, dit aussitôt Tony en lui emboîtant le pas.

Ils quittèrent la cuisine, et Stacy se tourna vers Malone.

— Quoi ? lança-t-elle.

— On joue les détectives privées, maintenant ?

— C'est pour aider quelqu'un qui m'est cher.

— Noble ?

— Cassie. Et Beth.

— Et vous pensez que les cartes ont été envoyées par leur assassin.

Il ne s'agissait pas d'une question, mais elle répondit quand même.

— C'est possible, oui.

— Mais c'est loin d'être prouvé.

Leo et Tony revinrent. Tony tendit les cartes à Spencer, tout en échangeant avec lui un regard lourd. A son expression, Stacy comprit qu'il avait le sentiment d'être tombé sur des éléments intéressants.

Spencer étudia les trois cartes.

— Vous auriez dû nous appeler, dit-il à Leo.

— Pour vous dire quoi ? Il n'y avait pas de menaces directes. Personne n'était mort.

— C'est le cas, à présent, rétorqua Spencer. Noyée dans une mare de larmes.

Il sortit une photo de sa poche de veste et la montra à Leo.

— Elle s'appelait Rosie Allen. Vous la connaissiez ?

Leo regarda le cliché, secoua la tête et le rendit à Spencer.

— Que se passe-t-il ? lança une voix féminine.

Ils se tournèrent vers la porte de la cuisine où se tenait Kay, incroyablement fraîche étant donné l'heure.

— Un meurtre a été commis, lui expliqua son ex-mari. Une certaine Rosie Allen.

— Je ne comprends pas. Qu'est-ce que cette Rosie a à voir avec nous ?

— Les circonstances de son meurtre rappellent étrangement une carte que votre ex-mari a reçue, expliqua Spencer.

— La souris dans la mare de larmes, précisa Leo.

Spencer tendit la photo à Kay.

— Vous n'avez jamais vu cette femme auparavant ?

Kay étudia à son tour le cliché, et son visage pâlit notablement.

— C'est la couturière, dit-elle dans un souffle.

— Vous la connaissiez, alors ?

— Non… enfin, oui.

Elle porta une main tremblante à sa bouche.

— Cette femme… elle effectuait des travaux de… de retouches pour nous.

Spencer et Tony échangèrent un nouveau regard et, cette fois encore, Stacy sut ce qu'il signifiait : il ne s'agissait pas d'une coïncidence. Il y avait bel et bien un lien.

Leo s'approcha de la table de la cuisine. Il tira une chaise et s'y assit lourdement.

— Ce que nous craignions est en train d'arriver, Kay. C'est donc vrai. Quelqu'un s'est lancé dans une partie réelle.

Les deux inspecteurs ignorèrent cette remarque.

— Quand avez-vous été en contact avec Rosie Allen pour la dernière fois ? interrogea Spencer.

Kay fixa sur lui un regard vide. Il répéta la question. Avant de répondre, elle imita son ex-mari et alla s'asseoir.

— L'autre jour, j'ai voulu qu'elle retouche l'un de mes ensembles.

— Et elle s'en est chargée ?

— Oui.

— Mais vous ne connaissiez pas son nom ?

— C'est Mme Maitlin qui s'occupe de ce genre de détails.

Tony fronça les sourcils.
— Ce genre de détails ?
— Oui. Elle prend rendez-vous avec les gens que nous employons de façon ponctuelle. Et quand ils ont terminé, elle leur règle leurs honoraires.
— Il faudra que je lui pose quelques questions. A elle et aux autres personnes qui travaillent dans cette maison.
— Bien sûr. Tout le monde arrive vers 8 heures. Ça vous ira ?
Les deux inspecteurs consultèrent leur montre, puis hochèrent la tête. Cette fois encore, Stacy n'avait eu aucun mal à suivre le cheminement de leurs pensées. Il était 5 h 30. Ils allaient retourner chez eux, le temps de prendre une douche rapide, puis ils se retrouveraient quelque part pour prendre un petit déjeuner, et ils reviendraient chez Leo Noble au moment où le personnel arriverait.
Après avoir indiqué à Leo qu'elle le contacterait plus tard, Stacy prit congé, comme les deux policiers, et pressa le pas pour les rattraper. Tony était déjà parti, mais Malone était en train de déverrouiller la portière de sa voiture quand elle sortit.
— Malone ! appela-t-elle.
Il se retourna et l'attendit.
— A propos du meurtre de cette nuit… avez-vous noté des ressemblances avec celui de Cassie ?
— Non.
Stacy éprouva une violente bouffée de déception. De frustration, même.
— Si c'était le cas, vous me le diriez, n'est-ce pas ?
— Vous serez la première informée si jamais nous arrêtons quelqu'un.

— Belle dérobade…

— Ça me paraît réglo. N'allez surtout pas penser que je vous doive plus…

— Je vous propose un marché, Malone. Une coopération, en quelque sorte. Je vous fais part de tout ce que je découvre, et vous faites pareil avec moi.

— Et pourquoi est-ce que j'accepterais, Killian ? Je n'ai aucun compte à vous rendre. Vous n'êtes plus flic. Moi, si.

— Mais je suis déterminée. Je travaille pour Noble. Je peux vous aider.

— Le lien entre Noble et Cassie est des plus ténus. Si vous ne vous en rendez pas compte…

— Je m'en rends compte, rassurez-vous. Mais je n'ai rien d'autre, alors je fais avec.

Stacy tendit la main droite et ajouta :

— Alors, marché conclu ?

Il regarda un instant sa main tendue, puis secoua la tête.

— C'était bien joué. Mais la police de La Nouvelle-Orléans ne passe pas ce genre de marché.

— Tant pis pour eux. Et pour vous.

Malone monta à bord de sa voiture et quelques secondes plus tard, la Camaro s'éloignait. Stacy rejoignit son véhicule. Il reviendrait sur sa position, songea-t-elle en se glissant derrière le volant. Il était arrogant mais pas stupide.

Pour résoudre cette affaire, il fallait s'intéresser de près à *White Rabbit*. Il avait besoin d'elle pour ça.

Simplement, il ne l'avait pas encore compris.

23.

Mercredi 9 mars 2005
10 h 40

— Il vous en a fallu du temps pour vous montrer ! aboya le capitaine O'Shay en tirant un mouchoir en papier de la boîte posée sur son bureau.

— On n'a pas pu faire autrement, capitaine, lui répondit Spencer. Depuis ce matin 8 heures, on passe notre temps à interroger les relations de la victime. On a dû en voir une demi-douzaine.

— De quoi s'agit-il ?

— Une femme retrouvée morte dans sa baignoire. Une certaine Rosie Allen. Elle avait un petit atelier de retouches chez elle. Il semble qu'elle ait été noyée. Le rapport du coroner nous sera transmis dans l'après-midi.

— Aucun signe de lutte, poursuivit Tony. Pas de blessures provoquées pendant qu'elle se défendait, rien à signaler au niveau des mains. Ce qui nous amène à penser que l'agresseur a neutralisé sa victime avec un pistolet paralysant ou quelque chose dans ce genre.

Spencer prit le relais.

— Elle était sur le point d'aller se coucher — elle avait enfilé sa chemise de nuit et sa robe de chambre. Et elle a quand même ouvert la porte.

Le capitaine éternua, puis se moucha.

— Elle connaissait son visiteur, murmura-t-il.

— C'est ce que nous pensons. Mais l'histoire ne s'arrête pas là : l'assassin nous a laissé un message. « Pauvre Petite Souris noyée dans une mare de larmes. »

— C'était écrit sur le mur, derrière la baignoire, précisa Tony. Au rouge à lèvres orange. Vous savez, cette couleur horrible que mettent les vieilles dames…

Il fit la grimace, et le capitaine parut agacée.

— Et donc ?

— Le tube a disparu. Le meurtrier l'aura gardé comme trophée ou bien pour éviter de laisser une trace.

— Vous êtes certains qu'il s'agissait de celui de la victime ?

— Sûr et certain, affirma Tony en se penchant légèrement vers l'avant. Toutes ses relations nous ont confirmé qu'elle utilisait bien cette teinte de rouge à lèvres.

Spencer poursuivit le compte rendu, révélant à sa tante le lien qui existait entre la victime et Leonardo Noble, avant d'évoquer les cartes et sa propre théorie selon laquelle un fou avait décidé d'engager une partie de *White Rabbit* réelle.

Quand il eut terminé, O'Shay ne dit rien et se contenta de le fixer d'un regard vitreux.

— Ça n'a pas l'air de trop aller, capitaine.

— Ces fichues allergies ! marmonna-t-elle. Ça bourgeonne et ça fleurit de tous les côtés.

— Y compris votre nez, souligna Tony. Enfin, si je puis me permettre…

Elle arracha un nouveau mouchoir de sa boîte.

— Permettez-vous, Sciame, permettez-vous. Surtout si vous avez envie de vous retrouver à un carrefour, à faire la circulation.

— Dans ce cas, je retire ma remarque, capitaine. Je suis trop vieux et trop gros pour ce genre d'affectation.

Un léger sourire effleura les lèvres du capitaine, et elle hocha la tête à l'intention de Spencer.

— Vous pourriez m'en dire un peu plus sur ce jeu ?

— Vous avez déjà entendu parler de *Donjons et Dragons ?*

Elle opina du chef.

— J'ai travaillé sur une affaire — ça devait être en... 85 — avec deux gosses, fans de *Donjons et Dragons.* Ils étaient amoureux l'un de l'autre et ils se sont suicidés ensemble, après avoir fait un pacte. Les médias s'en sont donnés à cœur joie. Les journalistes ont mené de supposées « recherches » sur le jeu qui, d'après eux, lessivait le cerveau des jeunes et les menait au meurtre ou au suicide. Dans cette affaire, la vérité était un peu plus profonde, et plus simple aussi. L'adolescente était gravement dépressive, et les parents avaient menacé les deux amoureux de mettre fin à leur histoire. Le paramètre jeu est venu compliquer les choses — et nous compliquer la tâche, par la même occasion.

« Voilà qui est typique des médias », songea Spencer.

— Le jeu dont il est question ici est encore plus sombre que *Donjons et Dragons,* expliqua-t-il. Il serait même le plus violent de tous les jeux de rôle. Il s'inspire d'*Alice au pays des merveilles*.

Le capitaine marmonna quelques mots pour exprimer le

fait qu'on ne respectait vraiment rien, puis elle se moucha une nouvelle fois.

— Le principe du jeu est assez simple, poursuivit Spencer. C'est tuer ou se faire tuer. Le *Lapin Blanc* est le dernier assassin en lice.

— Et maintenant, il semble que ce ne soit plus simplement un jeu virtuel, dit le capitaine O'Shay en regardant alternativement Spencer et Tony.

— C'est ainsi que Noble voit les choses, répondit Spencer.

— Ne vous avisez surtout pas d'aller raconter un truc pareil aux médias ! Je n'ai aucune envie de revivre un cirque comparable à celui de 85.

— Les Noble affirment qu'ils n'avaient aucun contact direct avec la victime, expliqua Tony. Lui ne l'a même pas reconnue quand on lui a montré une photo.

— C'était une personne parmi celles qui travaillent pour eux. D'après Mme Noble, la victime était principalement en relation avec la gouvernante, Mme Maitlin.

— Vous avez pu lui parler ?

— Oui, sans trop de résultats.

Spencer baissa les yeux sur ses notes.

— Elle la connaissait à peine, en réalité. Elle avait trouvé son nom dans une annonce. Rosie Allen avait accepté de venir travailler à domicile, chez eux, ce qui est assez inhabituel. La gouvernante a expliqué que c'était une femme assez effacée, *plus discrète qu'une souris*. Ce sont ses mots.

Patti O'Shay fronça les sourcils.

— Intéressant.

— C'est aussi ce qu'on s'est dit, approuva Tony. Nous avons

demandé une recherche sur Maitlin dans le National Crime Information Center, au cas où elle aurait des antécédents. On en a profité pour contrôler tout le monde.

— Personne n'a le moindre souvenir de Rosie Allen. Ils peuvent mentir, bien sûr…

— Autre chose ?

— Des bonnes nouvelles. On a une ouverture dans le double meurtre Finch-Wagner. Une empreinte digitale récupérée sur les lieux.

— Gautreaux ?

— Gagné ! On a aussi trouvé un cheveu de Cassie Finch sur son blouson. Et un cheveu à lui sur le T-shirt de la jeune femme. Ça n'est pas suffisant pour l'inculper, étant donné qu'ils avaient eu une histoire, mais…

— Mais c'est assez pour obtenir du juge un prélèvement ADN. Si le cheveu lui appartient bien, on le tient. Appelez le juge…, conclut le capitaine en s'emparant d'un nouveau mouchoir.

— C'est déjà fait. On devrait avoir le papier dans une heure.

— Vous avez fait du bon travail, messieurs. Tenez-moi informée.

Le téléphone sonna. Elle décrocha, signifiant d'un geste que leur entretien était terminé. Spencer et Tony se levèrent pour sortir. A la porte, Spencer s'arrêta et se tourna vers sa tante ; il attendit qu'elle eût terminé sa conversation téléphonique.

Après avoir raccroché, elle fixa sur lui un regard interrogateur. Les grands cernes qu'elle avait sous les yeux le contrariaient, et il le lui dit.

Elle eut un pâle sourire.

— Il ne faut pas. Ça n'est pas facile de dormir quand on peut à peine respirer.

— Tu es certaine qu'il n'y a rien d'autre ?

— Absolument.

Elle se redressa sur son fauteuil, et reprit un air strictement professionnel.

— J'ai entendu quelque chose qui ne m'a pas plus, ce matin.

Spencer renifla légèrement.

— De la part de qui ?

— La question n'est pas là.

— Alors, qu'est-ce que tu as entendu ?

— Que tu avais fait la bringue au Shannon jusqu'à la fermeture. La veille d'une importante mission de surveillance.

Spencer sentit aussitôt sa colère monter, et il lutta pour garder le contrôle de lui-même.

— Je n'étais pas en service.

— C'est vrai, mais tu l'étais trois heures plus tard.

Patti se leva pour affronter directement son regard.

— Tu travaillais pour moi. Avec la gueule de bois.

— J'ai fait mon boulot, c'est l'essentiel !

— Utilise un peu ton cerveau, Spencer. Réfléchis à ce qui t'a rendu aussi vulnérable face au lieutenant Moran.

Il voulait se défendre. Il était en colère, furieux contre celui ou celle qui était venu moucharder.

Et surtout, il s'en voulait à lui-même.

Posant les mains à plat sur son bureau, sa tante se pencha vers lui.

— Il n'est pas question que tu merdes alors que tu es sous mes ordres. Je te muterai avant. Je me fais bien comprendre ?

C'était clair, oui. Retour à la DIU. Ou même pire. Elle avait le pouvoir. Et elle devait être soumise à une pression constante par ceux-là même qui avaient nommé Spencer à la DES.

Ils voulaient se débarrasser de lui. Ils avaient dû s'imaginer qu'il ne ferait pas long feu.

Voilà pourquoi ils lui avaient offert ce boulot en or. C'était sans risque et ça ne leur coûtait rien.

Il se raidit, empli d'une rage sourde. Et du sentiment d'être trahi par ceux en qui il avait cru.

— C'est compris, capitaine. Ne vous en faites pas pour moi. Vous m'avez ouvert les yeux.

24.

Jeudi 10 mars 2005
11 h 45

Stacy savait pertinemment qu'il était vain de chercher une place dans le Quartier Français. Elle s'engagea donc dans le premier parking qui se présenta, prit un ticket et tendit ses clés de voiture à l'employé.

La Nouvelle-Orléans ne cessait de l'étonner. Elle s'y sentait comme une étrangère dans un pays inconnu. Dallas était une ville relativement récente, où les habitants se gonflaient de fierté lorsqu'ils pouvaient trouver trace de leurs racines jusque dans les années 1920. La Nouvelle-Orléans, elle, était une cité historique avec de riches traditions sociales, une magnifique architecture et des cafards vieux d'un siècle. Enfin, c'était ce que Stacy avait entendu dire…

Et La Nouvelle-Orléans était une ville qui s'amusait de ses propres excès. Une cuisine roborative. Des rires bruyants. Trop d'alcool. Tout cela était parfaitement acceptable dans cette ville dont la devise — *Let the good times roll* — était plus qu'un slogan publicitaire de l'office du tourisme.

C'était un mode de vie.

Et plus que n'importe où ailleurs, c'était sensible dans le

Quartier Français. Des bars et des clubs de strip-tease, des restaurants à n'en plus finir, des boutiques de souvenirs et d'antiquités, des clubs de musique, des hôtels et des résidences... ils coexistaient dans la petite zone où s'étaient établis les premiers habitants de La Nouvelle-Orléans.

Aujourd'hui, Stacy s'intéressait avant tout aux dizaines de galeries d'art, carteries et autres boutiques de posters du quartier. Elle voulait tenter de retrouver l'origine des cartes qu'avait reçues Leo. Si l'une d'elles était un produit assez commun, en vente dans une bonne centaine d'endroits, ce n'était pas le cas des deux autres.

La jeune femme se tenait au coin de Decatur Street et de St. Peter Street, au milieu d'une foule très mélangée — l'homme d'affaires en costume strict côtoyait le travesti vêtu d'une minijupe et de bas résille.

Selon Stacy, les cartes étaient les reproductions à tirage limité des œuvres d'un artiste local. Leo lui avait remis celle où l'on voyait le Lapin Blanc entraînant Alice dans le terrier. Spencer avait gardé l'autre comme élément de preuve. A sa place, Stacy aurait exigé qu'on lui confie les deux.

Elle marcha jusqu'au carrefour avec Royal Street, et entra dans un magasin d'affiches et de cartes : Picture This.

Le vendeur, un adolescent aux cheveux bouclés particulièrement indisciplinés, parlait au téléphone. Quand il aperçut Stacy, il coupa son portable et la rejoignit.

— Bonjour. Je peux vous aider ?

— Oui, répondit-elle en souriant. Un ami a reçu cette carte et j'essaye d'en trouver une semblable.

Il jeta un coup d'œil à la carte et secoua la tête.

— Non, on n'a pas ça.

— Vous n’avez rien qui rappellerait ce style ?

— Non.

Une autre cliente entra alors dans la boutique. L’adolescent regarda dans sa direction, avant de revenir à Stacy.

— Non, désolé.

Stacy obtint le même résultat dans les magasins suivants. Elle traversa Royal Street et se dirigea vers Canal Street. Au carrefour le plus proche, elle remarqua une nouvelle carterie : Reflets. Elle s’en approcha, et vit aussitôt que le magasin proposait un choix plus vaste et plus varié que les précédents. Avec, semblait-il, une prédilection pour les tirages limités et les pièces uniques.

Elle entra.

— Je peux vous aider ? lui demanda un homme depuis la porte de communication avec l’arrière-boutique.

La jeune femme constata qu’il était en train de déjeuner.

— Je l’espère, répondit-elle avec un sourire engageant, tout en le rejoignant. J’aimerais savoir si vous vendez ce genre d’articles.

Elle lui montra la carte.

— Désolé…

— C’est bien ce que je craignais, avoua Stacy sans même chercher à cacher sa déception.

— Je peux ? demanda l’homme en tendant la main.

Elle lui remit la carte. Les sourcils froncés, il examina l’illustration.

— C’est intéressant, joliment réalisé. Où l’avez-vous trouvée ?

— Un ami en a reçu plusieurs du même genre. Je suis une grande fan d’*Alice au pays des merveilles,* et j’aurais volontiers acheté toute une boîte — à condition que ces cartes ne soient pas trop chères.

Le vendeur fit jouer un coin de la carte entre son pouce et son index.

— Je crains que vous ne les trouviez pas en lot.

— Pourquoi ça ?

— Il s'agit d'une œuvre originale, pas d'une reproduction.

Il l'amena à la lumière et plissa les yeux.

— C'est fait à l'encre de Chine. Belle qualité de papier, pur chiffon sans acide. L'artiste sait ce qu'il fait.

— Vous reconnaissez son style ?

— Je pourrais, oui.

— Vous *pourriez* ?

— Je n'ai jamais vu cette illustration, mais le style me rappelle celui d'un artiste local : Pogo.

— Pogo ? répéta Stacy. Vous êtes sérieux ?

Il haussa les épaules.

— Je ne le connais que par ce surnom. Il crée des images semblables à celle-ci. Aussi dérangeantes. A l'encre de Chine. Il a déjà fait quelques expositions qui lui ont valu des articles favorables, mais il n'a jamais réussi à décoller.

— Vous savez où je peux le trouver ?

— Désolé, dit le vendeur en lui rendant la carte. En revanche, vous aurez peut-être plus de succès à la Galerie 124. C'est là qu'a été organisée la dernière exposition de Pogo. La galerie est à l'angle de Royal Street et de Conti Street.

Stacy sourit et se dirigea vers la porte.

— Merci pour votre aide, vraiment. Je vous suis très reconnaissante.

— Vous risquez de payer ces cartes très cher, lui dit-il. Si vous voulez, je peux vous montrer des choses comparables et beaucoup plus abordables…

— Je vous remercie, mais mon cœur est déjà pris.

Une fois dans la rue, Stacy prit aussitôt la direction de Conti Street. La Galerie 124 se trouvait exactement à l'endroit que lui avait indiqué l'employé de Reflets.

Une clochette tinta quand elle entra dans la galerie. L'air conditionné beaucoup trop puissant l'enveloppa de façon désagréable. Et elle eut l'impression de prendre une vraie douche froide quand elle découvrit qu'elle n'était pas aussi intelligente qu'elle le pensait.

Malone l'avait précédée.

Il se tenait au fond de la boutique, attendant visiblement de pouvoir parler à la directrice de la galerie, une jeune femme vêtue d'une jupe dangereusement courte et d'un chemisier aux couleurs éclatantes. Ses cheveux coupés très court étaient peroxydés, presque blancs.

Très branchée. Vraiment. Ces dernières années, Stacy en avait vu des dizaines fabriquées sur le même moule, aux vernissages des expositions de sa sœur Jane.

Malone tourna la tête dans sa direction. Leurs regards se croisèrent, et il sourit.

Un sourire narquois. Le mufle !

Elle le rejoignit.

— Ça tient quasiment du miracle ! lui glissa-t-elle. L'inspecteur Spencer Malone dans une galerie d'art… Ça ne vous ressemble pas.

— Ah bon ? Je suis pourtant un grand amateur. J'ai même

quelques belles pièces, pour tout vous dire. J'ai entendu parler d'un artiste qui devrait m'intéresser. Un certain Pogo.

Stacy jeta un coup d'œil vers la jeune femme, puis reporta son attention sur lui.

— Comment avez-vous fait pour arriver avant moi ?

— Je suis plus doué, tout simplement.

— Non, ce n'est pas ça. Vous avez triché.

Avant qu'il ait pu lui répondre, la jeune femme se dirigea vers lui, un sourire professionnel aux lèvres.

— Bonjour. Puis-je vous aider ?

Spencer montra aussitôt sa carte.

— Inspecteur Malone, de la police de La Nouvelle-Orléans. J'aurais besoin de vous poser quelques questions.

L'expression de la jeune femme refléta la surprise, puis un certain malaise. Stacy choisit d'intervenir sans attendre.

— Excusez-moi, mais je suis un peu pressée. Vaut-il mieux que je passe une autre fois ?

— Pardon ? Oh ! vous n'êtes pas ensemble ? Il m'avait semblé que…

— Ce n'est pas grave, dit Stacy.

Puis elle se tourna vers Spencer avec un sourire contrit.

— Vous permettez, monsieur ? Je n'ai pas beaucoup de temps pour déjeuner et…

Visiblement amusé, il haussa un sourcil.

— Je vous en prie. Allez-y.

— Merci, inspecteur. Vous êtes très aimable.

Stacy revint à la jeune femme.

— J'ai cru comprendre que vous exposiez un artiste surnommé Pogo.

— Pogo. En effet, mais… cela fait plus d'un an que nous n'avons rien présenté de lui.

— Vraiment ? Quelle déception ! J'étais tombée amoureuse d'une de ses œuvres.

La directrice de la galerie retrouva son entrain en entrevoyant la vente qu'elle allait peut-être réaliser.

— Une de ses gravures ?

— Un dessin à l'encre de Chine. Une illustration autour d'*Alice au pays des merveilles*. Très sombre. Puissante. J'en suis tombée follement amoureuse.

— C'était bien dans la manière de Pogo. A l'époque où il produisait.

— A l'époque où il produisait ?

— Voyez-vous, il est bourré de talent mais absolument pas fiable.

— Connaissez-vous sa série autour du livre de Lewis Carroll ?

— Non. Elle est peut-être récente.

La jeune femme observa une pause, comme si elle pesait les options qui s'offrait à elle.

— Je peux l'appeler, si vous voulez. Et lui demander de venir avec son portfolio.

— Il habite près d'ici ?

— Oui, oui. Si j'arrive à le joindre, il sera là très vite.

Stacy consulta sa montre et fit mine d'être déchirée.

— Il n'en a que pour dix minutes. Il vit dans Barracks Street, près de Dauphine Street.

— Je… je ne sais pas. Je cherche aussi à faire un bon investissement. Or, s'il n'est pas fiable…

Alors que la jeune femme s'apprêtait sans doute à lui assurer que ce qu'elle avait dit un peu plus tôt était exagéré, Stacy secoua la tête.

— Je vais réfléchir.

— Comme vous voudrez. Voici une carte de la galerie.

Stacy la remercia et passa devant Spencer en lui faisant un petit signe de la main.

— Merci à vous, inspecteur.

Elle sortit de la galerie et attendit dehors. A peine plus de deux minutes plus tard, Spencer la rejoignit.

— Bravo ! lui dit-il. Brillante performance.

— Merci. Elle n'a pas été un peu énervée de voir deux clients à la suite lui parler de Pogo ?

— Plutôt désorientée. Elle m'a donné son adresse sans problème. Mais j'ai aimé vous voir à l'œuvre, vraiment.

Stacy se mit à rire.

— Quant à vous, vous m'avez étonnée, inspecteur. Et je ne me laisse pas surprendre facilement...

— Je vais prendre ça comme un compliment.

— Barracks Street et Dauphine Street, ça vous dit quelque chose ?

Spencer hocha la tête, et ils se mirent en route.

Au bout d'un moment, Stacy jeta un coup d'œil à son compagnon.

— Comment avez-vous fait pour tomber aussi vite sur la Galerie 124 ?

— Ma sœur Shauna est étudiante en art. Je lui ai montré la carte. Le style de l'illustrateur ne lui disait rien, mais elle m'a aussitôt adressé à Bill Sokar, qui dirige le New Orleans Arts Council. C'est lui qui m'a suggéré d'aller faire un tour à la Galerie 124.

— Pas mal…

— Serait-ce l'expression du respect que je perçois dans votre voix ?

— Absolument pas, affirma Stacy en souriant. Shauna est votre seule sœur ?

— J'ai six frères et sœurs.

Stacy s'arrêta net et leva les yeux vers lui.

— Six frères et sœurs ?

Sa réaction fit rire Spencer.

— Je viens d'une bonne famille de catholiques irlandais.

— Le Seigneur a dit : « Soyez féconds et multipliez-vous. »

— Exactement. Et ma mère a toujours suivi ses conseils à la lettre.

Ils se remirent à marcher.

— Et vous, Stacy ?

— Je n'ai qu'une sœur… Ça fait quoi, au juste, de faire partie d'une grande famille ?

— C'est une vie de dingue. Parfois exaspérante. Toujours pesante. Mais c'est vraiment super ! ajouta Spencer après une courte pause.

L'affection sincère qu'elle perçut dans sa voix provoqua chez Stacy une envie presque douloureuse de voir sa sœur. De tenir sa petite nièce dans ses bras.

Ils atteignirent les deux rues perpendiculaires. Le quartier était un mélange assez miteux de magasins et d'immeubles d'habitation. Les bâtisses du XVIIIe siècle, serrées les unes contre les autres, se trouvaient dans un état de délabrement plus ou moins avancé. Tout le charme du *Quartier*.

— Bon, lança soudain Stacy en jetant un coup d'œil malicieux à Spencer. Je vous parie une tasse de café qu'il me faudra moins de dix minutes pour obtenir l'adresse de M. Pogo.

— Réduisons le délai de moitié, et ça me va. Cinq minutes.

Elle accepta le pari et étudia la rue. Une petite épicerie avec un comptoir de restauration. Un bar miteux. Une boutique de souvenirs.

Elle désigna l'épicerie.

— Attendez-moi ici. Je ne voudrais pas faire peur aux habitués.

— Amusant.

Il baissa les yeux sur sa montre.

— Le temps file…

Stacy pénétra dans l'épicerie et s'arrêta juste après avoir franchi la porte. Il s'agissait à l'évidence d'une entreprise familiale. Un homme d'une soixantaine d'années se tenait derrière le comptoir, tandis qu'une femme du même âge patientait à la caisse. A qui s'adresser ? Consciente des secondes qui défilaient, Stacy opta pour la femme.

— Bonjour ! lança-t-elle en s'approchant.

Dans sa voix, elle avait mis ce qu'elle pensait être le dosage parfait de sincérité et de chaleur.

— Vous allez peut-être pouvoir m'aider. Je l'espère, en tout cas.

La femme lui rendit son sourire.

— Je vais essayer, dit-elle d'une voix rauque spécifique aux fumeurs invétérés.

— Je suis à la recherche d'un artiste qui vit dans le coin. Pogo.

A la façon dont l'expression de la femme se modifia, Stacy

compris qu'il n'y avait pas beaucoup de sympathie entre eux.

Elle sortit la carte.

— Je lui ai acheté ceci il y a environ un an, et j'aimerais acquérir d'autres œuvres de lui. J'ai essayé de lui téléphoner, mais la ligne n'est plus attribuée.

— Elle doit être coupée.

— Qu'est-ce qu'il y a, Edith ?

C'était le mari qui avait posé la question. Stacy lui jeta un coup d'œil par-dessus son épaule.

— Cette jeune dame recherche Pogo. Elle voudrait lui acheter quelque chose.

— Vous payez en liquide ?

— Bien sûr ! Encore faut-il que je puisse le trouver.

L'homme hocha la tête à l'intention de sa femme, et celle-ci gribouilla l'adresse au dos d'un ticket de caisse.

— L'immeuble à côté. Troisième étage.

Stacy remercia la couple, sortit et rejoignit Spencer.

— Quatre minutes et trente secondes, annonça-t-il en regardant sa montre. Vous avez l'adresse ?

Elle lui tendit le bout de papier.

Il compara l'adresse à celle que lui avait donnée la directrice de la galerie, et opina du chef.

— J'aurais choisi le bar, moi. Un type peu fiable a souvent un faible pour la boisson…

— Certes. Mais tout le monde doit manger. De plus, un patron de bar peut être plus méfiant…

— Vous aurez votre café. Attendez ici, je vais voir s'il est chez lui.

— Quoi ? Je ne crois pas que…

— C'est le travail de la police, Stacy. Nous avons bien rigolé, mais…

— Mais rien du tout. Vous n'irez nulle part sans moi.

— Oh ! que si.

Il prit la direction de l'immeuble où habitait Pogo. Stacy se lança à ses trousses et lui attrapa le bras, l'arrêtant au bout de quelques pas.

— C'est dégueulasse, et vous le savez !

— Possible. Il n'en reste pas moins que mon capitaine aurait ma peau si j'interrogeais un suspect en compagnie d'un civil.

— Vous allez effrayer Pogo. Laissez-moi continuer ma petite comédie et faire mine d'être intéressée par ses dessins. Il me parlera.

— Sauf qu'à la minute où il verra votre carte, il comprendra de quoi il retourne. Pas question que je vous laisse courir le moindre danger.

— Vous partez du principe qu'il est coupable de quelque chose. Il se peut très bien qu'on l'ait engagé pour réaliser ces dessins sans qu'il sache quoi que ce soit sur l'utilisation qui en serait faite.

— Laissez tomber, Killian. Vous n'avez pas un cours à suivre ou je ne sais quoi d'autre ?

— Vous êtes l'être le plus têtu et le plus agaçant que j'aie jamais rencontré et…

Elle s'interrompit en prenant conscience d'une légère agitation, juste devant l'épicerie.

Le patron se trouvait à présent en compagnie d'un type barbu, aux cheveux longs, et il faisait un geste dans leur direction.

Ou plutôt, c'était *elle* qu'il pointait du doigt.

Pogo.

Le regard de l'homme alla de Spencer à elle, et elle perçut distinctement le moment où il comprit à qui il avait à faire.

— Spencer, vite…

Mais déjà, le barbu s'élançait dans la direction opposée. Spencer jura et se précipita à sa poursuite, suivi de Stacy.

Visiblement, Pogo connaissait très bien le quartier. Il passait d'une rue à l'autre sans ralentir, s'engageait dans des voies minuscules. Petit, mince et nerveux, il était extrêmement rapide. Au bout de quelques minutes, Stacy les avait perdus de vue, Spencer et lui.

Elle s'arrêta, haletante. Elle n'avait plus la forme. Se penchant en avant, elle posa les mains sur ses genoux. Bon sang ! Elle avait besoin d'exercice.

Une fois qu'elle eut repris son souffle, elle revint vers l'épicerie. Elle comprit alors qu'à un moment ou à un autre, Spencer avait dû appeler les renforts car deux voitures de patrouille stationnaient en double file, et un policier interrogeait le couple d'épiciers. Ses collègues étaient sans doute en train de fouiller le quartier et d'interroger les voisins de Pogo.

Stacy se réfugia derrière les présentoirs à cartes postales installés devant la boutique de souvenirs. Elle préférait éviter que l'épicier l'aperçoive et la désigne aux policiers. Spencer n'apprécierait probablement pas que le rôle qu'elle avait joué dans la débâcle d'aujourd'hui fût mentionné dans un rapport.

Quand elle vit Tony arriver, Stacy eut envie de l'appeler, mais elle se ravisa. Elle devait laisser Malone mener sa barque, à présent.

Il fit son apparition quelques secondes plus tard. Il était en nage. Et furieux.

Pogo lui avait échappé.

« Merde ! » songea Stacy.

Il rejoignit Tony, avec lequel il échangea quelques mots, puis il se tourna et scruta les environs. Comprenant qu'il la cherchait, elle se montra. Quand il l'aperçut, elle lui fit signe de l'appeler un peu plus tard, puis s'éloigna.

25.

Jeudi 10 mars 2005
14 heures

Ils obtinrent un mandat de perquisition dans l'heure. Spencer le tendit au propriétaire qui alla ouvrir l'appartement de l'artiste.

— Merci, lui dit Spencer. Vous restez dans le coin, d'accord ?

— Pas de problème.

L'homme se dandina, faisant passer son poids d'un pied sur l'autre.

— Dans quel merdier il s'est encore fichu, Walter ?

— Walter ?

— Walter Pogolapoulos. Tout le monde l'appelle Pogo.

Logique. Même si le surnom était plutôt curieux.

— Alors, qu'est-ce qu'il a fait ?

— Désolé, mais je ne peux rien vous dire : une enquête est en cours.

— D'accord, je comprends, dit l'autre en hochant vigoureusement la tête. Bon, si vous avez besoin de quoi que ce soit, je serai là.

Spencer et Tony pénétrèrent dans l'appartement.

— Il s'est fait la malle.

— T'inquiète, dit Tony. Il reviendra.

« C'est ma faute », songea Spencer, furieux contre lui-même. Pogo serait là, en train de répondre à ses questions, s'il l'avait attendu devant son appartement, au lieu de faire le joli cœur avec Stacy Killian.

— Ce n'est pas Killian, que j'ai aperçue, en bas ? demanda Tony.

— Je ne veux pas entendre ce nom.

Tony se pencha vers lui.

— Killian, murmura-t-il. Killian… Killian…

Et il éclata de rire. D'un grand geste, Spencer l'envoya balader avant de se mettre au travail.

L'appartement était typique de ceux de La Nouvelle-Orléans. Environ quatre mètres quatre-vingts de hauteur sous plafond, des fenêtres avec les vitrages d'origine et des moulures en cyprès comme on n'en faisait plus depuis longtemps.

Les murs et les plafonds étaient lézardés. La peinture s'écaillait, probablement à cause d'un excès de plomb. Les équipements de la salle de bains et de la cuisine dataient des années 1950, époque à laquelle l'endroit avait dû être rénové pour la dernière fois. Une odeur de moisi se dégageait des murs humides à l'intérieur desquels on entendait courir les blattes.

Le salon de Pogo empestait la térébenthine. Et comme dans les autres pièces, l'art y était omniprésent. Des dessins et des peintures à divers degrés d'achèvement étaient punaisés ou scotchés au mur, posés sur des tables ou entassés dans des coins. Les fournitures en arts graphiques emplissaient l'appartement. Brosses et peinture. Crayons, feutres, pastels. Et d'autres outils et accessoires dont Spencer ignorait le nom.

Un détail intéressant s'imposa à lui alors qu'il faisait une nouvelle fois le tour de la pièce. Pas de photos de famille ni de souvenirs ; pas le moindre signe d'une vie tournée vers autre chose que lui-même et son art.

Ce type était un solitaire.

— Amène-toi, Junior ! appela Tony.

Spencer le rejoignit devant une table à dessin installée dans un coin, et suivit son regard.

Il y avait là, éparpillées sur la table, une demi-douzaine de dessins d'*Alice au pays des merveilles*, à divers stades d'achèvement. L'œuvre la plus avancée représentait des cartes à jouer — le Cinq et le Sept de Pique — déchirées en deux. Sur une autre, on voyait le Lièvre de Mars, effondré sur une table, blessé à la tête. Une flaque de sang s'était formée sur la table.

Spencer croisa le regard de Tony.

— Nom de Dieu !

— Je crois qu'on a touché le jackpot, l'ami.

Spencer récupéra un mouchoir en papier, qu'il utilisa pour examiner les œuvres sans risquer de contaminer d'éventuelles empreintes. La Reine de Cœur était là, empalée sur une fourchette. Le Chat de Chester, aussi, dont la tête sanglante flottait au-dessus de son corps. Et enfin Alice, pendue, une corde autour du cou, le visage affreusement gonflé et déformé. Au sommet d'une pile, Spencer reconnut des esquisses pour les cartes que Noble avait déjà reçues.

— Je veux tout savoir sur Walter Pogopoulos, dit Spencer en faisant signe à l'un des policiers en uniforme. Prévenez les techniciens. Qu'on fouille l'appartement de fond en comble. Qu'on épluche aussi les relevés bancaires et téléphoniques de ce type. Y compris son portable. Dites-moi à qui il a parlé.

Faites le tour des voisins. Il faut découvrir qui sont ses amis, connaître les endroits où il a ses habitudes.

— Tu veux un broadcast ? demanda Tony en faisant allusion à un bulletin diffusé sur tous les canaux radio de la police.

— Absolument ! M. Pogo ne me filera pas deux fois entre les doigts.

26.

Jeudi 10 mars 2005
17 h 40

Stacy s'arrêta devant chez elle. Elle avait quitté le Quartier Français pour gagner en hâte l'université. Elle avait pu assister à son cours mais elle était arrivée en retard et sans rien avoir préparé. Un comportement qui avait profondément agacé son professeur. Il l'avait sermonnée devant toute la classe, puis l'avait convoquée dans son bureau, après le cours. On attendait mieux des étudiants de son niveau, lui avait-il expliqué. Elle avait intérêt à se reprendre rapidement.

Elle n'avait invoqué aucune excuse. Elle n'avait pas mentionné la mort dramatique de Cassie et de Beth ni le fait qu'elle avait découvert les deux corps. La vérité, c'est qu'*elle* aussi attendait mieux d'elle-même.

En coupant le moteur de sa voiture, elle prit soudain la mesure de son épuisement psychologique. Peut-être devrait-elle tout laisser filer. Dire à Leo qu'elle avait assez donné, que c'était maintenant à la police de régler cette affaire. D'ailleurs, Malone s'était montré bien plus performant qu'elle ne l'aurait cru. N'avait-il pas retrouvé la trace de Pogo avant elle ?

Quant à démasquer l'assassin de Cassie… Non, elle ne

laisserait pas tomber tant qu'elle n'aurait pas la certitude que Malone était sur la bonne piste…

Un mouvement du côté du porche attira son attention.

Elle vit alors Alice Noble, assise sur les marches.

Ça alors !

— Salut, Alice.

L'adolescente se leva, les bras serrés autour de son buste, dans un geste protecteur.

— Salut.

Stacy rejoignit la jeune fille et lui sourit.

— Que se passe-t-il ?

— Je vous attendais.

— Je vois ça. J'espère que tu n'es pas là depuis trop longtemps.

— Deux heures. Mais c'est pas grave.

— Viens, tous ces bouquins pèsent une tonne.

Stacy gravit les trois marches du porche et laissa tomber son sac à dos devant la porte.

— Tu veux boire quelque chose ?

— J'aimerais que vous me disiez la vérité.

— La vérité ? A quel sujet ?

— Sur ce que vous faites avec papa, par exemple. Je sais que vous ne l'aidez pas à écrire un roman.

Stacy ne songea pas à mentir. De toute façon, Alice était trop intelligente pour se contenter de paroles faussement rassurantes.

— Vous étiez à la maison, la nuit dernière. Très tard. Avec deux hommes. Des policiers, à mon avis.

— C'est avec tes parents que tu dois parler de ça. Pas avec moi.

L'adolescente parut soudain inquiète.

— Est-ce que papa et maman ont des ennuis ? Est-ce qu'ils sont en danger ?

Comme Stacy ne répondait pas, elle serra les poings.

— Pourquoi vous ne me dites pas ce qui se passe ?

— Ce n'est pas mon rôle, expliqua Stacy en tendant la main. Demande à tes parents. Je t'en prie.

— Mais vous ne comprenez pas ? Ils ne me diront rien ! Ils me traitent comme un bébé — comme si j'avais six ans. Je conduis une voiture, mais ils ne sont pas fichus de me faire confiance dans la vie de tous les jours.

— Il ne s'agit pas d'un problème de confiance.

— Bien sûr que si ! déclara Alice.

Elle soutint le regard de Stacy, et ajouta :

— Quelqu'un est mort, n'est-ce pas ?

Stacy se figea.

— Pourquoi dis-tu ça ?

Alice attrapa la main de Stacy avec une force qui étonna la jeune femme.

— Il y avait deux policiers à la maison, en plein milieu de la nuit. Qu'est-ce que ça signifie ? Quelqu'un a été assassiné ? Enlevé ? Et quel rapport avec ma famille ?

— Est-ce que tu aurais écouté notre conversation ?

Alice ne répondit pas. Mais son silence tenait lieu d'aveu. Oui, elle avait écouté. Et ce qu'elle avait entendu l'avait effrayée.

— Je vous en prie, dites-moi la vérité, insista-t-elle dans un murmure. Papa et maman ne sont pas obligés de savoir…

Stacy hésita. Alice n'était plus une enfant qu'il conviendrait de tenir à l'écart pour la préserver. Et elle semblait tout à fait capable d'assumer la situation. Stacy estimait même qu'il était préférable de la mettre dans le secret. Pour son bien. Le monstre que l'on a identifié est bien moins terrifiant que celui dont on ignore tout.

D'un autre côté, Stacy n'avait aucun lien de parenté avec Alice. Ce n'était pas à elle d'en décider.

— Tu es venue ici en voiture ? lui demanda-t-elle.

— Non, à pied, répondit Alice avec une grimace. J'ai une voiture, mais je dois demander l'autorisation pour l'utiliser. Et pour obtenir cette autorisation, il faut pratiquement un cas de force majeure.

— Ecoute, je suis de ton côté, dans cette histoire. Mais je n'ai pas le droit de te parler. Il m'est impossible d'agir à l'encontre de ce que veulent tes parents.

— Tant pis.

Comme la jeune fille se détournait, Stacy lui attrapa le bras.

— Attends. Je vais te raccompagner en voiture. Si ton père est là, je lui parlerai et j'essaierai de le convaincre de tout te dire. D'accord ?

Alice haussa les épaules.

— Ça ne servira à rien.

Stacy laissa son sac à dos chez elle, puis elles rejoignirent toutes les deux sa voiture. Elles roulèrent en silence, sans échanger un mot. Avachie sur son siège, Alice offrait l'image incarnée du désarroi adolescent.

Stacy s'arrêta devant la propriété des Noble. Sans l'attendre, Alice descendit du véhicule et fila en direction de la maison. Elle franchit la porte d'entrée alors que Stacy atteignait le porche.

Elle suivit l'adolescente dans la maison.

Leo se tenait au pied de l'escalier, les yeux levés vers le haut des marches.

A l'étage, une porte claqua.

Il se tourna vers Stacy et la regarda d'un air perplexe.

— Je pensais qu'elle était dans sa chambre.

— Elle était chez moi.

— Chez vous ? J'avoue que je ne comprends pas…

— Est-ce qu'il nous serait possible de parler ?

— Bien sûr.

Il l'emmena dans son bureau, ferma la porte derrière eux et attendit.

— J'ai trouvé Alice devant la porte de chez moi. Elle m'attendait depuis deux heures.

— Deux heures ? Seigneur, mais pourquoi…

— Elle a peur, Leo. Elle sait qu'il se passe quelque chose — et que je ne suis pas ce que je prétends être. Elle m'a suppliée de lui dire la vérité.

— Mais vous ne l'avez pas fait ?

— Non, évidemment.

— Je ne veux pas qu'elle soit effrayée.

— C'est déjà le cas. Elle a vu Malone et Sciame ici même, la nuit dernière. Et elle a entendu une partie de ce qui s'est dit.

Noble pâlit.

— Elle aurait dû être en train de dormir.

— Ça n'était visiblement pas le cas. Elle a compris toute seule que Malone et Sciame sont de la police. Elle a même deviné qu'il devait y avoir une affaire de meurtre derrière toute cette agitation.

— Mais comment ?

Les traits creusés par la contrariété, Leo Noble se mit à arpenter le bureau.

— C'est une jeune fille intelligente, lui rappela Stacy. Elle a eu vite fait de tirer ses conclusions. Elle m'a assez justement fait remarquer que quand la police débarque au milieu de la nuit, c'est bien souvent parce que quelqu'un est mort.

Malgré lui, Leo eut un léger sourire.

— Elle m'étonnera toujours.

— Elle craint que vous soyez en danger, Kay et vous. Vous devez la rassurer. Elle a seize ans, Leo. Essayez donc de vous rappeler comment vous étiez, à son âge…

Il se passa la main sur le visage.

— Vous ne connaissez pas Alice. Elle a une sensibilité à fleur de peau. Elle a plus besoin d'être guidée et conseillée que la plupart des jeunes gens de son âge.

— Vous êtes son père, c'est vous qui avez le dernier mot. Mais dites-vous bien que dans ce genre de situation, le pire, c'est de ne pas savoir. C'est ce qu'il y a de plus effrayant.

Il parut réfléchir un instant, puis hocha la tête.

— J'y songerai, dit-il.

— Bien, dit Stacy en consultant sa montre. Je suis épuisée. Si ça ne vous ennuie pas, je vais rentrer chez moi.

— Allez-y, je vous en prie.

Alors qu'elle atteignait la porte du bureau, il l'appela.

— Stacy ?

Elle se retourna.

— Merci.

La gratitude sincère qu'elle lut sur son visage la fit sourire. Elle sortit. Tandis qu'elle traversait le hall d'entrée, elle aperçut Alice en haut de l'escalier. Leurs regards se croisèrent, mais avant que Stacy ait pu lui souhaiter une bonne nuit, sa mère apparut derrière elle.

Alice se détourna alors promptement, et Stacy en conclut qu'elle préférait que sa mère ne s'aperçoive pas de sa présence.

Stacy quitta la grande maison.

Sur le chemin du retour, elle s'arrêta dans un fast-food et commanda une portion d'*enchiladas* à emporter. Elle avait faim. Tout en attendant qu'on la serve, elle songea à Spencer et se demanda s'il avait pu mettre la main sur Pogo. Elle jeta un coup d'œil à son téléphone portable ; il était bien allumé mais elle n'avait reçu aucun appel.

Une fois chez elle, elle posa le sac de fast-food dans la cuisine, puis alla consulter son répondeur. Là non plus, aucun message.

Elle décida alors de prendre une longue douche, puis d'enfiler son pyjama et de dîner devant la télé. Si, à 22 heures, Spencer ne l'avait toujours pas appelée, elle prendrait l'initiative de lui passer un coup de fil.

Dans la salle de bains, elle tourna le robinet d'eau chaude avant même de se déshabiller. Puis, en écartant le rideau de douche, elle fronça les sourcils. Une espèce de liquide rosâtre se mêlait à l'eau et coulait vers la bouche d'évacuation.

Elle tira complètement le rideau et… un cri jaillit de sa gorge. Un cri d'horreur et de surprise.

Une tête de chat — un chat tigré — était suspendue au plafond, au-dessus de la douche, au moyen d'un fil de pêche en Nylon. La bouche de l'animal était figée en un étrange rictus.

Elle donnait l'impression de lui sourire.

Stacy se détourna et tâcha d'endiguer la panique qui menaçait de la submerger. Elle inspira longuement à plusieurs reprises, par le nez.

Prends de la distance avec ça, Killian. Des horreurs pareilles, tu en as déjà vu des centaines, du temps où tu étais flic.

Fais ton boulot.

Elle saisit sa robe de chambre suspendue à la patère, derrière la porte de la salle de bains, l'enfila, puis alla récupérer son arme dans le tiroir de la table de nuit. Elle se lança ensuite dans une fouille systématique de l'appartement, en commençant par la chambre.

Arrivée dans la cuisine, elle comprit très vite de quelle manière son visiteur était entré : il avait brisé un carreau de la porte vitrée, avait passé la main et ouvert le verrou. Il semblait qu'il se fût coupé dans la manœuvre : une erreur grossière qui pouvait se révéler utile aux enquêteurs.

La suite de ses recherches ne lui apporta aucune autre découverte. Visiblement, on ne lui avait rien pris. Rien ne semblait avoir été dérangé. Elle ne trouva pas non plus le corps du chat. De toute évidence, l'intention de son visiteur était de lui faire peur.

Elle retourna dans la salle de bains pour observer la façon dont la tête avait été suspendue au plafond. Rien de spécialement raffiné, mais il avait fallu un peu d'ingéniosité et de savoir-faire. Levant les yeux, elle vit un crochet — de ceux qu'on utilise pour suspendre les tasses — vissé dans le plafond. Du fil de Nylon y était attaché.

En fait, il y avait deux fils de Nylon qui se terminaient l'un et l'autre par un hameçon de pêche. Chaque hameçon était fixé dans une oreille du chat.

Stacy examina ensuite le bac de douche. Un sachet en

plastique — un sac alimentaire à zip — avait été fixé avec du gros ruban adhésif juste en dessous de la tête du chat.

Elle s'aperçut qu'il y avait quelque chose à l'intérieur. Un mot. Ou plutôt une carte, de la taille d'une enveloppe standard.

Stacy fixa le sachet taché de sang, le cœur battant à grands coups sourds, les oreilles bourdonnantes. De nouveau, elle se livra à quelques exercices respiratoires. Elle s'efforça de penser posément.

Laisse donc ça. Appelle Spencer.

Alors même qu'elle formait ce projet, elle se tourna et gagna la cuisine. Elle récupéra une paire de gants en caoutchouc neufs rangés sous l'évier.

Elle les sortit de leur emballage et les enfila, tout en retournant dans la salle de bains. Là, elle se pencha et, avec des gestes précautionneux, elle libéra le sac alimentaire, puis l'ouvrit et en extirpa la carte.

Elle disait simplement : « Bienvenue dans la partie. » Et elle était signée *Le Lapin Blanc.*

27.

Mardi 10 mars 2005
20 h 15

Spencer fonça dans Metairie Road, City Park Avenue, et traversa le carrefour avec l'Interstate 10 pour tourner dans City Park. La lumière rouge de son gyrophare rebondissait furieusement contre les murs du souterrain. Le premier appel de Stacy lui était parvenu alors que Tony et lui se trouvaient avec le capitaine, et le second pendant qu'il rentrait chez lui. Il avait fait demi-tour et pris la direction du centre de la ville avant même de savoir ce que la jeune femme avait à lui dire.

Les mains serrées avec force sur le volant, il slalomait entre les voitures qui ne roulaient pas assez vite à son goût. Stacy lui avait juste dit : « Rappliquez dès que vous pourrez. » Il avait senti la tension dans sa voix ainsi qu'un léger tremblement, et il ne lui en avait pas fallu plus pour réagir sur-le-champ.

Il avait décidé de se rendre là-bas tout seul. Il voulait évaluer ce qui s'était passé et décider des mesures à prendre. Il voulait aussi laisser à Tony la possibilité de dîner tranquillement avec sa famille.

Quand il arriva devant chez Stacy, il trouva la jeune femme assise sur les marches du porche, en train de l'attendre.

En s'approchant, il vit le Glock posé sur ses genoux.

Il s'arrêta devant elle.

— Désolée de vous avoir appelé comme ça, déclara-t-elle en levant la tête.

— Pas de problème… Ça va ?

Elle acquiesça et se leva.

— Tony va arriver ?

— Non. J'ai préféré le laisser dîner tranquillement. Il peut se montrer dangereux quand il a faim… Alors, que se passe-t-il ?

Elle marcha jusqu'à la porte et l'ouvrit.

— Voyez vous-même.

Sa voix était atone, et Spencer se demanda si c'était à cause du choc ou de l'effort qu'elle fournissait pour contenir ses émotions.

Il la suivit à l'intérieur, puis jusqu'au fond de l'appartement où se trouvait la salle de bains.

Il vit aussitôt la « chose », et comprit l'allusion.

Le chat de Chester, avec sa tête sanguinolente flottant au-dessus de son corps.

Un tableau vivant d'une illustration de Pogo.

— Comment est-on rentré chez vous ? demanda-t-il d'une voix curieusement étouffée.

— Par la porte de la cuisine. Mon visiteur a brisé l'un des panneaux vitrés. Mais il s'est coupé et il nous a laissé un peu de sang.

— Vous avez touché à quelque chose ?

— Simplement ça.

Elle désigna, par terre, un sac en plastique taché de sang et une carte. Il y avait à côté une paire de gants en caoutchouc jaune citron. Les mêmes que sa mère enfilait lorsqu'elle faisait la vaisselle.

Stacy avait dû suivre le fil de ses pensées, car elle affirma :

— Je n'ai rien contaminé. Les gants étaient neufs. Au cas où vous vous inquiéteriez…

— Mais je ne m'inquiète pas.

La jeune femme fronça les sourcils, comme si une idée venait de s'imposer à elle.

— J'avais fait couler de l'eau chaude pour prendre une douche. J'ai ouvert le robinet sans regarder. Il se peut que des indices aient disparu avec l'eau.

Spencer regarda sur le côté. Il vit le pantacourt kaki qu'elle portait au moment où elle avait décidé de prendre une douche, ainsi qu'un pull à manches courtes et un délicat soutien-gorge en dentelle lavande.

Il détourna aussitôt les yeux car il avait l'impression d'être un voyeur.

— Désolée, murmura Stacy en se précipitant vers ses affaires pour les rassembler. J'ai passé une robe de chambre en vitesse et…

Le reste de sa phrase se perdit dans un murmure.

— Vous n'avez pas à être désolée, lui dit Spencer en secouant la tête. Vous êtes chez vous. Je n'aurais pas dû regarder.

Elle se mit à rire.

— Vous êtes inspecteur. Il me semble que c'est précisément votre métier, de regarder.

Sa remarque balaya le malaise qui les avait un instant terrassés.

— Vous avez raison, répliqua Spencer en riant, lui aussi. J'essaierai de m'en souvenir.

Il enfila une paire de gants et alla ramasser la carte. Le message était simple et glaçant.

Bienvenue dans la partie.

Signé, le Lapin Blanc.

Il leva les yeux et croisa le regard de Stacy. Un regard ferme, plein d'assurance.

— J'ai posé trop de questions, dit-elle. J'ai dérangé quelqu'un. Et maintenant, je fais partie du jeu.

Spencer aurait aimé pouvoir la rassurer d'une manière ou d'une autre. Mais il ne trouva aucun argument.

— Le Chat de Chester, expliqua-t-elle, est un personnage doté de longues griffes et d'une imposante dentition. Dans l'histoire de Lewis Carroll, la reine tente de le décapiter, mais il disparaît avant qu'elle y soit parvenue.

Elle serra les lèvres, comme si elle prenait le temps de recouvrer le contrôle de ses émotions.

— Cette pauvre bête n'a pas eu la même chance, ajouta-t-elle.

— Dans *Alice,* le chat ne cesse d'apparaître et de disparaître, fit remarqua Spencer en songeant à ce qu'il avait lu, la veille au soir, dans le *Profil d'une œuvre.*

— Je représente sans doute le chat, dit Stacy, et on a voulu me faire comprendre de quelle manière j'allais mourir.

Spencer fronça les sourcils.

— Vous n'allez pas mourir, Stacy.

— Qu'est-ce que vous en savez ?

Il s'approcha du bac de douche, examina la tête, puis fit lentement le tour de l'appartement en prenant des notes dans son calepin. Stacy déposa ses affaires dans un panier à linge sale, puis le suivit en silence. Elle lui laissait du champ, de l'espace, afin qu'il en arrive à ses propres conclusions.

Spencer jeta un coup d'œil à sa montre. Tony devait être repu et dans de bonnes dispositions, à présent. Il était temps d'appeler les techniciens afin de récolter d'éventuels indices. Avec un peu de chance, le visiteur de Stacy avait laissé une empreinte en plus du sang sur le carreau cassé.

— Allez-y ! lui dit-elle. Appelez-les.

Elle sourit en voyant son expression.

— Je ne lis pas dans les pensées, rassurez-vous. C'est juste la suite logique de l'histoire.

Il ouvrit son téléphone cellulaire et composa pour commencer le numéro de Tony. Tout en parlant, il suivit discrètement Stacy des yeux alors qu'elle enfilait une veste et sortait.

Après avoir passé tous ses appels, il alla la rejoindre sous le porche. Elle se tenait au bord, près de l'escalier. Elle semblait avoir froid. Spencer leva les yeux vers le ciel sombre dépourvu de nuages, songeant que la température avait dû passer sous la barre des quinze degrés.

— Ils arrivent, annonça-t-il en s'approchant d'elle.

— Bien.

— Ça va ? lui demanda-t-il une nouvelle fois.

Elle se frictionna les bras.

— J'ai froid.

Spencer avait toutes les raisons de croire que ce n'était pas uniquement à cause de la température. Il éprouva le désir soudain de la prendre contre lui pour la réchauffer et la réconforter.

Mais il ne pouvait évidemment pas.

Et même s'il essayait, elle le repousserait.

— Il faut qu'on parle. Vite. Avant que les autres arrivent.

Se tournant vers lui, elle l'interrogea du regard.

— Pogo est bien notre homme, dit-il. On a retrouvé des esquisses pour les cartes que Noble a reçues. Et pour d'autres.

Le regard de Stacy se chargea soudain d'intérêt ; il se fit plus intense. Spencer sentit que son esprit d'analyse se mettait en route, intégrant les faits, les classant, les organisant.

— Parlez-moi des autres.

— Le Lièvre de Mars. Les deux cartes de jeu — le Cinq et le Sept de Pique. La Reine de Cœur et Alice. Tous morts. Dans des conditions assez macabres.

— Et le Chat de Chester, il faisait partie du lot ?

Spencer attendit un instant avant de hocher la tête.

— Décapité. La tête flottait au-dessus de son corps.

— Si le meurtre de Rosie Allen est le premier d'une série, alors tous les gens que les cartes représentent sont de futures victimes.

— Oui.

— Moi compris.

— Ça, nous n'en savons rien, Stacy. Noble a reçu les premières cartes, et pourtant, il est toujours en vie.

Elle opina du chef, sans paraître pour autant convaincue.

Puis les autres arrivèrent. D'abord Tony. Très vite suivi de la camionnette des techniciens « scène de crime ». Alors que Spencer s'avançait au-devant de son partenaire, Stacy lui saisit le bras et l'arrêta.

— Pourquoi m'avez-vous dit tout ça ?

— Vous faites partie du jeu, maintenant. Vous aviez besoin de savoir.

28.

Jeudi 10 mars 2005
23 h 30

Stacy arpentait son appartement, passant d'une pièce à l'autre. Les techniciens « scène de crime » venaient d'en terminer. Spencer les avait suivis sans même lui dire au revoir.

Elle déglutit péniblement. Elle savait pourtant à quoi s'attendre. La poudre noire laissée par les techniciens chargés des empreintes, le sol sur lequel on venait tout juste de passer l'aspirateur pour récupérer le moindre indice, le sentiment global de chaos…

Ce qu'elle n'avait pas prévu, c'était la façon dont elle le vivrait : ce sentiment d'être mise à nu, violée. Une fois encore, elle se trouvait de l'autre côté de la barrière. Et une fois encore, ça n'avait rien d'agréable.

Elle rejoignit la salle de bains. En découvrant que le rideau de douche avait disparu, elle referma les bras autour d'elle. Il y avait quelque chose d'insupportable dans cette vision. Car elle savait à quoi devait ressembler le fond du bac de douche. Des traînées de rouge, un rouge qui s'était fait plus profond avec la désoxydation.

Les policiers récoltaient les indices d'un crime. Ils ne se chargeaient pas du nettoyage.

Elle s'approcha de la douche, orienta correctement le pommeau et tourna le robinet. Le jet se déversa sur la tête, se mélangea avec le sang, lui donnant une teinte rose.

Avant de l'entraîner dans les canalisations.

La jeune femme regarda le liquide s'infiltrer dans la bonde.

— Je suis désolé, Stacy.

Elle jeta un coup d'œil par-dessus son épaule. Spencer n'était donc pas parti. Il se tenait dans l'encadrement de la porte.

— Pourquoi ?

— Le foutoir. L'heure. Le fait qu'une demi-douzaine d'inconnus aient squatté chez vous pendant plus de deux heures. Et surtout qu'un cinglé vous ait laissé ce cadeau plutôt macabre.

— Rien de tout cela n'est votre faute.

— Il n'empêche que je suis désolé.

Des larmes brûlèrent soudain les yeux de Stacy. Elle ferma le robinet, puis essuya avec une serviette l'eau qui avait giclé sur le sol. Quand elle tourna de nouveau la tête vers Spencer, elle constata qu'il n'avait pas bougé.

— Vous pouvez y aller, lui dit-elle. Je me sens parfaitement bien.

— Vous avez une amie chez qui vous pourriez passer la nuit ?

— C'est inutile.

— La porte de la cuisine…

— Je vais fixer une planche dessus avec des clous. Ça suffira pour cette nuit.

L'inquiétude de Spencer lui arracha un sourire.

— De toute façon, j'ai mon vieux copain Glock pour me protéger.

— Vous avez toujours été aussi dure à cuire, Killian ?

— Tout à fait, répondit-elle en essorant la serviette avant de la poser au bord du lavabo. J'étais connue pour ça, à Dallas. Les autres m'avaient surnommée Virago Killian.

Comme sa tentative d'humour n'arrachait aucun sourire à Spencer, elle laissa échapper un soupir exaspéré.

— Il ne reviendra pas, Malone ! Il se peut qu'il ait l'intention de me tuer, mais ce n'est pas pour ce soir.

— Vous vous croyez invincible, n'est-ce pas ?

— Non. Mais je commence à avoir ma petite idée sur le fonctionnement de ce type. C'est un jeu pour lui. Il me défie dans une guerre de l'intelligence et de la volonté. S'il avait voulu se débarrasser de moi rapidement, il aurait organisé les choses en conséquence.

— Si vous refusez d'aller passer la nuit ailleurs, je reste ici.

— Il n'en est pas question !

— Je reste.

Stacy ne put s'empêcher d'être touchée par la sollicitude de Spencer. Elle y puisa même du réconfort.

Mais ce sentiment lui rappelait trop celui qu'elle avait éprouvé auprès de Mac, son partenaire et ami. Son amant.

Un menteur. Un traître.

Il lui avait brisé le cœur. Et même bien pire que ça…

Elle se cuirassa contre les souvenirs et s'avança vers Spencer.

— Qu'avez-vous en tête, exactement ? Vous pensez que je vais m'écrouler et que j'aurai besoin d'un homme ? Vous comptez en profiter ? Je vais vous épargner une cruelle confrontation avec la réalité, Malone. Ça ne sera pas pour aujourd'hui.

Comme elle cherchait à le contourner pour sortir de la salle de bains, il lui attrapa le bras.

— Inutile de protester. Je reste.

Stacy voulut contester une nouvelle fois sa décision, mais il la coupa.

— Le canapé du salon fera l'affaire. Pas de sexe, c'est promis.

Stacy sentit ses joues s'embraser. Et ça devait se voir...

— J'avoue que je n'ai aucune envie de passer la nuit dans la voiture, alors j'implore votre pitié, Killian.

Elle croisa les bras sur sa poitrine. Il semblait prêt à aller jusqu'au bout, lui aussi. A croire que ce type était plus borné qu'elle, nom d'un chien ! Elle avait planqué plus souvent qu'à son tour, durant sa carrière, et elle savait à quel point c'était pénible de passer la nuit dans une voiture ou de faire le guet sous une pluie battante.

— C'est bon, dit-elle, je vais vous montrer la chambre d'amis.

Elle alla récupérer une couverture, une brosse à dents neuve et un petit tube de dentifrice.

— Une brosse à dents ? s'étonna-t-il lorsqu'elle lui tendit le tout. Les mots me manquent...

— Laissez tomber, Malone. Je vais m'enfermer dans ma chambre, maintenant.

Spencer retira son holster d'épaule et entreprit de déboutonner sa chemise.

— Faites donc, ma douce. J'espère que vous passerez une bonne nuit, M. Glock et vous.

— Arrogant ! marmonna-t-elle. Borné, têtu…

Elle s'arrêta net en s'avisant soudain que ces qualificatifs auraient tout aussi bien pu la décrire elle-même. Et tandis qu'elle fermait la porte de sa chambre, elle entendit le rire de Spencer Malone retentir derrière elle.

29.

Vendredi 11 mars
2 h 10 du matin

Spencer ouvrit les yeux, chercha son arme sous le matelas, et ferma les doigts sur la crosse.

Il tendit l'oreille, et entendit de nouveau le bruit qui avait dû le tirer du sommeil.

Stacy ! Elle pleurait.

Le son était étrangement assourdi, comme si elle s'était efforcée de l'étouffer. Sans doute considérait-elle le fait de pleurer comme une faiblesse. Elle ne voulait pas qu'il l'entende. Et elle serait embarrassée s'il allait la voir.

Fermant les yeux, Spencer s'efforça de faire abstraction du bruit. Impossible. La douleur de la jeune femme le déchirait. Tout cela était si loin de l'image qu'elle cherchait à donner d'elle-même.

Pour sa part, il ne pouvait pas rester sans rien faire à attendre que les sanglots cessent. Ce n'était tout simplement pas dans sa nature.

Il se leva et enfila son jean. Puis, prenant une profonde inspiration, il gagna la chambre de Stacy. Il se tint devant la porte un instant, avant de frapper.

— Stacy ? appela-t-il. Ça va ?

— Allez-vous-en ! répondit-elle d'une voix étouffée. Je vais bien.

C'était faux, évidemment. Il hésita, puis frappa de nouveau.

— J'ai une épaule des plus accueillantes à vous proposer, dit-il. J'irai même jusqu'à dire que c'est la plus réconfortante du clan Malone.

Elle fit entendre un bruit étranglé, à mi-chemin entre le rire et le sanglot.

— Je n'ai pas besoin de vous.

— Je crois bien que si.

— Allez vous recoucher. Ou mieux : rentrez chez vous !

Spencer posa la main sur la poignée et essaya de la tourner. Elle n'opposa aucune résistance.

La jeune femme ne s'était donc pas enfermée.

— J'entre, annonça-t-il. Ne me tirez pas dessus, surtout !

Il fut surpris de découvrir que la pièce était inondée de lumière.

Stacy était assise dans son lit, ses cheveux blonds tout ébouriffés, les yeux rouges et bouffis à cause des larmes. Elle tenait le Glock à deux mains, braqué droit sur le torse de Spencer.

Il fixa la gueule de l'arme quelques secondes, avec le sentiment d'être un cambrioleur pris sur le fait. Ou un daim prisonnier des phares d'un camion. Un gros camion, qui aurait roulé beaucoup trop vite.

Il leva les mains au-dessus de sa tête, bien haut, tout en combattant son envie de sourire.

— Ne visez pas le torse, Stacy, par pitié !

Elle abaissa le canon de son arme de quelques centimètres.

— C'est mieux ?

— Cet équipement m'est plus précieux que n'importe quelle autre partie de mon anatomie, répondit Spencer en se protégeant des deux mains. Ça vous ennuierait d'oublier ça, ma belle ?

Un sourire aux lèvres, elle vint poser l'arme sur le lit.

— Vous avez faim ?

— J'ai toujours faim. C'est génétique.

— Très bien. On se retrouve dans la cuisine dans cinq minutes ?

— Ça me va, approuva Spencer en se tournant vers la porte.

Avant de sortir, il s'arrêta pour demander :

— A quoi dois-je cet accès de gentillesse ?

— Vous m'aidez à penser à autre chose, répondit-elle simplement.

Il quitta la chambre, tout en réfléchissant à ce qu'elle venait de dire, au tour que prenaient les événements. Elle l'avait surpris. Avec cette invitation dans la cuisine, mais aussi par l'honnêteté avec laquelle elle avait répondu à sa question.

Stacy Killian était une femme complexe. Haut de gamme. Le genre de femme dont il s'était toujours tenu à distance.

Alors, qu'est-ce qui lui prenait d'accepter une « pyjama party » avec elle en pleine nuit ?

Elle le retrouva comme prévu dans la cuisine.

— Qu'est-ce que vous aimeriez manger ?

— Tout ce que vous voudrez, sauf des betteraves, du foie et des choux de Bruxelles.

Elle s'approcha du réfrigérateur en riant.

— Pour ça, vous n'avez rien à craindre de moi. Voyons un peu ce que j'ai là-dedans... Une grosse portion d'enchilada. Un reste de canard laqué. Du thon et des œufs.

Spencer, qui était venu jeter un coup d'œil par-dessus l'épaule de la jeune femme, fit la grimace.

— Le choix est mince, Killian.

— N'oubliez pas que j'ai été flic. Or, les flics mangent rarement chez eux.

C'était exact. D'ailleurs, il devait bien admettre que son propre frigo était encore moins fourni que celui-ci.

— Et des céréales ? proposa-t-elle.

— Ça dépend. Qu'est-ce que vous avez ?

— Des Cheerios ou des Raisin Bran.

— Les premiers, sans hésitation. Vous avez du lait entier ou écrémé ?

— Deux pour cent de matières grasses.

— On fera avec.

Elle sortit le lait du réfrigérateur, puis vérifia la date limite de consommation avant de le poser sur le comptoir. Elle récupéra deux bols dans un placard et deux boîtes de céréales dans un autre.

Chacun remplit son bol, puis le porta jusqu'à la petite table bistrot qui se trouvait près de la fenêtre.

Ils mangèrent en silence. Spencer voulait laisser à la jeune femme le temps de se sentir à l'aise avec lui, et de décider si elle voulait se confier.

Elle ne lui avait pas proposé ce petit rendez-vous dans la cuisine parce qu'elle avait faim. Non. Elle avait besoin de compagnie. De soutien. Même venant d'un quasi-inconnu avec qui elle partageait des céréales au beau milieu de la nuit.

L'une des sœurs de Spencer, Mary, était ainsi. Une dure à cuire, têtue comme une mule et bien trop fière. Elle avait traversé l'épreuve d'un divorce, deux ans plus tôt, et elle avait essayé d'affronter seule toutes les épreuves — y compris ses blessures.

Et puis, elle avait fini par venir se confier à Spencer. Parce qu'il lui avait laissé le temps et l'opportunité de le faire. Et peut-être aussi parce qu'il avait lui-même commis suffisamment d'erreurs dans sa vie pour se montrer maintenant tolérant et compréhensif.

— Vous voulez qu'on en parle ? proposa-t-il quand la cuillère de la jeune femme tinta contre le fond de son bol.

Elle n'eut pas besoin de lui demander à quoi il faisait allusion ; elle le savait. Elle garda les yeux fixés sur son bol, comme si elle prenait le temps de préparer sa réponse.

— Je m'étais juré de ne plus jamais avoir à affronter ce genre de situation, déclara-t-elle enfin en levant les yeux vers lui. Plus jamais.

— Manger des céréales avec un quasi-inconnu ?

Un début de sourire effleura les lèvres de Stacy.

— Il vous arrive parfois d'être sérieux ?

— Le moins souvent possible.

— J'aimerais pouvoir en dire autant.

Spencer pensa au lieutenant Moran.

— Croyez-moi, ça ne présente pas que des avantages.

Il repoussa son bol sur le côté.

— Donc, vous avez quitté la police et vous êtes venue vous

installer à La Nouvelle-Orléans pour y étudier la littérature et commencer une nouvelle vie ?

— Quelque chose comme ça, oui, répondit-elle avec un soupçon d'amertume dans la voix. Mais ça n'était pas le boulot de flic que je voulais quitter — plutôt la laideur qui y était liée. Cet absolu mépris de la vie qui semble la norme.

Elle laissa échapper un profond soupir et ajouta :

— Et me voilà de nouveau là-dedans.

— De votre propre fait.

— Je ne suis pas responsable du meurtre de Cassie !

— C'est vous qui avez décidé de mener votre enquête. De travailler pour Noble. De pousser toutes les portes qui s'entrebâillaient.

Elle parut sur le point de protester, mais il se pencha au-dessus de la table pour lui prendre la main et mêler ses doigts aux siens.

— Je ne vous critique pas. Loin de là. Vous faites ce que vous pensez devoir faire. Vous avez été flic durant dix ans. Ce n'est pas un boulot comme les autres, nous sommes bien placés pour le savoir. Au bout d'un moment, il nous définit, du moins en partie.

Spencer avait découvert à quel point c'était vrai lorsqu'il avait été accusé à tort, suspendu, et qu'il avait soudain affronté la perspective d'une vie sans son travail de policier.

— Je ne veux plus être cette personne, déclara Stacy.

— Dans ce cas, laissez tomber. Oubliez cette tragique histoire et retournez au Texas.

Elle fit entendre un grognement de frustration et se leva pour aller déposer son bol dans l'évier. Puis elle fit de nouveau face à Spencer.

— Et Cassie, dans l'histoire ? Non, je… je ne peux pas abandonner.

— Vous la connaissiez à peine !

— C'est faux.

— Enfin, Stacy, vous étiez amies depuis à peine deux mois.

— Peu importe. Elle ne méritait pas de mourir. Elle était jeune. Adorable. Et…

— La morgue est pleine de jeunes gens adorables qui ne méritaient pas de mourir.

— Mais ce sont des inconnus ! Cassie, elle… c'était la personne que j'avais envie d'être.

Elle s'interrompit un instant, et Spencer vit qu'elle luttait pour contrôler ses émotions.

— Quelqu'un l'a tuée, reprit-elle. Toute cette mocheté que j'ai cherché à fuir… elle m'a rattrapée !

Spencer comprenait. Il se leva à son tour et la rejoignit.

— Vous vous sentez responsable de la mort de Cassie ?

— Je n'ai pas dit ça !

Les yeux brillant de larmes, Stacy secoua la tête et chercha à libérer ses mains.

Mais il la retint.

— La mort de Cassie n'a pas le moindre rapport avec l'histoire dans laquelle vous êtes impliquée, affirma-t-il. Il n'y a aucun lien entre son meurtre et ceux du Lapin Blanc.

Elle savait qu'il avait raison ; il le lut dans ses yeux.

— Et son ordinateur ?

— Quoi, son ordinateur ?

— Elle est tombée sur quelque chose qui lui a valu de gros ennuis. Ça devait être lié au Lapin Blanc.

— C'est ce que vous croyez. Sauf que les faits sont là pour contredire votre vision des choses. C'est parfois le coupable le plus évident qui est le bon. Vous le savez.

— Gautreaux ?

— Oui, Gautreaux. Nous avons des preuves matérielles qui établissent un lien entre les meurtres et lui.

— Quoi, par exemple ? demanda Stacy en plissant les yeux.

— Une empreinte… Nous l'avons récupérée dans l'appartement de Cassie Finch. Avec des traces.

Stacy hocha la tête. Son expression sceptique avait laissé la place à une certaine excitation.

— Quel genre de traces ?

— Des cheveux de Cassie, retrouvés sur les vêtements de Gautreaux. Mais en raison de leur relation, ça ne suffit pas à prouver qu'il est l'assassin. Nous avons aussi retrouvé un cheveu semblable à ceux de Gautreaux sur le T-shirt de la jeune femme. Nous avons obtenu l'autorisation d'effectuer des prélèvements ADN. Nous devrions recevoir les résultats la semaine prochaine. Avec un peu de chance…

— … l'ADN permettra d'établir un lien entre les meurtres et lui. Quel sale petit con !

Spencer revint sur la question que Stacy avait abordée un peu plus tôt.

— Pourquoi lui aurait-il pris son ordinateur ?

— Pour couvrir ses arrières. Ils s'étaient séparés de façon assez houleuse, et il lui a peut-être envoyé des courriers électroniques compromettants qu'elle aurait conservés. Il l'a tuée et il a emporté l'ordinateur avec tout ce qu'il contenait. Il pourrait aussi s'agir d'un trophée. Ou alors, il voyait dans ce portable la chose à laquelle elle tenait le plus. Certainement plus qu'à lui.

— Je ne vois pas trop ce que je pourrais ajouter, dit Spencer en souriant.

Elle fronça soudain les sourcils.

— Quand avez-vous effectué les prélèvements ?

— Il y a trois jours.

— Et vous êtes sûr qu'il n'a pas fichu le camp, depuis ?

— Je ne suis pas un débutant, vous savez ? Nous avons installé un système GPS sur son véhicule. S'il s'approche un peu trop de la frontière de l'Etat, nous le coffrons.

Il prit la main de Stacy et la serra doucement.

— Rentrez donc au Texas, lui dit-il. Nous tenons le meurtrier de Cassie. Elle n'a plus besoin de vous pour le chercher.

Spencer sentit les mains de la jeune femme trembler légèrement. Il sentit aussi son indécision, le conflit intérieur qui l'agitait.

Elle avait envie de partir mais elle ne pouvait s'y résoudre.

— Allez-y, insista Spencer en augmentant la pression sur ses doigts. Allez voir votre sœur. Restez là-bas jusqu'à ce qu'on ait retrouvé le malade qui joue au Lapin Blanc et qu'on l'ait collé derrière les barreaux.

Elle secoua la tête.

— Vous oubliez la fac. Je ne peux pas partir comme ça. D'autant qu'il me reste un peu plus d'un mois pour terminer le semestre.

Spencer fronça les sourcils.

— Il peut se passer beaucoup de choses en un mois. Vous le savez aussi bien que moi.

Elle comprenait forcément ce qu'il essayait de lui dire. La mort pouvait frapper à n'importe quel moment, en un clin d'œil.

Et c'était cette idée qui l'effrayait le plus.

— Si je m'en vais, il me suivra, affirma-t-elle. Il doit tout savoir de moi, à présent.

— Ça, c'est vous qui le dites. Vous n'avez rien pour le prouver.

— J'en suis certaine, c'est aussi simple que ça. Il est engagé dans un jeu. Et moi aussi. La partie ne prendra fin que lorsqu'il n'y aura plus qu'un joueur en vie.

Il lui caressa le dos des mains avec ses pouces.

— Alors, allez là où il n'aura pas l'idée de vous chercher. Un endroit avec lequel vous n'avez aucun lien.

— Et qui vous dit qu'il ne m'attendra pas ? Pendant des années, peut-être même jusqu'à la fin de ma vie ? J'ai une famille, une vie. Pas question que je commence à me cacher.

— Mais nous allons le trouver. Et ça ne tardera pas.

— C'est ce que vous espérez.

Stacy chercha de nouveau à retirer ses mains, mais il la retint encore prisonnière.

— Je l'aurai, Stacy. Je vous en fais la promesse.

30.

Vendredi 11 mars 2005
9 h 20

Stacy se réveilla brusquement en entendant Spencer marcher dans la maison.

On était vendredi. Il devait commencer son service vers 7 h 30, l'horaire habituel pour les inspecteurs.

Elle se laissa retomber sur le dos. Et elle ? Qu'avait-elle au programme, aujourd'hui ? Le cours du professeur Schultze. *Introduction aux études anglaises de troisième cycle.* A peu près aussi excitant que de regarder du gazon pousser.

Elle ferait aussi bien de retourner au Texas. D'autant qu'on allait probablement la flanquer à la porte de la fac.

Elle fixa les yeux sur le plafond. Une longue fissure le traversait en diagonale…

Mais que ferait-elle, à Dallas ? Elle avait démissionné de son emploi. Vendu sa maison. Elle pouvait habiter chez Jane et Ian durant deux semaines. Mais ensuite ?

Elle croyait fermement à ce qu'elle avait dit à Spencer : le Lapin Blanc la suivrait. Non seulement il connaissait son identité, mais il en savait beaucoup sur elle, elle en était intimement persuadée.

Et lui, qui était-il, au juste ? Pourquoi jouait-il ce jeu macabre ? La plupart des assassins étaient motivés par l'amour ou la haine, par l'avidité, un désir de vengeance ou la jalousie.

Avec les serial killers, il en allait autrement. Ils s'en prenaient généralement à des inconnus ; ils tuaient pour combler un besoin maladif qui les habitait.

A qui avaient-ils affaire, ici ? Et pourquoi ce fou l'avait-il incluse dans sa partie ?

Il y avait forcément une raison, outre le simple fait qu'elle eût fourré son nez dans ce qu'il considérait comme ses affaires. Elle l'intéressait. Il voulait jouer avec elle.

A cache-cache. Au chat et à la souris.

Elle s'assit dans son lit, l'esprit soudain envahi par l'image de la tête du chat décapité.

Etait-elle le chat ? Instinctivement, elle porta la main à sa gorge. Allait-elle mourir de façon aussi horrible ?

Si le meurtre de Rosie Allen était censé donner le ton, il y avait tout lieu de le craindre.

Elle devait entrer dans la tête de ce tueur afin de deviner ses pensées, ses motivations.

Et il n'y avait qu'une façon d'y parvenir : jouer le jeu.

Elle sortit de son lit, enfila en hâte sa robe de chambre et gagna la cuisine. C'est là qu'elle trouva Spencer. Il lui tournait le dos et préparait du café.

Elle le contempla un instant, songeant à ses larmes de la nuit dernière et se demandant ce qu'il pensait d'elle, maintenant. Allait-il encore la prendre au sérieux ?

Elle lui avait laissé voir à quel point la visite du Lapin Blanc l'avait secouée, à quel point elle était bouleversée. Et du coup, elle avait révélé qu'elle n'était pas exactement ce qu'elle prétendait être.

La dure à cuire Stacy Killian était comme ces sucettes à l'intérieur desquelles se cache un chewing-gum : dure à l'extérieur et toute molle à l'intérieur.

Il suffisait qu'un homme en prenne conscience pour que disparaisse le respect et qu'elle perde l'estime d'elle-même.

Elle avait déjà suivi cette voie. Elle ne menait nulle part — nulle part où elle eût envie d'aller, en tout cas.

Elle devait quand même admettre que Malone lui paraissait différent. Il pouvait être drôle. Charmant, aussi. Très loin du bouseux qu'elle avait d'abord vu en lui…

Mais ça ne changeait rien au problème, de toute façon : les flics lui étaient interdits. Point final.

Il avait dû sentir sa présence car il regarda par-dessus son épaule et lui sourit.

— Bonjour. Je comptais vous laisser dormir un peu.

— J'ai cours, dit-elle en lui rendant son sourire. Merci quand même.

— Je vous en prie.

La machine à café fit entendre quelques crachotements, et il se concentra dessus. Il avait trouvé les tasses tout seul.

Quand il lui en tendit une, après avoir servi le café, elle s'approcha pour la prendre et ajouta du lait et une sucrette. Elle but une gorgée, regardant Spencer par-dessus le bord de la tasse.

— J'ai réfléchi, et j'en suis arrivée à la conclusion qu'on prenait les choses du mauvais côté.

— Vous parlez de notre histoire d'amour ?

Stacy retint son souffle un instant. Puis elle se reprit et alla s'asseoir.

— On se calme, Roméo. Je parlais du Lapin Blanc. Et de la façon de le coincer.

— Aux dernières nouvelles, vous étiez une civile et moi un flic. Il n'est donc pas question de « nous » dans le scénario.

Stacy ignora sa remarque.

— Il me semble qu'en entrant dans son jeu, nous serions en meilleure position pour affronter notre adversaire.

— Et savoir ce qu'il a en tête.

— Exactement. Si notre homme est un cinglé qui a décidé de jouer à *White Rabbit* pour de bon, je ne vois pas de meilleur moyen pour prévoir ses mouvements.

Il la regarda un instant en silence, puis hocha la tête.

— Je suis partant. Tony aussi.

— Bien. Je vais consulter Leo sur la façon de s'organiser. Après tout, je ne vois pas qui serait mieux placé pour nous aider à comprendre *White Rabbit* que son créateur ?

Spencer hocha de nouveau la tête, but son café et posa sa tasse sur le comptoir.

— Appelez-moi quand vous aurez des détails. Et... Stacy ?

— Oui ?

— Si vous ne faites pas réparer cette porte aujourd'hui, je passerai la nuit prochaine chez vous. Ça, je vous le promets.

En le regardant s'éloigner, Stacy ne put s'empêcher de sourire. Elle l'aurait volontiers mis à l'épreuve pour voir s'il tenait sa promesse.

31.

Vendredi 11 mars 2005
10 h 30

— Bonjour, madame Maitlin, dit Stacy à la gouvernante qui lui avait ouvert la porte. Comment allez-vous ?

L'employée des Noble fronça les sourcils.

— M. Leo n'est pas encore levé, déclara-t-elle. Mais Mme Noble est dans la cuisine.

Cela ne répondait pas à la question qu'avait posée Stacy, mais elle remercia la gouvernante et se dirigea vers la cuisine.

La pièce était de style rustique, avec un sol en briques et des poutres apparentes au plafond. Kay était assise à une grande table massive, et lisait le journal en sirotant un verre de jus d'orange. Les rayons du soleil qui tombaient sur ses cheveux en accentuaient les reflets noir d'encre.

Elle leva les yeux, puis sourit à sa visiteuse.

— Bonjour, Stacy. Je pensais que vous étiez à la fac, le vendredi matin.

Quelle mémoire ! Rien ne semblait lui échapper.

— J'ai eu une panne d'oreiller, prétendit Stacy en se dirigeant droit sur la machine à café.

C'était un modèle ultra perfectionné, dernier cri, dans lequel il suffisait de verser le café en grains. La machine se chargeait du reste. Et le résultat était exceptionnel.

Stacy se serait volontiers offert cette merveille. Elle devait malheureusement coûter une fortune.

— Une panne d'oreiller ? répéta Kay d'un ton désapprobateur. Vous avez au moins un point commun avec Leo.

— Est-ce une impression ou vous êtes en train de dire du mal de moi, toutes les deux ?

Elles se tournèrent d'un même mouvement.

Leo se tenait à la porte, le regard vague, plus échevelé que jamais. Il sortait visiblement du lit, et il avait tout juste pris le temps d'enfiler un T-shirt et un pantalon de treillis fripé.

Le retour du savant fou, pensa Stacy en dissimulant un sourire.

— Leo, commença-t-elle, j'aimerais vous parler de…

— Café ! lança-t-il d'une voix d'outre-tombe.

Kay fit entendre un claquement de langue réprobateur.

— Tu es pire que le chien de Pavlov !

Il n'était pas le seul dans ce cas, songea Stacy en lui tendant la première tasse.

Quand elle rejoignit la table, il s'était laissé tomber sur une chaise et buvait bruyamment. Il avait déjà réussi à mettre du désordre autour de lui.

— Leo, dit-elle en s'asseyant, j'aimerais…

— Attendez, coupa-t-il en tendant la main. Encore une gorgée.

— Tu devrais dormir un peu, la nuit, lui suggéra Kay. Nous n'aurions pas à supporter ça tous les matins.

— Je suis plus productif, la nuit.

— Ça n'est pas une excuse.

Kay jeta un coup d'œil à sa montre, puis elle regarda Stacy.

— Sans moi, cet homme serait sans le sou. Il est incapable d'organiser son temps.

— Tu as raison, approuva Leo en embrassant son ex-femme sur la joue. Je te dois tout.

L'expression de Kay s'adoucit. Elle lui caressa la joue, tout en le couvant d'un regard plein d'affection.

— Tu me rends folle, tu le sais ?

— Oui. C'est sans doute la raison pour laquelle tu as demandé le divorce.

Comme s'ils s'étaient donné le mot, ils se tournèrent soudain vers Stacy. Elle cligna des yeux, légèrement embarrassée d'avoir assisté à un moment intime.

Mais elle se reprit très vite.

— Je fais partie du jeu depuis hier, annonça-t-elle.

Elle décrivit rapidement la macabre mise en scène qu'elle avait découverte chez elle, avec le mot qui l'accompagnait.

Bienvenue dans la partie.

— Mon Dieu ! dit Leo dans un souffle.

Il se leva et marcha jusqu'au comptoir, visiblement bouleversé. Là, il s'immobilisa. Il ne savait trop comment réagir.

— Je ne comprends pas, déclara Kay. A quoi rime tout cela ?

— C'est à vous de me le dire.

— Je vous demande pardon ?

— J'ai le sentiment que vous êtes tous deux mieux placés que moi pour avoir une idée de ce qui se passe. Je ne suis qu'une pièce rapportée.

Leo écarta les bras.

— Quelqu'un est obsédé par le jeu.

— A moins que ce quelqu'un fasse une fixation sur vous à cause du jeu.

— Mais pourquoi ? Ça n'a aucun sens.

— La nature même d'une obsession est de défier la logique.

A cet instant, Mme Maitlin apparut à la porte de la cuisine.

— Excusez-moi, monsieur Leo, mais les deux policiers de l'autre jour sont ici. Ils veulent absolument vous parler.

— Faites-les entrer, Valerie.

Il interrogea Stacy du regard, et dans ses yeux, elle crut lire de l'appréhension et même de la peur. Elle secoua la tête.

— Pour autant que je sache, il n'y a pas eu de nouvelle victime.

Mme Maitlin revint avec les deux hommes.

Après les salutations d'usage, Spencer entra dans le vif du sujet.

— Nous avons réussi à identifier l'illustrateur des cartes que vous avez reçues. Un artiste local qui se fait appeler Pogo — Walter Pogolapoulos. Le connaissez-vous ?

Kay et Leo Noble se consultèrent du regard, puis secouèrent la tête.

— Vous n'avez jamais entendu ce nom ?

De nouveau, ils firent signe que non.

Tony leur montra une photo.

— Vous ne l'avez jamais vu ? insista-t-il. Jamais aperçu dans le quartier ?

— Non, affirma Leo d'un air contrarié. Kay ?

Elle continua d'observer la photo, puis croisa les bras autour de son buste.

— Non.

— Vous en êtes certaine ?

— Oui. Est-ce… c'est lui qui a tué cette femme ?

— Nous l'ignorons, répondit Tony, tout en remettant la photo dans sa poche. C'est une possibilité. Il se peut aussi qu'on ait simplement engagé Pogo pour illustrer les cartes.

— Il faudrait qu'on puisse l'interroger, souligna Spencer.

Leo parut désorienté.

— Mais si vous l'avez identifié, en quoi est-ce…

— Il nous a repérés et il s'est enfui.

— Mais nous l'aurons, ne vous inquiétez pas, assura Tony.

Les Noble ne semblaient pas convaincus. Et Stacy ne pouvait les en blâmer.

— Avez-vous reçu d'autres cartes ? interrogea Spencer.

— Non. Vous pensez qu'il y en aura d'autres ?

Spencer ne répondit pas tout de suite. Stacy savait qu'il faisait rapidement le tri entre ce qu'il pouvait dire et ce qu'il devait garder pour lui.

— Nous avons découvert des esquisses des cartes qui vous ont été adressées, avec d'autres, à divers stades d'achèvement.

— D'autres ? répéta Leo.

Consciente qu'elle risquait de s'attirer les foudres de Spencer, Stacy décida néanmoins de se mêler à la conversation.

— Sur l'une des cartes, on voyait le Chat de Chester, sa tête sanguinolente flottant au-dessus de son corps.

— Mon Dieu ! s'exclama Kay en faisant claquer ses mains.

Spencer foudroya Stacy du regard avant de poursuivre :

— Il n'y avait pas que le Chat de Chester. Des cartes dépeignaient la mort du Cinq et du Sept de Pique, celles de Lièvre de Mars, de la Reine de Cœur et celle d'Alice.

— Alice, répéta Kay d'une voix faible. Vous ne pensez quand même pas que notre…

— Evidemment non ! lança Leo d'un ton brusque. Il ne s'agit pas de notre Alice ! A quoi penses-tu, Kay ?

Spencer et Tony se consultèrent du regard.

— Ça vous paraît donc inconcevable, monsieur Noble ? interrogea Spencer.

Ils savaient tous que ça ne l'était pas.

— Disons que je refuse d'envisager cette possibilité, rétorqua Leo. Je n'ai pas la moindre idée des tenants et des aboutissants de cette histoire.

Kay se tourna vers son mari. Elle était visiblement ébranlée.

— Comment peux-tu te montrer aussi optimiste ? Il pourrait très bien s'agir de notre Alice. Et pourquoi ne serais-je pas la Reine de Cœur ?

Un silence total s'abattit soudain sur la cuisine. Stacy observa les autres. Malone et son partenaire se projetaient déjà dans l'avenir ; ils pensaient à la prochaine victime. De leur côté, Leo et Kay se démenaient pour essayer de déterminer à quel point ils étaient en danger.

— Je n'aime pas ça, déclara Kay, brisant du même coup le silence. Je devrais peut-être prendre Alice avec moi et l'emmener ailleurs. Ce serait comme des vacances entre mère et fille, et nous…

— Je ne vais nulle part.

Ils se tournèrent tous vers l'entrée de la cuisine où Alice venait d'apparaître à son tour. Elle se tenait toute droite, les poings serrés.

— Nulle part, répéta-t-elle.

Leo fit un pas vers elle, la main tendue.

— Alice, mon cœur, ce n'est pas le moment de parler de ça. Tu vas retourner dans ta chambre et…

— Mais si, c'est le moment ! Je ne suis plus un bébé, papa. Je me demande bien quand tu vas comprendre ça.

— Va dans ta chambre !

Elle ne bougea pas.

— Non !

Les épaules de Leo s'affaissèrent légèrement. Sans doute n'avait-il jamais imaginé que sa fille le défierait un jour de cette façon.

— Je sais qu'il se passe quelque chose, dit-elle en se tournant vers Stacy. Vous n'êtes pas la « conseillère technique » de papa. C'est le jeu qui vous intéresse. *White Rabbit.*

Les parents se consultèrent du regard. Kay hocha la tête, et Leo se tourna vers sa fille.

— La police nous demande de l'aider à capturer un assassin. Il se fait appeler le Lapin Blanc.

— C'est pour cette raison qu'ils sont venus, l'autre nuit ? Quelqu'un a été assassiné ?

— Oui.

Alice posa son regard sur chacun des adultes, tour à tour, comme pour décider si elle pouvait leur faire confiance.

— Mais pourquoi vous voulez m'éloigner ?

Kay fit un pas vers elle.

— Parce que ton père… il se pourrait qu'il…

— Qu'il soit en danger ?

Les mots semblaient avoir eu le plus grand mal à franchir la gorge de l'adolescente. Elle paraissait soudain plus jeune que ses seize ans. Et aussi vulnérable que n'importe quel enfant.

Leo la rejoignit pour la prendre dans ses bras.

— Rien n'est sûr, ma douce. Mais nous ne voulons prendre aucun risque.

L'adolescente se donna le temps d'examiner cet argument, puis demanda :

— Et moi ? Je suis en danger ?

— A l'heure qu'il est, nous n'avons aucun élément tangible qui nous permette de le croire, lui répondit Spencer.

De nouveau, Alice s'accorda un moment de réflexion. Quand elle reprit la parole, il n'y avait plus la moindre trace de vulnérabilité dans sa voix ni dans son expression.

— Je n'ai pas besoin de partir si je ne suis pas en danger. J'ai plutôt le sentiment que c'est papa qui devrait songer à fuir.

— Nous ne voulons pas t'exposer au moindre danger, lui dit Kay. Si un fou a vraiment pris pour cible ton…

— Je ne partirai pas.

Leo soupira. Kay paraissait partagée entre l'exaspération et l'impuissance. Et Stacy compatit.

— Vous pensez qu'Alice ne craint rien, ici ? demanda-t-elle à Spencer.

— Pour l'instant, je pense qu'elle est en sécurité. Mais la situation pourrait évoluer.

Stacy s'adressa à l'adolescente.

— Si jamais la situation se compliquait, tu accepterais de partir ?

— Peut-être. On en reparlera.

Elle faisait montre d'une impressionnante maturité. Mais elle n'était pas pour autant une adulte. Elle était une enfant qui ne vivait pas vraiment dans le monde réel — à cause de son intelligence et de la richesse de ses parents.

Elle se redressa et regarda Spencer avec fermeté.

— Je tiens à vous aider. Qu'est-ce que je peux faire ?

Leo lui déposa un baiser sur le sommet de la tête.

— Ma douce, je suis certain que ces messieurs apprécient ta proposition, mais…

Stacy l'interrompit. Alice en savait maintenant assez pour avoir peur de ce qui se passait. S'impliquer en apportant son aide pourrait apaiser ce sentiment de peur.

— L'inspecteur Malone et moi avons une piste, expliqua-t-elle. Et tu pourrais justement nous aider sur ce point…

L'adolescente la dévisagea avec impatience. Stacy ignora les autres, visiblement abasourdis par son intervention.

— Il faudrait que nous arrivions à nous mettre dans la tête de cet homme. Il affirme être le Lapin Blanc et…

— … vous voudriez rentrer dans son jeu, compléta Alice. Bien sûr ! C'est le meilleur moyen de prévoir ses mouvements.

32.

Samedi 12 mars 2005
14 heures

Leo, qui avait abandonné le jeu depuis des années, n'était pas très enthousiaste à l'idée de s'y remettre. Kay, elle, avait refusé de façon catégorique. *White Rabbit* la renvoyait à une période de leur vie qu'elle n'avait pas envie de ressusciter.

Stacy était parvenue à surmonter les réticences de Leo en lui expliquant qu'Alice avait vu juste : ils comptaient utiliser le jeu pour essayer de comprendre contre qui ils se battaient. Se mettre ainsi dans la peau d'un tueur, infiltrer son esprit était une technique de longue date utilisée notamment par le FBI.

Le « profiling » était sans doute ce que le travail de policier avait de plus sexy à proposer. Une couverture importante dans les médias. Le respect et même la considération du public. Et statistiquement, des succès spectaculaires.

C'était Alice qui, au bout compte, avait fini par convaincre son père. Elle l'avait supplié. Elle mettrait le jeu en place, et tout ce qu'il aurait à faire, en somme, c'était d'être présent. Ce serait amusant…

Il avait cédé.

L'adolescente retrouva Spencer et Stacy à la porte. Elle portait une veste en patchwork colorée qui rappelait celle du lapin dans l'histoire de Lewis Carroll.

— Dépêchez-vous, dit-elle. On est en retard. Très très en retard.

Stacy ouvrit de grands yeux stupéfaits car elle était parfaitement à l'heure. Puis elle se rendit compte qu'Alice jouait déjà son rôle.

— Suivez-moi… suivez-moi…

Elle fila vers la cuisine.

Le plan de travail disparaissait sous une impressionnante quantité de nourriture à grignoter. Une petite glacière se trouvait au milieu des chips, de la couenne de porc frite et des M&M's.

En s'approchant, Stacy découvrit que la glacière était remplie de cannettes de soda et de boissons au café.

Le carillon de la porte d'entrée se fit entendre, et Alice se précipita pour répondre, pestant contre le temps qui filait.

Elle revint quelques secondes plus tard, suivie de Spencer, Tony et Leo. Elle se mit à taper impatiemment du pied, à marmonner des propos à peine audibles et à consulter sans arrêt sa montre à gousset.

— N'allez pas croire qu'Alice soit impolie ! dit Leo. Elle est « IC » — *in character* — comme on dit dans le langage des jeux. Autrement dit : elle est dans son personnage.

— Exactement, confirma Alice en souriant à son père. Et à présent, je suis « OOC » — *out of character*. A l'extérieur du personnage, donc.

— Et toutes ces choses ? demanda Spencer en désignant la profusion de victuailles.

— C'est un truc de joueur. Boissons énergisantes, couenne de porc, chips — plus c'est écœurant et mieux c'est.

— Ce jeu commence à me plaire, commenta Tony en tendant la main vers la couenne grillée.

— Le Mountain Dew est une boisson énergisante, maintenant ? s'étonna Stacy.

— Il y a beaucoup de caféine dedans. Et papa a tellement insisté que nous avons aussi des Doubleshot de chez Starbucks.

Stacy prit une cannette, souleva l'opercule et versa la boisson à base de café dans un mug plein de glaçons.

Quand chacun se fut servi, ils s'assirent.

— Comme vous êtes tous novices, commença Alice, j'ai pensé qu'il valait mieux qu'on joue une version assez simple.

Leo s'éclaircit la gorge.

— Novices ? répéta-t-il.

— A part toi, évidemment, précisa l'adolescente en riant. Bon, il y a un certain nombre de scénarios possibles, y compris la possibilité d'un duel entre l'un des personnages et le Lapin Blanc. En gros, voici comment l'histoire commence dans tous les cas. Le Lapin Blanc a pris le contrôle du Pays des merveilles. Ce pays où le cours du temps avait été inversé et où régnait une douce folie, il l'a transformé en un endroit de mort. De mal, aussi. Grâce à la magie noire, il contrôle toutes les créatures du Pays des merveilles. Alice et son groupe de héros doivent l'anéantir pour sauver non seulement le Pays des merveilles, son roi et sa reine, mais aussi le reste du monde, à la surface. Car le Lapin Blanc menace d'utiliser ses redoutables pouvoirs, et il est sur le point d'y parvenir.

Leo prit le relais.

— Comme les livres ou les films, les meilleurs jeux de rôle ont une histoire, des héros investis d'une grande mission. Les enjeux sont énormes, le temps est compté.

— Ouah ! dit Tony entre deux bouchées de couenne. Et moi qui pensais que j'allais botter les fesses à des monstres fantastiques !

— C'est ce qui va se passer, inspecteur, répliqua Leo en riant. Mais *White Rabbit* est plus qu'un simple jeu de « *hack-and-slash* ».

— Un jeu de quoi ? demanda Spencer.

— « *Hack-and-slash* ». Ce sont des jeux d'aventure et d'action où l'on progresse à coups d'épée ou en jetant des sorts. Il faut massacrer le plus de méchants possible — tout ce qui se trouve sur votre chemin, de manière générale. Je trouve ça ennuyeux, mais certains joueurs n'aiment que ça.

Leo regarda sa fille et ajouta :

— Alice ?

— J'ai choisi un personnage pour chacun de vous, expliqua-t-elle. Même si, normalement, c'est aux joueurs de s'en charger. Le groupe des héros inclue Alice, bien sûr. Elle est leur chef. Les autres membres de l'équipe d'aujourd'hui sont de Vinci, Néron et Angel.

Elle récupéra par terre un sac Crown Royal et prit à l'intérieur une figurine. Elle était en carton, peinte à la main, et représentait une jeune fille.

— Voici Alice, expliqua-t-elle en la faisant glisser vers Stacy. Vous êtes donc le chef du groupe. Vous êtes intelligente, courageuse et dotée d'une force surhumaine. En plus de cette force physique, vous êtes armée d'une arbalète. Alice a le cœur d'une guerrière et l'esprit d'une aventurière.

Alice saisit une deuxième figurine dans le sac.

— De Vinci, annonça-t-elle en exhibant une reproduction du fameux Homme de Vitruve de Léonard de Vinci.

Elle l'installa sur un support en plastique qu'elle fit glisser vers Spencer.

— De Vinci est un génie. C'est un maître dans l'art des charmes et des potions. Il possède aussi le pouvoir de lire dans les pensées, bien qu'il puisse être abusé. Chez lui, tout est dans le cerveau, pas dans les muscles.

Spencer esquissa un sourire.

— Sexy.

Alice sortit une nouvelle figurine : un homme vêtu d'un jean et d'un T-shirt noirs, avec des lunettes assorties.

— Néron.

Quelque chose, dans sa voix, piqua la curiosité de Stacy.

— Quelle est son histoire ?

— De tous les personnages, Néron est le plus imprévisible. Le plus dangereux.

— Pourquoi ? demanda Tony avec une pointe de fierté, visiblement persuadé qu'il allait hériter du personnage.

— C'est un nécromancien.

— Un quoi ?

— Un sorcier spécialisé dans la magie noire. Il peut être difficile à contrôler, et il est difficile de lui faire confiance. J'ai hésité à le mêler à un groupe inexpérimenté comme le vôtre.

Stacy consulta Spencer du regard. Elle était à peu près certaine qu'il éprouvait le même sentiment qu'elle — la façon dont Alice décrivait les personnages, comme s'ils étaient réels, donnait la chair de poule.

— Il y a toujours un traître, ajouta Leo. La figure de Judas.

— Et c'est moi ? murmura Tony, beaucoup moins fier à présent.

— Non.

Alice fixa la figurine sur son support et la poussa vers son père.

— Intéressant, dit Leo en haussant un sourcil.

— Et moi ? demanda Tony.

— Je vous ai réservé un personnage très spécial. Angel.

Elle sortit la figurine du sac. Il s'agissait d'une femme aux cheveux noirs, vêtue d'un costume de superhéros très près du corps.

— Je… je suis une nana ? demanda Tony, outré.

Spencer se moqua gentiment de lui, Stacy gloussa, et Alice sourit, goûtant visiblement son rôle tout-puissant.

— Pas n'importe quelle nana, dit-elle. Une puissante illusionniste, qui utilise son pouvoir pour vaincre ses ennemis.

Loin d'être convaincu, Tony faisait la tête.

— Une nana, maugréa-t-il. Pourquoi moi ?

— Remets-toi, vieux ! lui dit Spencer. Mange encore un peu de couenne, ça te fera du bien.

— Quatre personnages, quatre figurines, fit remarquer Stacy. Tes héros représentent des gens de la vraie vie, n'est-ce pas ?

— A l'exception d'Alice, oui. Lewis, que j'ai choisi de ne pas faire intervenir aujourd'hui, représente Lewis Carroll, le créateur du Pays des merveilles. De Vinci est papa, et Néron est son ancien associé, le cocréateur du jeu. Angel est maman — papa lui donnait ce surnom, à l'époque.

Spencer fronça les sourcils.

— Si ce sont eux les personnages, comment faire intervenir le Loir, le Lièvre de Mars et le Chat de Chester ?

Ce fut Leo qui lui répondit :

— Dans tous les jeux de rôle, les héros affrontent l'adversité. Dans *Donjons et Dragons*, il s'agit de monstres. Dans notre jeu, ce sont les créatures originelles du Pays des merveilles — mais converties au mal et contrôlées par le Lapin Blanc.

— J'avais cru comprendre que nous étions dans le cadre d'un jeu où il fallait se débarrasser de tous les autres personnages. Si nous sommes plusieurs héros, cela signifie que nous allons devoir nous trahir les uns les autres…

— N'importe quel personnage peut se retourner à tout moment contre les autres, confirma Leo en hochant la tête. Certains ont plus d'occasions que d'autres de le faire. Angel est connue pour créer l'illusion de la sécurité pour ses camarades quand un piège se prépare.

— Et d'autres peuvent se sacrifier pour le succès de la mission, ajouta Stacy. Ou pour sauver un de leurs alliés.

— Ou sacrifier l'un de ses alliés afin de sauver le monde, ajouta Leo.

— Vous ne devez jamais oublier qu'il n'en restera qu'un, à la fin du jeu.

Alice observa une pause pour donner plus de poids à ses paroles, faisant courir son regard de l'un à l'autre des participants.

— Lequel de vous sera le dernier ?

Stacy commençait à se sentir happée par le scénario. Elle observa chacun de ses compagnons de jeu, tout en se demandant qui sauverait le monde. Elle voulait bien être cette héroïne, et en même temps, elle était déterminée à mettre la sécurité des autres au-dessus de tout.

Alice reprit ses explications.

— Votre succès ou votre échec sont déterminés par vos choix, vos dons et le dé.

— Mais encore ? demanda Spencer.

— Nous jouons avec un dé à vingt faces. Si vous faites un vingt, c'est un « critical hit ». Et si le dé tombe sur un, c'est un « critical miss ».

— C'est-à-dire ?

— Un *critical hit* — coup critique — signifie que votre sort, votre mouvement ou je ne sais quoi d'autre a eu plus d'effet que prévu. Un exemple : vous voulez arrêter la progression d'un monstre et vous obtenez un *critical hit* ; non seulement vous allez arrêter le monstre, mais vous allez complètement l'exploser. Avec un *critical miss* — coup raté critique —, c'est l'inverse. Nous seulement c'est le monstre qui vous atteint, mais il vous fait voler en morceaux et il va passer l'heure suivante à vous dévorer.

— Charmant, murmura Spencer.

— Il n'y a rien entre les deux ? demanda Stacy. Avec un huit, par exemple…

— Le meneur de jeu est Dieu, ne l'oubliez pas. C'est lui qui décide de la valeur et de la portée de votre action. D'autres questions ?

Il n'y en avait pas, et l'adolescente observa chacun des protagonistes avec gravité.

— Un dernier mot d'avertissement. Effectuez tous vos choix avec sagesse. Travaillez ensemble. Le Lapin Blanc est très malin. Bien, nous pouvons commencer ?

Ils regardèrent tous Stacy.

— Vous êtes notre chef, lui rappela Spencer. C'est vous qui décidez.

— Eh bien… oui, allons-y.

Les minutes s'enchaînèrent rapidement, et il leur fallut moins de temps que prévu pour comprendre le fonctionnement du jeu. Lequel, Stacy devait l'admettre, était palpitant. Aspirée par l'histoire, la jeune femme ne pensait plus à ses partenaires tels qu'ils étaient dans la vie réelle, mais elle se référait à leur rôle au sein du jeu. L'influence psychologique était forte, et elle comprenait pourquoi les jeux de rôle inquiétaient tant certains parents. Elle comprenait aussi pourquoi Billie avait dit qu'ils pouvaient se révéler trop puissants et donc dangereux pour des personnes n'ayant qu'une faible emprise sur la réalité.

Ils affrontèrent le Chapelier, qui blessa gravement de Vinci, avant qu'Alice ne le tue avec son arbalète. Néron avait été pris au piège dans le terrier du lapin, et ils avaient dû continuer sans lui.

A présent, ils devaient affronter leur ennemi le plus redoutable jusque-là : une énorme chenille, plus grosse qu'eux tous réunis. Elle fumait la pipe. Les volutes de fumée verdâtres qui s'en échappaient étaient fatales à ceux qui se trouvaient à leur contact.

De Vinci proposa une potion antidote. Il se trouvait dans un état d'extrême faiblesse, et le moindre *critical hit* pouvait le tuer.

Alors que le meneur de jeu s'apprêtait à lancer les dès, Kay apparut à la porte de la cuisine.

— Excusez-moi… Leo ?

Sa voix tremblait. Son ex-mari leva les yeux vers elle, et son sourire s'éteignit aussitôt. Kay était d'une pâleur spectrale. Elle semblait se tenir au montant de la porte pour ne pas tomber à la renverse.

— Kay ! Que se passe-t-il ?

Leo se précipita vers elle, et les autres l'imitèrent aussitôt, à l'exception d'Alice qui demeura assise. Elle regardait sa mère fixement.

— Viens voir, dit Kay à Leo. Dans ton… bureau.

Elle plaqua une main tremblante sur sa bouche.

— Mon bureau ? interrogea Leo.

— Mme Maitlin… elle a trouvé…

Stacy posa la main sur le bras de Leo et lui chuchota :

— Votre fille…

Il tourna la tête vers Alice et parut soudain se rappeler sa présence.

— Reste ici ! lui ordonna-t-il.

— Mais papa…

— Tu restes ici, un point c'est tout.

Stacy fronça les sourcils. Ce n'étaient pas forcément ses affaires, mais il lui semblait qu'un peu plus de douceur, de sensibilité aurait été souhaitable. L'adolescente semblait terrorisée, à présent.

Ils sortirent de la cuisine.

La gouvernante faisait les cent pas devant le bureau de Leo. Elle semblait dans tous ses états.

Stacy jeta un coup d'œil dans le hall. La nouvelle de ce qui s'était passé avait dû se répandre car Troy se tenait à la porte d'entrée.

Il regarda dans sa direction. Il portait des lunettes de soleil, avec ces verres réfléchissants que Stacy avait toujours trouvés extrêmement désagréables.

— Stacy ? Vous venez ?

— J'arrive, répondit-elle à Leo en quittant le chauffeur du regard.

Elle suivit Spencer et son partenaire dans le bureau. Leo lui emboîta le pas.

Sur le parquet luisant, on avait dessiné la forme d'un cœur. Deux grandes cartes, semblables à celles qu'utilisent parfois les magiciens, étaient disposées à l'intérieur. Un cinq et un sept de pique. L'un et l'autre déchirées en deux morceaux.

Sous le cœur, on avait aussi inscrit un message.

« Les roses sont rouges, maintenant. »

33.

Samedi 12 mars 2005
16 h 30

Spencer fit aussitôt vider les lieux, tout en interdisant à quiconque de quitter la maison.

Il étudia le message tracé au sol.

Les roses sont rouges, maintenant.

D'après la forme des lettres, leur relative irrégularité, Spencer estima que le message avait dû être tracé avec un pinceau.

Il ne savait pas avec certitude ce que cela signifiait, mais il avait une idée.

Quelqu'un était mort, très probablement.

— C'est du sang ? demanda Tony en faisant allusion au produit avec lequel on avait écrit le message.

Spencer s'accroupit, toucha le dernier *t* de « maintenant », et le porta à ses narines. Une odeur de terre. Assez forte. Ça ne sentait pas du tout la peinture. Il hocha la tête en faisant rouler la substance entre ses doigts, pour en tester la consistance.

— C'est possible, oui, dit-il. Tu as remarqué comme les lettres s'assombrissent en séchant ?

— Le sang d'un animal ? proposa Tony.

Ce n'était pas l'avis de Spencer.

— On va faire venir les techniciens, dit-il. Je veux qu'on examine ce machin et qu'on passe le bureau au peigne fin.

Il se tourna. Stacy se tenait à l'entrée de la pièce. Elle s'approcha du message tracé sur le parquet.

— Vous avez vu une esquisse pour ça, n'est-ce pas ?

— Oui.

Elle fronça les sourcils.

— Vous pensez que les cartes sont mortes ?

— Je n'ai aucune preuve…

— Il ne s'agit pas de preuves. Dans *Alice au pays des merveilles*, Alice tombe sur deux cartes à jouer, le Cinq et le Sept de Pique, en train de peindre des roses blanches en rouge. Si l'on songe à ce qui est arrivé au Loir, il y a tout lieu de penser que les deux personnes qui représentent ces cartes sont mortes, à l'heure qu'il est.

Il ne répondit pas. C'était inutile. Il pensait la même chose qu'elle, elle le savait.

— Si notre artiste est l'assassin, pourquoi ne vous a-t-il pas envoyé l'une de ses cartes illustrées, comme les autres fois ?

— Je dirais que notre bonhomme n'a pas pu se procurer les dessins. Pour la simple et bonne raison que nous avons retrouvé Pogo avant ça.

Tony ferma d'une chiquenaude son téléphone portable et rejoignit Spencer. Il lui parla à voix basse, afin que les autres ne puissent rien entendre.

— Si c'est bien du sang, la désoxydation nous aidera à déterminer l'heure approximative à laquelle ce truc a été fait.

— Et ça nous permettra d'éliminer certaines personnes.

— Exactement.

— Tu veux te charger des interrogatoires ? proposa Spencer. Ou c'est moi qui m'y colle ?

— C'est ton show, Junior. Vas-y.

Ils quittèrent le bureau et se dirigèrent vers Kay et Leo. Celui-ci avait passé un bras autour des épaules de son ex-femme, et ils s'étaient assis sur les marches de l'escalier.

— Il faut que je vous pose quelques questions, annonça Spencer en s'adressant à Kay. Vous vous sentez en état de répondre ?

Elle hocha la tête.

— Je vais essayer.

Spencer ouvrit son carnet à spirale.

— Qui a eu accès à la maison, aujourd'hui ?

— La question serait plutôt : qui n'y a pas eu accès ? Cet endroit est comme la gare de Grand Central, même le samedi.

— Vous pourriez être plus précise ?

Elle laissa échapper un long soupir.

— La famille. Vous. Votre partenaire. Stacy. Nos employés à plein-temps — Mme Maitlin et Troy… Barry, le jardinier, était également là, ce matin.

— Et Clark ?

— Il est toujours libre, le week-end.

— Qui d'autre ?

Kay énuméra la liste des gens qui étaient passés à la maison à un moment ou à un autre de la journée. Sa manucure et son professeur de gym. Le facteur. Un employé de Federal Express, aussi.

— Un samedi ? s'étonna Spencer.

— Oui. C'est possible : ça coûte juste plus cher à l'expéditeur.

— Quelqu'un a-t-il pu entrer sans qu'on s'en rende compte ?

Kay échangea un regard avec son ancien mari.

— Combien de fois t'ai-je demandé de faire installer un système de surveillance vidéo ?

— Personne n'a été blessé, Kay. Si tu voulais bien te calmer…

— Me calmer ? Ceux qui ont fait ça étaient ici, dans la maison !

Kay s'était brusquement levée, les poings serrés. Spencer se rendit compte qu'elle était toujours sous le coup de la peur mais qu'elle éprouvait également de la colère à l'égard de Leo.

— Comment veux-tu que je me calme, dans ces conditions ?

Son ex-mari semblait troublé.

— On a essayé de nous faire peur.

— Eh bien, c'est réussi !

Spencer décida d'intervenir.

— Respirez un grand coup, madame Noble. Nous allons tirer cette affaire au clair.

Elle hocha la tête, luttant de façon visible pour recouvrer son calme.

— Allez-y, poursuivez.

Il continua son interrogatoire, avant de se tourner vers Leo.

— Et vous ? Quand êtes-vous allé pour la dernière fois dans votre bureau ?

Il réfléchit un instant.

— Cette nuit, vers 2 heures.

Spencer fronça les sourcils.

— Et vous n'y êtes pas retourné, depuis ?

— Non. Je me suis réveillé tard.

— Il se rend rarement dans son bureau avant midi, intervint Kay. Et aujourd'hui, avec le jeu, il n'y a même pas pensé.

— Et vous ? lui demanda Spencer. Vous n'y êtes pas entrée, ce matin ?

Elle haussa les sourcils.

— Pourquoi l'aurais-je fait ?

— Je ne sais pas, moi. Pour y déposer des papiers, du courrier. Répondre au téléphone…

— Je ne suis pas une secrétaire, inspecteur.

Spencer plissa les yeux, agacé par le ton hautain de Kay Noble. Il songea un instant à la mettre sous pression, mais y renonça aussitôt. Il remercia le couple et reporta son attention sur les autres. En commençant par Mme Maitlin.

— Ça ira ? lui demanda-t-il.

Comme elle hochait la tête, il poursuivit :

— J'ai besoin de savoir tout ce que vous avez fait ce matin, jusqu'au moment où vous êtes entrée dans le bureau de M. Noble. Vous pensez pouvoir vous en souvenir précisément ?

Elle hocha de nouveau la tête.

— J'étais venue mettre des fleurs fraîches dans le bureau.

— Est-ce quelque chose que vous faites tous les samedis ?

— En général, je m'en occupe plutôt le vendredi. Mais je ne suis pas allée au marché aux fleurs, hier.

— Vous vous y êtes rendue aujourd'hui, alors ?

Elle confirma.

— Et combien de temps vous êtes-vous absentée ?

— Une heure.

Devant l'expression de Spencer, elle risqua un coup d'œil éclair vers son patron.

— Je suis passée au Starbucks, précisa-t-elle. Il y avait du monde.

— Quelle heure était-il ?

Elle consulta nerveusement sa montre.

— Je ne sais pas exactement. Entre 9 h 30 et 10 h 30.

— Etes-vous entrée dans le bureau, durant la matinée ?

— Non.

Spencer nota que le regard de la gouvernante fuyait légèrement le sien.

— Pas même pour récupérer les fleurs fanées ?

— Je m'en suis chargée hier.

Serrant ses mains l'une contre l'autre, Mme Maitlin ajouta :

— Les fleurs que j'achète tiennent une semaine, immanquablement. M. Noble déteste les fleurs fanées.

« Comme si quelqu'un les aimait ! » songea Spencer.

— Donc, vous êtes entrée dans le bureau avec les fleurs fraîches ?

— Oui.

Encore une fois, quelque chose dans le ton de sa voix et le langage de son corps lui souffla qu'elle n'était pas complètement honnête avec lui.

— Vous avez apporté les fleurs dans le bureau. Et ensuite ?

— J'ai ouvert la porte. Je suis entrée et…

Elle serra les lèvres avec force.

— J'ai vu les cartes, l'inscription, et j'ai couru prévenir Mme Noble.

— Où se trouvait-elle ?

— Dans son bureau.

— Et où sont-elles, à présent ?

Le visage de la gouvernante perdit toute expression. Elle cligna des yeux.

— Je vous demande pardon ?

— Les fleurs. Elles ne sont pas sur le bureau.

— Je… je ne sais pas. Elles doivent être dans la cuisine. Sur le comptoir, je pense.

— Nous étions précisément dans la cuisine, en train de jouer à *White Rabbit*. Je ne me rappelle pas les avoir vues.

— Sur le bureau de Mme Noble ! lança brusquement Mme Maitlin d'un ton soulagé. Je suis allée la voir et j'ai posé les fleurs sur le bureau. Elles pesaient leur poids.

Spencer prit un instant pour imaginer le déroulement des faits tels qu'elle les décrivait.

— Je vous remercie, madame Maitlin. J'aurai sans doute d'autres questions à vous poser un peu plus tard.

Elle hocha la tête, fit mine de s'éloigner, puis s'arrêta.

— Qu'est-ce que ça signifie ? Ces cartes ? Ces inscriptions ?

— Nous l'ignorons pour le moment.

Les techniciens de la police arrivèrent quelques secondes plus tard. Spencer alla les accueillir et les conduisit vers le bureau. Il jeta un coup d'œil vers la gouvernante qui observait l'équipe, les joues pâles et les traits tirés.

Soudain consciente de ce regard posé sur elle, elle pivota sur ses talons et s'éloigna.

Spencer fronça les sourcils. Elle lui cachait quelque chose. Mais quoi ? Et pour quelle raison ?

Il se mit en quête de Troy, chauffeur et homme à tout faire de Leo Noble. Il le trouva occupé à laver la Mercedes.

En apercevant Spencer, le jeune homme se redressa.

— Salut, dit-il.

— Vous auriez une minute ?

— Bien sûr, dit Troy en abandonnant la peau de chamois sur le capot de la berline. J'avais besoin d'une pause cigarette, de toute façon.

Spencer attendit tranquillement que le chauffeur prenne une cigarette, l'allume et tire une première bouffée.

— Mauvaise habitude, commenta Troy. Mais je suis encore jeune, pas vrai ?

Spencer ne le contredit pas sur ce point.

— Avez-vous remarqué quelque chose de curieux, aujourd'hui ? lui demanda-t-il.

Le chauffeur avala la fumée de sa cigarette, les yeux plissés, tout en réfléchissant.

— Non, répondit-il enfin.

— Vous n'avez pas croisé quelqu'un qui n'avait rien à faire ici ?

De nouveau, Troy lui signifia que non.

— Vous étiez devant, ce matin ? demanda encore Spencer.

— En train de bichonner la Mercedes. Je le fais tous les samedis. M. Noble aime que sa bagnole soit impeccable.

Spencer ne put s'empêcher de jeter un coup d'œil à sa Camaro, rangée contre le trottoir. Elle avait désespérément besoin d'une petite séance de lavage.

— C'est votre voiture, là ? lui demanda Troy en désignant la Chevrolet.

— Oui.

— Pas mal.

Il éteignit sa cigarette sur la semelle de sa chaussure.

— En fait, ajouta-t-il, je ne suis pas resté ici toute la matinée. M. Noble m'a envoyé faire quelques courses pour votre jeu.

— C'était quand ?

— Entre 8 heures et 10 h 30. Je suis aussi allé manger un sandwich vers midi.

Donc, pensa Spencer, pendant près d'une heure, la gouvernante et le chauffeur avaient été absents de la maison.

— Merci, Troy. Vous restez ici toute la journée ?

L'autre sourit et récupéra la peau de chamois.

— Il faut bien, au cas où le patron aurait besoin de moi.

— Junior ?

Spencer se tourna en reconnaissant la voix de son partenaire, qui remontait l'allée vers lui d'un pas tranquille.

— Du nouveau ? lui demanda-t-il.

— Rien de sérieux. La vieille dame d'en face n'a pas arrêté de se plaindre des allées et venues incessantes, à n'importe quelle heure. Elle m'a assuré que les Noble fricotaient forcément des trucs pas clairs. Ou que c'étaient des extraterrestres, ajouta Tony après une courte pause.

— Je vois. Et ce matin ?

— Plus calme qu'un cimetière.

— Autre chose ?

— Non.

Tony consulta sa montre.

— Tu as terminé, ici ?

— Pas tout à fait. Il faut encore que j'interroge le jardinier. Tu m'accompagnes ?

Tony hocha la tête et ils se dirigèrent vers l'arrière de la maison. Le jardin était luxuriant et bien entretenu ; le nombre de parterres de fleurs était impressionnant. En certaines périodes de l'année, comme maintenant, ils exigeaient probablement une attention constante.

En cet instant, le jardinier était agenouillé au fond de la propriété, en train de planter des fleurs annuelles. Des impatiences, constata Spencer, tandis qu'ils le rejoignaient.

— Barry ? appela-t-il. Police. Nous aimerions vous poser quelques questions.

Quand le jardinier se tourna vers eux, Spencer s'aperçut qu'il était jeune. Très jeune, même. Un gamin.

Barry fronça les sourcils et retira ses écouteurs.

— Salut.

Spencer lui montra son badge.

— On a quelques questions à te poser.

Sur le visage de l'adolescent, plusieurs émotions se succédèrent. Le soupçon. La curiosité. La peur. Il hocha la tête, se redressa, essuya ses mains pleines de terre sur son jean coupé. Il était grand et maigre, dégingandé. Et il n'avait sans doute pas encore terminé sa croissance.

— Qu'est-ce qui se passe ?

— Tu es ici depuis quelle heure ?

— 9 heures.

— Tu as parlé à quelqu'un ?

Le garçon hésita, avant de secouer la tête.

— Non.

— Tu n'as pas l'air sûr de toi.

— Si, si, affirma Barry, les joues légèrement empourprées. Je suis sûr de moi.

— Tu n'as vu personne ?

— J'ai passé toute la journée à genoux, face à la clôture. Vous croyez que j'aurais pu voir quelqu'un ?

« Susceptible, le bonhomme ! » songea Spencer.

— Elles ont toutes été plantées aujourd'hui ? interrogea Spencer en désignant la bordure d'impatiences.

— Ouais.

— C'est joli.

— C'est ce que je pense.

Barry sourit, mais le pli de ses lèvres trahissait une certaine crispation.

— Tu es rentré dans la maison, aujourd'hui, Barry ?

— Non.

— Et quand tu as besoin de pisser ? intervint Tony. Tu fais dans les buissons ?

— Il y a des toilettes dans la pool-house.

— Et pour boire ? Manger ?

— J'apporte ce qu'il me faut.

— Tu n'as remarqué aucune personne que tu n'aurais jamais vue auparavant ?

— Non.

Le regard de Barry se porta vers la maison, avant de revenir à eux.

— Ça vous ennuie pas si je m'y remets ? Si j'ai pas fini aujourd'hui, il faudra que je revienne demain.

— Vas-y, Barry. Si jamais on a besoin de te poser une autre question, on sait où te trouver.

Alors que l'adolescent se remettait au travail, Spencer et Tony revinrent vers la maison.

— Il m'a paru salement sur la défensive pour quelqu'un qui

a passé toute la journée le nez collé dans la terre, fit remarquer Tony.

— C'est aussi mon avis.

Le téléphone portable de Spencer se mit à sonner. Il s'empressa de répondre.

— Malone, dit-il.

Il écouta sans parler, avant de demander au dispatcher de lui répéter exactement ce qu'il venait de dire. Pas parce qu'il avait mal entendu mais parce qu'il aurait *préféré* avoir mal entendu.

— On y va, conclut-il avant de raccrocher.

Il regarda Tony, qui laissa échapper un juron.

— Quoi encore ? Quel foutu samedi !

— Walter Pogolapoulos est mort. On a retrouvé son cadavre sur les rives du Mississippi.

— Putain de merde !

— Oh ! et il y a mieux. C'est un touriste de Kansas City qui a trouvé notre ami, du côté de la promenade Moonwalk. Et le maire n'en mène pas large à l'idée des conséquences pour l'image de sa ville.

34.

Samedi 12 mars 2005
18 heures

Le temps qu'ils atteignent le Moonwalk, dans le Quartier Français, un périmètre avait été délimité autour du lieu où l'on avait découvert le cadavre. Comme des mouches autour d'un pot de miel, les curieux se pressaient derrière le ruban de sécurité et les voitures de police.

Spencer gara la Camaro le long des rails du tramway. Il ouvrit la boîte à gants, en sortit un flacon de Vicks VapoRub et le fourra dans la poche de sa veste.

Il échangea un regard avec Tony.

— Prêt ?

— Allons-y.

Le Moonwalk, une promenade créée le long de la digue du Quartier Français, s'étendait entre Jackson Square et le Mississippi, le Café du Monde et le centre commercial Jax Brewery.

Spencer survola la zone du regard. Pogo n'était pas très sympa de refaire surface ici. Il n'aurait pas pu faire mieux en matière de visibilité. Tout ce qui touchait au tourisme attirait inévitablement l'attention. Celle du gouverneur. Celle du maire. Celle des médias.

Le maire allait tomber sur le chef de la police qui s'en prendrait lui-même à la tante de Spencer. Laquelle leur mettrait la pression, à Tony et à lui.

Bref, des soucis en perspective.

De gros soucis.

Ils se dirigèrent droit vers l'un des flics en uniforme qui gardaient l'accès.

— De quoi s'agit-il ? demanda Spencer en signant le registre qu'il leur tendait.

— C'est un touriste qui l'a trouvé. Le type a du mal à digérer la rencontre.

Il désigna les voitures de patrouille. Spencer vit que la portière arrière de l'une d'elles était ouverte ; un homme était assis sur la banquette, les jambes dehors. Il avait la tête dans les mains.

— Mon partenaire s'occupe de lui, ajouta le policier.

— *Toto, j'ai l'impression que nous ne sommes plus au Kansas*, murmura Tony.

Le flic en uniforme, qui avait reconnu une citation du *Magicien d'Oz*, eut un léger rire qui ressemblait à un hennissement.

— Ils ont senti l'odeur jusqu'au Café du Monde.

Spencer chercha dans sa poche le flacon de Vicks VapoRub. Après l'avoir frotté sous ses narines, il le tendit à Tony. Celui-ci l'imita.

Ils gravirent les marches pour rejoindre l'aire d'observation. Tony était à bout de souffle quand ils parvinrent en haut de l'escalier.

Il s'arrêta pour tenter de récupérer.

— Je suis trop vieux pour ces conneries.

— Tu commences sérieusement à m'inquiéter, mon gros. Tu devrais t'inscrire dans un club de gym.

— Ça me tuerait !

Ils traversèrent les voies du tramway, puis montèrent l'escalier menant au sommet de la digue.

— La retraite n'est plus si loin, ajouta Tony. Ce serait dommage de manquer ça.

— Tu risques de ne pas en voir la couleur si tu ne réagis pas. Alors, pense sérieusement à la gym…

L'odeur du corps les heurta alors de plein fouet. Croisant le regard de son partenaire, Spencer vit que ses yeux s'embuaient.

Ils descendirent l'escalier, avant de se diriger vers le bord de la rivière. Spencer aperçut Terry Landry, qui appartenait à la DIU du Huitième District. Il avait été le partenaire de son frère Quentin, avant que celui-ci ne décide de quitter la police.

Landry les aperçut et vint à leur rencontre.

— Salut, Terreur ! lui lança Spencer, utilisant le surnom dont on l'avait affublé alors qu'il débutait.

— Il n'y a plus de « Terreur », l'ami. Je me suis assagi. J'ai mis de l'eau dans mon vin, comme on dit.

— Ouais, c'est ça, dit Tony en lui serrant la main.

— Juré. Ma soirée du mardi aux Alcooliques Anonymes est devenue ma sortie favorite.

— C'est notre victime ? demanda Spencer en désignant une forme indistincte sur les rochers, au bas de la digue.

— Ouais. Il avait un portefeuille dans sa poche.

Spencer leva les yeux vers le ciel qui virait au pourpre.

— Il va falloir de la lumière, ici.

— Ça arrive.

— Tu as vérifié son pouls ? demanda Tony avec un sourire narquois.

— A ton avis ? Je lui ai même fait du bouche-à-bouche. C'est ton tour, maintenant.

C'était de l'humour estampillé « Criminelle ».

Spencer et Tony se dirigèrent vers la dépouille de Walter Pogolapoulos. On lui avait tranché la gorge. La blessure lui faisait comme un grand sourire béant et obscène. Le processus de décomposition avait commencé, accéléré par la chaleur de l'eau.

— Je déteste ce boulot, parfois, maugréa Tony.

Il jeta un coup d'œil par-dessus son épaule, vers le Café du Monde.

— L'un de vous a envie de beignets ?

— Tu es un grand malade, tu sais ? lui lança Spencer.

Il enfila des gants et alla s'agenouiller à côté du cadavre. Il observa le corps, la zone qui l'environnait. Ça n'avait rien d'évident, étant donné le peu de visibilité.

La victime était dans un sale état, ce qui n'étonnait pas Spencer. C'était souvent le cas lorsque les corps avaient été jetés dans l'eau. Ils étaient entraînés par le courant, frottaient le fond des cours d'eau ; ils étaient malmenés par les branches d'arbres et les rochers ; ils percutaient toutes sortes d'obstacles. Spencer avait même vu des corps broyés par les hélices des bateaux et en partie dévorés par les poissons.

Le légiste saurait faire la différence entre les blessures causées avant et après la mort. Un cadavre dans cet état dépassait les aptitudes de Spencer.

D'après ce qu'il pouvait voir, toutefois, le meurtrier ne s'était même pas donné la peine de lester le corps. Soit il ignorait que les émissions de gaz dues à la putréfaction ramenaient un corps à la surface en l'espace de quelques jours, soit il s'en foutait.

En tout cas, Pogo avait fait sa réapparition un peu en avance. Il n'avait pas été tué depuis assez longtemps pour avoir développé de l'adipocire — le « gras de cadavre » en médecine légale —, un savon ammoniacal jaune résultant de l'altération des lipides au cours de la décomposition.

Spencer se tourna vers Tony.

— Le tueur a dû le balancer dans le fleuve. Les courants sont rapides : ils l'ont amené ici. Qu'est-ce que tu en penses ? Il pourrait venir de Baton Rouge ? Ou de Vacherie ?

— C'est possible. Le légiste nous en dira plus.

Comme un acteur qui attend en coulisse le moment d'intervenir, le représentant du coroner fit son apparition, visiblement agacé.

— Où sont les projecteurs, bon sang ? Qu'est-ce que je suis censé faire avec ce macchabée si je n'y vois rien ?

Spencer s'avança vers lui et se présenta.

— On dirait que votre samedi soir s'annonce mal, lui dit-il.

— Surtout que j'avais des places de théâtre.

Il fronça les sourcils.

— Combien y a-t-il de Malone, au juste ?

— On est plus nombreux qu'un gang, mais moins qu'une mafia.

Un sourire se forma sur les lèvres du représentant du coroner, qui se tourna vers Tony.

— Je pensais que vous aviez pris votre retraite.

— Je n'ai pas encore eu cette chance, l'ami. Vous connaissez Terry Landry, je pense ?

— Qui ne connaît pas Terreur ?

Le représentant du coroner salua Landry d'un signe de tête, avant de reprendre ses récriminations.

Spencer sortit son téléphone portable et composa le numéro de Stacy.

— Salut, Killian.

— Malone.

Il lui sembla bien qu'elle était heureuse de l'entendre. Il sourit.

— Pogo est mort.

Il entendit la jeune femme retenir son souffle.

— Il s'est échoué sur les berges du fleuve. Il avait la gorge tranchée.

— Ça remonte à quand ?

— Deux jours, à première vue. Difficile d'être formel, étant donné que notre tueur a balancé le corps dans le Mississippi. Vous savez ce que c'est, les cadavres et l'eau chaude…

Le silence de la jeune femme en disait long : il avait tout foiré. Maintenant que leur piste numéro un était morte, ils n'avaient plus rien.

En tout cas, le meurtre de Pogo n'avait rien d'une coïncidence.

Le Lapin Blanc l'avait réduit au silence.

Soudain, la lumière inonda l'endroit où Spencer se trouvait. La camionnette venait d'arriver.

— Il faut que j'y aille, maintenant, Stacy. J'ai pensé que vous voudriez savoir…

Il referma son portable et se dirigea vers Tony. Celui-ci lui adressa un grand sourire.

— Quoi ? dit Spencer.

— Mlle Killian la Fouineuse, j'imagine ?

— Et alors ?

— Ça t'ira assez bien d'avoir un gros bide comme moi, Junior.

— Va te faire voir, Sciame !

Le rire de Tony se répercuta sur l'eau, formant une drôle d'atmosphère avec le cadavre en décomposition de Walter Pogolapoulos.

35.

Samedi 12 mars 2005
19 heures

Stacy ferma son téléphone portable. Pogo était mort. Assassiné.

Elle inspira profondément et rejoignit le petit salon des Noble, où Leo et Kay l'attendaient. Bien que la police de La Nouvelle-Orléans l'eût déjà fait, Stacy s'était livrée à une fouille approfondie de la maison. Et elle n'avait rien trouvé de plus que les enquêteurs.

Quand elle entra dans la pièce, Leo se leva aussitôt.

— Eh bien ?

— Je n'ai rien remarqué d'anormal, répondit-elle. Aucun signe d'effraction. Quelques fenêtres n'étaient pas fermées, mais ça n'a rien d'anormal en cette saison.

Kay était assise sur le gros sofa capitonné du salon, les jambes repliées sous elle. Elle avait un verre de vin blanc à la main.

— Vous avez inspecté tous les placards ? lui demanda-t-elle avec inquiétude.

— Oui.

— Le grenier ? Sous les lits ?

Stacy éprouva de la compassion pour Kay.

— Oui, répéta-t-elle avec douceur. Je peux vous promettre que personne ne se cache dans la maison.

Leo fit entendre un bruit qui ressemblait presque à un grognement. En le regardant faire les cent pas avec nervosité, Stacy sentit la frustration qui l'habitait. Il n'avait pas l'habitude de voir ainsi son destin lui échapper.

— Vous n'avez reçu aucune menace. C'est une bonne nouvelle, ça, au moins !

Il s'arrêta et croisa le regard de la jeune femme.

— Vraiment ? Moi, je ressens comme une menace le fait qu'un étranger vienne tracer avec du sang des messages sur le sol de mon bureau !

Stacy sentit ses joues s'embraser. Elle songea à la tête de chat suspendue au-dessus de son bac de douche.

— Je m'en doute, dit-elle d'un ton conciliant. Je voulais juste vous faire remarquer que votre vie n'avait pas été menacée de façon directe. Et c'est une bonne chose.

Kay poussa un gémissement.

— Comment pouvez-vous être sûre que nous ne sommes pas les cartes à jouer ?

— Je le sais, voilà tout. Si vous étiez ses victimes désignées, il ne vous aurait pas adressé de message.

Un message qui, d'ailleurs, pouvait tout aussi bien s'adresser à elle, Stacy le savait.

Kay porta son verre à ses lèvres d'un mouvement si brusque qu'elle renversa un peu de vin.

— Je déteste tout ça !

— Pensons un peu au jeu, suggéra Stacy. Il s'agit de deviner ce que prépare notre adversaire. Et de le prendre à son propre piège.

Leo hocha la tête.

— C'est le jeu du Lapin Blanc. C'est lui qui contrôle.

— Il crée le scénario, souligna Stacy. Il a créé cet épisode.

— Il y a un groupe de héros dans cette histoire. Ils ont pour mission de sauver le Pays des merveilles — et, au final, le reste du monde.

— Le Loir est mort. Comme il était sous le contrôle du Lapin Blanc, il y a tout lieu de penser que c'est l'un des héros qui l'a tué.

— Les cartes à jouer sont aussi en danger.

— Ou déjà mortes.

Stacy tourna la tête vers Kay qui avait pris son visage à deux mains.

— Je fais partie du jeu, dit-elle. Ou bien je suis le Chat de Chester ou bien…

— Un des héros ! coupa Leo en claquant des doigts. Bien sûr ! Vous ne pouvez pas être le chat parce qu'il est…

— … contrôlé par le Lapin Blanc.

— Et c'est la même chose pour nous, intervint Kay. Dieu merci !

— Ne te réjouis pas trop vite, ma chérie : souviens-toi que les héros sont toujours menacés. Par le Lapin Blanc ou par ses laquais. Et parfois…

Leo marqua une pause.

— Parfois, reprit-il, ils se menacent les uns les autres.

Kay gémit, tandis que Stacy secouait la tête.

— Quelqu'un joue dans le monde réel, et non plus simplement dans le virtuel. Pour cela, il faut plusieurs participants : un groupe comme celui dont Cassie était membre. Il semble assez peu probable que Rosie Allen ait fait partie du monde du jeu ; cela signifie donc que ce salaud choisit des gens pour représenter les personnages.

— Nous pourrions avoir affaire à un malade agissant seul, suggéra Leo. S'il s'agit d'un groupe : ils jouent peut-être en ligne.

Les pensées de Stacy se succédaient rapidement, sans répit, à mesure qu'elle examinait les diverses options, rassemblait des pièces, les jugeait.

— Le groupe pourrait avoir un rôle actif dans les meurtres. A moins que…

— A moins que les joueurs participent malgré eux.

Le silence tomba dans la pièce. Il fallait encore limiter le champ des hypothèses. Et pour cela, Stacy devait leur parler de Pogo.

Elle croisa le regard de son patron.

— L'artiste qui créait les cartes… il est mort.

— Mort ? répéta Leo, visiblement déconcerté. Mais l'inspecteur Malone et vous venez juste de…

— Il a été assassiné, Leo. On l'a égorgé et on a jeté son corps dans le Mississippi.

Kay en eut le souffle coupé.

— Oh ! mon Dieu !

— Maman ?

Ils se tournèrent tous les trois vers la porte. Alice était là, les yeux grands ouverts, le teint terreux.

— J'ai peur, chuchota-t-elle.

Kay jeta à Leo un coup d'œil plein de colère et, d'un même mouvement, ils se précipitèrent aux côtés de l'adolescente. Kay la prit dans ses bras et lui caressa les cheveux, tout en murmurant des paroles de réconfort.

Elle était convaincante en lui assurant que tout allait bien se passer, qu'elle n'avait rien à craindre. Et pourtant, elle n'en pensait pas un mot, Stacy le savait. Mais elle était capable de mettre de côté ses propres appréhensions pour soulager celles de sa fille.

Stacy avait d'abord pensé que l'ancienne Mme Noble n'était qu'une froide perfectionniste. Elle ne la regarderait plus de la même façon, désormais.

Leo, quant à lui, se tenait raide et silencieux.

Kay le fixa de nouveau avec une expression accusatrice.

— Je l'emmène là-haut.

Il hocha la tête, visiblement bouleversé, avant de retourner vers le canapé.

— Kay m'en veut, dit-il en s'asseyant lourdement.

Stacy ne pouvait qu'être d'accord, sans savoir pour autant comment lui venir en aide.

— Ce n'est pas moi qui ai provoqué tout ça. Ce n'est pas ma faute.

— Je sais, lui glissa Stacy. Mais elle a peur. Elle ne pense pas forcément de façon claire.

— L'idée de ne rien pouvoir faire m'est insupportable. Alice est ce que j'ai de plus précieux au monde. C'est terrible pour moi de la voir aussi bouleversée sans être capable de…

Il s'interrompit avec un geste de découragement et de frustration.

— Cet artiste était notre meilleure piste.

Leur seule véritable piste, même, songea Stacy.

— Oui.

— Qu'allons-nous faire, maintenant ?

— Attendre. Nous montrer prudents en toute circonstance. Et espérer que la police fera son travail.

— Au diable les policiers ! Je vous demande ce que *nous* allons faire !

— Nous savons maintenant que l'artiste n'était pas notre homme. Il n'était qu'un maillon.

— C'est le Lapin Blanc qui l'a tué.

— Possible. Nous n'avons aucune certitude.

Leo se mit soudain à rire, d'un rire tendu.

— Bien sûr que c'est lui ! Vous ne croyez pas plus que moi aux coïncidences. Il a suffi que le détective Malone et vous approchiez de trop près le dessinateur pour qu'il le tue, afin de protéger son identité.

Stacy ne répondit rien. C'était aussi le fond de sa pensée, qui se basait non sur des faits mais sur le bon sens et sur une intuition solide.

— C'est quelqu'un de proche, dit-elle. A l'intérieur de votre cercle. Ça, je le crois toujours.

— Alors, venez.

— Pardon ?

— Je voudrais que vous restiez ici, avec nous.

— Ecoutez, Leo, je ne pense pas que…

— Kay est bouleversée. Et vous avez vu Alice ? Elles se sentiraient plus en sécurité si vous habitiez ici.

— Engagez un professionnel. Achetez un chien. Installez un grillage électrifié ou le système de vidéosurveillance auquel Kay a fait allusion. La sécurité n'est pas mon métier.

— Je me sentirais mieux avec vous qu'avez des gardes du corps bodybuildés.

— Pourquoi ça ? Et n'allez pas me dire que c'est à cause de mon ancien statut de flic…

— Parce que vous ne vous contenteriez pas de nous protéger. C'est aussi vous que vous protégeriez.

— Je ne m'inquiète pas pour moi…

— Vous faites partie du jeu, Stacy. Vous auriez donc intérêt à vous soucier un peu plus de votre sécurité. Je vous en prie, réfléchissez…

36.

Lundi 14 mars 2005
Midi

Au bout du compte, Stacy finit par accepter de venir emménager chez les Noble, tout simplement pour être en contact direct avec l'enquête et pour que Malone ne puisse pas l'exclure.

Elle avait réussi à convaincre Leo de faire installer un système de vidéosurveillance. Elle avait aussi fortement insisté pour qu'Alice et Kay quittent la maison d'invités et rejoignent le bâtiment principal. Ainsi, on avait apporté le convertible de l'adolescente dans la pièce qui lui servait déjà de salle d'étude.

Equipée d'un ordinateur, d'une connexion Internet à haut débit et de la télévision par câble, Alice avait assez peu de raisons de sortir de la pièce qui avait pris des allures de véritable tanière.

Sa réponse à ce changement était typique du cynisme et de l'ingratitude des adolescents. La jeune fille effrayée que Stacy avait entraperçue avait fait place à une gamine râleuse et maussade.

Stacy s'empara des livres dont elle avait besoin pour son cours du soir, puis elle quitta sa chambre et ferma la porte à clé.

— C'est un peu parano, vous ne croyez pas ?

Elle regarda par-dessus son épaule. Alice se tenait devant l'entrée de sa salle d'étude. Elle avait l'air de s'ennuyer fermement.

Stacy lui sourit.

— Deux précautions valent mieux qu'une.

— Original, comme réponse.

— Mais la formule est pleine de vérité. Comment vas-tu ?

— Je dirais que tout va pour le mieux dans le meilleur des mondes, répliqua Alice avec un sourire narquois. Pour continuer dans les formules toutes faites…

Le sarcasme de l'adolescente agaça légèrement Stacy.

— Je n'ai pas l'intention de t'importuner.

— Bien sûr.

— Tu semblais effrayée, l'autre jour. Ce n'est plus le cas, maintenant ?

— Non, répondit Alice en haussant les épaules. J'ai compris votre manège, vous savez ? Vous avez orchestré tout ça pour vous rapprocher de mon père.

Stacy ne put contenir une petite exclamation incrédule.

— Et pourquoi est-ce que je ferais ça ?

— C'est son magnétisme.

Clark appela alors la jeune fille pour qu'elle revienne à ses études. Il surprit le regard de Stacy et leva les yeux au ciel. A l'évidence, il avait surpris leur conversation.

Stacy consacra le reste de la journée à la rédaction d'un article qu'elle devait rendre le lendemain après-midi. Au lieu de travailler dans sa chambre, elle s'était installée dans la cuisine, afin d'avoir un meilleur aperçu des allées et venues.

Mme Maitlin ne semblait pas trop apprécier cette disposition.

— Je peux vous servir quelque chose ? demanda-t-elle à la jeune femme, alors qu'elle se préparait pour elle-même une tasse de café.

— Je vous remercie, mais je préfère que vous ne vous occupiez pas de moi, lui répondit Stacy en souriant.

Visiblement mal à l'aise, la gouvernante s'installa au comptoir avec son café.

— Asseyez-vous donc, lui dit Stacy en désignant la chaise qui lui faisait face.

— Je ne veux pas vous déranger...

— C'est votre cuisine.

Stacy rabattit l'écran de son ordinateur portable, avant de se lever et de se servir une tasse de café.

Mme Maitlin s'assit, apportant avec elle une boîte de cookies au chocolat.

Stacy en prit un, puis se rassit.

— Vous êtes au service des Noble depuis longtemps ?

— Un peu plus de dix-sept ans.

— Vous devez apprécier ce travail, alors ?

Comme la gouvernante ne réagissait pas, Stacy eut le sentiment qu'elle était allée trop loin. A moins que Mme Maitlin ne lui fasse pas assez confiance pour l'honorer d'une réponse.

— Je ne suis pas une espionne, vous savez ? C'est juste histoire de bavarder.

— Je sais.

— Ça n'a pas dû être facile d'emménager chez eux. On ne prend pas une telle décision à la légère.

Mme Maitlin haussa les épaules.

— Ce n'était pas si dur. Je n'ai pas de famille.

— Pas de frères et sœurs ?

— Non.

Les Noble étaient donc sa famille, en quelque sorte.

La gouvernante leva enfin les yeux vers Stacy.

— Pourquoi êtes-vous ici ? Ce n'est pas pour assister M. Noble ?

— Non.

— C'est en rapport avec ces cartes ? Et avec ce message bizarre ?

— Oui.

— Ai-je des raisons d'avoir peur ?

Stacy se donna le temps de réfléchir. Elle tenait à se montrer honnête avec cette femme, sans pour autant l'alarmer.

— Soyez sur vos gardes. Attentive.

Mme Maitlin hocha la tête, visiblement soulagée. Elle porta un cookie à ses lèvres et le reposa aussitôt, sans avoir mordu dedans.

— Les choses ont changé, ici. Ce n'est plus…

Elle garda le reste pour elle. Stacy estima préférable de ne pas insister.

— Je suis arrivée juste avant la naissance d'Alice, reprit la gouvernante. C'était un bébé adorable. Une enfant délicieuse. Si intelligente. Elle…

Une fois de plus, elle s'interrompit. Stacy perçut chez elle une profonde tristesse.

— La maison était pleine de rires. Vous n'auriez pas reconnu M. et Mme Noble. Ni Alice. Elle…

La gouvernante jeta un coup d'œil à sa montre et se leva.

— Je ferais mieux de me remettre au travail, moi.

Stacy se pencha pour poser la main sur la sienne.

— Alice est une adolescente, à présent. C'est une période difficile. Pour eux et pour ceux qui les aiment.

Mme Maitlin parut ébranlée.

— Ce n'est pas ce que vous croyez, affirma-t-elle en secouant la tête. Quand ils ont cessé de rire, Alice a fait comme eux.

Visiblement mal à l'aise, elle récupéra sa tasse et alla la déposer dans le lave-vaisselle.

— Madame Maitlin ?

La gouvernante se retourna vers la jeune femme.

— Puis-je vous appeler par votre prénom ? lui demanda Stacy.

— Je n'y vois aucun inconvénient. Je m'appelle Valerie.

Stacy la regarda s'éloigner, tout en réfléchissant à leur conversation. Quel genre de couple pouvaient donc former les Noble, dix-sept ans auparavant ? Pourquoi avaient-ils divorcé ? Ils s'aimaient beaucoup, c'était évident. Il était tout aussi évident qu'ils étaient très attachés l'un à l'autre, et aussi à Alice. Fondamentalement, ils vivaient toujours ensemble.

Quand ils ont cessé de rire, Alice a fait comme eux.

Stacy jeta un coup d'œil à l'ordinateur, puis elle se leva et sortit. Il faisait un temps magnifique. L'idée de travailler sur son article ne lui disait vraiment rien, et l'idée de faire un petit tour dans la propriété toutes les deux heures environ lui paraissait excellente.

Elle leva son visage vers le ciel. Au loin, à l'horizon, des nuages sombres s'amoncelaient. Il semblait bien que cet après-midi ensoleillé allait laisser la place à une soirée orageuse.

Des employés de la sécurité étaient en train d'installer le nouveau système. Profitant de l'une de ses pauses cigarettes, Troy bavardait avec l'un d'eux. Quelques minutes plus tôt, il était allongé sur une chaise longue et se faisait dorer au soleil. Il avait suspendu son polo jaune au dossier de la chaise. Songeuse, Stacy s'avisa qu'elle n'avait pas dû le voir complètement habillé plus d'une ou deux fois.

Elle réprima un sourire. Pour autant qu'elle pût en juger, Troy n'avait pas le travail le plus stressant de la planète. Il passait un maximum de temps à attendre que Leo eût besoin de lui.

Dure existence, vraiment. Combien pouvait-on le payer pour ça ?

Le technicien qui installait le système de vidéosurveillance écarta la fumée de cigarette d'un geste agacé, avant de se remettre au travail. Troy aperçut alors Stacy et lui sourit. Sur son visage bronzé, ses dents paraissaient incroyablement blanches.

— Salut, Stacy ! lui lança-t-il.

Elle s'arrêta.

— Salut, Troy. Pas trop débordé ?

— Bah ! une journée comme les autres, répondit-il, avant de désigner le technicien. On va avoir un système ultraperfectionné. Le chef a bien essayé de m'expliquer, mais…

Il haussa les épaules pour signifier qu'il n'avait pas tout compris.

— Quand il veut quelque chose, M. Noble, il lui faut ce qu'il y a de mieux. Mais je me demande bien pourquoi il fait ça, ajouta-t-il en se grattant le crâne d'un air perplexe. Je suis presque toujours là. Et je m'efforce de garder un œil sur tout.

— Il doit penser aux rares moments où ça n'est pas le cas.

Troy hocha la tête, les sourcils froncés. A son expression, Stacy devina qu'il pensait à ce qui s'était passé samedi, et au message découvert dans le bureau de son patron.

L'auteur de cette plaisanterie macabre avait agi durant l'heure où Mme Maitlin et lui étaient absents.

— Qu'est-ce qui se passe, au juste ? demanda-t-il au bout d'un moment. Un nouveau système de sécurité. Alice qui s'installe dans la maison. Vous. Les Noble ont reçu des menaces ?

— Ils semblent victimes d'un mauvais plaisant, répondit Stacy. Leo préfère être prudent.

Troy regarda la jeune femme un instant. Ils savaient l'un comme l'autre qu'elle n'était pas complètement honnête. Mais il ne lui en fit pas la remarque.

Haussant les épaules, il regagna sa chaise longue.

— Je suis là, si jamais vous avez besoin de quelque chose.

Elle l'observa tandis qu'il s'installait, puis leva les yeux vers les fenêtres du premier étage.

Alice l'observait.

Stacy leva la main pour lui faire signe. Mais au lieu de lui répondre, l'adolescente se détourna de la fenêtre.

A l'évidence, il n'en fallait pas beaucoup pour offenser la jeune Mlle Noble. Le simple fait de respirer suffisait presque.

« Désolée, ma belle, songea Stacy. Mais il va falloir t'habituer à ma présence. »

37.

Lundi 14 mars 2005
18 h 10

La Shannon's Tavern, un bar de cols bleus et un repère de la police de La Nouvelle-Orléans, était situé dans une partie de la ville surnommée l'Irish Channel — la Manche irlandaise. Dirigé par Shannon, une véritable force de la nature, c'était l'endroit idéal pour attendre un orage.

A condition de s'y trouver avant que l'orage éclate.

Spencer et Tony n'avaient pas eu cette chance. Ils firent irruption dans l'établissement en compagnie d'une bourrasque de pluie et de vent. Shannon leur jeta un coup d'œil et secoua la tête.

— Ces flics…

— La faute à John junior ! répliqua Spencer en saisissant la serviette que lui tendait Shannon.

Il se sécha du mieux qu'il put. C'était bien un coup de fil de John junior qui était à l'origine de cette soirée réunissant les enfants Malone. Dans six mois, leurs parents célébreraient leurs noces d'or ; il fallait donc songer aux festivités. Le fait que John junior en fût l'initiateur n'étonnait personne. L'aîné de la fratrie avait toujours eu à cœur d'endosser le rôle du consciencieux de service.

Et c'était tant mieux. Car avec sept personnalités à gérer en même temps, il fallait quelqu'un de motivé.

Tony avait accompagné Spencer. Betty et Carly étaient sorties faire les boutiques pour trouver une robe destinée au bal de promotion, le laissant seul pour dîner.

Or, Shannon ne se contentait pas de servir de la bière pression bien fraîche ; il préparait aussi les meilleurs burgers de la ville — énormes, juteux et tout simplement délicieux.

Quentin et sa femme arrivèrent peu après. Spencer n'aurait pu rêver mieux en matière de belle-sœur. Elle avait su donner à Quentin la confiance dont il avait besoin pour aller au bout de ses rêves. Le reste de la famille l'avait également adoptée.

— Salut, frangin ! lança Quentin en lui donnant une claque dans le dos. Shannon, une pinte et une eau minérale !

Spencer embrassa sa belle-sœur, puis s'écarta pour la regarder.

— Tu es magnifique, Anna.

Elle était enceinte de trois mois ; elle irradiait le bonheur.

— Et l'écriture ? interrogea Spencer.

— Meurtre, répondit-elle de façon laconique. Comme d'habitude.

Anna était un auteur de romans policiers.

Elle s'assit au bar entre Quentin et Tony, qu'elle connaissait par le biais de son mari.

Percy et Patrick déboulèrent à leur tour, trempés. John junior les suivait de près. Il était accompagné de sa femme Julie, infirmière de son état. Shauna et Mary arrivèrent les derniers.

Grands et massifs, bruyants et séduisants, les frères Malone ne passaient jamais inaperçus. En particulier auprès des femmes.

Mais ce soir, un sujet important était à l'ordre du jour.

— Tante Patti et oncle Sammy vont arriver. Ils ont juste un peu de retard.

— Pas de problème, assura Percy en faisant signe à Shannon. De toute façon, nos petites réunions familiales ne commencent jamais à l'heure.

— Je déteste ça, commenta John junior, avant de boire une longue gorgée de bière.

— Pas autant que moi ! répliqua Patrick, le comptable, d'un ton sec. On est en plein dans le calcul des impôts. Contrairement à vous, les amis, il va falloir que je me tape des journées de douze heures durant les semaines qui viennent. Alors, commençons.

Sa réaction suscita quelques commentaires peu charitables. Spencer, lui, ne put s'empêcher de sourire. Patrick était et resterait l'empêcheur de tourner en rond.

La porte du pub s'ouvrit de nouveau et laissa entrer tante Patti et oncle Sammy, en même temps qu'une bourrasque de pluie.

— Quel temps épouvantable ! pesta Patti en laissant son parapluie près de la porte. Tu n'aurais pas pu trouver pire soirée, John junior !

La remarque fut saluée par des sifflets et des applaudissements. John junior s'empourpra.

— Sans moi, cette famille n'existerait même plus !

Les deux nouveaux arrivants allèrent embrasser tous les autres.

Tante Patti glissa à l'oreille de Spencer :

— Il faut qu'on parle. Ce soir. Viens me voir juste avant de partir.

Il fronça les sourcils.

— Que se passe-t-il ?

Elle secoua la tête pour lui indiquer qu'elle n'en dirait pas plus dans l'immédiat.

Spencer devina que le sujet était lié au travail. Et que l'affaire devait être sérieuse.

Deux heures et demie plus tard, les membres de la famille commencèrent à se séparer après avoir miraculeusement réussi à s'entendre sur l'ordre du jour. On avait établi des projets ; chacun avait une mission à remplir.

Spencer croisa le regard de sa tante qui lui demandait de la retrouver dans la salle de billard.

Quand il se retrouva en tête à tête avec elle, il fut frappé par ses traits tirés, son teint pâle.

— Ça va, tante Patti ?

— Très bien.

Au ton de sa voix, il comprit qu'elle était dans son rôle de capitaine.

— La PID m'a appelée, aujourd'hui.

Public Integrity Division. La version locale pour la police du ministère de l'Intérieur.

Une sensation de froid envahit Spencer, tandis que le passé revenait d'un coup. Cela se passait deux ans plus tôt, et son précédent capitaine l'avait appelé dans son bureau. Il se trouvait en compagnie de deux types de la PID.

C'était un piège. Une spécialité de la PID.

— On m'a posé des questions sur toi, Spencer. Sur cette affaire.

— Cette affaire ? Le Lap…

— Oui.

— Mais pourquoi ?

— Je ne suis certaine de rien.

Elle se frotta la joue, l'air presque absent.

— L'homme que j'ai eu au téléphone était à la pêche. Il jetait sa ligne au hasard.

— Mais pourquoi ? répéta Spencer.

— A toi de me le dire.

— Il n'y a rien, assura Spencer qui fouillait dans ses souvenirs. Tout est dans le dossier.

— Le chef aussi m'a appelé. A ton sujet. Et au sujet de l'affaire.

Ça, ce n'était pas bon du tout. L'attention du chef se soldait presque toujours par des problèmes.

— Je ne saisis pas, avoua Spencer en secouant la tête.

Patti ferma la main sur son avant-bras.

— Méfiez-vous, Tony et toi, dit-elle d'une voix tendue.

Spencer allait émettre un commentaire quand il vit le visage de sa tante se tordre soudain de douleur.

— Tante Patti ? Que se passe-t-il ?

Elle essaya de parler, mais en fut incapable. Elle porta une main à sa poitrine. Affolé, Spencer appela son oncle et sa belle-sœur.

Tous les membres de la famille accoururent.

Dès que Julie eut posé les yeux sur tante Patti, elle demanda qu'on prévienne les secours.

Une vingtaine de minutes plus tard, tante Patti se trouvait

dans une ambulance qui roulait vers la Touro Infirmary. Là, on apprit qu'elle avait été victime d'une crise cardiaque.

Tout le clan Malone était réuni dans la salle d'attente.

Bien qu'elle fût manifestement contrariée par cette affluence soudaine, l'infirmière allait devoir se faire à l'idée de voir défiler des visiteurs vingt-quatre heures sur vingt-quatre et sept jours sur sept. Certains essaieraient de faire passer des choses interdites en contrebande. Des beignets Krispy Crem, par exemple. Ou des burgers Krystal.

L'attente paraissait interminable. Enfin, on laissa oncle Sammi voir Patti. Puis ce fut la mère de Spencer.

Les autres devraient encore patienter.

Quand le médecin apparut — un type qui semblait bien trop jeune pour qu'on pût lui confier le soin d'une tante adorée —, il expliqua que sa patiente avait été victime d'un infarctus causé par une artère bouchée, et qu'on lui avait administré un médicament-miracle.

— Elle a demandé Spencer, ajouta-t-il.

— C'est moi.

Le médecin le jaugea du regard.

— Vous êtes policier ?

— Oui.

— Pas question de parler travail avec elle, d'accord ? Je ne veux pas qu'elle me fasse une nouvelle attaque.

— Compris, docteur.

Quand Spencer pénétra dans la chambre de sa tante, il retint son souffle. Cette femme d'ordinaire si forte paraissait affreusement vulnérable.

Elle lui sourit faiblement.

— J'ai l'impression d'avoir percuté un suspect de plein fouet.

— Le médecin nous a expliqué qu'une de tes artères s'était bouchée. Il t'a donné un médicament très efficace. Tout va bien, maintenant.

— Je ne m'inquiète pas pour… moi. C'est toi qui…

— Chhh, dit-il en lui pressant la main. Je suis assez grand pour prendre soin de moi.

— Mais…

— Je serai prudent. L'enquête est en bonne voie. Tu dois penser avant tout à ta santé.

Elle ne protesta pas et s'endormit. Spencer resta à son côté, l'observant dans son sommeil.

Méfiez-vous.

Ces trois petits mots ressuscitaient l'époque terrible où il faisait face au soupçon, où tout le monde semblait vouloir sa peau.

Pourquoi avait-il attiré l'attention du chef de la police et celle de la PID ?

L'infirmière passa la tête dans l'entrebâillement de la porte.

— Il est temps de partir, monsieur Malone.

Il hocha la tête, déposa un baiser léger sur le front de sa tante, puis rejoignit la salle d'attente.

Tony et plusieurs autres collègues étaient arrivés. Ils avaient tous exprimé leur soutien à l'oncle Sammy, et ils se tenaient à l'écart, discutant entre eux.

Spencer fit signe à son partenaire d'approcher.

— Tout à l'heure, avant son attaque, tante Patti m'a expliqué que le chef et la PID nous avaient dans le collimateur.

Tony écarquilla les yeux.

— Pour quelle raison ?

— Elle n'en savait rien. On l'a interrogée au sujet de l'affaire Lapin Blanc.

— Ce foutu Pogo a vraiment eu l'idée du siècle en refaisant surface du côté du Quartier Français !

— Ça n'explique pas pour autant l'implication de la PID. En général, ils rappliquent quand il y a eu des irrégularités.

— Laisse-moi le temps de me renseigner…

John junior fit signe à Spencer.

Avant de le rejoindre, celui-ci ajouta à l'intention de son partenaire :

— Fais ça, oui. Et tiens-moi au courant.

38.

Mardi 15 mars 2005
9 h 30

Alice fit irruption dans la cuisine. Son regard effleura Stacy, avant de rebondir sur Mme Maitlin.

— Je vais faire un tour au Café Noir pour boire un moccaccino.

Intriguée, Stacy fouilla dans ses souvenirs. Alice fréquentait le Café Noir ? L'avait-elle déjà vue là-bas ? Certes, il y avait beaucoup de jeunes dans cet établissement, notamment le soir et juste après les cours. Toutefois, elle ne se rappelait pas y avoir aperçu la fille de Leo.

La gouvernante la regarda d'un air réprobateur.

— Et vos cours ?

— M. Dunbar est barbouillé, ce matin. Il m'a demandé si nous pouvions commencer plus tard.

Visiblement, Alice était aux anges.

L'idée que le malheureux M. Dunbar eût été empoisonné traversa l'esprit de Stacy. Elle croisa le regard de Mme Maitlin, qui semblait mal à l'aise, puis se tourna vers l'adolescente.

— Tes parents ont laissé des ordres stricts : on ne doit pas te laisser sortir seule. Accorde-moi quelques minutes et je...

Le visage de l'adolescente s'enflamma.

— Mais le Café Noir est à moins de six blocs ! Ils ne pensaient sûrement pas à...

— Désolée, Alice, mais avec tout ce qui est arrivé...

— C'est du bidon, cette histoire !

— Je vais t'accompagner, insista Stacy. J'ai besoin de marcher, de toute façon.

— Je préfère rester ici, dans ce cas.

Stacy haussa les épaules.

— Comme tu voudras. Il n'empêche que je vais quand même aller faire un tour. Veux-tu que je te rapporte un moccaccino ?

L'adolescente la regarda un instant en silence, les yeux plissés.

— D'accord. Mais on n'y va pas ensemble. Vous marcherez derrière moi.

« Voilà une jeune personne qui n'aime pas être contrariée ! », songea Stacy en cachant son amusement.

— Comme tu voudras.

Quelques minutes plus tard, elles arrivèrent à proximité du Café Noir. Comme convenu, Stacy était restée quelques mètres derrière Alice. Quand elle entra dans le café, l'adolescente se tenait déjà au comptoir et passait commande. Billie eut un grand sourire en la voyant.

— Salut, toi ! lui lança-t-elle. Ça fait un moment. Qu'est-ce qui se passe ?

— J'ai beaucoup de travail, expliqua Stacy en rejoignant à son tour le comptoir. Billie, je te présente la fille de Leonardo Noble.

Billie sourit à l'adolescente.

— Sans blague ? Enfin, je peux mettre un nom sur ce visage !

Alice planta une paille dans son moccaccino grand format.

— A plus ! lança-t-elle.

Stacy la suivit du regard, avant de revenir à Billie.

— C'est la version ado de Dr Jekyll et Mr Hyde, commenta-t-elle.

Billie haussa un sourcil.

— Plus Hyde que Jekyll, on dirait !

— Elle vient souvent ?

— De temps en temps.

— Cassie et elle se sont parlé ?

— Oui, c'est possible.

Stacy n'aurait su dire ce qui la surprenait le plus — la pensée qui venait de se faire jour dans son esprit ou la réponse de Billie.

— Elles se connaissaient, alors ?

— Je ne dirai pas qu'elles étaient amies, mais je pense qu'elles se parlaient, oui… Comme d'habitude ?

— Non, un café frappé, répondit Stacy en secouant la tête. Grand format.

Billie se tourna pour préparer la commande. Elle fit glisser le grand gobelet sur le comptoir et agita la main quand Stacy sortit son portefeuille.

— C'est la maison qui t'invite.

— Eh bien, merci.

Les sourcils froncés, Stacy pensait toujours à Cassie et Alice.

— Quand tu dis qu'elle se sont parlées, ça signifiait que leurs échanges allaient au-delà du « Bonjour » et du « Ça va ? »

— Elle discutaient de jeux.

De jeux de rôle, évidemment ! Cette pensée en entraîna une autre. Se pouvait-il qu'Alice fût la mystérieuse personne qui avait promis à Cassie de la présenter au Lapin Blanc Suprême ?

— Que se passe-t-il ? demanda Billie en baissant la voix. Où étais-tu passée, ces derniers temps ? Et j'attends autre chose que ton « J'ai beaucoup de travail » !

Stacy jeta un coup d'œil par-dessus son épaule pour s'assurer que personne ne se trouvait à portée de voix.

— Ma vie a pris un tour un peu bizarre, depuis notre dernière discussion.

Et elle livra à son amie un rapide récit des événements qui s'étaient succédés. Elle parla de Leo Noble, du Lapin Blanc et du jeu mortel qu'il avait engagé. De Rosie Allen, des cartes, d'*Alice aux pays des merveilles*… Elle évoqua aussi le message qu'on avait retrouvé dans le bureau de Leo.

Billie resta un instant silencieuse. Quand elle se décida enfin à parler, ce fut presque en chuchotant.

— Arrête de faire n'importe quoi, Stacy ! Tu n'es pas de la police. Tu ne peux pas compter sur leur soutien.

— Trop tard. Apparemment, le tueur s'est pris d'affection pour moi. Jeudi soir, il m'a souhaité la bienvenue dans le jeu. Il a laissé chez moi la tête d'un chat décapité. Une référence au Chat de Chester, j'imagine. J'ai emménagé temporairement chez les Noble pour garder un œil sur…

— Voyons, Stacy, tu joues avec…

— … le feu ? A qui le dis-tu !

Stacy glissa un regard vers la devanture du Café Noir. Alice était assise à la terrasse.

— Il faut que j'y aille.

— Attends ! dit Billie en lui saisissant la main. Tu vas me promettre d'être prudente ou je te jure que je te botterai le derrière !

Stacy sourit.

— Merci pour ta sollicitude.

Elle sortit et s'approcha d'Alice.

— Un peu de compagnie ? lui proposa-t-elle.

— Non, merci.

Stacy s'assit quand même à sa table. Comme l'adolescente faisait entendre un soupir exaspéré, elle lutta contre son envie de rire. Sa mère avait l'habitude de souffler de cette façon quand Jane ou elle se montrait particulièrement déraisonnable.

— J'ai constaté que vous vous intéressiez à Troy, déclara soudain Alice.

— Vraiment ? Quand ça ?

— Hier. Dehors.

Stacy se rappela qu'en effet, elle avait aperçu l'adolescente en train de les observer.

— Ne cherchez pas à nier, ajouta Alice. Il fait cet effet à toutes les femmes. Y compris ma mère.

Intéressant. Kay craquait-elle pour le chauffeur ?

Stacy prit le temps de boire une gorgée de café, avant de demander à Alice :

— Et toi ? Il t'intéresse ?

La jeune fille s'empourpra violemment.

— Vous perdriez votre temps avec lui. Il est gay.

Stacy, quant à elle, était persuadée du contraire.

— Gay ou pas, il est plutôt agréable à regarder.

— Vous ne me demandez pas comment je le sais ? demanda Alice, les sourcils froncés.

— Non.

— Pourquoi ?

Parce que Stacy avait une idée très claire de ce qui s'était passé. Alice s'était entichée de Troy. Elle avait flirté avec lui mais il l'avait repoussée. Dès lors, elle lui avait collé l'étiquette gay, soit pour mettre un peu de baume sur son amour-propre blessé, soit pour décourager les autres femmes de s'intéresser à lui.

— Parce que je m'en fiche.

Elle vit à l'expression d'Alice que celle-ci n'appréciait pas sa réponse.

— Je sais ce qui est arrivé à votre sœur. Ce canot à moteur qui a failli la tuer.

— Et ?

— Rien. Je sais, voilà tout.

— Tu aimerais que je t'en parle ?

Alice aurait préféré dire « non », Stacy en était persuadée. Mais la curiosité fut la plus forte.

— D'accord.

— Nous avions séché les cours. On était en mars ; il faisait encore très froid. Avec quelques copains, on a mis Jane au défi de se baigner.

— Et un canot l'a heurtée ? demanda Alice, les yeux grands ouverts.

— Oui. Il lui a volontairement foncé dessus. Du moins, c'est ce qu'il nous a semblé. On n'a jamais retrouvé le pilote.

Stacy prit une profonde inspiration.

— Elle a failli mourir. C'était… horrible.

L'adolescente se pencha vers elle.

— Elle a été défigurée, je crois.

— Défigurée ? Le mot est un peu faible.

— J'ai vu une photo d'elle. On ne se rend compte de rien.

— Pour ça, il a fallu d'innombrables interventions chirurgicales.

Alice aspira dans sa paille.

— Elle vous en a voulu ?

— Non. C'est surtout moi qui m'en suis voulu.

Elles sirotèrent un instant leur café en silence. Jusqu'à ce qu'Alice reprenne la parole :

— Je me suis souvent demandé comment c'était d'avoir une sœur.

Elle avait dit ça sur un drôle de ton. Presque à contrecœur. Comme si elle savait d'avance que sa remarque risquait d'en dire un peu trop sur elle.

Stacy prit alors toute la mesure de sa solitude.

— C'est super, lui répondit-elle. Maintenant, en tout cas. Nous n'avons pas toujours été aussi proches. Pendant des années, on s'est à peine parlé.

Alice semblait fascinée.

— Comment c'est arrivé ?

— Beaucoup d'incompréhension et de sentiments blessés.

— A cause de l'accident ?

— Oui. Entre autres choses. Je t'expliquerai, un jour, si tu veux.

Passionnée, Alice aspira sur sa paille.

— Mais vous êtes proches, maintenant ?

— Elle est ma meilleure amie. Elle a eu un bébé, en octobre. Le premier. Apple Annie, précisa Stacy en souriant. C'est comme ça que je la surnomme. A cause de ses joues rondes et roses.

— Un bébé, répéta Alice avec mélancolie. C'est mignon.

Stacy détourna les yeux, de peur que l'adolescente ne lise de la compassion dans son regard. Si elle avait mille fois souhaité être enfant unique, à l'époque de son adolescence, pour rien au monde elle ne changerait de sœur, aujourd'hui.

Alice, elle, ne connaîtrait pas ce bonheur.

— Ils vous manquent ? demanda-t-elle encore.

— Affreusement.

— Alors, pourquoi êtes-vous venue vous installer ici ?

Stacy garda le silence, le temps de décider jusqu'à quel point elle resterait dans le vague.

— J'avais besoin d'un nouveau départ, dit-elle enfin. Trop de mauvais souvenirs.

L'expression de l'adolescente se fit perplexe.

— Mais votre sœur, son bébé… ce ne sont pas des mauvais souvenirs ?

— Non, murmura Stacy.

Puis elle décida d'orienter la discussion sur Alice.

— Tu n'as pas des cousins de ton âge ?

La jeune fille secoua la tête.

— Non. Mais j'ai une tante qui est vraiment cool. La sœur de papa. Tante Grace.

— Où habite-t-elle ?

— En Californie. Elle enseigne l'anthropologie à Irvine. On a voyagé plusieurs fois ensemble.

Apparemment, cette famille ne manquait pas de cerveaux. Et les gens « cool » y étaient légion.

— Il faut que j'y aille, déclara soudain Alice en regardant sa montre. Clark m'avait donné une heure.

— Une dernière question, avant ! Je crois que tu as connu l'une de mes amies.

Alice plissa les yeux d'un air méfiant.

— Qui ça ?

— C'était une passionnée de jeux de rôle. Elle venait souvent ici. Elle s'appelait Cassie.

Une lueur éclaira les yeux de l'adolescente.

— Elle a des cheveux blonds bouclés ?

— C'est ça, oui.

— Ça fait un moment que je ne l'ai pas vue.

Stacy sentit sa poitrine se serrer.

— Moi aussi.

— Elle va bien ?

Au lieu de répondre à la question, Stacy en posa une autre.

— Est-ce qu'elle t'a parlé de *White Rabbit ?*

Alice secoua la tête et but une nouvelle gorgée de son moccaccino.

— Elle y joue ?

— Non. Mais elle m'a dit qu'elle avait rencontré une personne qui y jouait. J'ai pensé que c'était peut-être toi.

— Vous n'avez qu'à le lui demander.

Les mots d'Alice frappèrent Stacy de plein fouet. Le souffle coupé, elle resta un instant sans pouvoir parler.

— Oui, je... je lui poserai la question, dit-elle enfin... Bon, on y va ?

Alice jeta un nouveau coup d'œil à sa montre et se leva.

— Vous n'êtes pas obligée de marcher derrière moi, cette fois, dit-elle à Stacy.

— Tu es sûre ? Je ne voudrais surtout pas te gêner ou t'humilier…

— J'ai été stupide, tout à l'heure. Désolée.

Elle ne paraissait pas franchement désolée, mais Stacy devait au moins lui accorder le mérite d'avoir essayé de détendre leurs relations. Elle n'avait pas oublié ce qu'une adolescente prise dans des circonstances extraordinaires pouvait éprouver.

Quand elles eurent rejoint la propriété, Alice partit à la recherche de Clark, tandis que Stacy retournait dans la cuisine.

Mme Maitlin était en train de déballer ses provisions.

— Est-ce le début d'une trêve ? demanda la gouvernante.

— Ce n'est peut-être que temporaire, alors ne vous y habituez pas.

La gouvernante se mit à rire.

— M. Leo vous cherchait. Il est dans son bureau, je crois.

— D'accord, je vais aller le voir.

— Vous pourriez lui apporter son courrier ? demanda Mme Maitlin en récupérant une pile d'enveloppes sur le comptoir.

— Bien sûr, Valerie.

Stacy prit le paquet et se dirigea vers le bureau de Leo. La porte était entrouverte. Elle frappa, puis passa la tête dans l'entrebâillement.

— Leo ?

Il ne se trouvait pas dans la pièce.

Une équipe de nettoyage était passée, après la police, mais le sang avait laissé une légère tache sur le parquet de bois. Stacy l'enjamba pour rejoindre le bureau et déposer la liasse de courrier sur l'ordinateur portable fermé. Elle le regarda un instant, songeant à celui de Cassie — un Apple également, mais d'un autre modèle. Elle cligna des yeux et s'avisa soudain de ce qu'elle fixait en réalité : une carte de la Galerie 124, annonçant une exposition.

La galerie dans laquelle Pogo avait exposé.

Fronçant les sourcils, elle s'en empara. La carte postale était personnellement adressée à Leo. Cela signifiait donc qu'il figurait sur leur fichier d'adresses. Il avait dû visiter la galerie ; peut-être même y avait-il acheté une œuvre.

Une coïncidence ?

Elle haïssait les coïncidences. Le plus souvent, elles ne présageaient rien de bon.

— Ah ! Stacy ! Qu'est-ce que je peux faire pour vous ?

La jeune femme sursauta et fit volte-face, sentant ses joues s'embraser sous le feu de la culpabilité.

— Valerie m'a demandé de vous apporter votre courrier.

— Valerie ?

— Mme Maitlin. Elle m'a dit aussi que vous vouliez me voir.

— Vraiment ?

Il sourit et ferma la porte du bureau derrière lui.

— J'avoue que je ne m'en souviens pas… Qu'est-ce que c'est ?

Il désignait la carte que Stacy tenait toujours à la main.

— Une publicité, répondit-elle en la lui tendant.

Il prit la carte, et Stacy l'observa attentivement. Elle cherchait une manifestation de gêne, de surprise, guettait le moment où il établirait le lien.

Mais il n'y eut rien de tout cela.

Lui avait-elle seulement dit le nom de la galerie où Pogo avait exposé ?

— L'art abstrait, ça n'est pas ma tasse de thé. Ça ne me parle pas.

— C'est le nom de la galerie qui a attiré mon attention, expliqua Stacy. Pas l'œuvre qui figure sur la carte.

Comme Leo demeurait impassible, elle ajouta :

— Galerie 124. C'est là que Pogo a exposé.

— Le monde est petit.

Aussi petit que ça ? songea Stacy. Leo était-il un acteur consommé ? Ou ne voyait-il vraiment rien ?

— Votre nom figure dans leur fichier. Vous leur avez déjà acheté quelque chose ?

— Je n'en ai aucun souvenir.

Il déposa la carte sur son bureau et demanda à la jeune femme :

— Avez-vous bien dormi ?

— Pardon ?

Il eut ce sourire qu'elle lui connaissait. Juvénile. Un rien canaille.

— C'était votre première nuit ici. Je tenais à m'assurer que vous étiez bien installée.

— Très bien.

Soudain mal à l'aide, Stacy recula d'un pas.

— J'ai passé une excellente nuit.

— Ne vous enfuyez pas, dit Leo en lui prenant les mains.

— Je ne m'enfuyais pas. Je…

Il l'embrassa.

Stacy laissa échapper un léger cri de surprise et le repoussa.

— Leo, je vous en prie !

— Désolé.

Son expression déçue était presque comique.

— Voilà un moment que je voulais faire ça.

— Vraiment ?

— Vous ne vous en doutiez pas ?

— Non.

— Et j'aimerais beaucoup recommencer, murmura-t-il, les yeux fixés sur les lèvres de Stacy. Mais je… à condition que vous ne soyez pas contre.

Elle hésita. Un instant de trop car il l'embrassa de nouveau.

La porte du bureau s'ouvrit à cet instant.

— Leo ? Clark et moi, nous…

En reconnaissant la voix de Kay, Stacy s'écarta d'un bond. Elle était si embarrassée qu'elle aurait voulu pouvoir se jeter sous le bureau de son patron pour s'y cacher.

— Excusez-moi, dit Kay d'une voix sifflante. Nous ne savions pas que vous étiez occupés. Nous cherchions Alice.

— J'étais avec elle il y a moins d'une demi-heure, expliqua Stacy d'une voix légèrement enrouée. Au Café Noir.

Comme Kay fronçait les sourcils, Stacy ajouta :

— Elle m'a expliqué que Clark ne se sentait pas bien, aujourd'hui, et qu'ils commenceraient à travailler plus tard que d'habitude. Je suis heureuse de constater que vous êtes rétabli, Clark.

Les Noble se tournèrent vers le précepteur de leur fille. Apparemment, cette information était une nouveauté pour eux.

— J'ai mangé du poisson, hier soir, expliqua-t-il. Il ne devait pas être frais.

— Vous devriez demander à Mme Maitlin si elle n'a pas vu Alice, suggéra Stacy.

— C'est ce que nous allons faire, oui, répondit Kay. Merci.

Elle claqua la porte exprès.

— Elle ne fait pas trop attention, vous savez, déclara alors Leo. Nous ne sommes plus mariés.

Stacy le dévisagea intensément, les joues en feu.

— Elle m'a fusillée du regard.

Leo se mit à rire.

— Mais non, voyons !

— Alors, c'est mon sentiment de culpabilité qui m'aura induite en erreur…

— Vous n'avez pas à vous sentir coupable. Je vous ai simplement embrassée. Et puis, je suis libre, de toute façon !

Stacy songea à la façon dont son ex-femme et lui se comportaient l'un envers l'autre ; l'affection avec laquelle ils se taquinaient ; leur respect mutuel.

Comme un couple marié. Un couple très amoureux.

— Vous me plaisez, Stacy.

Elle ne répondit pas, et il lui prit les mains.

— J'ai le sentiment que je vous plais aussi. Je me trompe ?

Il voulut de nouveau l'attirer dans ses bras, mais elle résista.

— Puis-je vous poser une question, Leo ?

— Allez-y.

— Que s'est-il passé entre Kay et vous ? Il est évident que vous êtes très attachés l'un à l'autre.

Il haussa les épaules.

— Nous sommes trop différents… nous nous sommes peu à peu éloignés l'un de l'autre. Je ne sais pas, peut-être avons-nous perdu l'étincelle qui nous avait unis.

— Depuis combien de temps étiez-vous mariés ?

— Treize ans.

Il se mit à rire.

— Kay a résisté bien plus longtemps que ne l'aurait fait n'importe qui d'autre.

Stacy se rappela les paroles de Mme Maitlin.

Quand ils ont cessé de rire, Alice les a imités.

— Kay et moi, c'est un peu comme le Pays des merveilles, poursuivit Leo. L'ordre et le chaos. Le sensé et l'insensé… La folie a fini par avoir raison d'elle.

C'était *elle* qui avait demandé le divorce. Et c'était lui qui l'avait rendue folle.

En tout cas, il aimait toujours sa femme. Stacy en avait la certitude.

— Ce ne serait pas une bonne idée, déclara-t-elle en libérant ses mains.

— Je ne vois aucune raison qui s'oppose à notre liaison.

— Eh bien, moi, j'en vois une, Leo. Je ne suis pas prête. Et je pense que vous non plus.

Il ouvrait la bouche pour répondre, mais elle tendit la main pour l'interrompre.

— Je vous en prie, Leo. Tenons-nous-en là

— D'accord pour l'instant. Mais je ne vous promets pas de garder mes distances éternellement.

Stacy recula jusqu'à la porte, attrapa la poignée, la tourna, pivota pour sortir…

Et tomba pratiquement dans les bras de Troy.

— Hé ! dit-il en lui prenant le coude pour l'empêcher de tomber. Qu'est-ce qui vous arrive ? On dirait que vous avez le diable à vos trousses.

— Oh ! Je… Excusez-moi, j'avais la tête ailleurs, balbutia Stacy, troublée.

— Pas de problème. A plus tard.

C'est seulement un peu après, alors qu'elle recouvrait ses esprits, que Stacy se demanda ce que Troy faisait devant le bureau de Leo, juste derrière la porte. Comme s'il était en train d'écouter.

39.

Mercredi 16 mars 2005
0 h 15

Stacy se tenait devant la fenêtre de sa chambre. Le clair de lune illuminait le jardin. L'orage de l'avant-veille avait laissé derrière lui une végétation luxuriante et verdoyante.

Après avoir passé la dernière heure à se tourner et se retourner dans son lit, elle avait fini par renoncer.

Si elle n'arrivait pas à dormir, c'est parce qu'elle ressentait un malaise. L'impression de ne pas être à sa place. Ni dans cette maison ni dans cette ville ni à la fac.

Ni même dans sa propre peau.

Comment avait-elle pu en arriver là ? Elle était venue à La Nouvelle-Orléans pour changer de vie. Pour prendre un nouveau départ.

Et quel était le résultat ? Elle se trouvait empêtrée dans une enquête. Elle était la cible du jeu tordu d'un assassin. On l'avait agressée. On était entré chez elle à son insu, en lui laissant comme souvenir l'horrible tête d'un chat décapité. L'une de ses amies avait été assassinée, et c'était elle qui avait trouvé le corps. Enfin, elle était sur le point de se faire virer de l'université.

Et son patron lui avait fait des avances.

Elle songea à Spencer. Elle n'avait plus entendu parler de lui depuis qu'il l'avait appelée pour lui parler de Pogo. Elle avait d'abord pensé qu'il était accaparé par l'enquête. A présent, elle se demandait s'il ne l'en avait pas exclue.

A sa place, c'est ce qu'elle aurait fait. A l'époque où elle était flic.

Qu'est-ce qui la retenait ici ? Jane lui manquait. De même que la petite Apple Annie qui grandissait et changeait chaque jour. Sa vie était encore plus détraquée qu'à Dallas. Elle n'avait qu'à abandonner la fac et rentrer à la maison.

Mais cela ne revenait-il pas à prendre la fuite en laissant la mort de Cassie irrésolue et la famille de Leo sans protection ?

Cette dernière idée lui fit l'effet d'un coup de pied dans le ventre. Elle n'était pourtant pas la protectrice attitrée des Noble. Ce n'était pas son travail mais plutôt celui de Malone et de la police de La Nouvelle-Orléans.

Bon sang ! Pourquoi se sentait-elle aussi responsable à leur égard ? Pourquoi tenait-elle tant à démasquer le meurtrier de Cassie ? Pourquoi se sentait-elle toujours obligée de s'occuper des gens ?

Parce que, ce jour-là, avec Jane, elle avait manqué à tous ses devoirs.

Le souvenir de cette journée tragique lui revint d'un coup, aussi clair que si les événements s'étaient déroulés la veille. Les cris de Jane. Ses propres hurlements. Le froid quand Stacy avait plongé dans l'eau. Le sang. Et plus tard, le regard accusateur de ses parents. Leur douleur, leur déception.

Elle avait dix-sept ans. Jane en avait quinze. Elle aurait dû s'occuper d'elle. Elle aurait dû se montrer plus responsable. Tout était arrivé par sa faute.

Mais non, voyons ! se dit-elle en secouant la tête, comme pour tenter de se convaincre. Ce n'était pas sa faute. Elle était une gamine, à ce moment-là. Jane ne lui en voulait pas. Alors, pourquoi s'en voudrait-elle ?

Un mouvement dans le jardin, attira son attention. Un homme se dirigeait vers la maison d'invités.

Elle récupéra son pistolet, rangé dans le tiroir de sa table de nuit. Et tandis qu'elle fermait ses doigts sur la crosse, elle vit Kay sortir de la maison d'invités. Une flaque de lumière se forma dans le jardin. Elle courait vers l'homme… Il la prit dans ses bras.

Il ne s'agissait pas de Leo. Qui, alors ?

Stacy souleva la fenêtre à guillotine, et leurs voix lui parvinrent dans l'air clair de la nuit. Le rire rauque de Kay. Les murmures affectueux de l'homme…

C'était Clark.

Kay Noble avait une liaison avec le précepteur de sa fille.

Stacy les observa tandis qu'ils rejoignaient tranquillement la maison d'invités. Pendant quelques secondes, elle aperçut leurs silhouettes enlacées…

Puis Stacy ferma la fenêtre et alla remettre le Glock à sa place, l'esprit en pleine ébullition. Ce couple ne la surprenait pas complètement. Clark était intelligent, ouvert au monde. Sérieux.

Un peu trop, d'ailleurs, comparé à Leo.

Ou à Malone.

Pourquoi était-elle choquée de découvrir cette liaison ? Kay et Clark couchaient-ils déjà ensemble à l'époque où Alice habitait dans la maison d'invités avec sa mère ? Certainement pas ! L'adolescente était intelligente, intuitive. Elle aurait immédiatement senti ce qui se passait.

Stacy fronça les sourcils en songeant à Alice. Elle passait beaucoup trop de temps devant son ordinateur. Le signal d'alerte de la messagerie retentissait même parfois en pleine nuit.

A croire qu'Alice avait adopté les habitudes de son père en matière de sommeil.

Un bruit se fit entendre dans la chambre voisine et interrompit net les pensées de Stacy. Un cri suivit.

Le cœur battant à se rompre, la jeune femme récupéra son Glock et s'élança dans le couloir, jusqu'à la chambre d'Alice. Elle essaya d'ouvrir la porte, mais elle était verrouillée.

— Alice ? appela-t-elle en tapant contre le battant. Ça va ?

Comme l'adolescente ne répondait pas, elle colla l'oreille contre la porte.

Silence.

— Je t'ai entendue crier. Ça va ?

— Laissez-moi ! Tout va bien.

Elle avait une voix étrange. Tremblante, haut perchée. Stacy sentit sa bouche s'assécher.

— Ouvre cette porte, Alice ! Je veux vérifier par moi-même que tu n'as rien. Si tu n'ouvres pas, je…

La porte s'ouvrit. Alice se tenait devant elle, les yeux rouges et le visage ravagé par les larmes. Mais elle ne semblait pas blessée physiquement.

Stacy chercha à voir derrière elle. La chambre paraissait vide. Les morceaux d'une figurine qui avait volé en éclats jonchaient le sol.

Alice avait pleuré. Quant à la figurine brisée, c'était sans doute le résultat d'une petite crise de nerfs. Rien de grave.

Stacy se sentit soudain ridicule.

— J'ai entendu ce fracas, puis ce qui m'a semblé être un cri, et…

— Est-ce que…

Alice ravala le reste de sa phrase, les yeux écarquillés.

— Oh ! mon Dieu ! Vous… vous avez un pistolet !

— Oui, mais ce n'est pas ce que tu crois…

L'adolescente eut un mouvement de recul.

— Ne vous approchez pas de moi, espèce de malade !

Elle lui claqua la porte au nez. La clé tourna dans la serrure.

Stacy resta devant la porte un moment, puis elle déclara d'une voix forte :

— Alice, j'ai un permis pour cette arme. Je suis une excellente tireuse. Et ton père est au courant.

Elle marqua une pause, le temps de laisser les mots pénétrer l'esprit d'Alice, puis elle se rapprocha de la porte.

— Je ne voulais pas me mêler de tes affaires, simplement voir si tout allait bien. Si tu as besoin de quoi que ce soit, je suis à côté.

Elle observa un nouveau moment de silence, avant d'ajouter :

— Bonne nuit, Alice.

Elle retourna dans sa chambre et écouta. Mais, apparemment, l'adolescente avait cessé de pleurer, ou alors elle avait trouvé le moyen d'étouffer le bruit de ses larmes. La malheureuse devait avoir l'impression qu'elle n'avait même plus le droit de pleurer dans sa chambre.

Le regard de Stacy se posa sur son téléphone portable, en train de se recharger sur son socle. Encore une fois, elle pensa à Jane. Elle brûlait de lui parler, de lui raconter ce qui lui arrivait, de lui demander son avis.

Elle s'approcha de son ordinateur portable et l'alluma. L'appareil ronronna un instant, puis l'écran s'alluma. Elle ouvrit son logiciel de courrier et cliqua sur le message que Jane lui avait envoyé aujourd'hui.

Des photos d'Apple Annie. Elle portait la robe chasuble que Stacy lui avait offerte, celle avec les pommes brodées sur les smocks et les poches.

Stacy resta un instant à fixer les images, la gorge serrée, les larmes aux yeux, se demandant ce qu'elle était en train de faire.

Rentre chez toi, Stacy. Retourne auprès des gens qui t'aiment.

Auprès des gens que tu aimes.

Elle le voulait. Avec force. Si fort, même, que ce désir était presque palpable. Qu'est-ce qui l'en empêchait, dans ce cas ? Ce n'était pas fuir que de quitter un endroit. Partir n'était pas renoncer, abandonner des gens…

Il aurait fallu davantage que quelques menaces et plusieurs cadavres pour la déstabiliser, lui faire quitter la route qu'elle avait décidé de suivre.

Stacy se figea.

Quitter la route.

L'ancien associé de Leo avait quitté la route en voiture ; il était tombé d'une falaise. Et il avait trouvé la mort dans cet accident.

Elle se rappela le commentaire qu'elle avait fait à Leo, ce

jour-là. Elle lui avait dit qu'ils étaient les deux Lapins Blancs Suprêmes. Leo et son ancien associé.

Et si Danson était toujours vivant ?

Retenant son souffle, Stacy jeta un coup d'œil à son réveil. 0 h 35.

Le fait que Leo fût un oiseau de nuit avait du bon ; elle avait soudain le besoin impérieux de lui poser un certain nombre de questions au sujet de son ancien associé.

Elle enfila sa robe de chambre, sortit de nouveau dans le couloir, puis descendit. Comme elle s'y attendait, de la lumière filtrait sous la porte du bureau de Leo. Elle frappa.

— Leo ? C'est Stacy.

Il ouvrit quelques secondes après, son inévitable petit sourire sur les lèvres.

— Ainsi donc, je ne suis pas le seul à être debout à minuit ! dit-il. C'est une belle surprise.

— Je peux entrer ?

Le ton cérémonieux de Stacy lui fit perdre son sourire.

— Bien sûr.

Elle entra, et remarqua qu'il laissait la porte ouverte. De façon ostensible, pensa-t-elle.

— Je vous dois des excuses, dit-il. Pour cet après-midi.

— N'en parlons plus. L'affaire est terminée.

— Vraiment ? Je n'en suis pas si sûr.

— Leo…

— Vous m'attirez, Stacy. Et je pense que je ne vous suis pas indifférent. Où est le problème ?

Stacy détourna les yeux. Avant de les reporter vers Leo pour affronter sans détour son regard.

— Même si j'étais intéressée, je crois que vous êtes toujours amoureux de votre ex-femme.

Il ne chercha pas à nier, ne tenta pas de se justifier ou de se trouver des excuses. Son silence était pour Stacy une réponse suffisante. Ou plutôt, la confirmation de ce qu'elle soupçonnait depuis le départ.

— Ce n'est pas pour ça que je suis ici, Leo. J'aimerais que vous me parliez de votre ancien associé.

— Dick ? Pourquoi ça ?

— Je ne sais pas trop. Je réfléchis à une idée et j'aurais besoin de plus d'informations. Il est mort il y a trois ans ?

— Oui. Il est tombé d'une falaise en voiture. A Carmel, en Californie.

— Comment avez-vous appris l'accident ?

— C'est un avocat qui nous a contactés. La mort de Dick mettait un terme à certaines de nos entreprises communes, y compris *White Rabbit.*

— Cette personne ne vous a pas donné plus de détails concernant l'accident ?

— Non. Mais nous n'avons pas posé de question.

Stacy prit note de ce détail.

— Vous m'avez dit que vous aviez cessé toute collaboration pour des raisons personnelles. Qu'il n'était pas l'homme que vous croyiez…

— Oui, mais…

— Ces raisons personnelles avaient-elles un rapport avec Kay ?

L'expression surprise de Leo se teinta peu à peu d'admiration.

— Comment le savez-vous ?

— Un regard que vous avez échangé, Kay et vous, la première fois que nous nous sommes vus… Mais peu importe. Dites-moi plutôt ce qui s'est passé.

Il laissa échapper un soupir résigné.

— Vous voulez qu'on commence par le commencement ?

— C'est préférable.

— Dick et moi, on s'est rencontrés à Berkeley. Et on est devenus amis, comme vous le savez déjà. On était tous les deux passionnés de jeux de rôle.

— Et Kay ?

— J'y arrive. J'ai fait sa connaissance grâce à Dick. Ils sortaient ensemble.

Le scénario était assez classique. Le triangle amoureux, avec son inévitable lot de jalousie et de vengeance.

Des choses pas toujours très belles, qui allaient parfois jusqu'au meurtre.

— Je sais ce que vous pensez, mais vous n'y êtes pas du tout, précisa Leo. Ils avaient rompu avant même que je fasse mon apparition. Et ils étaient restés amis.

— Jusqu'à ce que vous sortiez ensemble, Kay et vous.

De nouveau, il parut surpris.

— Oui, mais pas tout de suite. D'abord, nous étions un peu comme les trois mousquetaires. Grisés par le succès de *White Rabbit*… Puis, Dick a commencé à changer. Son travail est devenu plus sombre. Sadique, cruel.

— Comment ça ?

Leo observa une pause, comme s'il rassemblait ses pensées.

— Dans les jeux, tuer un ennemi ne lui suffisait pas. Il

fallait d'abord qu'il le torture. Et qu'il le démembre après l'avoir tué.

— Charmant.

— Il se justifiait en expliquant que l'évolution des jeux allait dans cette direction, que nous devions toujours être à l'avant-garde.

Comme il s'interrompait, Stacy put constater à quel point cette évocation du passé était déplaisante pour lui.

— C'étaient des discussions incessantes. On s'éloignait l'un de l'autre… d'un point de vue créatif, mais aussi sur le plan personnel. Et puis, il…

Ravalant un juron, Leo se mordit la lèvre avec dégoût.

— Il a violé Kay.

Stacy ne fut pas surprise. Elle se doutait depuis le début que ce qui avait causé la rupture des deux hommes allait bien au-delà d'une simple divergence d'opinions.

— Cette histoire a détruit Kay. Dick et elle avaient été très proches. Elle pensait qu'ils étaient amis. Il avait toute sa confiance.

Il fit entendre un grognement chargé de douleur et de colère.

— Ce soir-là, il lui a fait croire qu'il voulait lui parler de moi. Il avait soi-disant besoin de son avis sur la façon de procéder pour renouer le contact.

— Je suis désolée.

— Moi aussi, croyez-moi.

Il se passa la main sur le visage. Cette exubérance qui le faisait paraître si juvénile avait disparu.

— Nous n'en parlons pas.

— Jamais ?

— Jamais.

— Il a été condamné ?

— Kay n'a pas porté plainte, répondit Leo en levant aussitôt la main pour prévenir la question de Stacy. Elle voulait éviter la publicité que cela aurait inévitablement engendrée. Elle refusait de voir sa vie étalée au grand jour, passée au crible… Elle a aussi parlé avec un avocat. En substance, il lui a fait comprendre que sa relation avec Dick, même si elle n'avait jamais rien eu de sexuel, suffisait à plomber le dossier. Dick mentirait, et la défense la crucifierait. Bref, nous avons pensé qu'en laissant cette histoire derrière nous, tout s'arrangerait. Que Kay serait en mesure d'oublier, d'aller de l'avant.

Une idée fausse très répandue. En refusant la souffrance, en la repoussant, on n'aidait pas une blessure à cicatriser, bien au contraire.

Mais peut-être que l'expérience de Kay avait été différente.

— Et cela a marché ?

Leo parut accablé.

— Non.

— Auriez-vous une photo de lui ?

— Probablement. J'essaierai de vous trouver ça quand…

— Il vous serait possible de la chercher maintenant ?

— Maintenant ? répéta-t-il, troublé.

— Oui. Il se pourrait que ce soit important.

Il hocha la tête et se mit en quête de la photo. Il commença à fouiller dans les tiroirs et les classeurs.

— Un instant ! s'exclama-t-il en s'interrompant soudain. Je sais où il y a une photo de Dick !

Il marcha droit sur les rayonnages de la bibliothèque et en sortit un annuaire universitaire.

Après l'avoir feuilleté un moment, il finit par trouver ce qu'il cherchait. Il tendit le gros volume à Stacy. Il était ouvert à une page présentant les clubs et associations. On voyait la photo d'un Leo très jeune, en compagnie d'un garçon que Stacy ne connaissait pas. Souriants, ils exhibaient un diplôme portant le sceau de l'université. La légende disait :

« Leo Noble et Dick Danson, les deux coprésidents du premier club de jeux de rôle de Berkeley. »

Deux jeunes gens dégingandés, avec la vie devant eux. Rien, dans le sourire ou le regard de Dick Danson, ne laissait soupçonner un homme capable des violences que Leo avait décrites. Il avait les cheveux bruns, longs et hirsutes, des lunettes à monture métallique et un bouc dont les poils partaient dans tous les sens.

Stacy regarda la photo avec un sentiment de frustration. Elle avait espéré qu'elle le reconnaîtrait. Mais ce n'était pas le cas.

Elle n'entendait pas pour autant renoncer.

— Je peux vous l'emprunter un moment ?

— Pourquoi pas ? A condition que vous me disiez ce que vous comptez faire.

Stacy changea de sujet.

— Vous avez les documents établissant que les droits du jeu vous reviennent ?

— Bien sûr.

— J'aimerais les voir.

— Ils sont dans un coffre à la banque. Je vous assure qu'ils sont authentiques.

Elle baissa de nouveau les yeux sur la photo.

— J'ai une question. Est-ce que Dick Danson pourrait être encore en vie ?

— Vous plaisantez ?

— Pas du tout.

— Ça me paraît hautement improbable.

Comme elle se contentait de le regarder fixement, il se mit à rire.

— Bon, d'accord, c'est possible. Je... je n'ai pas vu le corps.

— Il se pourrait que personne ne l'ait vu. Certains coroners se montrent parfois négligents ou laxistes, notamment ceux qui officient dans les petites villes. Comme Carmel-by-the-Sea, par exemple.

— Mais pourquoi jouer le mort ? Pourquoi renoncer aux droits des projets que nous avions produits conjointement ? Ça n'a aucun sens.

Cette fois, ce fut Stacy qui se mit à rire, mais sans joie.

— Au contraire, Leo, c'est très intelligent. La tombe est un excellent endroit pour orchestrer une vengeance. Vous ne croyez pas ?

40.

Mercredi 16 mars 2005
10 heures

Stacy attendit que la grosse affluence du matin soit passée pour rendre visite à Billie au Café Noir. Elle n'arrivait pas à évacuer l'idée qu'il existait un lien entre la mort de Cassie et *White Rabbit*. Billie n'oubliait jamais le visage d'un client. Si Danson était passé dans son café, elle s'en serait souvenue.

Stacy pénétra dans l'établissement, le vieil annuaire de fac de Leo coincé sous le bras. Un appétissant parfum de café et de gâteaux tout juste sortis du four lui mit l'eau à la bouche. Bien qu'elle eût déjà pris son petit déjeuner, elle allait avoir toutes les peines du monde à résister à la tentation d'un cookie encore chaud. Billie allait inévitablement lui en proposer un. Elle s'y entendait comme personne pour pousser à la consommation.

Après sa visite en compagnie d'Alice, Stacy avait appelé son amie pour lui parler de Pogo. Mais Billie lui avait paru distraite — sans doute était-elle occupée —, et la conversation téléphonique ne s'était pas prolongée.

Billie se tenait devant la vitrine de pâtisseries avec Paula. Quand elle vit Stacy, elle lui adressa un grand sourire.

— Je savais que tu viendrais ce matin !

— Vraiment ?

— Je suis voyante…

Stacy se mit à rire, puis s'arrêta net. Quelque chose, dans l'expression de Billie, lui laissait penser qu'elle parlait sérieusement.

— Un autre de tes nombreux talents ?

— Absolument.

Stacy rejoignit le comptoir et demanda un cappuccino. Elle faisait de son mieux pour ne pas regarder du côté des cookies.

— Tu aurais une minute pour qu'on parle ?

— Accordée. Un cookie pour te donner des forces ?

— Non, merci. Ça ne me fait pas envie.

— Bien sûr que si !

— Et comment le sais-tu ?

— Je te l'ai dit : je suis voyante.

— Je te hais ! lança Stacy en lui faisant la grimace.

Billie éclata de rire.

— Installe-toi donc à une table. J'arrive tout de suite.

Elle la rejoignit avec le café et le cookie encore chaud et fondant. Incapable de résister, Stacy en prit un morceau.

— Je te hais vraiment, tu sais ?

Son amie rit de nouveau et prit également un petit bout de cookie.

Après s'être accordé une gorgée de cappuccino, Stacy ouvrit l'annuaire et le fit glisser vers Billie.

— As-tu déjà vu cet homme ? lui demanda-t-elle en désignant la photo de Danson.

Billie étudia le cliché pendant un moment, puis secoua la tête.

— Désolée.

— Tu es certaine de ne pas l'avoir aperçu ici ? Il doit avoir aujourd'hui vingt-cinq ans de plus que sur la photo.

Billie plissa les yeux.

— J'ai une excellente mémoire des visages, et celui-ci ne me dit rien. Qui est-ce ?

— L'ancien associé de Leo.

— Et ?

— Il est mort. Enfin, il est sensé être mort.

Un léger sourire apparut sur les lèvres de Billie.

— Voilà qui commence à être intéressant, dit-elle en prenant un autre morceau de cookie. Explique.

Stacy se pencha vers elle.

— Beaucoup attribuent le titre de Lapin Blanc Suprême à Leo…

— L'inventeur du jeu ?

— Exact. Sauf qu'il ne l'a pas conçu tout seul, ce jeu. Il y a un deuxième inventeur.

— Ce type, là ?

— Oui. Il serait tombé d'une falaise, en voiture, du côté de Carmel-by-the-Sea, il y a trois ans. Sa mort a dégagé les droits de certains jeux que Leo et lui avaient créés ensemble.

— Intéressant. Continue.

Stacy préféra poser une question.

— La personne qui est derrière les lettres et les meurtres, pourquoi fait-elle ça, selon toi ?

— Parce qu'elle est cinglée.

— Mais encore ?

— La colère ? La vengeance ?

— Exactement. Il semblerait que les choses se soient assez mal passées entre les Noble et Danson, l'associé.

— J'y suis. Ce Danson aurait simulé sa propre mort, de façon à pouvoir tranquillement ficher en l'air la vie des Noble.

— Exactement !

D'instinct — cet instinct qui lui avait permis de résoudre tant d'enquêtes par le passé —, Stacy savait qu'elle était sur une piste sérieuse.

— C'est un avocat qui est venu leur apprendre la nouvelle et leur remettre les documents. L'homme était peut-être un imposteur. Et même si les papiers sont authentiques, le fait d'abandonner les droits de ses projets serait sans importance pour Danson, comparé au plaisir de détruire la vie de Leo.

— Voire de le détruire tout court.

— Le tuer, oui, acquiesça Stacy en refermant les mains autour de sa tasse pour y puiser de la chaleur. Tuer Kay, aussi. Et peut-être Alice. Cela sans être inquiété le moins du monde. Après tout, il est déjà mort.

— Un plan ingénieux.

— Pas tant que ça. Après tout, j'ai retrouvé sa trace…

— Tu as ton téléphone portable ?

Stacy le portait à la ceinture, dans un holster — une habitude prise à l'époque où elle était flic. Une de ces habitudes dont il semblait difficile de se débarrasser.

— Pourquoi ? demanda-t-elle.

— Prête-le-moi.

Stacy le lui tendit sans demander d'explication. Billie leva un doigt pour lui faire signe d'attendre, puis elle ouvrit le portable et composa un numéro.

— Connor ? C'est Billie.

Elle se mit à rire, d'un rire léger, rauque et sexy en diable.

— Oui, *cette* Billie. Comment vas-tu ?

Stacy assista d'un air incrédule à ce flirt téléphonique des plus inattendus. Billie ressemblait tout à coup à une mangeuse d'hommes. Où avait-elle bien pu apprendre ça ?

— Je suis avec une amie qui a besoin de quelques petites informations. Elle s'appelle Stacy. Je te la passe. Merci, mon cœur, tu es un amour.

Nouveau rire suggestif, puis elle ajouta dans un murmure :

— Oui, c'est promis.

Elle tendit ensuite le téléphone à Stacy.

— Chef Connor Jackson.

— *Chef ?*

— Oui, le chef de la police à Carmel-by-the-Sea…

Stacy s'empara du portable, totalement abasourdie. A croire que cette femme connaissait tout le monde !

— Chef Jackson ? Stacy Killian à l'appareil. Merci de bien vouloir m'accorder quelques instants.

— Pour Billie, je suis disposé à tout. Que puis-je faire pour vous aider ?

— Je m'intéresse à un décès survenu il y a trois ans. Un certain Dick Danson.

— Danson. Oui, je m'en souviens. Sa voiture est tombée dans le vide à Hurricane Point. Ça fait plus de trois ans et demi, maintenant.

— J'ai cru comprendre que cette mort avait été classée comme un accident ?

— Un suicide, plutôt.

— Un suicide ? répéta Stacy, surprise. Vous en êtes certain ?

— Absolument. Il y avait une bouteille de gaz propane pleine dans le coffre de sa Porsche, et une autre sur la banquette arrière. Il tenait à réussir son coup.

— L'explosion a dû être violente.

— Affirmatif. Dans cette voiture, le coffre est situé à l'avant. Et c'est l'avant du véhicule qui a d'abord heurté le sol. Le légiste a identifié Danson grâce aux empreintes dentaires.

— Vous n'avez pas vu le corps ?

— J'ai vu ce qu'il en restait.

— Vous rappelez-vous un détail insolite, au sujet de cet accident ?

— A part les bouteilles de gaz et le mandat d'arrêt ? Non, rien.

— Un mandat ? Mais sous quel motif ?

— Ecoutez, l'affaire est classée, mais je serai ravi de vous communiquer le dossier. Venez donc le chercher avec Billie.

Stacy le remercia et tendit le téléphone à Billie. Elle s'entretint encore un instant avec le policier, puis coupa la communication.

— On peut savoir comment tu connais le chef Jackson ? interrogea Stacy en remettant son portable en place, à sa ceinture.

— J'ai vécu là-bas quelques années. Connor était fou amoureux de moi, ajouta Billie en soupirant.

Et à en juger par sa réaction, Connor éprouvait toujours les mêmes sentiments pour elle, songea Stacy.

— Il sait que tu es mariée ?

Billie haussa les épaules.

— Il s’en doute, j’imagine.

— Que dirais-tu de le revoir ?

— Une virée entre filles ? lança Billie, les yeux brillants.

— J’aimerais voir le dossier. Il est prêt à me le confier. Mais il m’a clairement fait comprendre qu’il souhaitait que je vienne avec toi.

— Rocky est très pénible, en ce moment. Dans ces conditions, je pense qu’un petit voyage serait une excellente façon de remettre les pendules à l’heure.

41.

Jeudi 17 mars 2005
9 heures

Stacy et Billie organisèrent rapidement leur voyage. Elles avaient trouvé des vols directs à destination de San Francisco pour le lendemain. Billie avait insisté pour qu'elles louent une voiture à l'aéroport et qu'elles fassent le reste du trajet en voiture. D'ailleurs, la route offrait un spectacle à ne manquer sous aucun prétexte.

Surtout dans une voiture décapotable. Une marque européenne, de préférence. Un modèle aux lignes racées.

Billie aimait le luxe, de toute évidence.

Stacy, elle, avait décidé d'aller à Carmel-by-the-Sea avec ou sans l'agrément de Leo. Mais quand elle lui avait exposé ses projets, il avait proposé de prendre en charge tous les frais, ce qui était une excellente nouvelle.

Stacy fit glisser la fermeture Eclair de son petit sac de voyage, et survola sa chambre du regard pour s'assurer qu'elle n'avait rien oublié.

Elle fit passer le sac sur son épaule, et jeta un coup d'œil vers la chambre d'Alice. L'adolescente se trouvait sans doute avec son précepteur… Suivant son instinct, Stacy s'approcha et frappa à la porte.

— Entrez ! répondit Clark.

— Désolée de vous interrompre, dit Stacy en entrebâillant la porte, mais j'aimerais parler à Alice, si c'est possible. J'en ai pour un instant.

Il baissa les yeux sur son sac, puis soutint de nouveau son regard.

— Oui, bien sûr.

Un instant plus tard, Alice rejoignait Stacy dans le couloir.

— Salut ! dit-elle sans même la regarder dans les yeux.

— Je m'absente pour deux jours, expliqua Stacy. Si tu as besoin de moi — pour quoi que ce soit — n'hésite pas à m'appeler.

Elle griffonna son numéro de portable sur un morceau de papier, et le tendit à Alice.

— *Pour quoi que ce soit*, répéta-t-elle d'un ton insistant.

L'adolescente regarda le numéro, puis s'éclaircit la gorge. Quand elle releva les yeux vers Stacy, ils brillaient de larmes. Sans un mot, elle fit volte-face et rentra dans sa chambre qui lui tenait lieu de salle d'étude.

Alors qu'elle fermait la porte derrière elle, Stacy croisa le regard de Clark, qui la dévisageait.

La porte claqua.

Stacy resta figée, et sentit un picotement désagréable au niveau de la nuque.

Le carillon se fit entendre, dans l'entrée.

C'était Billie. Stacy demeura encore un instant immobile,

puis elle rajusta le sac sur son épaule et rejoignit l'escalier pour aller accueillir son amie.

Elles eurent de la chance avec la circulation, et purent rejoindre le Louis Armstrong International Airport en une vingtaine de minutes. C'était une bonne chose, car contrairement à Stacy, Billie était chargée. Elle avait deux gros sacs à faire enregistrer.

— Qu'est-ce que tu as bien pu entasser là-dedans, alors qu'on ne part que quarante-huit heures ? lui demanda Stacy.

— Juste l'indispensable, répondit Billie d'un ton léger, tout en hélant un porteur, sans se soucier des gens qui attendaient depuis plus longtemps qu'elle.

Curieusement, personne ne protesta.

Alors qu'ils se dirigeaient vers la porte d'embarquement, le téléphone portable de Stacy sonna. Elle vit sur l'écran qu'il s'agissait de Malone.

— Tu vas répondre ? lui demanda Billie.

Bonne question. Si elle lui révélait ce qu'elle était en train de faire, il pouvait faire échouer sa rencontre avec le chef Jackson : il lui suffirait d'affirmer qu'elle entravait le cours de la justice.

En outre, c'était la première fois depuis samedi qu'elle avait des nouvelles de Spencer. A l'évidence, il l'avait mise sur la touche. Eh bien, elle allait lui rendre la monnaie de sa pièce.

— Non, dit-elle en réprimant un sourire.

Et elle éteignit son portable.

42.

Jeudi 17 mars 2005
10 h 25

— Tu t'es occupé de tes impôts, Junior ? demanda Tony alors qu'ils sortaient de la voiture.

Le ruban jaune avait été tendu devant la façade de l'immeuble aux balcons en fer forgé du Quartier Français. Il était situé à proximité de deux bars gays très populaires, et de nombreux hommes se tenaient aux abords des lieux. Certains pleuraient, d'autres réconfortaient des compagnons, et d'autres encore, le visage impassible, tentaient de refouler leur colère.

— Non, répondit Spencer. J'ai encore un mois. J'aime attendre la dernière minute. Un geste de défi, en quelque sorte.

— La mort et les impôts… impossible d'y couper.

La mort était la raison de leur présence dans cette partie du Quartier Français.

Un double meurtre. La police avait été alertée par un ami qui avait découvert les corps.

« Ça doit être lui », songea Spencer en avisant un homme recroquevillé sur un banc, dans le jardin richement fleuri de l'immeuble. Un autre homme se trouvait avec lui, visiblement pour lui apporter un peu de soutien.

Spencer et Tony marchèrent jusqu'au jeune policier qui filtrait les entrées à l'intérieur du périmètre de sécurité.

Ils échangèrent un coup d'œil.

— Qu'est-ce que vous avez pour nous ? lança Tony.

— Deux hommes, répondit le flic, la voix légèrement tremblante. Un noir. Un hispanique. Dans la salle de bains. Ils doivent être morts depuis un moment.

— Super ! dit Tony en sortant de sa poche un flacon de Vicks. Encore un truc qui va sentir la rose !

— Depuis combien de temps ? demanda Spencer. Enfin, selon vous…

— Deux jours. Mais je ne suis pas spécialiste.

— On les a identifiés ?

— August Wright et Roberto Zapeda. Décorateurs d'intérieur. On ne les avait pas vus depuis deux jours et leur copain, qui est là, commençait à s'inquiéter. Il est venu vérifier.

Spencer survola la feuille d'enregistrement. Les techniciens « scène de crime » ne s'étaient pas encore montrés ni aucun membre du bureau du coroner.

— On monte ! dit-il.

— D'accord.

L'appartement se trouvait au premier étage. Un autre flic était de faction devant la porte. Logan. Il passait beaucoup de temps au Shannon.

Spencer le salua d'un hochement de tête. Il se trimballait visiblement une sévère gueule de bois.

Avant de rentrer, Tony tendit le Vicks à son coéquipier. Spencer s'en étala sous le nez, puis lui rendit le flacon.

Ils pénétrèrent dans l'appartement. L'odeur s'abattit violemment sur Spencer, lui retournant l'estomac. Il s'obligea à respirer profondément par le nez et compta jusqu'à dix, puis vingt. Enfin, l'odeur devint plus tolérable.

Apparemment, rien n'avait été dérangé dans la pièce où ils se trouvaient. Elle était décorée avec un mélange de meubles anciens et modernes, auxquels se mêlaient de belles œuvres d'art et de spectaculaires arrangements floraux.

— Classe ! déclara Tony en promenant son regard dans le salon. Ils étaient doués, quand même, ces deux homos !

— A quoi tu t'attendais, au juste ? Je te rappelle qu'ils étaient décorateurs d'intérieur.

— C'est vrai. Ça me rappelle cette émission qui s'appelle *Queer*. Ils prennent un hétéro lambda, un type dans mon genre, et ils en font une couverture de magazine. C'est quelque chose !

— Un type dans ton genre ?

Tony haussa les sourcils d'un air offusqué.

— Tu penses qu'ils ne pourraient pas faire de moi quelqu'un de chic ?

— Je pense qu'ils n'essaieraient même pas.

Avant que son partenaire ait pu commenter, les techniciens arrivèrent.

— Hé, les gars, vous avez déjà vu l'émission *Queer ?* leur lança Tony.

— Bien sûr ! répondit Frank, le photographe. Enfin, comme tout le monde.

— Junior me soutient que je ne pourrais même pas y participer. Qu'est-ce que vous en pensez ?

— Je suis à peu près d'accord, dit l'un des techniciens avec un sourire narquois.

— Bon, on perd du temps ! intervint Spencer. On y va ?

Tout le monde reporta son attention vers le salon. Il était parfaitement rangé. Le moindre bibelot, le moindre magazine semblait à sa place. Spencer était toujours étonné qu'une telle impression d'ordre et de calme pût cohabiter avec un spectacle aussi épouvantable que celui de la mort violente.

Et dans le genre, celui-ci était particulièrement sévère ; il le découvrit quelques instants plus tard dans la salle de bains. Les victimes avaient été ligotées ensemble. A l'évidence, on avait contraint les deux hommes à monter dans la grande baignoire et à s'y agenouiller.

Après quoi on les avait tués.

Jusque-là, rien d'extraordinaire. Ce qu'il l'était, c'était le sang.

Il y en avait partout. Les murs, les tuyaux, le sol.

Comme si on avait peint au pinceau. Ou au rouleau.

— Putain de merde ! maugréa Tony.

Spencer s'approcha de la baignoire, conscient du bruit que faisaient ses semelles en caoutchouc sur le sol souillé de sang. Il savait qu'il courait le risque de détruire un indice, mais il n'avait pas le choix.

Les deux victimes se faisaient face, les mains nouées dans le dos. Les types devaient avoir une trentaine d'années. En bonne condition physique. L'un d'eux était en sous-vêtements ; l'autre portait seulement un bas de pyjama.

On les avait abattus d'une balle dans le dos.

Spencer fronça les sourcils. Curieusement, il n'y avait aucune trace de lutte. Pourquoi ?

— A quoi tu penses, Junior ?

— Je me demandais pourquoi ils n'avaient pas essayé de se défendre.

— Parce qu'ils ont probablement pensé que ça ne servirait à rien.

Spencer hocha la tête.

— Notre homme avait un flingue. Il les a amenés ici. Ils ont dû croire qu'il s'agissait d'un cambriolage.

— Mais pourquoi ne pas les avoir flingués dans le salon ? Pourquoi cette mise en scène ?

— Le sang.

Spencer désigna la baignoire. Le tueur avait mis le bouchon afin d'empêcher le sang de s'écouler par la bonde.

— Une espèce de rituel, peut-être.

— Inspecteurs ?

Ils se tournèrent. Frank se tenait à la porte de la salle de bains. Un sachet en plastique était fixé au dos de la porte avec du ruban adhésif.

— Tu penses comme moi ? demanda Spencer à Tony.

— Ça te rappelle quelque chose, à toi aussi ?

— Uh-uh, dit Spencer en enfilant ses gants et en revenant vers la porte. Vous me prenez ça en photo ?

Dès que le photographe eut fait son travail, Spencer décolla le sachet avec soin.

Avec un sentiment étrange de déjà-vu, il sortit le mot qui se trouvait à l'intérieur. Celui-ci disait simplement :

« Les roses sont rouges, maintenant. »

43.

Jeudi 17 mars 2005
Monterey Coast, Californie
15 h 15

Billie n'avait pas menti. Dès la sortie de la ville, la route était magnifique. Et quand elles quittèrent Carmel Way pour s'engager sur le fameux Seventeen Mile Drive, Stacy retint son souffle. La route en courbe, bordée des deux côtés par des forêts denses, se frayait un chemin à travers un magnifique paysage vallonné. Puis la route se faisait plus sinueuse ; elle était bordée de magnifiques propriétés et offrait des vues superbes sur l'océan Pacifique.

L'ami de Billie leur avait réservé des chambres au Lodge de Pebble Beach — le fameux parcours de golf dont même Stacy avait entendu parler, alors qu'elle n'avait jamais joué au golf.

Elle se pencha vers Billie.

— Tu ne crois pas que le petit motel du coin aurait suffi ?

— Silence ! dit Billie alors qu'un homme venait à leur rencontre.

Grand et séduisant, élégant, les tempes argentées. Sans doute le directeur de l'hôtel, décida Stacy.

— Max, mon chéri ! lança Billie alors qu'il la serrait dans ses bras. Merci de nous accueillir ici.

— Rien de plus normal, répondit-il en l'embrassant. Voilà trop longtemps qu'on ne vous a pas vue.

— Et cet éloignement m'a déprimée. Laissez-moi vous présenter Stacy Killian, une amie chère. C'est sa première visite au Lodge.

L'homme salua Stacy, fit signe au chasseur, puis revint à Billie.

— Vous avez projeté de jouer au golf ?

— Malheureusement non.

— Les pros vont être affreusement déçus.

Le chasseur les rejoignit. Max lui confia les deux jeunes femmes, non sans leur avoir fait promettre de le prévenir si elles avaient besoin de quoi que ce soit.

Après qu'on les eut conduites à leur chambre dans une voiturette de golf spécialement aménagée pour le transport des passagers, Stacy se tourna vers Billie.

— Je suis un peu surprise qu'on ne m'ait pas demandé de te suivre à pied…

Billie éclata de rire.

— Détends-toi et profites-en !

— Impossible. Ton ami Max sait que je suis un imposteur.

— Un imposteur ?

— Je ne suis pas à ma place, ici.

— Ne sois pas stupide ! A partir du moment où tu peux payer, tu es à ta place.

— Mais je ne peux pas !

— C'est Leo qui paye pour toi. Ça revient au même.

Stacy fronça les sourcils, peu convaincue.

— Tu joues au golf ?

— Assez bien, oui. Ou plutôt, très bien.

— C'est l'impression que j'ai eue.

La voiturette s'arrêta devant une tonnelle dominée par un imposant camélia en fleurs.

— Très bien comment ?

— J'ai été championne junior des Etats-Unis chez les amateurs, trois ans de suite. J'ai abandonné par amour. Eduardo.

Eduardo. Allons, bon !

Elles descendirent de la voiturette et suivirent le chasseur. Elles avaient deux chambres mitoyennes, toutes deux accessibles depuis la tonnelle. Le chasseur ouvrit d'abord celle de Billie — ce dont Stacy ne s'étonna même pas —, et ils pénétrèrent à l'intérieur.

— Mon Dieu ! souffla Stacy.

La chambre était immense : on aurait dit une suite. Des baies vitrées coulissantes donnaient accès à un patio ombragé.

— Je savais que tu aimerais ! s'exclama Billie, ravie.

Comment ne pas aimer ? La richesse et le luxe mettaient peut-être Stacy mal à l'aise, mais elle était humaine, après tout.

Le chasseur ouvrit la chambre de Stacy, puis accepta le pourboire généreux de Billie, et les laissa seules.

Stacy promena son regard dans la chambre, s'arrêtant sur la cheminée. Elle se tourna vers Billie, qui se tenait devant la porte de communication.

— Je ne veux surtout pas savoir combien coûte une nuit dans cet endroit, déclara Stacy.

— D'accord. Dis-toi juste que Leo a largement les moyens.

— Ça paraît si… extravagant. Et pas vraiment indispensable. Les flics ne vivent pas de cette façon.

— D'abord, je te rappelle que tu n'es plus flic. Ensuite, l'extravagance n'a rien d'inutile. Je le sais. Tu peux me faire confiance.

Avant que Stacy ait pu donner son avis, Billie ajouta :

— J'ai promis à Connor que je l'appellerais à la seconde où nous arriverions. Ça ne t'ennuie pas ?

Stacy en profita pour goûter au luxe de la salle de bains. Elle ralluma aussi son téléphone portable et constata que Malone avait de nouveau essayé de la joindre. Il n'avait pas laissé de message.

Quand elle sortit de la salle de bains, elle trouva Billie qui l'attendait à la porte. Son expression lui fit penser à celle d'un chat à qui l'on vient de présenter une assiette de lait.

— Bonne nouvelle ! annonça-t-elle. Il est libre tout de suite.

Ce qui n'avait rien de surprenant…

Le voyage jusqu'au centre-ville de Carmel-by-the-Sea prit moins d'un quart d'heure, y compris le temps qu'il leur fallut pour garer la Jaguar sur Ocean Avenue.

Carmel-by-the-Sea était aussi pittoresque que l'avait imaginé Stacy. Plus, même. C'était comme une ville de conte de fées.

Alors qu'elles se promenaient sur Ocean Avenue, Billie lui livra toutes sortes de détails concernant Carmel. Elle lui expliqua ainsi qu'il n'y avait pas d'adresse dans cette ville. Tous les habitants avaient une boîte postale qui leur servait non seulement pour recevoir du courrier mais qui constituait aussi le cœur de la vie sociale. Nombre de nouvelles et d'informations partaient de la poste et se répandaient peu à peu parmi la population.

— Et pour les ambulances ? demanda Stacy, incrédule. Ou les livraisons FedEx ?

— Il suffit de décrire précisément le lieu et son environnement.

Billie désigna Junipero Avenue.

— Par exemple, tu parleras de la troisième maison après le carrefour entre Ocean Avenue et Junipero Avenue. Ou encore, ajouta-t-elle en désignant une autre artère, la maison qui se trouve en face de chez Eastwood, sur Junipero Avenue.

Stacy secoua la tête. Dans le monde technologique d'aujourd'hui, il semblait à peine concevable qu'une communauté, aussi petite fût-elle, pût fonctionner de cette manière.

— Tu as dit « en face de chez Eastwood »... Tu ne parles pas de...

— Clint ? Mais si, bien sûr ! Un type super. Les pieds sur terre.

Un type super. Les pieds sur terre. Billie avait dit cela comme s'ils se connaissaient. Comme s'ils étaient copains, même.

Mais elle ne poserait pas la question.

Elles arrivèrent à hauteur du quartier général de la police. L'officier qui se trouvait à l'accueil prévint le chef de leur arrivée, et celui-ci demanda à ce qu'elles viennent directement dans son bureau.

Le chef Connor Jackson était un homme grand et musclé, séduisant, avec des cheveux grisonnants. Il tendit la main à Stacy quand Billie eut fait les présentations.

— Merci d'accepter de nous recevoir, dit Stacy en le saluant.

— Je suis heureux de pouvoir vous rendre service.

Même si ces paroles étaient destinées à Stacy, il avait le plus grand mal à détacher son regard de Billie.

— Comme je vous l'ai expliqué au téléphone, je m'intéresse à la mort de Dick Danson.

— J'ai sorti le dossier. Consultez-le, je vous en prie !

Il le fit glisser vers elle, sur son bureau.

— Désolé, ajouta-t-il, mais il ne peut pas quitter le bâtiment.

Bien sûr ! songea Stacy. C'était la procédure habituelle. Au lieu de se jeter sur le dossier, elle préféra poser d'abord quelques questions.

— Au téléphone, vous avez fait allusion à un mandat d'arrêt. Pour quel motif ?

— Détournement de fonds. Dans une entreprise pour laquelle il concevait des décors de jeux.

— Il risquait d'être condamné, selon vous ?

— La question n'est plus franchement à l'ordre du jour.

— Peut-être. Ou peut-être pas.

Le chef fronça les sourcils.

— Où voulez-vous en venir ?

Stacy secoua la tête, pas vraiment disposée à livrer sa théorie. Elle n'avait pas envie qu'on se moque d'elle.

— Jusqu'à quel point êtes-vous certain qu'il s'agissait d'un suicide ? demanda-t-elle à Connor.

— Quatre-vingt-dix-neuf pour cent. On avait un mandat d'arrêt contre lui. Des recherches ont été effectuées à son domicile : elles ont révélé qu'il n'avait pas de barbecue au gaz ou autre appareil nécessitant l'utilisation de bouteilles de propane. Ces bonbonnes avaient été placées dans sa voiture pour un seul motif : provoquer une grosse explosion. Il a quitté la route à Hurricane Point. L'endroit était particulièrement bien choisi. Et il a laissé une lettre dans laquelle il expliquait qu'il n'avait plus aucune raison de vivre.

— Vous avez enquêté là-dessus ? Avait-il des problèmes financiers ou sentimentaux ?

Le chef plissa les yeux, visiblement agacé par toutes ces questions. Et Stacy ne pouvait pas l'en blâmer.

— Franchement, dit-il, l'affaire a été classée presque aussitôt. Nous avions identifié la victime. Nous avions une lettre annonçant son intention de se suicider. Et la menace d'une arrestation imminente. Danson consultait un psy. Disons qu'il n'a pas été surpris plus que cela par la nouvelle… Je ne voyais pas de raison de creuser plus profond. Tout est dans le dossier.

— Merci, lui dit Stacy en tâchant de cacher sa déception.

Elle avait été tellement certaine de tenir une piste sérieuse qu'elle se sentait complètement idiote, à présent. Elle avait dilapidé beaucoup de temps et d'argent sur une intuition un peu légère.

Elle s'empara du dossier.

— Pourquoi n'iriez vous pas dîner, Billie et vous ? Pendant ce temps-là, j'éplucherais le dossier.

— Formidable ! lança le chef en se frottant les mains avec énergie, visiblement pressé de se retrouver seul avec Billie. Je vais vous installer dans l'une des salles d'interrogatoire.

Stacy passa les deux heures suivantes en compagnie du

dossier, d'une cannette de Coca-Cola et d'un sachet de chips acheté au distributeur.

Pour un résultat très décevant. Certes, elle découvrit de nombreux détails qu'elle ignorait, mais rien pour venir étayer son intuition.

Dick Danson était mort.

Et elle avait laissé Leo et sa famille aux prises avec un tueur.

Enfin, elle appela Billie pour la prévenir qu'elle en avait terminé. Elle entendit de la musique, derrière la voix de son amie, et aussi des gens qui riaient. Connor déclara que l'un de ses hommes allait la ramener au Lodge.

Apparemment, la nuit ne faisait que commencer pour les deux autres.

L'officier, un très jeune policier qui semblait tout juste sorti de l'adolescence, la déposa à l'hôtel. Là, elle passa commande auprès du service des chambres et enfila un peignoir.

Son téléphone portable sonna. C'était encore Malone. Cette fois, elle répondit. Elle avait besoin d'entendre sa voix.

— Malone ?

— Où êtes-vous ?

Il semblait tendu. Elle sentait qu'il n'allait pas du tout aimer sa réponse.

— En Californie. Au Lodge de Pebble Beach.

Un long silence suivit.

— Vous jouez au golf ?

Le malentendu la fit sourire.

— Non. Je suis venue vérifier une intuition. Avec Billie.

— Billie la mangeuse d'hommes ?

— Tout juste, répondit Stacy, amusée qu'il eût pensé à son amie de la même façon qu'elle.

— Ah ! Killian… Un vrai petit génie plein de dynamisme ! Et cette intuition ?

— J'ai pris une bonne leçon, en fait. Mes intuitions sont nulles.

Elle l'entendit rire, mais d'un rire tendu. Sans humour.

— Les cartes à jouer sont mortes, annonça-t-il. August Wright et Roberto Zapeda. Associés. Dans la vie et dans le boulot.

— Un lien avec Leo ?

— Ses décorateurs d'intérieur.

— Merde !

— Je ne vous le fais pas dire. Votre patron est dans la merde jusqu'aux genoux, à présent.

— Leo ? Qu'est-ce que…

— Il faut que j'y aille.

— Non, attendez…

Mais il avait déjà raccroché.

Stacy referma son téléphone portable et regarda le feu qui crépitait dans la cheminée. Tout ce luxe lui importait peu, à présent.

Il était temps de rentrer.

44.

Vendredi 18 mars 2005
Carmel-by-the-Sea, Californie.
6 h 30 du matin

— Mais je n'ai aucune envie de rentrer ! déclara Billie en se glissant sur le siège passager de la Jaguar. J'adore la côte californienne ! Et j'adore être servie !

— Cesse donc de pleurnicher, répliqua Stacy. Tu dois aller t'occuper du Café Noir. Sans parler de ton mari.

Billie fit la grimace.

— Il faudrait encore deux ou trois jours d'absence pour que Rocky m'apprécie de nouveau à ma juste valeur.

Stacy songea avec amusement qu'il fallait une énergie hors du commun pour apprécier *pleinement* Billie. Même les bons jours. Et si Rocky St. Martin n'était pas *toujours* à la hauteur, on pouvait très certainement lui accorder des circonstances atténuantes.

— Regarde la vérité en face, reprit Stacy. Ce voyage est un fiasco. En outre, pendant que je suis là à me prélasser dans le luxe, les cartes à jouer ont été assassinées.

— Qui est-ce qui pleurniche, à présent ?

Stacy lui jeta un regard mauvais.

— Reste si tu veux. Moi, je m'en vais.

Billie laissa échapper un soupir un rien théâtral, puis elle chaussa ses lunettes de soleil et laissa aller sa tête contre l'appuie-tête.

— Connor va être déçu.

— Et toi ? interrogea Stacy en démarrant.

— J'aime mon mari.

Elle avait dit ça avec un tel accent de sincérité que Stacy en resta bouche bée.

— Quoi ? Qu'est-ce qu'il y a ? s'exclama Billie.

— Rien, c'est juste que je…

— Tu croyais que je l'avais épousé uniquement pour son argent, étant donné qu'il est bien plus âgé que moi ? Pourquoi aurais-je fait une chose pareille ? J'avais déjà plus d'argent qu'il ne m'en fallait.

— Désolée, murmura Stacy, tout en s'engageant dans la circulation. Je ne voulais pas te blesser.

— Tu ne m'as pas blessée. Je te demande juste d'avoir confiance en moi.

— D'accord.

— Merci.

Billie soupira de nouveau.

— La côte va me manquer.

Secouant la tête, Stacy mit son clignotant et s'arrêta au bord du trottoir. Elle sortit son téléphone portable et appela Malone.

Il répondit tout de suite.

— Je suis en route pour l'aéroport, lui annonça-t-elle.

— Je vous manque tant que ça ?

— Qu'est-ce que vous vouliez dire exactement en prétendant que Leo était jusqu'au cou dans la…

— J'ai dit jusqu'aux genoux. Je faisais allusion à sa culpabilité de plus en plus évidente.

— Leo, coupable ? Mais c'est faux !

— Ça, c'est ce que vous avez envie de croire.

— Qu'est-ce que ça signifie ?

— Rien. Bon, je dois y aller.

— Attendez ! Vous avez des preuves solides de ce que vous avancez ?

— Eh bien, disons que le temps que vous reveniez en Louisiane, il se pourrait que vous ayez perdu votre boulot.

Il coupa la communication, laissant Stacy partagée entre la colère et la perplexité.

— C'est faux ! répéta-t-elle.

— Quoi donc ? demanda Billy.

— Malone affirme qu'il détient des preuves de la culpabilité de Leo.

— Il serait coupable de quoi ? D'être toujours horriblement mal coiffé ?

— J'aime bien sa coiffure, moi.

— C'est impossible, enfin ! s'exclama Billie d'un air atterré. Il donne toujours l'impression de s'être coincé le doigt dans une prise électrique.

— Absolument pas. Moi, il me fait penser à un surfeur.

— Ou à un tueur fou…

Billie se mordit la lèvre en s'avisant que la comparaison était assez malvenue, étant donné les circonstances.

— Quelle que soit la manière dont il est coiffé, ce type me semble inoffensif, déclara-t-elle.

— A moi aussi.

Stacy garda le silence un instant. Puis elle jeta un coup d'œil sur la pendule du tableau de bord et réprima un juron. Il fallait absolument qu'elle parle au chef Jackson.

— Tu n'aurais pas le numéro personnel de Connor, par hasard ? demanda-t-elle à Billie.

— Bien sûr que si ! Il est même mémorisé dans mon portable.

— Tu pourrais l'appeler ? J'ai besoin de lui poser une dernière question. Je crois que c'est important.

Billie s'exécuta sans poser plus de questions.

Quelques instants plus tard, Stacy avait en ligne le chef de la police. Il avait la voix lourde de sommeil.

— Je suis désolée de vous appeler si tôt, mais j'ai encore une question. Je n'ai pas trouvé la réponse dans le dossier.

— Allez-y, fit-il tout en bâillant.

— Quel était le nom du dentiste de Danson ? Vous vous en souvenez ?

— Dr Mark Carlson. Un type super.

Stacy consulta de nouveau la pendule du tableau de bord. Il leur restait encore beaucoup de temps avant le décollage. Largement assez pour passer un coup de fil à un dentiste ou même lui rendre une visite éclair.

— Vous savez comment le joindre ?

— Ça risque d'être difficile, mademoiselle Killian. Le Dr Carlson est mort. Il a été tué au cours d'un cambriolage.

— Quand ça ?

— L'année dernière.

Le policier observa une pause et ajouta :

— Ce fut même le seul meurtre commis à Carmel en 2004. Et l'affaire n'a pas été résolue.

Stacy raccrocha, après avoir souhaité une bonne journée à Connor.

— Je t'ai eu, salaud !

Elle jeta un coup d'œil dans son rétroviseur, et fit demi-tour.

— Qu'est-ce que tu fabriques ?

— Un jour, tu m'as avoué que tu avais toujours rêvé de jouer les espionnes. Tu t'en souviens ?

— Bien sûr ! répondit Billie en dévisageant son amie. Mais pourquoi…

— Ça te dirait de passer quelques jours de plus au paradis ?

45.

Vendredi 18 mars 2005
La Nouvelle-Orléans
9 h 10

Spencer frappa à la porte de la chambre d'hôpital. Il entendit la voix de sa tante, à l'intérieur, tandis qu'elle disait sa façon de penser au médecin qui la suivait. Il réprima son envie de rire. Elle insistait pour qu'on la laisse sortir. Elle exigeait de parler avec un responsable. Une personne qui donne l'impression d'avoir mérité un diplôme médical.

Le médecin restait étonnamment calme. En vérité, il semblait plutôt s'amuser.

Spencer entra dans la chambre.

— Bonjour, tante Patti. Je dérange ?

— Oui ! dit-elle d'un ton sec. J'expliquais à cette tête de mule…

Le médecin s'avança, la main tendue.

— Dr Fontaine, dit-il.

— Inspecteur Malone, répondit Spencer en lui serrant la main. Le neveu de votre patiente, son filleul et l'un des boucs émissaires de l'ISD.

Elle lui jeta un regard furieux. Elle avait bonne mine. Elle semblait en bonne forme et paraissait avoir recouvré toutes ses forces. Il le lui fit remarquer.

— Evidemment que je suis en forme ! Fraîche comme un gardon.

— Tu veux que je te fasse sortir d'ici ?

— Oh ! oui, Seigneur !

Le médecin secoua la tête, amusé par leur échange.

— Bientôt, Patti, précisa-t-il. Je vous le promets.

Il lui pressa l'épaule et sortit. Dès qu'il eut quitté la chambre, Patti ordonna à Spencer d'approcher la chaise de son lit et de s'asseoir. Elle voulait les nouvelles.

— Tu te souviens de Bobby Gautreaux, le suspect de l'affaire Finch-Wagner ?

— Bien sûr ! Un minable, une raclure.

— C'est bien lui, confirma Spencer avec un sourire en coin. Les résultats des tests ADN sont arrivés ce matin. Le cheveu qu'on a retrouvé sur le T-shirt de Cassie Finch était bien le sien.

— Excellent.

— Ce n'est pas tout. On a comparé les résultats avec le sang récupéré après l'attaque de Stacy Killian à la bibliothèque de l'UNO, et là encore, bingo !

Elle voulut poser une question, mais Spencer l'interrompit d'un geste de la main.

— Et ça continue. On a comparé les résultats à ceux des échantillons de sperme prélevés sur les trois étudiantes victimes de viol à l'UNO. Tout concorde.

Sa tante semblait ravie.

— Beau travail !

C'était aussi ce que pensait Spencer.

— Stacy Killian était convaincue que le type qui l'avait agressée voulait la dissuader de fourrer son nez dans l'affaire Finch-Wagner.

— Tu n'y croyais pas trop, sur le moment.

— On n'avait pas encore les tests ADN pour faire le lien avec Gautreaux.

Tante Patti hocha la tête.

— Si je me souviens bien, elle lui avait donné un sale coup de stylo à bille dans le ventre. Il devrait encore avoir la cicatrice…

— Il l'a ! Nous avons pris des photos, bien sûr. Pour en revenir aux meurtres de Finch et Wagner, entre ses empreintes trouvées sur les lieux, les cheveux de Finch prélevés sur ses vêtements et les menaces qu'il avait proférées à l'encontre de la jeune femme, l'affaire s'annonce plutôt bien.

Et M. Gautreaux allait passer une bonne partie de sa vie derrière les barreaux.

— Il a déjà été arrêté ?

— C'est en cours.

— Bien. Et dans l'affaire *White Rabbit ?*

— Les cartes à jouer sont mortes.

— J'ai appris ça, oui. Des pistes ?

— On s'intéresse principalement à l'inventeur du jeu.

— Tiens-moi au courant.

Tante Patti soupira et jeta un coup d'œil à la pendule murale.

— Si tu savais comme j'ai hâte de partir d'ici !

— Ça ne devrait plus être long. Comment oncle Sammy s'en sort-il, sans toi ?

— Il mange une pizza tous les soirs, cet idiot ! A ce train-là, c'est lui qui va se retrouver ici, avec une artère bouchée !

Spencer se leva en riant. Puis il se pencha pour embrasser sa tante.

— Je repasse dès que je peux.

— Attends, dit-elle en lui prenant la main. Tu n'as eu aucun problème ?

Il savait très bien ce que cela signifiait : « As-tu eu des nouvelles de la PID ? »

Il secoua la tête.

— Non. Tony s'est renseigné autour de lui. Personne n'a entendu parler de quoi que ce soit. Il n'empêche que j'ai une drôle de sensation, une espèce de souffle chaud au niveau de la nuque…

Comprenant parfaitement ce qu'il entendait par là, tante Patti acquiesça.

— Tiens-toi à carreau, Spencer.

Spencer regagnait sa voiture, quelques instants plus tard, quand son téléphone sonna. Il vit sur l'écran qu'il s'agissait de son coéquipier.

— Où es-tu ? lui demanda Tony.

— Je quitte à l'instant tante Patti. Je rentre au bureau.

— Pas la peine. Amène-toi plutôt chez les Noble.

Spencer s'arrêta net. La sensation, dans sa nuque, s'était brusquement accentuée.

— Qu'est-ce qu'il y a ?

— Kay Noble a disparu.

46.

Vendredi 18 mars 2005
11 h 10

Quand Spencer arriva chez les Noble, le flic en faction à l'entrée le dirigea vers le pavillon des invités. Il y retrouva Tony.

— Salut, Junior. T'as fait vite.

— J'ai dû approcher le record du monde.

Spencer survola du regard l'intérieur soigné de la petite maison. On se serait cru dans les pages d'un magazine de décoration. Il se demanda si Wright et Zapeda, les deux décorateurs assassinés, y étaient pour quelque chose.

— Affranchis-moi.

— Apparemment, Kay Noble ne s'est pas montrée pour le petit déjeuner, ce matin. La gouvernante ne s'est pas trop inquiétée. Même si sa patronne est une lève-tôt, il lui arrive de faire la grasse matinée de temps en temps. Surtout quand elle a souffert de migraine, la veille.

Tony baissa les yeux sur ses notes et poursuivit :

— Justement, elle s'est plainte d'un début de migraine, hier après-midi

— Qui a donné l'alarme ?

— La gamine.

— Alice ?

— Ouais. En voyant que son ex-femme ne s'était pas levée, Leo Noble a envoyé leur fille voir ce qui se passait.

— La porte n'était pas fermée à clé ?

— Non.

— Pourquoi ont-ils appelé les flics ? Kay est peut-être allée se promener ou voir des amies ?

— Ça m'étonnerait. Viens, je vais te montrer quelque chose.

Tony emmena Spencer dans une chambre qui, contrairement au salon impeccablement rangé, laissait paraître les signes d'une lutte assez violente. Une lampe au sol. Des tableaux de travers sur les murs. Un lit défait.

Spencer regarda d'un air songeur le désordre de draps et de couvertures. Le jeté de lit de soie bleu et blanc était souillé de taches sombres.

Du sang. Il s'approcha du lit. Il n'y en avait pas beaucoup, mais quand même suffisamment pour indiquer qu'il s'agissait bel et bien d'une blessure et non pas d'une simple éraflure. Par terre, une série de gouttelettes rouges constituait une piste qui empruntait un petit couloir voûté aboutissant à une porte, au fond de la pièce. Sur le mur du couloir, l'empreinte sanglante d'une main se détachait sur le mur blanc.

Spencer alla l'observer de plus près. Il l'étudia un instant et se retourna vers Tony.

— C'est à peu près la taille d'une main de femme.

— On comparera avec les mains de tous les autres habitants de la maison. Le test de la pantoufle de vair…

Il se pouvait aussi que ce fût l'empreinte de l'agresseur,

non celle de la victime. Il ne fallait pas forcément se fier aux apparences.

Spencer désigna la porte.

— Un bureau, expliqua Tony. Avec un patio, au-delà.

Spencer hocha la tête. Pour ne détruire aucune preuve, il évita les traces de sang au sol et la piste qu'elles avaient tracée. Il faudrait effectuer un prélèvement. Seuls des tests détermineraient si tout le sang provenait de la même personne.

Le bureau laissait lui aussi apparaître des signes de lutte. Des meubles dérangés. Des bibelots qui étaient tombés et dont certains s'étaient même brisés. Comme si Kay avait lutté en s'accrochant aux meubles et en opposant une résistance acharnée.

Une bonne chose. Cela laissait espérer qu'elle était toujours en vie.

Les baies vitrées coulissantes qui donnaient sur le patio étaient ouvertes. Il y avait encore du sang sur le verre et l'encadrement.

Spencer jeta un coup d'œil dehors. Le patio était entouré de haies qui l'isolaient du reste de la propriété, à la manière d'une petite cour. L'agresseur devait connaître les lieux et la façon d'entrer sans se faire remarquer.

— Les techniciens sont en route ?

— Je les ai appelés moi-même, déclara Tony.

— Tu as parlé à quelqu'un d'autre ?

— Non. C'est Jackson qui m'a contacté directement.

Jackson, du DIU du Troisième District.

— Noble a appelé le 911, alors ?

— Ouais. Ils ont d'abord prévenu la DIU. Puis les gars

du Troisième ont fait le lien avec notre affaire, et ils m'ont appelé.

— C'est curieux que Noble ne nous ait pas avertis directement, murmura Spencer, plus pour lui-même que pour son partenaire.

Peut-être était-ce pour retarder le moment où il allait falloir donner l'alerte…

— Je veux interroger tout le monde, dit-il. On va commencer par le grand homme en personne.

— On fait tout ensemble ou on se sépare ?

— Séparons-nous, ça ira plus vite. Tu attaques avec la gouvernante. On fera le point ensuite.

Tony accepta la proposition, et ils rejoignirent la maison principale. Tandis que Tony se rendait dans la cuisine, Spencer se mit en quête de Leo, qu'il trouva dans son bureau. Il était assis, le regard dans le vague, le visage impassible. Sa fille, recroquevillée dans un coin du canapé, les genoux contre la poitrine, semblait dévastée.

— J'aurais besoin de vous poser quelques questions, monsieur Noble.

— Appelez-moi Leo, s'il vous plaît. Je vous écoute.

— Quand avez-vous vu votre femme pour la dernière fois ?

— *Ex-femme.* Hier soir. Il devait être 19 heures.

— Vous avez travaillé tard ?

— Nous avons dîné tous ensemble. N'est-ce pas, ma poupée ?

L'adolescente leva les yeux — les yeux apeurés d'un petit animal —, et hocha la tête.

— On est allés manger des sushis.

Sa voix se brisa, et elle pressa son front contre ses genoux. Spencer désigna la porte, à l'attention de Leo.

— Peut-être devrions-nous sortir ?

— Oui, bien sûr.

Noble se leva et s'approcha de sa fille.

— Ma poupée ? L'inspecteur et moi, nous allons parler dans le hall. Je peux te laisser seule un instant ? Ça ira ?

Bien que visiblement terrifiée, elle hocha la tête.

— Tu appelles si tu as besoin de moi, d'accord ?

Les deux hommes quittèrent la pièce et refermèrent doucement la porte derrière eux.

— Il est préférable qu'elle ne nous écoute pas, expliqua Spencer.

C'était la vérité, mais pas pour la raison que Noble avait sans doute en tête. Il voulait avant tout éviter que les réponses du père influencent celles de la fille.

— J'aurais dû y penser, dit Leo. C'est moi qui l'ai envoyée chercher Kay. C'est ma faute si elle a vu…

Sa voix se brisa et il ajouta :

— Pourquoi est-ce que je n'y suis pas allé moi-même ?

Sa culpabilité semblait sincère. Mais quelle en était la véritable origine ? Etait-ce le fait d'avoir, sans le vouloir, exposé Alice à un spectacle traumatisant ? Ou le fait de l'avoir rendue complice de son crime ?

— Revenons à hier soir, dit Spencer. Dans quel restaurant êtes-vous allés dîner ?

— Le Japanese Garden. Un peu plus haut sur l'avenue.

Spencer nota le nom.

— Ça vous arrive souvent de dîner tous les trois au restaurant ?

— Plusieurs fois par semaine, oui. Après tout, nous sommes une famille.

— Pas la famille typique, si je puis me permettre.

— Notre monde n'est heureusement pas uniforme, inspecteur.

— Et après le dîner, vous avez parlé avec votre ex-femme ?

— Non. Même si j'ai passé un moment sous le porche, vers minuit…

— Minuit ?

— Pour fumer un cigare. Il y avait de la lumière dans la petite maison.

Il avait dit cela comme si c'était la chose la plus logique au monde.

— Durant le dîner, a-t-elle fait allusion à une migraine ?

— Non. Pourquoi ?

Ignorant la question, Spencer poursuivit son interrogatoire.

— Votre femme est-elle une couche-tard, un oiseau de nuit ?

— Non. C'est plutôt moi qui corresponds à cette description.

— Elle ne ferme jamais à clé, la nuit ?

— Jamais. Un sujet de plaisanterie entre nous. D'autant qu'à côté de ça, c'était quelqu'un de très tatillon, attaché aux détails.

Spencer releva son emploi du passé et lui demanda aussitôt :

— *Etait ?* Sauriez-vous quelque chose que nous ignorons, monsieur Noble ?

L'autre s'empourpra.

— Bien sûr que non ! Je faisais allusion à l'époque où nous étions encore mariés. Et à ses compétences professionnelles.

— En parlant de travail, quel est le rôle exact de Kay dans vos affaires ?

— Elle est ma directrice générale. C'est elle qui est en contact avec les comptables et les avocats ; elle revoit les contrats, elle dirige le personnel. De manière générale, elle se débrouille pour que je puisse être créatif.

— Pour que vous puissiez être créatif…, répéta Spencer. Pardonnez-moi, mais c'est assez complaisant comme formulation.

— Je ne vous en veux pas. La plupart des gens ne comprennent pas le processus de la création.

— Expliquez-moi, je ne demande que ça.

— Le cerveau a deux côtés, le gauche et le droit. Le côté gauche contrôle tout ce qui est organisation et logique. Il contrôle aussi le langage, l'esprit critique, et tant d'autres choses encore.

— Et vous laissez donc Kay se charger de tout ce qui relève de la partie gauche du cerveau. Auriez-vous pu engager quelqu'un d'autre pour s'acquitter de cette tâche ?

La question laissa d'abord Leo perplexe.

— Oui, bien sûr, répondit-il enfin. Mais pourquoi l'aurais-je fait ?

— J'imagine que ça vous aurait coûté moins cher. En tant qu'ex-femme, elle estime sans doute qu'une part de ce que vous gagnez lui revient.

Leo s'empourpra de nouveau.

— Elle y a droit, en effet. Je n'en ai d'ailleurs jamais fait un secret. Sans Kay, je ne serais pas arrivé où je suis. Elle m'aide à rester concentré, elle canalise mon enthousiasme et ma créativité, ce qui me permet de gagner de l'argent grâce à mon imagination.

— Vous dites qu'elle y a droit. Quelle est la part qui lui revient ? Le quart ? Le tiers ? La moitié ?

— La moitié.

— De tout ?

L'expression de Leo changea, tandis qu'il saisissait ce que Spencer avait en tête.

— Vous pensez que j'ai quelque chose à voir dans ce qui s'est passé ?

— Répondez à ma question, s'il vous plaît.

— La moitié de tout, déclara Leo en ouvrant et fermant ses poings. Mais je ne suis pas ce genre d'homme, inspecteur.

— Quel genre d'homme ?

— Ceux qui font passer l'argent avant tout le reste, y compris les gens. Ce n'est pas mon cas. L'argent ne signifie pas grand-chose pour moi.

— Je vois ça, oui.

Le ton sarcastique de Spencer piqua au vif Leo, dont le visage vira encore une fois au pourpre.

— Je sais qui a fait ça, dit-il. Et vous aussi, j'en suis sûr !

— Qui est-ce, selon vous, monsieur Noble ?

— Le Lapin Blanc.

47.

Vendredi 18 mars 2005
15 h 30

Spencer raccrocha en souriant. La disparition de Kay Noble avait convaincu un juge de lui accorder un mandat de perquisition pour le domicile de Leo Noble, mais aussi son bureau, ses véhicules et les dossiers concernant ses affaires et ses finances personnelles.

Il se leva, s'étira et s'approcha du bureau de Tony. A eux deux, ils avaient interrogé toutes les personnes qui se trouvaient dans la propriété Noble. Leurs réponses recoupaient celles de Leo — à une exception près. Seule la gouvernante se rappelait le détail concernant la migraine de Kay.

— Quoi de neuf ? demanda Spencer en voyant son partenaire qui consultait un petit carnet posé sur son bureau.

En guise de réponse, Tony poussa un grognement.

Spencer fronça les sourcils et désigna le calepin.

— Qu'est-ce que c'est ?

— Mon carnet de points.

— Hein ?

— Weight Watchers, répondit Tony en soupirant. Ma chère épouse m'a inscrit. A chaque aliment correspond un nombre de points. Tu notes tout ce que tu manges, et tu retires le nombre de points du total auquel tu as droit chaque jour.

— Et quel est le problème ?

— J'ai déjà explosé mon quota quotidien.

— Pour le jour et la nuit ?

— Ouais. J'ai même rogné sur mon complément de points de la semaine.

— Complément de p…

Spencer s'interrompit.

— Oublie ça. On va faire un tour.

— Où ça ?

— Chez les Noble.

Tony grimaça un sourire.

— Le juge t'a accordé un mandat de perquisition ?

— Tout juste, Auguste.

Ils filèrent récupérer le mandat, et dans la foulée, ils décidèrent de rendre visite à l'avocat de Noble. Winston Coppola était l'un des associés de Smith, Grooms, Macke et Coppola, dont les bureaux se trouvaient dans l'immeuble Place St. Charles.

Ils laissèrent la voiture sur la voie d'urgence — les places de stationnement étaient rares dans le Central Business District, le quartier des affaires —, prenant soin de baisser le pare-soleil au dos duquel se trouvaient les papiers officiels du véhicule.

Au moment où ils traversaient la chaussée pour rejoindre l'entrée de l'immeuble, le tramway de St. Charles Avenue passa dans son habituel fracas de ferraille.

Après avoir examiné la liste des locataires, dans le hall de l'immeuble, ils prirent l'un des ascenseurs et montèrent au dixième étage.

La jolie jeune femme qui officiait à la réception sourit quand ils approchèrent de son bureau.

— Pour une surprise ! Spencer Malone !

Spencer lui retourna son sourire, bien qu'il ignorât totalement qui elle était. Heureusement, il vit le nom qui figurait sur la petite plaque posée sur le bureau.

— Trish ? C'est toi ?

— C'est bien moi.

— Mince, alors ! Ça fait combien de temps ?

— Trop longtemps. J'ai changé de coiffure.

— Je vois ça. Ça te va à ravir.

— Merci, répondit Trish en esquissant une moue. Tu ne m'as jamais donné de tes nouvelles. On avait passé un super moment chez Shannon, ce soir-là, et j'étais certaine que tu allais appeler.

Chez Shannon ? Voilà qui expliquait bien des choses.

Cela devait remonter à l'époque où Spencer buvait beaucoup. Beaucoup trop.

— J'étais persuadé que je ne te reverrais jamais, déclara Spencer avec une note de sincérité convaincante.

Spencer préférait ne pas trop penser à la tête que devait faire Tony qui se tenait derrière lui. Sans doute était-il en train de lever les yeux au ciel…

— J'ai perdu ton numéro, ajouta-t-il.

— Je peux remédier à ça.

Elle lui prit la main, la retourna et inscrivit un numéro de téléphone sur la paume. Puis elle ferma les doigts de Spencer dessus.

— Appelle-moi, lui glissa-t-elle dans un souffle.

Tony s'éclaircit la gorge.

— Nous sommes venus voir Winston Coppola. Il est là ?

— M. Coppola ? Vous avez rendez-vous ?

— Nous sommes ici dans le cadre d'une enquête.

— Oh ! je… je vois, dit Trish, visiblement troublée. Je vais le prévenir.

Elle appela le bureau de Coppola et un instant plus tard, elle leur indiqua la direction à suivre.

Sur le chemin, Tony se pencha vers Spencer.

— Tu t'en es bien sorti, Junior.

— Merci.

— Tu vas l'appeler ?

En vérité, c'était le cadet de ses soucis, en cet instant. Il avait bien d'autres choses en tête.

— Je serais fou de ne pas le faire, maugréa-t-il sans conviction. Qu'est-ce que tu en dis ?

Tony n'eut pas le loisir de répondre car ils avaient déjà rejoint le bureau de Coppola.

L'avocat les attendait à la porte. Séduisant, élégant, avec un bronzage un peu étrange à la George Hamilton, il avait tout du bonimenteur professionnel.

Spencer se chargea des présentations.

— Inspecteurs Malone et Sciame. Nous aimerions vous poser quelques questions au sujet de Kay Noble.

— Kay ? dit-il en fronçant les sourcils. Puis-je voir vos cartes, je vous prie ?

Ils les sortirent. Coppola les examina, puis fit entrer les deux hommes dans son bureau.

Ils demeurèrent debout.

Spencer effleura du regard les diplômes encadrés et les photographies qui ornaient le bureau. Sur l'une d'elles, on voyait l'avocat en train de skier ; sur une autre, il était à la plage. Voilà qui expliquait en grande partie le bronzage du bonhomme.

Tony regarda également autour de lui.

— C'est un endroit magnifique, dit-il.

— Merci.

— Vous avez un nom fameux, monsieur Coppola.

— Ma mère est anglaise ; mon père, italien. Un corniaud, en quelque sorte.

— Un lien de parenté avec le réalisateur ?

— Malheureusement, non. Mais dites-moi plutôt ce qui se passe avec Mme Noble.

— Elle a disparu. Nous avons des raisons de penser qu'elle est en danger.

— Mon Dieu. Quand…

— La nuit dernière.

— Et que puis-je faire ?

— Quand l'avez-vous vue pour la dernière fois ?

— En début de semaine.

— Puis-je vous demander l'objet de votre rencontre ?

— Un accord de licence.

— Comment vont les affaires ? Je veux dire *leurs* affaires.

— Elles sont florissantes, répondit Coppola en plongeant les mains dans les poches de son pantalon. Mais vous comprendrez qu'il m'est impossible de vous communiquer des informations confidentielles.

— En fait, cela vous est possible. Nous avons un mandat.

Spencer lui tendit le document. L'avocat le survola du regard, avant de le lui rendre.

— En premier lieu, ce mandat ne m'affranchit pas de

mes obligations liées au secret professionnel. Il vous permet d'avoir accès au domicile et aux véhicules de Leonardo Noble, ainsi qu'aux dossiers financiers que vous pourriez trouver ici. Ensuite, en tant qu'avocat, je comprends la signification de ce mandat et je devine les arguments que vous avez invoqués pour l'obtenir. Mais laissez-moi vous dire que vous avez parié sur le mauvais cheval, messieurs. S'il est arrivé quelque chose à Kay, Leo n'y est pour rien.

— Vous en êtes certain ?

— Absolument.

— Pourquoi ?

— Ils sont incroyablement fidèles et dévoués l'un à l'autre.

— Ils ont tout de même divorcé, monsieur Coppola.

— Ce n'est pas un divorce tout à fait comme les autres. Ils sont restés amis, partenaires — pour l'éducation de leur fille comme dans leurs affaires.

— Et comment vont ces affaires ? demanda une nouvelle fois Spencer.

— Très bien, comme je vous l'ai dit. Leo et Kay viennent de signer plusieurs gros accords de licences.

— Et cela représente beaucoup d'argent ? interrogea Tony.

Coppola hésita, puis répondit :

— Oui.

— Mais encore ? insista Spencer. On parle en millions ?

— En millions, oui.

— Qui paye vos appointements, monsieur Coppola ?

— Je vous demande pardon ?

— Qui vous paye ? Leo ou Kay ?

Les joues de l'avocat se colorèrent notablement.

— Je trouve cette question choquante, inspecteur.

— Pourtant, j'imagine que les émoluments qu'ils vous versent ne vous choquent pas, eux.

— Leo Noble n'est pas simplement un client, c'est aussi un ami. Notre relation n'a donc pas grand-chose à voir avec celle d'un avocat et de son client. Vous m'excuserez, maintenant, mais j'ai beaucoup de travail.

Spencer tendit la main.

— Merci de nous avoir accordé un peu de temps, monsieur Coppola. Nous vous contacterons en cas de besoin.

— Et si vous pensez à quoi que ce soit, ajouta Tony en lui remettant sa carte, appelez-nous.

L'avocat les raccompagna jusqu'à la porte de son bureau. Trish était toujours à son poste, mais elle était occupée. Elle se contenta de lever la tête à leur passage et de sourire. A la seconde où les portes de l'ascenseur se fermèrent sur eux dans un chuintement, Tony se tourna vers Spencer.

— Je suis toujours surpris par cette manie qu'ont les gens riches d'affirmer que l'argent n'a aucune importance.

Spencer hocha la tête. Leo Noble lui avait également dit que l'argent ne signifiait rien pour lui.

— Je pense que Coppola représente le pouvoir au sein de l'empire Noble. C'est ce que tu as perçu, toi aussi ?

— Oui. Tu crois que ça influait sur ses réponses ?

— Peut-être. Il est avocat, après tout.

Pour une grande part, les flics ne pensaient pas beaucoup de bien des avocats. A l'exception des procureurs, comme Quentin, le frère de Spencer.

L'ascenseur s'arrêta au rez-de-chaussée, et les portes se rouvrirent.

— Toi qui es marié, dit Spencer, j'aimerais que tu m'éclaires un peu.

— Vas-y, j'écoute.

— Je suis dans le vague avec ces histoires de couples mariés qui s'aiment toujours et se respectent. Ou encore, le couplet de Noble sur « Je lui dois tout et je lui donne la moitié de tout ce que j'ai. » Si tu devais divorcer, comment réagirais-tu ?

Tony se laissa le temps de la réflexion. Il attendit d'être dans la voiture et d'avoir bouclé sa ceinture pour répondre à Spencer :

— Je suis marié depuis trente-deux ans, et je n'ai pas pigé, moi non plus. Nous nous aimons et nous nous respectons. Il nous arrive de nous engueuler, bien sûr, de ne pas être d'accord, mais nous restons ensemble. Nous avons pris un engagement l'un envers l'autre, et c'est ça qui nous garde unis, qui fait que ça marche encore. Si elle me quittait, je serais bien emmerdé.

— Imagine maintenant qu'après ce divorce, la moitié de ce que tu possèdes, mais aussi de ce que tu vas gagner à l'avenir, revienne à ton ex-femme. Qu'est-ce que tu en penserais ? Vous pourriez rester amis ?

— C'est impossible, ton truc.

— Pourquoi ?

— Parce qu'un homme et une femme qui ont eu une relation amoureuse ne peuvent pas être amis.

— C'est un peu primaire, comme raisonnement.

— Ah ouais ? Parce que tu en as beaucoup, des amies comme ça ?

Spencer regarda droit devant lui. Beaucoup ? Non. Il n'en voyait même aucune.

Il jeta un rapide coup d'œil à Tony, avant de démarrer.

— Tous les gens de leur entourage chantent la même chanson. Les amis. Les employés. Leur fille.

— Et tu penses que c'est du pipeau ? De la comédie ?

Au lieu de répondre, Spencer posa une autre question, comme il en avait l'habitude.

— Qui semble avoir le plus à gagner avec la mort de Kay Noble ?

— Leo Noble, répondit Tony sans la moindre hésitation.

— C'est aussi mon idée. Appelle une voiture, qu'ils nous retrouvent chez Leo. Il est temps que la partie commence sérieusement.

48.

Vendredi 18 mars 2005
16 h 45

L'avion de Stacy atterrit à La Nouvelle-Orléans avec une parfaite ponctualité. Alors qu'il roulait vers son emplacement, elle se remémora les événements de la journée. Aussitôt après avoir appris le meurtre du dentiste qui avait permis d'identifier Dick Danson, elle avait fait demi-tour pour retourner au Lodge. Billie avait pu récupérer sa chambre avant qu'elle fût attribuée à un autre client. Elles avaient alors contacté le chef Jackson pour l'informer que Billie restait et pour lui demander s'il pouvait accorder une rapide entrevue à Stacy avant son départ pour La Nouvelle-Orléans.

Pour lui demander son aide, aussi.

Durant le trajet, Stacy avait expliqué à son amie ce qu'elle attendait d'elle. Elle devait rechercher une affaire de disparition survenue dans la région à l'époque du suicide de Danson ; le cas échéant, il lui faudrait découvrir si cette personne était un patient du Dr Mark Carlson. Stacy voulait aussi qu'elle trouve un moyen d'accéder aux dossiers du dentiste et qu'elle les compare à celui qui avait été utilisé pour identifier le cadavre de Danson.

Le chef Jackson jouerait un rôle déterminant dans la réussite de cette mission. Sans une autorisation officielle, il était pratiquement impossible d'avoir accès à des dossiers médicaux.

Elles avaient rencontré Connor à son bureau. Stacy lui avait exposé sa théorie et lui avait demandé son aide. Elle lui savait gré de ne pas avoir éclaté de rire. Et d'avoir consenti à l'aider.

Stacy n'était pas dupe : il était fort probable que la perspective de passer quelques jours de plus avec la sensuelle Billie avait pesé lourd dans la balance.

En descendant de l'avion, Stacy était pratiquement certaine d'avoir vu juste. Dick Danson était en vie. C'était lui le Lapin Blanc.

Un assassin.

Aussitôt après avoir quitté le terminal, elle ralluma son portable. Elle avait trois messages. Tous de Leo.

Elle lui avait déjà parlé, dans la matinée, lui expliquant que son voyage était un fiasco et qu'elle rentrait.

Depuis, il s'était passé beaucoup de choses.

Et même plus qu'elle ne le croyait, apparemment.

Tout en gagnant le parking de l'aéroport où elle avait laissé sa voiture, elle écouta les messages. Sur le premier, Leo parlait d'une voix tremblante.

— *Kay… est partie… Elle… Quelqu'un… peut-être le Lapin Blanc… j'ai peur qu'elle soit morte. Appelez-moi dès que vous pourrez.*

Le second message n'émanait pas de Leo mais de sa fille. Alice pleurait. Elle sanglotait tant que Stacy ne comprit pas tout ce qu'elle disait. Mais en gros, son message avait la même teneur que celui de son père. Elle avait peur.

C'était Leo qui lui avait laissé le dernier message. Juste avant que l'avion atterrisse. Malone avait obtenu un mandat de perquisition et il était chez lui. Il ne savait pas quoi faire.

Un mandat de perquisition.

Les événements se précipitaient.

Stacy essaya de joindre Leo. Comme il ne répondait pas, elle lui laissa à son tour un message. Elle tenta ensuite de contacter Malone, sans plus de succès.

Elle rejoignit la propriété des Noble en un temps record.

Au vu du nombre de véhicules stationnés devant la maison, y compris une voiture de patrouille, il était clair que Malone et sa clique se trouvaient déjà sur place.

Ce fut une Mme Maitlin pâle et visiblement secouée qui lui ouvrit la porte.

— Que se passe-t-il, Valerie ?

La gouvernante jeta un coup d'œil par-dessus son épaule, puis se retourna vers Stacy.

— Ils sont en train de mettre la maison sens dessus dessous. Comme si M. Leo avait pu faire quoi que ce soit à Mme Noble. Et cette pauvre Alice ! C'est elle qui… tout ce sang…

— Stacy ! lança Leo en traversant le grand hall. Dieu merci !

Il entraîna la jeune femme à l'intérieur.

— Tout cette histoire est démente. Ça n'a aucun sens. D'abord, Kay disparaît. Et maintenant, cette perquisition…

— Vous avez contacté votre avocat ?

— Oui. Ils étaient déjà allés lui montrer le mandat. Il dit que le document est tout ce qu'il y a de plus légal. Je n'ai pas d'autre choix que de coopérer.

— Mais si vous êtes innocent, vous n'avez rien à…

— *Si* je suis innocent ? coupa Leo, l'air blessé. Auriez-vous des doutes, Stacy ?

— Ce n'est pas ce que je voulais dire. Réfléchissez, Leo. Ils ne vont rien trouver… et ils seront bien obligés de chercher ailleurs.

Du coin de l'œil, Stacy aperçut Alice prostrée sur le canapé du salon. Elle semblait perdue.

Malgré toute la compassion qu'elle éprouvait pour l'adolescente, elle resta avec Leo.

— Y avait-il un message sur les lieux ?

— Non. Je n'en ai pas vu, en tout cas.

— On dirait qu'ils soupçonnent une agression. Pourquoi ?

Leo fixa sur elle un regard vide.

— Il y avait des signes de lutte ? lui demanda encore Stacy. On a trouvé du sang ?

Comprenant ce qu'elle voulait dire, il hocha la tête.

— Oui. Dire que c'est moi qui ai envoyé Alice la chercher. Elle a vu… c'est ma faute !

— Comment l'agresseur est-il entré, Leo ?

— Je ne sais pas.

Il se passa les mains sur le visage.

— Ils m'ont demandé si elle négligeait toujours de fermer la porte à clé.

Cela signifiait qu'on n'avait trouvé aucun signe d'effraction.

— Et qu'avez-vous répondu ?

— Qu'elle ne s'enfermait jamais.

D'un geste rassurant, Stacy posa la main sur son bras.

— Où sont-ils ?

— Là-haut.

— Je reviens. Tenez bon.

Stacy gagna l'étage et s'orienta au son des voix. Elle constata que l'endroit n'avait pas été ménagé. Mais les flics travaillaient tous de cette façon, songea-t-elle en les trouvant dans sa chambre, en train de fouiller dans le tiroir où elle rangeait ses sous-vêtements.

— On fait mumuse, inspecteur ? lança-t-elle.

Spencer jeta un coup d'œil par-dessus son épaule.

— Killian.

Il parut extrêmement gêné.

— Le mandat s'applique à toute la maison, expliqua-t-il. Mais je n'ai pas besoin de vous expliquer le truc, n'est-ce pas ?

— Non, je connais. Je pourrais vous dire deux mots ?

Il consulta du regard son partenaire, qui lui fit signe d'y aller.

— Le temps presse, dit-il en rejoignant la jeune femme dans le couloir.

— Alors, je vais aller droit au but. Vous vous trompez, au sujet de Leo.

— Vraiment ? Et d'où vient cette certitude ?

— Dick Danson est vivant. Il...

— Qui ça ?

— L'ancien associé de Leo. Les deux hommes se sont séparés de façon assez houleuse, il y a longtemps. Danson se serait suicidé l'année dernière.

— Oui, je m'en souviens, maintenant. Sa voiture est tombée d'une falaise, du côté de Carmel, en Californie. C'est pour ça que vous êtes allée là-bas. Votre fameuse intuition...

— Oui.

— Mais je pensais que cette piste avait viré au fiasco ?

Rapidement, Stacy lui parla du suicide de Danson et de l'identification effectuée grâce à son dossier dentaire.

— Pour moi, c'est une preuve suffisante, déclara Spencer en regardant sa montre de façon appuyée.

— Ça l'était pour moi aussi. Jusqu'à ce que je découvre, ce matin, que le dentiste qui avait fourni le dossier en question avait été assassiné peu après le prétendu suicide.

Stacy marqua une pause et ajouta :

— On n'a jamais retrouvé l'assassin.

Un instant, l'espace d'un battement de cœur, elle pensa qu'elle avait réussi à convaincre Spencer. Jusqu'à ce qu'il la prenne par le coude et l'entraîne un peu plus à l'écart.

— On a effectué quelques recherches rapides sur les affaires de votre ami Leo Noble. Ça va bien pour lui. Très bien, même. Récemment, il a signé quelques contrats pour des accords de licences. Ça lui a rapporté des millions, Stacy. Des *millions*.

— Et alors ? Quel rapport avec…

— Kay empoche la moitié de tous ses revenus. Présents, passés et futurs.

Stacy regarda Spencer intensément. Elle comprenait où il voulait en venir. L'avidité. L'un des plus anciens mobiles de meurtre.

— Il l'aime, dit-elle néanmoins, en secouant la tête. Elle est la mère de son enfant, sa meilleure amie.

En même temps qu'elle prononçait ces mots, elle eut une conscience très claire de leur naïveté. Ce qui ne l'empêcha pas de poursuivre sur sa lancée :

— Il n'y avait pas de message du Lapin Blanc, cette fois ?

Elle vit à l'expression de Spencer que la réponse était non.

— Pas de message, donc, murmura-t-elle. Et pas de corps non plus. Ça ne ressemble pas beaucoup au mode opératoire du Lapin Blanc.

— Toutes les victimes avaient un lien avec Noble. C'est lui qui a reçu les trois premiers messages. Et le dernier a été trouvé dans son bureau. J'ajoute que personne ne connaît le jeu mieux que lui.

— Clark Dunbar a une liaison avec Kay. Vous le saviez ?

Visiblement, il l'ignorait.

— Je les ai vus ensemble, poursuivit Stacy. Une nuit, assez tard. Ma fenêtre donne sur la porte d'entrée de la petite maison.

Spencer sortit son carnet.

— C'était quand ?

— La nuit précédant mon départ pour la Californie. Mercredi, donc.

— Vous êtes certaine qu'il s'agissait de Dunbar ? demanda Spencer, tout en notant.

— Absolument. Je ne voyais pas bien, alors j'ai ouvert ma fenêtre. J'ai reconnu sa voix.

Spencer haussa les sourcils.

— Vous avez ouvert votre fenêtre ?

— La curiosité a été la plus forte. Vous avez parlé à Clark ?

— Il est absent. Il avait pris son week-end.

— Quelle extraordinaire coïncidence !

Spencer ferma son carnet à spirale et le glissa dans la poche de sa veste.

— On va vérifier ça.

Ce fut à Stacy de lui saisir le bras.

— Danson est vivant, lui dit-elle. C'est lui le Lapin Blanc. Et il a entrepris de se venger de Leo et de sa famille.

— Trouvez-moi une preuve, Killian. Moi, je pense plutôt que Noble a créé tout cette histoire de Lapin Blanc pour faire disparaître sa femme.

— Ça n'a aucun sens.

— Bien sûr que si ! C'est génial ! Un énorme écran de fumée, très sophistiqué. Même vous, vous faites partie du plan, Stacy.

Il fit un pas en arrière, puis s'éloigna dans le couloir.

49.

Vendredi 18 mars 2005
18 h 30

Stacy se sentait terriblement oppressée. Le passé refaisait soudain surface, si vivant, si amer qu'elle en suffoqua presque.

Ça n'était pas la première fois qu'elle se trompait…

Elle s'efforça de contrôler son souffle. Ses émotions.

Non, le passé n'était pas en train de se répéter. Elle n'était plus la même femme.

— Stacy ?

Elle se tourna. Alice se tenait à la porte de sa chambre. Elle posa un doigt sur ses lèvres en désignant la chambre où les policiers menaient leurs recherches, puis elle fit signe à Stacy de la rejoindre.

Après avoir jeté un coup d'œil du côté des policiers, la jeune femme passa devant la porte ouverte d'un pas tranquille, et s'engouffra dans la chambre d'Alice.

L'adolescente l'attira dans la pièce. Ses mains étaient moites et tremblantes. Elle s'arrêta devant son bureau et alluma son ordinateur.

Stacy l'interrogea du regard et s'aperçut qu'elle était au bord des larmes.

— Je sais ce que pense la police, expliqua Alice. Je les ai entendus parler. Ils se trompent : papa n'a fait aucun mal à maman. Ni à qui que ce soit d'autre. Je le sais.

— Et comment le sais-tu, Alice ?

L'adolescente hocha la tête et revint à l'ordinateur. Elle pianota sur le clavier et fit apparaître sur l'écran des lignes de données. Elle cliqua sur la plus récente, datée du jour même, à 15 heures. C'était un message électronique.

« La Souris, le Cinq et le Sept ont été éliminés. La Reine est compromise. Le Chat de Chester se met en mouvement. Il a de longues griffes, des dents acérées.

Quelle est votre réaction ? »

Stacy comprit aussitôt ce dont il s'agissait. Elle avait affaire à une partie de *White Rabbit*.

Et pas n'importe quelle partie.

La partie.

— J'ai pensé qu'il valait mieux… je voulais vous le montrer à vous, en premier. A cause de maman. Et de papa.

Sa mère. La Reine de Cœur.

Stacy s'efforça de contenir son excitation, son désir pressant de soutirer à Alice toutes les informations qu'elle possédait.

— Qui est le Lapin Blanc ? lui demanda-t-elle.

— Je ne sais pas. Je l'ai rencontré sur un *chat* consacré aux jeux de rôle. Mais c'est un ami. Jusqu'ici, j'avais totalement confiance en lui.

— Un ami ? répéta Stacy en s'efforçant de conserver un ton mesuré. Des gens sont en train de mourir, Alice.

— Je sais, mais… bien sûr, on pourrait croire que…

Alice joignit les mains.

— C'est impossible ! gémit-elle. Ce n'est qu'un jeu, vous comprenez ?

Elle avait besoin d'être convaincue, rassurée. Malheureusement, Stacy ne pouvait pas lui apporter ce qu'elle demandait.

— Rosie Allen est morte. Son assassin a laissé un message à côté du corps : « Pauvre Petite Souris, noyée dans une mare de larmes. » August Wright et Roberto Zapeda sont morts, eux aussi. Et le meurtrier a également laissé un message près de leurs cadavres : « Les roses sont rouges, maintenant. » Si l'on se fie aux cartes et au message que nous avons trouvés dans le bureau de ton père, ces deux malheureux incarnaient le Cinq et le Sept de Pique.

Elle observa une pause.

— Et maintenant, c'est ta maman qui a disparu. Coïncidence : dans ton jeu, la Reine de Cœur est « compromise ». Est-ce simplement un jeu, Alice ? Tu m'as dit que…

— Je… je ne savais pas ! lança l'adolescente, secouée de violents sanglots. Jusqu'à ce que… maman… Alors, j'ai compris que… que le Lapin Blanc m'utilisait. Pour… décider…

— Essayons de réfléchir, proposa Stacy d'une voix douce. Ensemble, nous allons y arriver. Nous allons découvrir qui est ce fou et l'arrêter.

Alice essuya ses larmes.

— Comment ? Dites-moi ce que je dois faire.

— D'abord, qu'est-ce qu'il entend exactement par « La Reine est compromise » ?

— C'est une stratégie de jeu. On rend l'un des joueurs invalide, avant de passer à un autre. Puis on revient au premier pour… pour le tuer.

Bien sûr ! Cela laissait au moins supposer que Kay était toujours vivante.

— Tu comprends ce que ça signifie, n'est-ce pas ? dit-elle à Alice. Ta maman est toujours en vie.

L'adolescente écarquilla ses yeux noyés de larmes mais, cette fois, Stacy put y lire du soulagement.

— Qui est-ce, Alice ? demanda-t-elle d'un ton pressant. Tu dois bien avoir une idée ?

— Non, je vous assure. Je vous l'ai dit : on s'est rencontrés sur un *chat*. On est devenus amis, et il m'a demandé si je voulais jouer.

— A quand remonte cette *rencontre* ?

— Au moins huit mois. Peut-être un an.

— Vous avez déjà envisagé de vous rencontrer *pour de bon* ? Dans le monde réel ?

— Non. Mais je n'y serais pas allée, de toute façon, affirma Alice en relevant le menton. Je ne suis pas aussi stupide !

Elle s'empourpra en songeant que, finalement, elle s'était peut-être comportée de façon stupide, justement, compte tenu de la tournure que prenaient les événements.

— Je sais qu'il est très intelligent, reprit-elle. On a discuté de tout — anthropologie, psychologie, art... Il m'a paru très cultivé.

Stacy leva les yeux vers les livres qui se trouvaient au-dessus de l'ordinateur. Elle parcourut du regard les rayonnages où l'on trouvait aussi bien des romans que des textes juridiques et des manuels de jeux. Elle remarqua même un exemplaire du *DSM-IV*, manuel établissant une classification des troubles mentaux. Le psy de la police de Dallas en avait un dans son bureau.

— Quel âge a-t-il, à ton avis ? demanda Stacy.

Alice resta un instant pensive.

— Je pense qu'il est plus vieux que moi. Il donne l'impression d'être assez mûr.

Un exemple type des dangers que l'on courait en dialoguant via Internet, songea Stacy. Impossible d'estimer avec précision l'âge ou la personnalité d'une personne. Il fallait se contenter de ce qu'elle voulait bien nous dire.

— Il pourrait avoir l'âge de ton père ?

— Ah non ! Pas aussi vieux, quand même ! On a les mêmes goûts dans pratiquement tous les domaines. Et quand je lui parle de mes parents, il comprend. Complètement.

— Qu'est-ce que tu lui as dit sur tes parents ?

Alice parut soudain embarrassée.

— Je me suis plainte du fait qu'ils me traitaient comme un bébé et qu'ils ne voulaient pas me laisser aller à l'université.

De grosses larmes roulèrent sur ses joues.

— Avec ce qui se passe, ajouta-t-elle, je donnerais cher pour revenir en arrière, effacer tout ce que j'ai pu dire...

Stacy, elle, poursuivait son idée.

— Pourrais-tu m'expliquer comment on joue en ligne ?

— Dans ce jeu-là, c'est un duel à un contre un. Je combats les monstres du Pays des merveilles.

— La Souris, le Cinq et le Sept de Pique et les autres.

— Exactement.

— C'est à toi de tuer le Lapin Blanc et sa petite armée, afin de sauver le monde...

Alice hocha la tête.

— Le Lapin Blanc contrôle le jeu. Il met en place les pièges, il crée les monstres. Avant que la partie commence, on me dit quels monstres je vais affronter. Mais on ne révèle pas le lieu ni le moment où aura lieu la confrontation. On m'indique quel genre de pouvoirs ils détiennent, et aussi les armes qu'ils possèdent. Ça permet de créer des conditions de jeu égales pour tout le monde. Ça évite aussi d'improviser au fur et à mesure que la partie avance. Vous utilisez juste les armes et la puissance nécessaires pour vous débarrasser de l'ennemi.

— Le jeu est-il déterminé par un lancer de dés, comme dans la partie que nous avons disputée ?

— Un dé électronique. C'est le Lapin Blanc qui me communique les résultats des lancers et des mouvements entrepris par les autres contre moi. Ainsi que les résultats de mes propres actions contre mes adversaires.

— Comment peux-tu être sûre qu'il dit la vérité ?

— Quel serait l'intérêt de mentir ?

Aucun, bien sûr. A condition qu'il s'agisse d'une partie à la régulière, avec un meneur de jeu sain d'esprit.

Mais avec un fou ?

— A ton avis, est-ce que mon amie Cassie a pu participer à cette partie ?

— Je ne pense pas.

— Tu avais parlé de ce jeu avec elle, au Café Noir ?

— Non.

— Tu me dis la vérité, n'est-ce pas ? C'est vraiment important.

— Je vous le jure. On a discuté des jeux de rôle, mais pas de *White Rabbit.* Ça ne se fait pas, surtout avec des inconnus.

Stacy décida de la croire.

— Qui savait que tu jouais ?

— Personne.

Sur ce point, Stacy était plus dubitative. Elle le dit à Alice.

— Mais c'est vrai ! affirma l'adolescente. Ça se passe comme ça avec *White Rabbit.* Papa se doute de quelque chose. Il sait que je joue… Mais il arrive souvent à des joueurs en ligne de participer à plusieurs parties simultanément.

— Quels monstres te reste-t-il à affronter ?

Alice entra un code sur le clavier afin d'accéder au jeu. Elle lut à voix haute :

— Le Chapelier Fou et le Lièvre de Mars. Le Roi de Cœur. Le Chat de Chester. Et le Lapin Blanc.

— Quand dois-tu jouer ?

— Bientôt.

— Tu peux retarder les choses ?

— Pas plus de vingt-quatre heures. Au-delà, je risque l'élimination.

Et dans ce jeu, songea Stacy, l'élimination était fatale.

— Je crois savoir de qui il s'agit, Alice.

— Qui ? Pas…

— Non, pas ton père. Dick Danson.

— L'ancien associé de papa ? Mais il est…

— Mort ? Peut-être pas.

Stacy fit à Alice un rapide récit de son séjour en Californie.

— Je n'ai pas encore de preuves, conclut-elle, mais je compte bien les obtenir.

— Bientôt ?

— Je vais essayer. Pour commencer, nous allons fournir aux inspecteurs Malone et Sciame les informations que tu viens de me donner.

Le visage d'Alice trahit sa soudain panique.

— Et s'ils ne me croient pas ? S'ils pensent que…

— Ne t'inquiète pas, Alice. Je serai là.

— Promis ?

Stacy lui promit, et elles sortirent de la pièce pour appeler Spencer et Tony.

Malone apparut le premier.

— Je pense que vous devriez venir voir ça ! dit Stacy en lui faisant signe.

Les deux hommes la rejoignirent et s'approchèrent de l'ordinateur. Stacy tourna l'écran vers eux, et observa le visage de Spencer tandis qu'il lisait ce qui était affiché.

Elle capta très précisément le moment où il assimilait les informations.

Il se tourna vers Alice.

— Vous nous devez des explications, mademoiselle Noble.

C'est Stacy qui se chargea de répéter aux deux policiers tout ce qu'Alice venait de lui dire : la façon dont elle s'était retrouvée mêlée au jeu, comment elle avait rencontré le Lapin Blanc, de quelle manière on jouait en ligne… Elle leur fit également remarquer qu'en toute logique, Kay devait être encore en vie.

— Il a fallu que sa mère disparaisse pour qu'Alice prenne conscience du danger. Il me semble qu'elle a pris la bonne décision en venant nous en parler.

Spencer lui jeta un coup d'œil qui voulait clairement dire que c'était à lui d'en juger.

— Vous n'avez pas la moindre idée de l'identité réelle du Lapin Blanc ? demanda-t-il à Alice.

— Non.

L'adolescente regarda Stacy, cherchant auprès d'elle un soutien. Ses lèvres tremblaient.

— Nous allons devoir vous confisquer cet ordinateur, déclara Spencer. Grâce à lui, nous avons une chance de remonter…

Stacy l'interrompit.

— Je pourrais vous dire un mot en privé ?

Il hocha la tête et la suivit dans le couloir.

— Qu'est-ce qu'il y a ? demanda-t-il, visiblement agacé.

— Vous ne pouvez pas lui prendre son ordinateur.

— Et pourquoi donc ?

— Alice a vingt-quatre heures pour jouer, sous peine d'être éliminée. Or, dans ce jeu, l'élimination n'est pas seulement virtuelle.

— Merde !

Spencer détourna un instant les yeux, puis affronta de nouveau le regard de Stacy.

— Vous avez une suggestion, Killian ?

— Faites une copie de tous ses fichiers, et débrouillez-vous avec le juge pour obtenir de son fournisseur d'accès Internet qu'il vous communique le nom et l'adresse correspondant au compte e-mail du Lapin Blanc.

Spencer la regarda d'un air songeur, puis finit par hocher la tête.

Quelques instants plus tard, son téléphone portable en main, Tony mettait leur plan à exécution.

Alice était assise au bord de son lit, prostrée. Tout en écoutant Tony, Stacy s'installa à côté d'elle.

— Que se passe-t-il ici ? lança la voix de Leo.

Avant que la jeune femme ait pu répondre, Alice se leva et se précipita vers son père.

— Ce n'est pas ma faute, papa ! Je ne voulais pas que ça arrive, je te le promets !

— Mais que…

— Monsieur Noble, coupa Spencer, je vais vous demander de nous suivre au quartier général. J'ai quelques questions à vous poser.

— Non ! cria Alice en se tournant vers lui. Il n'a rien fait ! Vous ne voyez donc pas que…

— Ça va, ma poupée, ne t'inquiète pas !

Leo s'écarta de sa fille.

— Ils veulent juste m'interroger. Je serai de retour dans une heure.

50.

Vendredi 18 mars 2005
20 h 10

Stacy resta avec Alice, et alors que les minutes passaient, elle fit de son mieux pour rassurer l'adolescente. Si son père était innocent, il n'avait rien à craindre...

Au bout d'un moment, elle eut le sentiment très net qu'Alice ne l'écoutait pas. Elle s'était peu à peu retranchée dans un endroit où elle semblait inaccessible. Avait-elle seulement remarqué que les policiers étaient partis avec son père depuis plus d'une heure ? C'était peu probable.

Stacy se tut, elle aussi. Elles mangèrent ce que Mme Maitlin leur avait préparé, puis Stacy rangea la cuisine. De plus en plus consciente des minutes qui filaient, elle songea aux éléments dont elle disposait.

Le dernier courrier électronique du Lapin Blanc avait été envoyé le jour même, à 15 heures. Ils avaient donc jusqu'au lendemain, même heure, pour le piéger et le neutraliser.

Pourquoi Malone perdait-il du temps à interroger Leo ? C'était Danson qui tirait tous les fils dans cette histoire, elle en était convaincue.

Restait à le prouver.

Elle consulta sa montre, pour la énième fois en quelques minutes. Pourquoi Billie ne l'avait-elle pas contactée ? Stacy espérait que son amie découvrirait rapidement quelque chose.

Elle l'appela sur son portable, lui laissa un message, puis se mit à faire les cent pas.

— J'ai trouvé ! s'exclama soudain Alice.

Stacy s'arrêta net et la regarda.

Assise à la table de la cuisine, un stylo à la main, l'adolescente contemplait ce qu'elle avait gribouillé sur sa serviette en papier.

— Trouvé quoi ? demanda Stacy.

— Ce que Lapin Blanc s'apprête à faire.

Elle désigna la serviette.

— Le Pays des merveilles est un dédale dont la configuration rappelle celle d'une spirale.

En s'approchant, Stacy constata que les gribouillages étaient, en réalité, une sorte de schéma.

— Continue, dit-elle.

— Pendant que je jouais, j'ai progressé dans le Pays des merveilles. Chaque victime a été une étape vers l'épicentre où se trouvent le Roi et la Reine de Cœur. Papa et maman. Et moi.

— Mais tu es déjà arrivée à la Reine, souligna Stacy, impressionnée par le calme de l'adolescente. Et si elle se trouve à l'épicentre…

— Le Lapin m'a laissé une ouverture. J'ai pu éviter la forêt et parvenir jusqu'à la Reine. Je l'ai mise hors de combat et j'ai fait demi-tour. La forêt étant un cul-de-sac, elle ne mène pas au Roi.

— Et le Chat de Chester ? Le mail indiquait qu'il allait passer à l'action.

— Logique. Le Chat de Chester est une créature insaisissable. Et un combattant redoutable.

— Avec de longues griffes et des dents pointues.

Alice hocha la tête.

— Je me suis mise à la place de l'ancien associé de papa. Si c'est bien lui, il veut se venger. Il veut punir papa. Et maman. Et pour parvenir à ses fins — le tuer, peut-être —, quel meilleur moyen que d'utiliser le jeu que papa lui a volé ?

— *Volé* ? Je n'ai pas eu l'impression que les choses s'étaient passées ainsi.

— Je vous l'ai dit. Je me suis mise à sa place. Dans sa tête. J'essaye de penser comme lui. Il est en colère. Plein de ressentiment. Sa vie a été un échec, alors que papa n'a connu que le succès.

— Il n'est donc pas si fou, alors ? murmura Stacy.

— Il n'est pas fou, confirma la voix de Leo, derrière elle. Il est brillant.

— Papa ! s'écria Alice en se levant pour se précipiter vers lui. Ça va ?

Il la prit dans ses bras et la serra avec force.

— Ça va, oui, ma belle.

Mais Stacy voyait bien qu'il mentait. Il semblait avoir vieilli de dix ans, depuis la veille. Les rides de ses yeux et de sa bouche s'étaient creusées, tandis que son regard avait perdu toute lumière.

Les policiers avaient dû le mettre à rude épreuve.

— Comment ça s'est passé ? lui demanda-t-elle posément.

— Je suis là.

Sa réponse, concise, en disait très long.

— Tu as faim, papa ?

Comme il secouait la tête, Alice pinça les lèvres.

— Je vais quand même te préparer un sandwich au beurre de cacahuètes.

Devant cette complicité, Stacy sentit un nœud se former dans sa gorge. C'était une dynamique un rien étrange : la fille qui prenait en charge l'un de ses parents. Au-delà de tout son cinéma d'adolescente, Alice adorait son père, c'était évident.

Elle croisa le regard de Stacy.

— C'est notre petit déjeuner du samedi, à papa et moi.

— On le déguste en regardant des dessins animés, expliqua Leo en mordant dans le sandwich.

— C'est Bip-Bip, son préféré, précisa Alice.

— Et toi ? demanda Stacy. Quel est ton préféré ?

— Je ne sais pas. Le même…

Ses yeux s'embuèrent soudain.

— Des nouvelles de maman ? demanda-t-elle à son père.

— Ils ne m'ont rien dit, répondit Leo en posant le reste de son sandwich sur l'assiette. Ils font leur possible, Alice, je t'assure.

Les joues de l'adolescente s'embrasèrent.

— Bien sûr que non ! Sinon, ils n'auraient pas perdu tout ce temps à t'interroger !

Stacy était du même avis, mais elle garda le silence.

— Ils ont posé beaucoup de questions, murmura Leo. Sur mes relations avec Kay. Les accords financiers qui nous lient, mes derniers contrats en matière de licences. Ils m'ont aussi demandé ce que j'avais fait la nuit dernière.

— Et votre réponse les a éclairés ? demanda Stacy.

— Non, évidemment !

— Les choses ne sont pas toujours aussi simples que nous le pensons, Leo.

Leo s'agita, mal à l'aise, et son regard se perdit derrière la jeune femme.

Stacy plissa les yeux. Que se passait-il ? Lui cachait-il quelque chose ?

Quand il la regarda de nouveau, il hocha la tête de façon presque imperceptible, comme pour dire : « Pas ici, pas maintenant. »

Elle comprenait. En outre, sa fille et lui avaient besoin d'être un peu seuls.

Quant à elle, elle devait parler à Malone. Elle entendait bien le convaincre qu'elle avait raison.

Elle prit congé de Leo et Alice, récupéra son sac et ses clés.

Une fois dans la voiture, elle appela Malone.

— Où êtes-vous ? lui demanda-t-elle.

— Chez moi.

A sa voix, elle eut l'impression qu'il était aussi fatigué que Leo.

— Où habitez-vous ?

— Pourquoi ?

— Il faut que nous parlions.

Il resta un instant silencieux.

— Je suis crevé, Killian.
— Alice m'en a dit un peu plus sur le jeu.
C'était un mensonge. Ou, du moins, une légère exagération.
Malone lui donna rapidement son adresse et raccrocha.

51.

Vendredi 18 mars 2005
22 h 30

Stacy rejoignit en un temps record l'Irish Channel, où habitait Malone. Il vivait dans un cottage créole en pleine rénovation. Elle se demanda si c'était lui qui se chargeait des travaux. Et, dans ce cas, comment il trouvait le temps.

La porte d'entrée s'ouvrit à l'instant où elle allait frapper. Malone se tint contre l'encadrement, les bras croisés. Il portait un vieux T-shirt sous lequel se devinaient les contours de son torse musclé.

— Puis-je espérer entrer ? lança Stacy.

— Il le faut vraiment ?

— Quel mufle !

Il se mit à rire et s'écarta.

Stacy entra et referma la porte derrière elle.

Il était en train de manger une pizza. A même la boîte. Devant la télévision. La chaîne sportive ESPN.

Typiquement masculin.

— Une bière ? proposa-t-il.

— Merci, oui.

Il alla chercher deux cannettes dans le réfrigérateur, et en tendit une à Stacy. Puis il éteignit la télévision.

— La gamine a des infos, alors ?

— Des petites choses, oui.

Il haussa un sourcil. Elle se demanda alors s'il n'avait pas déjà compris qu'elle n'avait rien de nouveau et qu'elle était venue juste pour plaider sa cause.

Elle lui expliqua, néanmoins, l'analogie qu'Alice avait effectuée entre le Pays des merveilles et une spirale, avec le Roi et la Reine de Cœur en son épicentre.

— Chaque nouvelle mort rapproche l'assassin d'eux — à travers Alice.

— Et alors ?

— Alors, il semble logique que Danson soit…

— Vous remettez ça avec l'ancien associé de Malone ?

— Que voulez-vous que je vous dise ? Quand j'ai un refrain en tête, il ne me lâche pas.

— C'est ce que j'ai cru comprendre, dit Malone, un léger sourire aux lèvres. Allez-y, je vous écoute.

— Alice est en train de jouer. Toutefois, aucune des morts n'est intervenue par hasard. Les ébauches et dessins que vous avez retrouvés dans le studio de Pogo prouvent bien qu'elles étaient programmées. Le Lapin Blanc suit son plan — un plan mûrement pensé — de façon à faire régner la terreur.

— Ou à créer un écran de fumée.

Stacy ignora la remarque.

— A l'évidence, pour être en mesure de tout contrôler comme il le fait, il faut être un maître dans l'art du jeu.

Malone voulut intervenir, mais elle l'interrompit net.

— Il faut aussi que cette personne n'ait aucun scrupule pour mêler Alice à une affaire de meurtre.

— Ce que son père ne ferait pas.

— Bien entendu.

— Ou alors, ce serait un monstre.

— Je pense, oui.

— Et comment appelleriez-vous quelqu'un qui est prêt à tuer uniquement pour de l'argent ?

— Laissez-moi aller jusqu'au bout, d'accord ? Danson est, au même titre que Leo, l'inventeur de *White Rabbit*. Ils ont mis un terme à leur association dans des conditions difficiles. Leo a connu la richesse, la célébrité, tandis que Danson…

— … s'est suicidé.

— Peut-être pas. Réfléchissez. Il est brillant. Il élabore un plan pour se venger de Leo…

— Vous êtes très belle quand vous défendez une cause qui vous tient à cœur.

— N'essayez pas de me distraire.

— Pourquoi ? Ça marche.

Stacy laissa échapper un soupir agacé.

— Il faut toujours que vous ayez raison, hein, Killian ?

— Et vous, vous débordez sur des considérations personnelles.

Malone posa sa bière sur le comptoir de la cuisine.

— Bon, d'accord. Les faits. Leo est donc le coconcepteur du jeu. C'est lui qui a reçu les premiers messages du Lapin Blanc. Il connaît personnellement chaque victime. C'est lui qui a le plus à gagner dans la mort de Kay.

— Ça, c'est vous qui le dites !

— J'aimerais que vous réfléchissiez sur un point. Les dessins que nous avons retrouvés chez Pogo mettaient en scène tous les personnages principaux, à l'exception du Roi de Cœur. Qu'est-ce que ça signifie, selon vous ?

Que Malone était un meilleur flic qu'elle n'avait bien voulu l'admettre.

Elle décida pourtant de défier la raison.

— Pogo n'avait peut-être pas commencé à travailler sur ce personnage.

— C'est absurde, vous le savez aussi bien que moi. Cela signifie que la mort du Roi de Cœur ne devait pas intervenir. Parce que c'est lui l'assassin.

L'hypothèse se tenait. Elle était séduisante, logique. Mais Stacy ne parvenait pas à y adhérer. Pourquoi ?

— Les coordonnées de Leo figurent dans le fichier d'adresses de la Galerie 124, ajouta Malone. Et ce, depuis l'époque où Pogo y exposait.

Voilà pourquoi ils s'intéressaient à lui depuis un moment, songea Stacy. Avant même la disparition de Kay.

— Et Cassie ? Quel est le lien ?

— Il n'y en a pas. Nous avons arrêté Bobby Gautreaux, ce matin. Il est mis en examen pour les trois viols commis à l'UNO. On envisage aussi de l'inculper pour le meurtre de Cassie Finch et de Beth Wagner.

Stacy retint son souffle.

— Vous avez des preuves ?

— Il a laissé un cheveu sur place. Nous avons effectué un prélèvement d'ADN sur lui, et ça concordait. J'ai aussi comparé avec l'analyse du sang que votre agresseur avait perdu à la bibliothèque…

— … et là aussi, ça concordait, termina Stacy.

— Oui. Du sang perdu à la bibliothèque jusqu'au sperme du violeur, tout amène à ce personnage.

Malone but une gorgée de bière.

— Pour faire bonne mesure, il a laissé une empreinte chez Cassie Finch et Beth Wagner. Il menaçait Cassie, il la surveillait. Nous avons trouvé un cheveu de votre amie sur l'un de ses vêtements. Et il vous a menacée pour que vous cessiez de fourrer votre nez dans l'enquête.

Stacy avait presque de la peine à croire ce qu'elle entendait. C'était donc Bobby Gautreaux qui l'avait agressée. Ce même Gautreaux était un violeur en série. Il avait laissé une preuve matérielle sur le lieu où Cassie et Stacy avaient été assassinées. Tout donnait à penser que l'affaire était entendue.

Elle aurait donc dû se sentir heureuse. Soulagée.

Son but n'était-il pas de voir l'assassin de Cassie sous les barreaux ?

Et pourtant… pourtant, elle avait le sentiment que quelque chose clochait. Pourquoi, bon sang ?

— Qu'est-ce qu'il dit ? demanda-t-elle à Spencer.

— Qu'il est innocent. Qu'il était bien là-bas, le soir du meurtre, mais qu'il ne les a pas tuées. En revanche, il ne nie pas vous avoir agressée à la bibliothèque afin de vous convaincre de laisser tomber cette histoire.

— Et pourquoi était-il chez Cassie, le soir de sa mort ?

— Il voulait lui parler de leur relation.

— Ils n'avaient pas de relation. Ils avaient rompu depuis au moins un an.

— Je sais. Il ment. Vous vous attendiez à quoi, au juste ? A ce qu'il me dise gentiment qu'il s'était pointé chez Cassie Finch pour la tuer ?

— Parce que vous pensez que c'est ça la vérité ?

— J'aime assez cette idée. Ça voudrait dire qu'il y a eu meurtre avec préméditation.

— On a trouvé l'arme ?

— Non, reconnut Malone en fronçant légèrement les sourcils.

Stacy but sa bière qui commençait à tiédir.

— Pourquoi ne m'avez-vous pas dit tout ça avant ?

— J'étais occupé.

— Ça ne change rien à ma conviction que Leo est innocent.

— Voici qui vous fera peut-être changer d'avis... Vous vous rappelez quand j'ai accusé Noble de créer un écran de fumée très sophistiqué pour que le meurtre de sa femme passe inaperçu, et de vous avoir choisie pour l'aider dans ses projets ?

— Difficile d'oublier...

Malone s'approcha d'elle.

— Il écrit un scénario, Stacy. Sur un concepteur de jeux qui reçoit des messages menaçants illustrés par des dessins. Des dessins qui représentent la mort de personnages de sa plus célèbre création.

Elle en eut le souffle coupé.

— Vous faites partie de l'histoire, Stacy, ajouta Malone doucement, en s'approchant d'elle. L'ancienne flic blessée qui cherche à échapper à son passé.

Ainsi, Leo l'avait manipulée depuis le début ?

Le passé était bien en train de se répéter.

Elle se détourna, marcha jusqu'à la fenêtre, et laissa son regard se perdre au-dehors, dans l'obscurité.

Qu'est-ce que ça voulait dire ? Avait-elle une inscription sur le front ? Quelque chose comme « Cible facile. Idiote naïve et crédule. »

— Au bout du compte, poursuivit Malone, elle ne résiste pas au charme de l'inventeur : elle tombe dans ses bras...

— Ça suffit ! lança Stacy en faisait volte-face. Fermez-la, maintenant !

Elle soutint le regard de Spencer, tout en s'efforçant de mettre en perspective ce qu'il venait de dire. De réunir les pièces du puzzle, y compris celle-ci.

Elle s'efforçait aussi de s'abstraire du sentiment de trahison qui menaçait de la suffoquer.

Leo écrivait un scénario. Tout était prévu depuis le début : il l'avait utilisée.

— Vous avez découvert ça au cours de la perquisition, aujourd'hui.

Ça n'était pas une question, mais Malone y répondit quand même.

— Oui. Dans un tiroir de son bureau fermé à clé.

— Vous l'avez interrogé, à ce sujet ?

— Oui. Il m'a affirmé qu'il venait de commencer l'écriture de ce scénario. Qu'il lui trouvait un énorme « potentiel narratif ».

Voilà donc ce que signifiait l'expression coupable de Leo, dans la soirée. Voilà pourquoi il avait évité son regard et lui avait paru mal à l'aise.

— *Potentiel narratif*, répéta-t-elle en percevant la note d'amertume dans sa propre voix. Alors que des gens sont en train de mourir.

— Pour un homme brillant, il est vraiment stupide, déclara Spencer.

— Difficile, en effet, de croire qu'un génie puisse laisser traîner une preuve pareille !

— Je persiste et je signe : il faut être stupide pour contrarier une jeune femme jolie et intelligente.

Stacy laissa échapper un gémissement de douleur.

— C'est de moi que vous parlez ? Dites plutôt *jeune femme idiote et crédule* !

Il y eut un instant de silence. Puis Malone étouffa un juron et prit le visage de Stacy entre ses mains.

— Forte. Intelligente. Déterminée.

Tandis qu'elle affrontait son regard intense, plongé dans le sien, elle sentit quelque chose chavirer en elle. Ou plutôt, s'ouvrir. Sans se donner le temps de trop y réfléchir, elle embrassa Malone. Puis elle s'écarta.

— J'étais loin d'imaginer que vous m'embrasseriez, après la façon dont je vous ai parlé.

— C'est vous qui m'avez embrassé, lui fit-il remarquer. Ça annule tout ce que vous avez pu me dire.

Stacy sourit.

— Ça me va.

52.

Samedi 19 mars 2005
7 h 15

Stacy se réveilla de bonne heure. Elle gémit, s'étira… avant de se rappeler où elle se trouvait. Et ce qu'elle avait fait.

Merde, merde et merde !

Qu'est-ce qui ne tournait pas rond, chez elle ?

Elle ouvrit les yeux. Spencer était couché à côté d'elle — et il dormait. Il avait repoussé en partie la couverture, ce qui permit à Stacy de constater qu'il était nu. Glorieusement, fabuleusement nu.

Refermant les yeux, elle pressa ses paupières avec force. La nuit avait été chaude. Très chaude.

Mais que pouvait-il bien penser d'elle ?

Peu importait ! Elle s'en moquait. Ce qui s'était passé la nuit dernière était une grosse erreur. A ajouter à la liste déjà conséquente de ses errements.

Pourtant, elle avait été intelligente, à une époque. Intelligente et capable.

Des temps lointains dont elle avait tout oublié ou presque.

Doucement, elle glissa vers le bord du lit. Elle devait pouvoir rassembler ses affaires et sortir de la chambre sans réveiller celui qu'elle devait bien appeler *son amant*.

Elle voulait prendre le temps de préparer son petit laïus : « Oublions, ça, c'était une erreur, etc. »

Ses mains touchèrent le sol ; elle commença de passer pardessus le bord du lit. Alors qu'elle s'apprêtait à passer à la dernière étape, une main se referma autour de sa cheville.

Merde, merde et merde !

Il était réveillé. Et elle se retrouvait dans une position pour le moins critique : nue, le derrière en l'air et à moitié sortie du lit.

— Tu peux me lâcher, s'il te plaît ?

— Il le faut vraiment ?

Stacy fit la grimace en percevant la note d'amusement dans sa voix.

— La vue est spectaculaire, commenta-t-il.

— Merci. Et pour répondre à ta question : oui, il le faut.

— Un petit *s'il te plaît* ?

Elle grogna, et il la libéra.

Elle se laissa glisser, et atterrit sur le sol sans trop d'élégance.

Spencer vint se pencher au bord du lit, le sourire aux lèvres.

— On dirait que tu as du mal à te mettre en train, ce matin, Killian. Fatiguée ? Trop fourbue pour se redresser ?

Stacy sentit son visage s'enflammer.

— Je veux juste aller… enfin, je voulais…

— … faire un tour dans la salle de bains ?

— … rentrer chez moi.

— Tu te serais éclipsée sans même un au revoir ? Ni un

petit remerciement pour le bon moment que nous avons passé ensemble ? C'est grossier, Killian. Vraiment.

Stacy tira d'un coup sec sur la couverture pour s'en draper. Puis elle se redressa.

— Ne rends pas les choses plus difficiles qu'elles ne le sont.

Il posa son menton dans le creux de sa main.

— Parce que c'est difficile ?

— Tu sais très bien ce que je veux dire. Gênant, si tu préfères. Embarrassant.

— Oh ! je vois.

Il repoussa le morceau de drap qui le couvrait encore et se leva à son tour. Puis il se tint devant Stacy, nu comme un ver.

— Je comprends ce que tu veux dire. C'est extrêmement embarrassant.

Ce type méritait de mourir, décida Stacy. Malheureusement, elle avait laissé son Glock chez les Noble.

Elle se contenta donc de la première arme qui lui tomba sous la main. Un oreiller. Elle le jeta sur lui alors qu'il se dirigeait vers la salle de bains. Elle manqua sa cible, et l'oreiller heurta l'encadrement de la porte avant de tomber par terre.

Tandis que le rire de Spencer retentissait désagréablement à ses oreilles, Stacy récupéra ses sous-vêtements et les enfila. Elle se mit ensuite en quête de son pantalon.

Elle le retrouva sur le dessus de la commode. Et sentit le feu gagner de nouveau ses joues en se rappelant de quelle manière elle s'en était débarrassée : comme une strip-teaseuse.

A cet instant, son téléphone, accroché à la ceinture de son pantalon, se mit à vibrer. Elle s'en empara et constata qu'elle avait reçu un texto.

« La partie est excitante, n'est-ce pas ? Mais le meilleur est à venir, pour toi.

Bientôt, Stacy. Très bientôt. »

Elle relut le message, les oreilles emplies d'un bourdonnement assourdissant. C'était un avertissement envoyé par le Lapin Blanc.

Elle était la prochaine victime sur la liste.

Elle jeta un coup d'œil à sa montre. 7 h 20. Le temps continuait sa marche inexorable. Dans un peu plus de sept heures, Alice allait devoir jouer. Contre le Chat de Chester.

Qui lui avait donc envoyé ce message ? Leo ? Danson ?

Ou quelqu'un d'autre ?

La porte de la salle de bains s'ouvrit et Spencer réapparut. Il avait noué une petite serviette autour de sa taille. Elle ne couvrait qu'une partie réduite de son anatomie, mais l'effort était louable.

— On vient de nous contacter, lui dit Stacy.

— Pardon ?

— J'ai reçu un SMS. Sur mon téléphone.

Il la rejoignit et lut le message par-dessus son épaule.

— Tu veux faire un rappel automatique ?

— J'aimerais beaucoup, oui.

Elle pressa le bouton qui devait lui permettre de rappeler automatiquement le numéro de son mystérieux correspondant. Il y eut une sonnerie, puis la voix enregistrée d'une messagerie automatique.

Stacy tourna son téléphone de manière à ce que Spencer puisse entendre.

— Bonjour. Vous êtes sur la messagerie de Kay Noble, de

Wonderland Creations. Laissez un message et je vous contacterai dès que possible.

Stacy coupa la communication.

— Les événements prennent une sale tournure…, commenta-t-elle.

— Sans blague.

Malone s'approcha du lit pour récupérer son propre téléphone portable. Puis il composa un numéro.

— Debout, là-dedans, vieille branche ! On vient de recevoir un message.

Tandis qu'il s'entretenait avec son partenaire, Stacy ramassa le reste de ses affaires et alla finir de s'habiller dans la salle de bains. Quand elle en sortit, Spencer était déjà prêt et passait son holster d'épaule.

Stacy se rappela l'époque où elle aussi portait un holster à l'épaule. Elle se souvint du poids de l'arme, de la façon dont la sangle serrait. Et des sensations que tout cela lui procurait.

— Tony va essayer de localiser l'endroit d'où l'appel a été passé. Si on a un peu de chance, avec la technologie GPS, on nous donnera la position exacte. Kay Noble possède sûrement un téléphone dernier cri.

— Tu penses qu'elle est morte, n'est-ce pas ?

Il resta impassible et la regarda sans ciller.

— J'espère que non. Sincèrement.

7 h 45. Le temps filait.

— Je voudrais que vous m'accordiez une faveur, demanda-t-elle.

Il haussa les sourcils en signe d'interrogation.

— Je veux parler à Bobby.

— Ça ne va pas être évident, étant donné qu'il a été incarcéré à la Old Parish Prison. Je ne pense pas qu'il t'ait inscrite sur sa liste de visiteurs.

— Tu pourrais me faire rentrer.

— Et pourquoi le ferais-je ?

— Parce que tu me le dois bien ! Si je n'avais pas blessé Gautreaux, tu n'aurais pas pu faire le lien entre lui et moi, puis avec les trois viols.

Spencer croisa les bras sur son torse.

— Exact.

— J'aimerais juste lui parler. Et entendre de sa bouche qu'il n'a pas tué Cassie et Beth.

Spencer laissa passer quelques secondes, puis soupira.

— D'accord. Je vais voir ce que je peux faire. Mais tu as jusqu'à 14 heures, cet après-midi.

— Que se passera-t-il, après ça ? Je vais me transformer en citrouille ?

— Je vais charger une bonne dizaine d'hommes de te surveiller. Si jamais l'autre fou s'approche de toi, on sera là.

53.

Samedi 19 mars 2005
8 h 10

Malone passa deux coups de fil et réussit à faire inscrire Stacy sur la liste des personnes admises au parloir. Mais avant d'aller rendre visite à Bobby, elle avait besoin de prendre des nouvelles d'Alice.

— Comment ça se passe ? demanda-t-elle à Mme Maitlin, quand celle-ci lui répondit au téléphone.

— Je n'ai jamais vu M. Leo aussi choqué.

— Et Alice ?

— Elle est calme.

— Puis-je lui parler, s'il vous plaît ?

La gouvernante partit à la recherche de la jeune fille. Celle-ci prit la communication quelques instants plus tard.

— Stacy ? Où êtes-vous ?

— Je suis sur une piste. Et toi ? Ça va ?

— Ça va, oui. La police nous a envoyé un homme qui monte la garde devant la maison.

Et il devait probablement bavarder avec Troy.

— Bien.

— Vous n'êtes pas rentrée à la maison, la nuit dernière ?

— Non. J'étais chez un ami. Comment va ton père ?

— Il se prépare pour un rendez-vous. Vous voulez lui parler ?

Stacy songea à cette histoire de scénario.

— Non, je ne pense pas.

Un long moment, Alice resta silencieuse. Quand elle reprit enfin la parole, ce fut d'une voix étouffée.

— Il a peur, dit-elle. Il ne l'avouera jamais, mais je le sens bien.

De quoi avait-il peur, au juste ? D'être tué ? Arrêté ?

— Ça va aller, Alice. Pas question qu'il t'arrive quoi que ce soit.

— Quand est-ce que vous revenez ?

— Très bientôt. Surtout, ne fais rien avant mon retour. Tu as compris ? Tu n'envoies aucun message au Lapin Blanc.

— Bien m'dame !

Stacy ne put s'empêcher de rire. Qu'était-il donc arrivé à cette adolescente renfrognée qui lui avait un jour demandé de ne pas rester en travers de son chemin ?

La jeune femme raccrocha en rappelant à Alice qu'elle pouvait l'appeler à tout instant.

Grâce à la cousine de Spencer qui faisait partie du personnel de la prison, Stacy put entrer en se faisant passer pour une thérapeute désignée par le tribunal.

Quand elle se retrouva face à Bobby Gautreaux, une vitre en Plexiglas les séparait.

Elle souleva le combiné du téléphone qui se trouvait de son côté. Il fit de même.

— Salut, Bobby.

— Qu'est-ce que vous voulez ?

— Parler.

— Ça ne m'intéresse pas.

Il se leva et fit le geste de raccrocher. Stacy dut réagir promptement, sans se donner le temps de la réflexion.

— Et si je te disais que je pense que tu n'as pas tué Cassie et Beth ?

Ils furent aussi surpris l'un que l'autre par ces mots. Bobby se rassit lentement.

— C'est une plaisanterie ?

— Non. Tu as peut-être violé des femmes, Bobby, mais je ne pense pas que tu sois un assassin.

— Pourquoi ?

« Juste une intuition, espèce d'ordure ! » pensa Stacy, avant de répliquer :

— C'est moi qui pose les questions, d'accord ?

— Comme vous voulez, maugréa-t-il en s'affalant sur sa chaise.

— Pourquoi es-tu allé chez Cassie, cette nuit-là ?

— Pour lui parler.

— A quel sujet ?

— Je voulais qu'on se remette ensemble.

— Ben voyons.

Il haussa les épaules.

— Disons que je suis un romantique.

— Donc, tu n'es pas allé là-bas pour la tuer ?

— Non.

— Pourquoi, alors ? Pour la violer ?

— Non.

— Je commence à comprendre pourquoi la police t'a arrêté. Tu n'es pas crédible.

— Allez vous faire foutre !

— Non, merci, dit Stacy en se levant. Bon séjour.

— Attendez ! Restez !

D'un geste fébrile, il lui désigna la chaise.

— Je l'ai vue partir de chez Luigi. Alors, je l'ai suivie.

— Juste comme ça ?

— Ouais. Comme un crétin de première.

— Et ?

— Et je suis resté devant chez elle. Un bon moment.

Stacy l'imagina devant la maison de Cassie, empli d'une colère qui enflait à chaque instant. La détestant. Attendant de la punir. De la faire payer pour la blessure qu'elle lui avait infligée en le rejetant.

— Et ?

— J'ai décidé de forcer les choses.

Forcer les choses. Une expression troublante dans la bouche d'un violeur.

— Que s'est-il passé ?

— Elle a répondu. Elle m'a laissé entrer. On a parlé.

— Encore ce problème de crédibilité, Bobby…

Comme il ne répondait pas, Stacy insista.

— Jamais elle ne t'aurait laissé entrer si elle n'y avait pas été obligée.

— Non ?

— Non. Alors, tu l'as poussée pour pénétrer dans l'appartement. Tu étais en colère. Tu voulais lui en faire baver parce qu'elle t'avait rejeté.

Stacy se pencha légèrement vers la vitre pour demander à Bobby :

— Qu'est-ce qui t'en a empêché ?

— Quelqu'un s'est pointé à la porte.

La jeune femme ne put s'empêcher de tressaillir.

— Qui ?

— Je sais pas. Un type. Je ne l'avais jamais vu.

— Tu pourrais le reconnaître ?

— Peut-être.

Stacy ne put masquer son incrédulité, et Bobby fut aussitôt sur la défensive.

— J'étais en colère. J'étais jaloux. Je me suis dit qu'ils devaient baiser ensemble. Alors, je suis parti.

— Elle a prononcé son nom quand il est arrivé ? Réfléchis, Bobby, c'est important. La sentence n'est pas la même pour un viol et pour un meurtre…

— Elle n'a rien dit.

— Tu en es certain ?

— Mais oui, bon sang !

— Tu as raconté ça à la police ?

— Ouais, dit-il en haussant les épaules. Mais ils ont cru que je mentais.

Ils ne se souciaient pas trop d'aller vérifier. Ils avaient leur homme, et c'était suffisant.

— Il était grand ? Petit ? De taille moyenne ?

— Entre moyen et grand, je dirais.

— Les cheveux foncés ou…

— Il portait un bonnet.

— Un bonnet ?

— Ouais. Comme les rappeurs ou les chanteurs de hip-hop, vous voyez ? Genre Eminem. Un bonnet noir.

— Il portait autre chose que tu aurais remarqué ?

— Non.

— Tu as vu César ?

— Son clébard ? demanda-t-il en hochant la tête. Cette petite merde a failli me pisser dessus.

César était donc en liberté quand Bobby était passé. Cassie avait dû l'enfermer après son départ.

— Tu as une idée du genre de voiture que l'homme conduisait ?

Il secoua la tête, tout en étouffant un juron.

— Pourquoi est-ce que tu m'as agressée, à la bibliothèque ?

— Parce que vous étiez là-bas. Et parce que vous m'énerviez. Je voulais vous faire peur.

— Raté !

Il baissa les yeux sur ses mains menottées, puis croisa de nouveau le regard de Stacy.

— Vaudrait mieux pour vous que je ne sorte pas d'ici.

— Pour ça, je ne m'inquiète pas trop.

Bobby se pencha vers elle et la regarda droit dans les yeux.

— Tu te crois forte, hein ? Super balèze. Si j'avais voulu te faire du mal, je l'aurais fait, pauvre conne ! Je t'aurais défoncé le cul.

Stacy raccrocha le téléphone et se leva. Calmement, elle prit son sac et fit passer la bandoulière sur son épaule. Moins elle semblerait affectée par ses propos orduriers, plus ça le rendrait fou.

Arrivée à la porte, elle se tourna lentement et lui fit un doigt d'honneur.

Quand elle sortit de la Parish Prison, elle s'arrêta un instant pour jouir du soleil étincelant, et inspira profondément, à plusieurs reprises, comme pour se purifier de l'intérieur.

Bobby Gautreaux était un être abject et nuisible.

Mais avait-il pour autant tué Cassie ?

Possible. Et il était tout aussi possible qu'il dise vrai.

Stacy rejoignit le parking. Cela faisait maintenant une semaine qu'elle n'était pas passée chez elle. Le moment était venu d'y faire un saut.

La première chose qu'elle remarqua fut sa boîte aux lettres qui débordait. Ensuite, la lumière de son répondeur qui clignotait. Elle écouta les messages de sa sœur, puis ceux de la fac.

— Mademoiselle Killian, c'est le professeur McDougal. Je me fais du souci à votre sujet. Appelez-moi, je vous prie.

Elle regarda le répondeur d'un air désolé.

Quand avait-elle assisté à un cours pour la dernière fois ? Cela semblait remonter à une éternité. Elle devait rendre un article pour lundi. Elle ne l'avait pratiquement pas commencé.

Soudain très lasse, Stacy se frotta les yeux. Elle marcha jusqu'à son canapé et s'y laissa tomber. Ce premier trimestre était une catastrophe, et elle ne serait probablement pas autorisée à passer les examens du contrôle continu. De toute façon, elle n'avait pas le temps de s'y consacrer. Trouver le Lapin Blanc était sa priorité. De même que protéger Alice et sauver Kay.

Son téléphone portable vibra. Après une courte hésitation, elle prit l'appel.

— Ici Billie Bellini, superespionne !

Stacy se redressa aussitôt. Ses idées noires avaient été balayées d'un coup.

— Qu'as-tu découvert ?

— Pas de personnes disparues, mais une information que tu devrais trouver intéressante. Le Dr Carlson consacrait une partie de son temps aux sans-abri. Une fois par semaine, il recevait des gens que lui envoyaient des associations locales.

Stacy comprit où Billie voulait en venir : la disparition d'un SDF passait souvent inaperçue. Pas d'employeur pour donner l'alarme. Pas d'amis ni de famille pour s'inquiéter.

Le dentiste pouvait donc avoir choisi un homme ayant une constitution semblable à celle de Danson et échanger leurs dossiers dentaires. Danson s'était chargé du reste.

Il avait tout prévu. Il laissait un mot expliquant son suicide. Il remplissait son coffre de bouteilles de propane. Il proposait au clochard de le déposer quelque part. Ou bien il l'assommait et l'embarquait à bord de sa voiture. Ensuite, le cadavre était identifié de façon formelle grâce à ses empreintes dentaires.

— Le chef Jackson a-t-il fait un commentaire au sujet de ta découverte ?

— Il va jeter un coup d'œil aux dossiers du dentiste : dossiers financiers et dossiers des clients. Et si jamais il découvre quoi que ce soit de suspect, il reprendra l'affaire de façon officielle.

A sa voix, Stacy comprit que Billie était très fière.

— Il a contacté Malone, à la police de La Nouvelle-Orléans,

et il a promis de rester en contact avec nous. Si Charles Richard Danson est vivant, il ne nous échappera pas.

Stacy fronça les sourcils.

— Comment l'as-tu appelé ?

— Charles Richard Danson. C'est son nom complet — même si tout le monde l'appelle Dick.

Charles Richard Danson.

Stacy se figea en se rappelant la conversation qu'elle avait eue avec le précepteur d'Alice au sujet de son nom, précisément. Il avait plaisanté sur le fait que ses parents l'avaient affublé de prénoms bien peu sexy.

Clark Randolf Dunbar.

Ce qui donnait comme initiales C.R.D.

— Je sais qui c'est ! s'écria-t-elle.

— Hein ?

— Il faut que j'y aille.

— Ne t'avise pas de faire ça avant de m'avoir dit…

— Danson a commis une erreur fatale. Comme beaucoup de gens qui essayent de disparaître ou de se créer une nouvelle identité. Il s'est choisi un nouveau nom en gardant les initiales du précédent. Une faiblesse bien humaine. Le désir de conserver un peu de ce passé qu'on essaye de laisser derrière soi.

— Qui est-ce, alors ? demanda Billie.

— Clark Dunbar. Le précepteur d'Alice.

54.

Samedi 19 mars 2005
9 h 30

Stacy referma son téléphone portable et courut vers la porte d'entrée. Elle sortit, ferma à clé et rejoignit sa voiture garée dans la rue. Elle s'arrêta net en la voyant. Elle était coincée. Les conducteurs des deux véhicules qui l'encadraient avaient trouvé le moyen de se coller, l'empêchant tout bonnement de manœuvrer pour sortir.

La maison Noble se trouvait à un peu moins d'un kilomètre. Elle pouvait s'y rendre en cinq ou six minutes.

Elle s'élança sans plus hésiter. Tout en marchant d'un bon pas, elle appela Malone.

— Il faut faire une recherche d'antécédents concernant le précepteur d'Alice, Clark Dunbar ! lança-t-elle aussitôt qu'il répondit.

— Killian ? Bien le bonjour ! Ça manquait de passion, ce matin, tu ne trouves pas ?

— Fais ce que je t'ai demandé, je t'en prie !

Il devint brusquement sérieux.

— Il a déjà eu droit au NCIC. Pas d'antécédents.

— Insiste, approfondis !

— Que se passe-t-il ?

— Clark Dunbar est le Lapin Blanc.

Une voiture passa à hauteur de Stacy, fenêtres ouvertes, déversant un flot de hip-hop assourdissant.

— Je ne peux pas rentrer dans les détails maintenant, ajouta-t-elle. Mais tu dois me faire confiance.

— Où es-tu ?

— Je vais chez Leo.

Elle s'arrêta à un carrefour, regarda à droite et à gauche, et traversa comme une flèche, ce qui lui valut un coup de Klaxon rageur de la part d'un automobiliste dont elle avait sous-estimé la vitesse.

— Appelle-moi dès que tu auras quelque chose.

Elle raccrocha avant que Malone ait pu répondre, puis appela Leo sur son portable. Elle tomba sur la messagerie.

— Leo, c'est Stacy. Je pense que le Lapin Blanc n'est autre que Clark. Restez le plus possible à distance de lui. Et contactez-moi dès que vous pourrez.

Elle composa ensuite le numéro de la maison. Ce fut Mme Maitlin qui décrocha.

— Valerie, vous avez eu des nouvelles de Clark ?

— Stacy ? Ça va ? Vous semblez…

— Je vais bien. Alors ? Clark a donné de ses nouvelles ?

— Il est ici.

Stacy s'arrêta net.

— Je croyais qu'il était absent pour le week-end !

— Moi aussi. J'ai été très surprise de le voir. Il m'a dit qu'il avait eu un problème de réservation… Attendez, ne quittez pas.

Stacy entendit une voix masculine, derrière la gouvernante, laquelle répondit à la personne qui lui parlait.

— Désolée, dit-elle en reprenant le combiné. Où en étions…

— C'était Clark, à l'instant ? coupa Stacy.

— Non. Troy.

— Où est Clark, en ce moment ? C'est important, Valerie.

— Dehors. Avec Alice.

Oh, non !

Stacy, qui avait recommencé de marcher d'un bon pas, traversa en courant le carrefour entre City Park Avenue et Wisner Boulevard, filant vers Esplanade Avenue. Elle longea City Park, avec ses tennis, son golf, sa lagune et le New Orleans Museum of Art.

— Et le policier ? interrogea-t-elle. Il est toujours là ?

— Devant, oui.

— Bien. Je voudrais que vous fassiez venir Alice, expliqua Stacy en essayant de garder une voix égale. Dites-lui qu'on la demande au téléphone. Mais ne prononcez pas mon nom devant Clark. Vous m'avez comprise ?

— Oui, bien sûr.

— Dès qu'Alice sera dans la maison, en sécurité, faites venir le policier. Qu'il reste à ses côtés jusqu'à mon arrivée.

— Que se passe-t-il ? demanda Mme Maitlin d'un air inquiet. Est-ce qu'il faut que je prévienne…

— Contentez-vous d'appeler Alice. Tout de suite, Valerie !

Stacy entendit la gouvernante qui posait le téléphone pour aller chercher l'adolescente. Les secondes se succédèrent, interminables. Les battements de son cœur retentissaient de plus en plus sourdement à ses oreilles, et pas seulement parce qu'elle était essoufflée ; elle craignait que Dunbar n'eût compris qu'il était démasqué et qu'il s'en fût pris à Alice.

Elle commençait à paniquer quand la voix de l'adolescente se fit entendre.

— Stacy ? Que se…

— C'est Clark, Alice ! Le Lapin Blanc, c'est Clark. Mme Maitlin va faire venir le policier pour qu'il te protège, et je ne suis plus qu'à deux pâtés de maisons.

— Clark ? Mais c'est impos…

— C'est lui. Ecoute, tu restes où tu es, d'accord ? Tu fais mine d'être au téléphone jusqu'à ce que le policier arrive.

Alice promit de suivre ses instructions.

Après avoir raccroché, Stacy replaça son portable dans son holster, à sa ceinture, et elle se remit à courir.

Tout se tenait. Clark jouissait d'un accès libre à la maison. Il savait tout des gens qui y habitaient : leurs horaires, leurs habitudes. En tant que précepteur d'Alice, il avait aussi accès à ses pensées, à ses sentiments. A son ordinateur. Et comme il couchait avec Kay, il lui était facile de connaître ses pensées les plus intimes.

La nuit de sa disparition, c'était elle qui l'avait fait venir dans la petite maison. Voilà pourquoi il n'y avait aucun signe d'effraction.

Il les avait tous bien eus. De façon magistrale.

Mais on ne devait pas en attendre moins d'un *maître dans l'art du jeu.*

Spencer et Tony arrivèrent devant la maison Noble pratiquement en même temps que Stacy. Elle les attendit devant le portail d'entrée.

— Dunbar est ici, annonça-t-elle sans préambule, avant de leur révéler l'appel qu'elle avait passé.

— Bon boulot, déclara Tony.

— Merci.

Stacy croisa le regard de Spencer.

— Alors, vous avez effectué une recherche concernant Dunbar ?

— En réalité, Clark Dunbar n'existe pas. Il n'est pas enregistré à la DMV. Je suis prêt à parier que les Noble n'ont même jamais vérifié ses références.

Pour Stacy, la confiance des gens, leur crédulité, était une source permanente d'étonnement. Elle existait même chez quelqu'un comme Leo Noble, qui avait pourtant beaucoup à perdre.

— Qu'est-ce qui t'a mis la puce à l'oreille ? lui demanda Spencer.

— Billie. Elle a découvert que le véritable nom de Danson n'était pas Dick. En fait, il s'appelle Charles Richard Danson. Devine par quelle lettre commence le second prénom de Clark…

— Un C.

— Gagné. Billie a aussi appris que le dentiste assassiné grâce à qui on avait identifié Danson faisait régulièrement du bénévolat auprès des déshérités, SDF et autres.

— SDF et autres, répéta Spencer. Le genre de personnes qui peuvent disparaître sans qu'on s'en aperçoive.

— Tu mériterais un dix sur dix.

— Donc, il a mis en scène sa propre mort, il a changé son apparence grâce à la chirurgie plastique…

— … et il a débarqué à La Nouvelle-Orléans pour faire tomber sur son ancien associé et sur son ancienne petite amie une justice d'un genre étrange.

Ils arrivèrent devant la porte d'entrée qui, comme toujours, s'ouvrit sur Mme Maitlin. Alice se trouvait avec elle, accrochée à son bras.

— Il est parti ! s'écria la gouvernante. Quand j'ai appelé Alice, il s'est dirigé vers sa voiture, il a grimpé dedans et il est parti. J'ai voulu prévenir le policier Nolan, mais il était trop tard.

— Où est-il, Nolan ?

— Il s'est lancé à la poursuite de Clark.

Spencer se tourna vers Tony.

— Contacte-le par radio.

Tony ne se le fit pas dire deux fois. Jamais Stacy ne l'aurait cru capable de se mouvoir aussi rapidement.

Pendant ce temps, elle allait se charger d'Alice et de Mme Maitlin.

Elle les emmena dans la cuisine où Mme Maitlin avait commencé à préparer des cookies.

Alors que les appétissantes odeurs de la première fournée commençaient de se répandre dans la cuisine, Spencer se montra à la porte. Il fit signe à Stacy de le rejoindre.

— Ne vous avisez pas de les manger pendant mon absence ! lança-t-elle pour tenter de détendre l'atmosphère.

Spencer la conduisit dans le petit salon.

— Nolan l'a perdu. Nous avons fait passer un appel radio

à toutes les unités. On devrait bientôt obtenir un mandat de perquisition pour ses appartements.

Le téléphone portable de Stacy sonna. Elle vit sur l'écran qu'il s'agissait de Leo. Elle le chuchota à Spencer, avant de prendre la communication.

— Leo ? Où êtes-vous ?

— Dans le centre. Je viens d'écouter votre message. Clark est donc le Lapin Blanc ? Mon Dieu, comment avez-vous…

— Ce n'est pas tout. Clark et Danson ne sont qu'une seule et même personne.

— Dick ? Vous ne voulez pas dire que…

— Si. Il a simulé sa mort. Et il a dû également passer par la chirurgie esthétique pour pouvoir se venger de vous.

Leo resta silencieux et, au bout de quelques secondes, Stacy crut même qu'ils avaient été coupés.

— Leo ? Vous êtes toujours…

— Oui, je suis toujours là. Ce n'est pas rien. J'ai du mal à croire que…

Il laissa échapper une exclamation de surprise.

— Hé, mais qu'est-ce que… mon Dieu, vous…

Stacy entendit un bruit assourdissant.

Une détonation.

— Leo ! s'écria-t-elle. Leo…

Spencer lui arracha le téléphone des mains.

— Monsieur Noble, c'est l'inspecteur Malone, à l'appareil. Monsieur Noble ? Vous n'avez rien ?

Stacy le regardait avec espoir, tout en sachant que cet espoir ne rimait à rien.

Il croisa son regard, une expression sévère sur le visage.

— Je ne veux pas que la gamine reste seule, dit-il en lui rendant le téléphone.

Elle baissa les yeux sur l'écran.

Fin de la communication.

9 h 57.

Elle déglutit avec peine.

— Je… je vais rester avec elle.

— Il faudra l'envoyer chez Tony dès que possible. Elle sera plus en sécurité, là-bas.

55.

Samedi 19 mars
17 h 20

Le samedi à 17 heures, le centre de La Nouvelle-Orléans ressemblait plus à un plateau de cinéma qu'à un quartier d'affaires.

Le crépuscule avait commencé de jeter ses feux sur le sommet des gratte-ciel.

Spencer se tenait juste devant le périmètre de sécurité — l'habituel ruban jaune tendu à l'entrée d'une impasse étroite qui bordait l'International House Hotel.

Tony arriva à son tour et gara sa Ford derrière la Camaro.

On avait retrouvé Leo Noble. Spencer et Tony avaient reçu l'appel alors qu'ils terminaient leurs recherches dans les appartements de Danson. Ils n'avaient rien trouvé de probant, en dehors du fait que Clark et Dick Danson ne faisaient qu'une seule et même personne.

Spencer espérait qu'ils auraient un peu plus de chance ici.

Leo avait été abattu d'une balle entre les yeux.

— Comment va la gamine ? demanda Spencer.

— Elle a peur, répondit Tony. Carly l'a prise sous son aile.

— Tu as eu des nouvelles de la tante ?

— Non. J'ai laissé un message.

On n'avait encore rien dit à Alice de ce qui était arrivé à son père. Spencer priait pour que sa mère fût toujours en vie et pût lui apporter le réconfort dont elle aurait besoin, mais il n'avait pas beaucoup d'espoir.

Ils s'approchèrent du flic en faction, signèrent le registre, puis passèrent sous le ruban jaune.

Les techniciens et le photographe étaient en plein boulot. Ils jetèrent un vague coup d'œil à Spencer et Tony, et les saluèrent d'un hochement de tête.

Noble était couché sur le dos, à quelques mètres de l'entrée de l'impasse, les yeux ouverts, le regard vide. A en juger par la blessure, il avait été abattu à bout portant, probablement avec une arme de petit calibre. Son téléphone portable et sa mallette se trouvaient à côté de lui.

Tony s'accroupit près du corps.

— Il a toujours sa Rolex au poignet. Son attaché-case semble intact.

Spencer enfila des gants en latex et chercha le portefeuille de la victime. Il le trouva sans peine, l'ouvrit et inventoria rapidement son contenu.

— Trois cents dollars. Des cartes de crédit. On ne l'a certainement pas tué pour le dépouiller.

— Ça te surprend ?

Spencer grimaça un sourire.

— J'ai l'air surpris ?

— Très. Le fils de pute ! Il a fait ça en plein jour et en plein centre, à deux pas de Camp Street.

Spencer inspecta du regard les contours du corps, avant de porter son regard un peu plus loin.

— Où est son petit message ?

Comme pour répondre à sa question, l'un des techniciens l'appela.

— Hé ! Vous devriez venir voir ça !

Ils se redressèrent et le rejoignirent. Sa lampe torche était braquée sur un encadrement de porte. Poussés par le vent, des détritus s'y étaient entassés.

Spencer repéra aussitôt ce qui avait attiré l'attention du technicien : un sachet en plastique avec fermeture à zip.

Spencer alla le récupérer. L'assassin avait dessiné dessus un grand sourire. A l'intérieur, il avait placé une carte à jouer. Le roi de cœur.

Tony caressa distraitement sa barbe naissante.

— Ça me plaît, moi, un dingo qui nous dit clairement qu'il est l'auteur d'un crime.

— Vous mettez ça sous plastique et vous étiquetez, dit Spencer au technicien.

— Si c'est bien Dunbar, il sait qu'on le recherche. Il veut finir ce qu'il a commencé, même s'il doit se faire pincer à la fin.

Spencer plissa les yeux.

— Je dirais qu'il a fini. Je suis content qu'on ait mis la gamine à l'abri. Tant que cette ordure ne sera pas derrière les verrous, elle sera en danger.

— Peut-être que notre homme voulait juste buter le grand chef ?

— Mouais. Tu te rappelles le dessin de Pogo : celui où l'on voyait Alice pendue par le cou — et visiblement morte ?

— D'accord. Mais on n'avait rien sur le Roi de Cœur. Et lui, il s'est fait dessouder.

Spencer leva les yeux vers le ciel qui s'assombrissait rapidement, avant de revenir à son partenaire.

— Stacy avait sa théorie sur la question. L'artiste n'en était pas encore arrivé à cette illustration. Je n'y ai pas cru, au début. Maintenant, si.

— Futée, la miss. Tu devrais peut-être la prévenir de ce qui se passe ?

— Sur le plan déontologique, ça craint, non ?

— Tu t'en fous. Elle est de notre côté.

Tony désigna le policier de faction devant le périmètre de sécurité.

— Je vais demander à ce que l'on fasse un tour complet du quartier. Avec un peu de chance, on tombera sur un témoin qui a vu ou entendu quelque chose.

Spencer hocha la tête et suivit du regard son partenaire qui s'éloignait. Oui, Stacy était du bon côté. De leur côté.

Mais ce n'était pas pour ça qu'il voulait l'appeler.

Il récupéra son portable.

— Salut ! dit-il quand elle répondit. Comment vas-tu ?

— Bien. Est-ce que Leo…

— Mort. Une balle entre les yeux.

— Le Lapin Blanc ?

— Oui, si une certaine carte à jouer laissée sur place est une indication.

— Mon Dieu ! Pauvre Alice ! Il faut retrouver Kay, à présent.

— On fait de notre mieux.

Spencer jeta un coup d'œil par-dessus son épaule. Le représentant du coroner et son chauffeur venaient d'arriver.

— Il faut que je te quitte, Stacy. On se rappelle.

56.

Samedi 19 mars 2005
20 h 45

Spencer fit mieux qu'appeler Stacy. Il se rendit chez elle.

Quand elle lui ouvrit la porte, il eut l'impression qu'elle avait pleuré.

Il brandit le sac en papier qu'il tenait à la main.

— J'ai apporté des sandwichs de chez Subway. Tu as dîné ?

— Je n'ai pas faim.

— Et un peu de compagnie, ça te dirait ?

— Pourquoi pas ?

Spencer ferma la porte derrière lui, et la suivit dans l 'appartement.

Ils se retrouvèrent dans la cuisine.

Spencer remarqua aussitôt la présence du Glock sur la table.

Stacy alla lui chercher une bière dans le réfrigérateur.

— Merci.

Il fit tourner la capsule et but une longue gorgée, sans quitter la jeune femme du regard, tandis qu'elle revenait s'asseoir à table et buvait le contenu de sa propre cannette.

— Rien de tout ça n'est ta faute, lui dit-il doucement.

— Vraiment ? Tu en es sûr ?

Sa voix tremblait, révélant un mélange de douleur et de colère.

— Leo est mort. Il est très probable que Kay ait connu le même sort. Or, ils m'avaient engagée pour les protéger. Quant à Alice… Alice est probablement orpheline, à présent. J'ai fait du superboulot, tu ne trouves pas ?

— Tu as fait du mieux que tu pouvais.

— C'est censé me réconforter ? répliqua-t-elle en serrant les poings. Il était juste sous mon nez, pendant tout ce temps. Et il…

Spencer s'approcha d'elle et il l'obligea à se lever. Il prit son visage entre ses mains.

— Nous l'avions tous sous le nez. Tu es la seule à avoir deviné à peu près ce qui se passait.

Des larmes apparurent dans les yeux de la jeune femme.

— Pour le bien que ça a fait !

Elle essayait de paraître forte, de contrôler sa colère, de donner l'impression qu'elle ne souffrait pas, qu'elle ne se sentait pas terriblement désarmée.

Spencer lui caressa la joue avec tendresse.

— Je suis désolé.

— Arrête ! Cesse de me regarder comme ça !

— Désolé, Killian. C'est plus fort que moi.

Il se pencha vers elle et l'embrassa. Il sentit ses lèvres trembler sous les siennes, et goûta la saveur salée de ses larmes.

— Ça suffit ! dit-elle en le repoussant, les mains à plat sur son torse. A cause de toi, je me sens faible.

— Parce que tu penses que tu te dois d'être forte ?

— Oui.

— Pour affronter les méchants ? Leur botter le derrière ? Peut-être même sauver le monde ?

Elle recula pour s'écarter de lui.

— Je pense que tu devrais t'en aller.

— Comme ça, tu pourras rester tranquillement en tête à tête avec M. Glock ?

— Oui.

— C'est toi qui vois, Stacy. Si jamais tu changes d'avis, tu sais comment me joindre.

Spencer vida sa bouteille de bière, puis récupéra son sac de sandwichs et s'en alla.

Comme il passait à hauteur de la voiture de patrouille stationnée devant la maison, il se pencha et salua les policiers qui se trouvaient à l'intérieur.

— Ouvrez bien l'œil ! Je vais faire un petit somme et je reviens.

57.

Dimanche 20 mars 2005
2 heures du matin

Stacy se réveilla en sursaut. Elle s'avisa qu'elle avait anormalement chaud. Elle transpirait…

En même temps qu'elle lisait l'heure, une lame de parquet craqua.

Il y avait quelqu'un dans la pièce.

La jeune femme roula sur le côté, à la recherche de son pistolet.

Il n'était plus là.

— Salut, Stacy !

Clark surgit des ténèbres, le Glock pointé sur elle.

— Surprise de me voir ?

Le cœur battant à grands coups sourds, elle se redressa pour s'asseoir.

— Assez, oui, répondit-elle. Je pensais que quelqu'un d'aussi intelligent aurait filé depuis longtemps.

— Vraiment ? Et pour aller où ? Tout fonctionnait si bien, avant que vous veniez fourrer votre nez dans mes affaires. *Mes* affaires !

Stacy faisait de son mieux pour surmonter la panique qui

menaçait de la submerger, pour respirer de façon régulière et garder un rythme cardiaque aussi lent que possible. Elle fit rapidement le point de la situation. Il n'y avait personne pour entendre ses cris. Ni d'éventuels coups de feu.

Elle ne pouvait compter que sur son intelligence.

Elle devait donc rester lucide, en pleine possession de ses moyens.

Il s'approcha encore et vint se planter à côté du lit, le canon du pistolet pointé entre les yeux de Stacy.

Entre les yeux.

C'était comme ça que Leo avait été assassiné.

— Pourquoi avez-vous fait ça ? demanda-t-elle. Pourquoi ficher toute votre vie en l'air ?

— Quelle vie ? répliqua-t-il avec mépris. J'étais endetté jusqu'au cou. Les flics tournaient comme des vautours autour de moi. Pendant ce temps-là, Leo avait une vie de rêve. Moi aussi, je méritais cette vie. Il m'a volé mes idées ! Il a refusé de me donner ce qui me revenait !

— Et Kay ? Il vous l'a volée aussi ?

Il se mit à rire.

— Vous n'avez pas idée du plaisir que ça m'a donné de savoir que je baisais sa femme juste sous son nez !

Stacy le regarda fixement, cherchant une ressemblance avec le jeune étudiant dont elle avait vu la photo dans l'annuaire universitaire de Leo. Elle n'en trouva aucune.

— Son *ex*-femme, corrigea-t-elle. Ça aurait dû ternir un peu votre satisfaction.

Elle le vit tressaillir, et eut la certitude qu'il allait passer à l'action.

Stacy roula sur la droite et attrapa le réveil, dans le but de le lui lancer en pleine figure. Mais elle ne fut pas assez rapide. Une main se ferma avec force sur son poignet, l'obligeant à lâcher l'objet. Puis il le jeta au loin, si bien qu'il se fracassa contre le mur. Entre-temps, il s'était assis sur elle et lui avait posé le canon du Glock sur la tempe.

Il porta sa main libre sur le cou de Stacy.

— Je pourrais vous tuer maintenant. Sans aucune difficulté. Vous étrangler… ou vous faire sauter le caisson. J'ai le choix.

— Et pourquoi ne le faites-vous pas ?

Elle avait posé la question alors qu'elle connaissait déjà la réponse. Il avait besoin de se mettre en avant et de revivre ses exploits à travers les réactions que leur récit pouvait susciter chez Stacy.

— C'était drôle de les regarder s'agiter, dit-il sans la relâcher. Drôle de pervertir l'esprit d'Alice et de l'éloigner petit à petit de ses parents. Ils la traitaient comme un bébé. Je n'arrêtais pas de le lui faire remarquer. Je lui rappelais aussi qu'elle était bien plus intelligente qu'eux, qu'ils n'étaient que des monstres d'égoïsme.

Stacy observait son visage tandis qu'il parlait. La lumière dans ses yeux était éloquente. Ce type était fou.

Elle le lui dit.

Il se mit à rire.

— Ah ! nous avons bien ri, Kay et moi, quand nous vous avons surprise avec Leo. Il était toujours amoureux de Kay. A sa façon. Perverse. Mais il ne pensait à elle qu'en terme de propriété. Il aurait eu une attaque s'il avait su ce qui se passait entre elle et moi. Elle me l'a dit. Elle me disait tout.

Il eut un sourire satisfait.

— Peut-être que je devrais vous montrer de quoi un homme, un vrai, est capable. Kay m'a dit que j'étais bien supérieur à Leo, au lit. Que jamais il ne lui avait donné autant de plaisir que moi.

Il pesait de tout son poids sur elle. Au point de l'étouffer.

— Je pourrais peut-être faire pareil avec vous…

Stacy lutta contre son envie de se défendre. Cela n'aurait contribué qu'à exciter Clark encore davantage. Elle contrôla son souffle, puis essaya une autre tactique.

— Vous étiez en colère, déclara-t-elle d'un ton paisible, dénué de toute trace de jugement. Furieux contre Leo. Et contre Kay. Vous avez décidé d'utiliser le jeu que Leo vous avait volé pour le faire payer. Pour le tuer.

Il se mit à rire.

— Vous n'êtes vraiment qu'une pauvre conne ! lança-t-il. Je ne suis pas le Lapin Blanc.

Etant donné les circonstances, cette révélation prit Stacy par surprise. Il s'en rendit compte.

— Eh oui, c'est votre cher Leo. C'est lui qui a monté toute cette histoire autour de *White Rabbit* pour se débarrasser de Kay. Parce qu'elle avait droit à la moitié de tout ce qu'il gagnait — une moitié qui aurait dû me revenir, soit dit en passant. Ce salaud n'en avait pas assez, il lui fallait plus… alors, il a décidé de la tuer. Elle m'a avoué qu'elle avait peur. Elle le soupçonnait d'être derrière les messages et les cartes illustrées. Et d'être capable de lui faire du mal. Tout ça pour de l'argent.

— Voilà une explication bien tournée, monsieur Danson. Il y a, toutefois, un léger problème. Leo est mort. Vous l'avez tué cet après-midi.

Un instant, elle vit son visage se relâcher. Sous le coup de la surprise. De l'incrédulité. Sa main se mit à trembler. De même que le canon posé sur la tempe de Stacy.

Il allait presser la détente.

Stacy pensa à sa sœur Jane, à son bébé ; elle pensa à toutes les choses qu'elle n'avait pas encore eu le temps de faire.

Elle ne voulait pas mourir.

— Vous allez rester en prison très longtemps, dit-elle en percevant le désespoir dans sa propre voix. Le fait de me tuer n'y changera rien. Ils savent qui vous êtes. Vous n'avez nulle part où aller. Si vous pensez que…

— Si tu crois que je vais aller croupir en prison, tu te goures, salope !

Et avant que Stacy ait pu réagir, il retourna l'arme contre lui et pressa la détente.

Le hurlement de Stacy se confondit avec la détonation.

Un geyser de sang aspergea le délicat décor fleuri du papier peint.

58.

Dimanche 20 mars 2005
3 h 12 du matin

— On devrait arrêter de se voir dans ce genre de circonstances.

Stacy leva la tête et découvrit Spencer qui se tenait à la porte de la cuisine. Il portait un blue-jean délavé, un T-shirt House of the Blues et le coupe-vent qu'il avait le soir où elle avait été agressée par Bobby Gautreaux à la bibliothèque de l'UNO. Avait-il aussi une barre de Snickers dans sa poche, comme l'autre fois ?

— Ça va ?

— Tout dépend de ce qu'on entend par là.

Il s'approcha d'elle, se pencha et lui déposa un baiser sur le sommet du crâne. Ce geste tout simple suffit à faire monter les larmes aux yeux de Stacy.

Elle n'avait pas pleuré, jusqu'à présent. Pas question de commencer maintenant !

Spencer tira une chaise, et la tourna de manière à faire face à la jeune femme.

— Tu peux me dire ce qui est arrivé ?

Elle hocha la tête et fit passer une main tremblante dans

ses cheveux encore humides de la douche qu'elle venait de prendre. Après que les policiers stationnés devant chez elle l'avaient trouvée et dégagée de sous le cadavre de Danson, elle s'était ruée dans la salle de bains pour se laver et essayer de se purifier de ce qu'elle venait de vivre.

Elle raconta toute l'histoire à Spencer. Son réveil. Clark Danson qui la menaçait avec son arme *à elle*.

— Il haïssait Leo, expliqua-t-elle. Il le rendait responsable de tout ce qui n'avait pas tourné rond dans sa vie. Il m'a parlé de sa liaison avec Kay, il a reconnu qu'il pervertissait l'esprit d'Alice afin de l'éloigner de ses parents. Il tirait visiblement un grand plaisir de toutes ses manigances.

Elle détourna les yeux, avant d'affronter le regard de Spencer.

— Ça n'était pas lui le Lapin Blanc.

— Mais encore ?

— A l'en croire, c'était Leo. Lequel avait élaboré un plan très sophistiqué pour se débarrasser de Kay. Pour l'argent. Kay lui aurait avoué qu'elle avait peur de son ex-mari, à cause de leur accord financier, précisément.

— Tu es consciente, j'en suis certain, qu'il y a un gros problème dans cette histoire…

— Sans blague ? Il s'en est rendu compte lorsque je lui ai appris que Leo était mort. Car il l'ignorait. Si tu avais vu son expression ! Il a compris qu'il était fichu. Qu'il allait finir sa vie en prison. Et il s'est… il s'est fait sauter la cervelle.

Spencer fronça les sourcils.

— Je ne sais pas quoi te dire, Stacy. La nuit porte conseil…

Elle se leva, choquée de constater que ses jambes tremblaient. Elle se sentait engourdie, pleine d'incertitude.

Pour l'engourdissement, elle avait une certaine expérience. Beaucoup de flics avaient l'habitude d'étouffer leurs émotions avec l'alcool ou la drogue. C'était l'une des raisons pour lesquelles le taux de divorces était particulièrement élevé dans cette catégorie de la population.

L'incertitude était un autre problème. Stacy avait toujours été dans l'action, même lorsque c'était dangereux.

Elle était terrifiée à l'idée de ne pas savoir ce qu'elle allait faire, maintenant.

Spencer prit ses mains dans les siennes.

— Elles sont froides.

— J'ai froid.

Il l'attira dans ses bras et lui frictionna le dos.

— C'est mieux ?

— Oui.

Comme il faisait le geste de se dégager, elle se serra plus étroitement contre lui.

— Non, attends. Serre-moi encore.

Il obéit, et peu à peu, il lui communiqua sa chaleur. Elle finit, toutefois, par s'écarter de lui, à regret. Elle en conçut un sentiment de perte. Et aussi de panique.

— Il est tard, hein ?

— Oui. Tu devrais dormir.

— Facile à dire. Seulement, quand je ferme les yeux…

Stacy pressa ses lèvres tremblantes avec force. Dieu qu'elle détestait montrer ainsi sa faiblesse !

— Je pourrais rester.

Elle croisa son regard, lui tendit la main.

Il la prit. Et la conduisit vers la chambre d'invités.

Ils se glissèrent tout habillés entre les draps et se firent face.

Spencer avait compris, sans avoir à le demander, sans qu'elle eût à le lui dire, pourquoi elle tenait à ce qu'il reste. Elle avait besoin d'être rassurée, réconfortée ; elle avait besoin de compagnie. Il n'était nullement question de désir, de sexe.

— Tu as moins froid, maintenant ?

— C'est mieux. Tu me croirais si je te disais qu'à une époque, je contrôlais ma vie ? Que je ne commettais pratiquement jamais d'erreur ? Alors que maintenant… maintenant, c'est le plantage complet.

Il eut un léger rire et passa la main dans ses cheveux pour lui dégager le visage.

— Tu es l'antithèse absolue d'un plantage, Stacy Killian.

— Antithèse ? C'est un peu exagéré, non ?

— J'ai appris ce mot pour te faire bonne impression. Ça marche ?

Elle était déjà impressionnée, avant.

— Absolument, répondit-elle.

— Tant mieux. Je vais apprendre un autre mot pour demain, alors.

Il posa le front contre le sien.

— C'est vrai, tu sais ? Tu es la femme la plus compétente, la plus sûre d'elle et la plus géniale que je connaisse. A l'exception de ma tante Patti, bien sûr.

— Ta tante Patti ?

— La sœur de ma mère. Ma marraine, aussi. Et ma supérieure directe à la DES.

— Elle est capitaine ?

— Affirmatif. C'est l'une des trois seules femmes capitaines dans la police de La Nouvelle-Orléans.

— J'imagine qu'elle ne s'est pas fait virer de l'université. Qu'elle n'a pas eu à déplorer l'assassinat, pratiquement sous son nez, d'une personne qu'elle était censée protéger ?

— Si tu veux parler de plantage, allons-y. Parlons de moi qui travaillais le moins possible, qui ne pensais jamais aux conséquences de mes actes, qui croyais que la vie n'était qu'une grande fête bien arrosée.

— Ce n'est pas l'homme que je connais.

— Parce que tu as su encourager le meilleur de ce qu'il y avait en moi. Tu m'as fait voir ce que je voulais être. Le flic que j'avais envie d'être.

— Pourtant, moi-même, je ne suis plus flic.

— Nous savons aussi bien l'un que l'autre que tu es flic jusqu'au bout des ongles.

Stacy voulut protester, mais il ne lui en laissa pas le temps.

— Tu veux que je révèle la plus humiliante des vérités ? Je ne suis pas à ma place à la DES. Je ne mérite pas ce poste : on me l'a refilé.

— A cause de ta nullité ?

— Je suis sérieux, Stacy. C'est mon âme que je suis en train de t'ouvrir…

Stacy réprima un sourire.

— Désolée.

— C'était une sorte de pot-de-vin. Pour me faire taire. Pour éviter que je traîne ma hiérarchie devant la justice.

Dans un geste de soutien silencieux, elle lui prit la main, noua ses doigts aux siens.

— J'ai fini par devenir inspecteur, bien après mes frères, et en partie grâce à eux, pour dire la vérité. Jusqu'au jour où mon supérieur m'a piégé. Il a détourné la cagnotte destinée à payer nos indics, et il m'a accusé d'avoir fait le coup. A cause de ma réputation, tout le monde l'a cru.

— Pas tout le monde, j'imagine. Pas Tony. Ni ta famille.

— C'est vrai, avoua Spencer avec un frémissement des lèvres qui ressemblait à un sourire. Dieu merci.

— Et que s'est-il passé ?

— Grâce à tous ceux qui me soutenaient et qui n'avaient pas l'intention de me laisser tomber, le lieutenant Moran a fini par être démasqué. J'ai été réintégré. Et on m'a fait entrer à la DES pour éviter que je fasse du grabuge. Je n'ai pas refusé.

Stacy s'accorda une pause de silence et de réflexion, durant laquelle elle compara l'homme qu'il décrivait et celui qu'elle avait été amenée à connaître.

— Tu regrettes ?

— Quoi ? Qu'on m'ait donné ce poste à la DES ?

— Que ce soit arrivé. Si tu avais le pouvoir de tout effacer, de redevenir celui que tu étais avant, tu le ferais ?

Il la dévisagea un instant, visiblement surpris par cette question à laquelle il prit le temps de réfléchir. Puis il sourit — un sourire franc, cette fois.

— Tu sais quoi ? Non, je ne crois pas.

— Bien ! dit-elle en lui rendant son sourire. Parce que, pour tout t'avouer, j'aime bien l'homme avec qui je me trouve en ce moment même !

Alors qu'il approchait ses lèvres des siennes pour l'embrasser, il s'arrêta net et poussa un grognement.

— Merde, mon téléphone !

S'écartant, il récupéra son portable à sa ceinture.

— Malone ! lança-t-il à son correspondant. Il vaudrait mieux que ce soit une bonne nouvelle parce que…

Il écouta, et son visage se tendit.

— Partie ? Mais quand ? Bon sang, Tony, comment est-ce que tu as pu…

Inquiète, Stacy le questionna du regard. Il tendit la main pour lui faire comprendre qu'il lui expliquerait plus tard. Il écouta encore un moment son partenaire, et quand il reprit la parole, Stacy comprit qu'elle avait bien interprété le peu qu'elle avait entendu.

— Ce que tu m'apprends est bien plus inquiétant que tu ne le penses, vieille branche, dit Spencer. Dunbar est mort. Et ce n'était peut-être même pas lui que nous cherchions.

Quand il raccrocha, Stacy avait déjà quitté le lit et mettait en ordre ses vêtements.

— C'est Alice, n'est-ce pas ? Elle a disparu ?

— Oui.

— Comment est-ce arrivé ? Elle est partie, comme ça ?

— En gros, c'est aussi simple, oui, expliqua Spencer en descendant à son tour du lit. Dans la soirée, Betty a entendu le téléphone portable d'Alice sonner et l'adolescente répondre. Elle n'y a pas fait plus attention que ça. Et plus tard, elle a voulu voir où en était la gamine, vérifier que tout se passait bien. Alice n'était plus là.

— Ça s'est passé quand exactement ? Elle n'a pas pu aller bien loin, à pied…

— Deux heures.

— Merde. Ça fait beaucoup.

Spencer fronça soudain les sourcils.

— Dis-moi, tu vas où, comme ça ?
— Je vais essayer de trouver Alice.
— Je ne pense pas, non.
— Si tu t'imagines que je…
— Cette foutue partie de *White Rabbit* est peut-être toujours en cours. Je veux que tu restes tranquille. C'est compris ?
— Mais Alice…
— Tony et moi, on va la retrouver. Toi, tu restes ici. Il se pourrait qu'elle vienne se réfugier chez toi.

Stacy ouvrit la bouche pour défendre son point de vue, mais Spencer mit fin à la conversation avec un long baiser.

— Je n'ai aucune envie qu'il t'arrive un problème, dit-il en s'écartant. Tu promets de ne rien faire de stupide ?

Elle acquiesça, tout en songeant que cette promesse dépendait de ce que Spencer entendait exactement par *stupide*.

59.

Dimanche 20 mars 2005
7 h 30

Stacy se réveilla après avoir fait des rêves étranges, peuplés de personnages sortis d'*Alice au pays des merveilles*. Ces visions dérangeantes avaient troublé son sommeil, et elle se sentait encore fatiguée. Sur les nerfs.

Spencer n'avait pas appelé. Cela signifiait qu'ils n'avaient pas retrouvé Alice.

Elle leur avait laissé une chance. Aujourd'hui, elle comptait bien se joindre aux recherches.

Cette résolution prise, Stacy quitta son lit et fonça droit vers la cuisine. Après avoir mis la machine à café en marche, elle prit une douche et s'habilla.

De retour dans la cuisine, elle emplit son mug de café brûlant, ajouta une sucrette, du lait, prit une barre de céréales et sortit.

Elle avait l'intention de fouiller la demeure des Noble et le pavillon des invités. Ensuite, elle irait faire un tour au Café Noir. Dans City Park. Dans les salles de jeux en ligne. Tous les endroits où Alice était susceptible d'aller se cacher.

Tandis qu'elle approchait de sa voiture, Stacy vit qu'on avait glissé un prospectus sous l'un de ses essuie-glaces.

En s'en emparant, elle s'aperçut qu'il ne s'agissait pas d'un prospectus mais d'un sachet en plastique à fermeture Zip. Avec une carte à l'intérieur.

Elle ouvrit soigneusement le sachet et retira la carte. Ses jambes la portaient à peine ; ses mains s'étaient mises à trembler.

Un dessin. Pareil à ceux que Leo avait reçus. Et celui-ci représentait Alice.

Pendue. Le visage congestionné et boursouflé.

Stacy déglutit avec peine et s'obligea à lire le message.

« La partie continue. Le temps passe. »

Elle resta un instant à contempler la carte, la bouche affreusement sèche. Danson avait donc dit la vérité. Il n'était pas le Lapin Blanc.

« Du calme, Killian ! se dit la jeune femme. Respire profondément. Tranquillement. Concentre-toi. »

Si le Lapin Blanc continuait de se référer à l'histoire de Lewis Carroll, la carte signifiait qu'Alice était toujours en vie. Et dès lors, ou bien il se contentait de la surveiller, ou bien il la détenait prisonnière.

Le temps passe. Il lui donnait une chance de sauver l'adolescente. La partie continuait, et c'était à elle de jouer.

Son téléphone portable sonna et la fit sursauter. Elle récupéra l'appareil à sa ceinture.

— Salut, Killian.

Une voix masculine. Déguisée.

Le Lapin Blanc.

— Où est-elle ? demanda aussitôt Stacy. Où est Alice ?

— C'est à toi de le découvrir.

— Très malin. Laissez-moi lui parler.

Un rire se fit entendre, et Stacy serra son téléphone avec force. Ce salaud, il s'amusait visiblement beaucoup.

— Si tu tiens tant à voir Alice vivante, il va falloir faire ce que je dis. Pas de flics. Compris ?

— Oui.

— Tu vas rejoindre Carrollton Avenue et la suivre en direction de River Road. Il y a un pub, au coin de River Road et de Carrollton Avenue. Chez Cooter Brown. Tu dois connaître. Vas-y. Le barman a une enveloppe pour Florence Nightingale.

— Ne pourrait-on pas faire l'économie de ce petit jeu de cache-cache ? Qu'est-ce que vous voulez ?

— Gagner la partie, évidemment ! Etre le dernier.

— Vous croyez être le meilleur ?

— Je le suis. Tu as trente-cinq minutes. Une minute de retard, et c'est terminé, ma belle.

Il faudrait au moins vingt-cinq minutes pour aller d'Esplanade Avenue à Carrollton Avenue et descendre jusqu'au Mississippi et River Road. Peut-être plus s'il y avait de la circulation.

Ce qui lui laissait une marge de manœuvre assez faible.

Stacy fila chez elle récupérer le Glock et déposer le message du Lapin Blanc sur le comptoir de la cuisine — à l'intention de Spencer, au cas où.

Puis elle ressortit et monta en voiture.

La pendule du tableau de bord affichait 8 h 55.

Tandis qu'elle se dirigeait vers les quartiers chic et résidentiels, la circulation se révéla tantôt fluide, tantôt encombrée.

Stacy s'engagea sur le parking de chez Cooter Brown vingt-huit minutes après son départ. L'intérieur de l'établissement était sombre et sentait la cigarette. Deux hommes jouaient au billard. Ils s'arrêtèrent et suivirent la jeune femme du regard, tandis qu'elle traversait le pub.

Le barman était impressionnant. Massif, musclé, avec le crâne chauve et une barbe très fournie.

— Vous auriez quelque chose pour Florence Nightingale ? lui demanda-t-elle. Une enveloppe.

Sans répondre, il s'approcha de la caisse, l'ouvrit et y puisa une enveloppe. Il la tendit à Stacy.

Elle la contempla quelques secondes, puis releva les yeux vers le colosse.

— Qu'est-ce que vous pourriez me raconter sur la personne qui a laissé ça ?

— Rien.

— Et si je vous disais que je suis flic ?

Il se mit à rire et s'éloigna. Stacy jeta un coup d'œil à sa montre. Trente-deux minutes. Elle ouvrit l'enveloppe.

A l'intérieur, il y a avait un numéro de téléphone. Et rien d'autre.

Stacy récupéra son téléphone portable à sa ceinture, et composa le numéro. On lui répondit aussitôt.

— Tu aimes vivre dangereusement, pas vrai, Killian ? Tu es juste à l'heure.

— Je veux parler à Alice.

— Je n'en doute pas, répondit son correspondant d'un ton amusé. Mais la patience est une vertu. Cela dit, ça n'a jamais été ton fort, pas vrai ? Au contraire de ta sœur Jane, si patiente.

Au fait, j'adore le prénom que Jane et Ian ont choisi pour leur fille. Annie. C'est mignon. Et tellement simple.

Stacy sentit un froid étrange l'envahir.

— Si jamais vous faites du mal à quelqu'un que j'aime, je vous jure que…

— Quoi ? C'est moi qui ai toutes les cartes en main. Tu n'as pas d'autre choix que de suivre mes instructions.

Elle garda pour elle la remarque qui lui brûlait la langue, et l'autre rit de nouveau.

— Tu vas prendre River Road en direction de Vacherie. Tu t'arrêteras au Walton's River Road Café. Là, tu attendras que je t'appelle. Une heure, Killian.

— Hé, un instant ! Je ne sais même pas où c'est. Il me faudra peut-être plus d'une…

Il avait déjà raccroché.

Stacy quitta le bar en courant et rejoignit sa voiture, les yeux plissés à cause du soleil.

Quelques instants plus tard, elle avait repris la route.

D'après son souvenir, River Road était une route sinueuse qui suivait le Mississippi, passait par Baton Rouge, puis poursuivait jusqu'à St. Francisville, Natchez, et au-delà.

Elle se demanda où le Lapin Blanc avait l'intention de l'entraîner.

Elle finit par apercevoir le Walton's River Road Café. C'était un charmant cottage créole blotti dans un virage de la route. Un chêne majestueux montait la garde devant la propriété, si imposant qu'il baignait d'ombre une grande partie du bâtiment et la moitié du parking.

Quand son téléphone portable sonna, Stacy fut surprise et

donna un coup de volant, si bien qu'elle faillit percuter une voiture qui arrivait en face.

C'était Spencer qui l'appelait.

— Ça va ?

— Oui, oui.

— Je te sens un peu tendue.

— Je te rappelle dans cinq minutes.

Elle coupa la communication et s'engagea sur le parking du café.

Dès qu'elle y eut pénétré, elle se rendit dans les toilettes et rappela Spencer.

— Je t'en prie, dit-elle dès qu'il répondit, annonce-moi que vous avez retrouvé Alice !

— Désolé.

— Des pistes ?

— Non. Mais il n'y a pas un flic en ville qui n'ait pas sa photo. On a visité tout le quartier autour de chez Tony. Jusque-là, personne n'a rien vu ni entendu.

— Vous avez fouillé la propriété Noble ?

— Hier soir, oui. Et on a remis ça aujourd'hui. Rien non plus. On a laissé quelqu'un sur place, au cas où.

Stacy ne s'attendait pas à un autre résultat. Mais elle espérait quand même.

— Qu'est-ce que tu fais ? lui demanda Spencer.

— J'attends.

— Ravi d'entendre ça.

Derrière le comptoir, un serveur laissa tomber une pile de vaisselle sale.

— Qu'est-ce que c'est que ça, bon sang ? demanda encore Spencer.

— J'ai fait tomber des assiettes. Je m'occupe pour ne pas trop déprimer. Le *multitasking*, ça te dit quelque chose ?

— Multitasking ?

Stacy eut un rire forcé.

— Multitâches, si tu préfères. J'ai de nombreux talents…

— C'est vrai.

En bruit de fond, elle entendit la voix de Tony, sans parvenir à distinguer ses paroles.

— Bon, il faut que j'y aille, annonça Spencer. Je te tiens au courant.

— Appelle-moi sur mon portable. Il sera allumé.

Spencer marqua une pause.

— Tu vas quelque part ?

— Il se pourrait que je craque. Tu sais ce que c'est.

— Je sais surtout comment *tu* es. Reste tranquille.

Il raccrocha, et Stacy sortit des toilettes. Personne ne parut faire spécialement attention à elle. Elle choisit une table près d'une fenêtre avec vue sur le parking. Le fait de pouvoir garder l'œil sur sa voiture lui donnait le sentiment d'être moins vulnérable.

La serveuse, une adolescente, s'arrêta devant sa table. Stacy s'aperçut soudain qu'elle mourait de faim.

— Qu'est-ce que vous me conseillez ?

La jeune fille haussa les épaules.

— Tout est bon. Mais les gens aiment bien notre soupe du jour, en général. Elle est faite maison.

Stacy commanda donc une soupe, accompagnée d'un croque-monsieur sans jambon.

Elle se laissa aller contre le dossier de sa chaise et consulta sa montre, tout en songeant au Lapin Blanc et au moment où il l'appellerait. Elle pensa à Alice, aussi. Avec inquiétude.

Et s'avisa que le Lapin Blanc avait réussi à l'amener exactement là où il voulait.

Elle était seule et dans l'impossibilité de faire le moindre mouvement tant qu'il ne l'aurait pas décidé.

60.

Dimanche 20 mars 2005
18 h 20

Le Lapin Blanc appela au moment où le crépuscule commençait de tomber, alors que Stacy commençait à penser sérieusement qu'on s'était fichu d'elle.

— Bien installée ? demanda-t-il d'un ton moqueur.

— Je suis ici depuis si longtemps que mes fesses sont complètement insensibles.

— Ça pourrait être pire. J'aurais pu te faire attendre dans un endroit dépourvu de toilettes. Sans rien à manger ni à boire.

Un frisson désagréable courut dans le dos de Stacy. L'avait-il observée pendant tout ce temps ? Savait-il qu'elle était allée aux toilettes et qu'elle avait mangé ? Qu'elle avait parlé à Spencer au téléphone ?

Elle promena son regard à travers le restaurant, observant les autres clients…

Une chose était certaine, ce type jouait avec ses nerfs.

— Vous pourriez en terminer avec les effets dramatiques ? Qu'est-ce que vous attendez de moi, maintenant ?

— Tu vas suivre la route sur une dizaine de kilomètres. Tu

tourneras en direction du fleuve. Là, tu prendras le premier chemin que tu croiseras sur la gauche. Attention, il n'y a pas de pancarte. Tu t'arrêteras au bout et tu descendras de voiture. Tu suivras le chemin bordé de chênes. Tu sauras quoi faire, alors. Tu as vingt minutes.

Il raccrocha, et Stacy rangea son téléphone. Puis elle se leva, récupéra l'addition et laissa un généreux pourboire pour remercier la serveuse de l'avoir laissée occuper la table aussi longtemps.

Elle fila vers la porte.

— Tout s'est bien passé, ma belle ? lui demanda la caissière.

— Très bien, merci.

Stacy jeta un coup d'œil au prénom inscrit sur le badge de la femme. Miz Lainie.

— Je peux vous poser une question ?

— Bien sûr, ma belle ! Je vous écoute.

— Si je suis la route pour rejoindre la rivière, qu'est-ce que je vais trouver ?

Miz Lainie fronça les sourcils.

— Rien. Juste ce qui reste de Belle Chere.

— Belle Chere ? répéta Stacy en déposant un billet de vingt dollars sur le comptoir. Qu'est-ce que c'est ?

— Vous n'êtes pas d'ici, hein ?

La clochette qui se trouvait au-dessus de la porte tinta, et Miz Lainie leva les yeux vers le grand jeune homme qui entrait.

— Steve Johnson, tu es en retard ! lui lança-t-elle. Un quart d'heure ! Tu me refais ça, et j'appelle ta mère.

— Oui, m'dame.

Il adressa un clin d'œil à Stacy, et elle réprima un sourire. A l'évidence, il ne prenait pas trop au sérieux la démonstration d'autorité de Miz Lainie.

— Et fais-moi le plaisir de remonter ce pantalon !

Il passa devant elle d'une démarche sautillante, tirant sur la ceinture de son jean qui découvrait le haut de son boxer-short.

— Désolée, dit Stacy, mais il faut que j'y aille...

La femme reporta son attention sur elle.

— Belle Chere est une plantation d'avant la guerre de Sécession. Il paraît qu'au temps de sa splendeur, c'était l'une des plus belles de Louisiane.

C'était forcément ça. C'était là que le Lapin Blanc retenait Alice.

La femme fit entendre un claquement de langue réprobateur.

— On l'a laissée tomber en ruine. Mon mari et moi, on a toujours pensé que l'Etat ou quelqu'un d'autre aurait dû...

— Excusez-moi, l'interrompit Alice, mais je dois vraiment y aller.

Elle quitta l'établissement et rejoignit sa voiture en courant.

Il lui restait quinze minutes, et le temps continuait de filer.

Une fois qu'elle eut manœuvré en dérapant sur le gravier pour sortir de la place de stationnement qu'elle occupait, elle saisit son téléphone portable et appela Malone. Elle tomba sur une messagerie automatique indiquant que l'abonné n'était pas joignable.

— Alice est aux mains du Lapin Blanc, dit-elle après le signal sonore. Il la tuera si je ne vais pas le voir seule. Mais ne t'inquiète pas : je ne suis pas tout à fait seule. M. Glock m'accompagne. Le rendez-vous est fixé à la Plantation Belle Chere, à dix kilomètres du Walton's River Road Café, à Vacherie.

Il allait être furieux, songea-t-elle en coupant la communication. Et elle ne pourrait pas l'en blâmer…

Elle suivit les instructions du Lapin Blanc et arriva bientôt en vue de la plantation. Une chaîne interdisait l'accès au chemin — un large sentier bordé de chaque côté de chênes imposants, dont les branches du sommet se rejoignaient pour former une arche majestueuse. Un panneau « Propriété Privée — Ne Pas Entrer » était planté de part et d'autre de la chaîne.

Stacy arrêta la voiture, puis remonta le chemin à pied.

Elle eut le souffle coupé en découvrant Belle Chere. La bâtisse était en ruine. Une carcasse fantomatique en pleine décrépitude. Il ne restait pas grand-chose de la toiture. Deux des colonnes de la galerie, à l'avant, s'étaient effondrées. Leurs chapiteaux corinthiens reposaient par terre, tels des soldats abandonnés dans l'âpre combat contre le temps.

Malgré tout, le spectacle était splendide. On aurait dit un spectre magnifique, rayonnant dans le crépuscule.

Au-delà de ce qui subsistait de la grande demeure s'élevait une petite bâtisse délabrée, apparemment plus récente. Une maison de gardien ? Possible. En tout cas, elle aussi semblait abandonnée.

Stacy se dirigea vers la maison principale, puis gravit les marches au bois pourri de l'escalier qui menait à la galerie. La double porte d'entrée avait depuis longtemps disparu, victime des outrages du temps ou des vandales.

Elle pénétra à l'intérieur du bâtiment, tenant son Glock à

deux mains. Il faisait très sombre, et elle regretta de ne pas avoir apporté une torche électrique.

L'air était chargé d'une odeur d'humidité et de moisissure. De décrépitude.

— Alice ? appela-t-elle. C'est Stacy !

Un silence absolu lui répondit. Un silence qui se signalait par l'absence de toute vie humaine. Les seules formes de vie présentes ici bourdonnaient, vrombissaient ou rampaient en silence, dévorant les murs, les sols et tout ce qui se présentait sur leur passage.

Alice ne se trouvait pas ici.

La maison du gardien !

Prudemment, Stacy rebroussa chemin. Elle descendit l'escalier, puis se dirigea vers l'arrière de la maison pour rejoindre le petit cottage.

Aucune lumière n'y brillait. Elle poussa la porte, qui s'ouvrit en grinçant, et se glissa à l'intérieur, l'arme au poing. Elle découvrit une petite salle de séjour vide, à l'exception de quelques cannettes de bière, de deux bouteilles de lait et de nombreux mégots de cigarettes. Elle pinça le nez. Une forte odeur d'urine emplissait l'atmosphère. Devant elle, elle découvrit deux portes, l'une sur la droite, l'autre sur la gauche.

Elle commença par cette dernière. Dépourvue de poignée, elle était légèrement entrebâillée. Stacy l'ouvrit du bout du pied, le Glock bien en main.

A la faveur du peu de lumière que laissait passer la fenêtre, sur le côté, elle découvrit Alice et Kay dans un coin, blotties l'une contre l'autre. Elles avaient les pieds et les poings liés, et du gros ruban adhésif sur la bouche. On devinait une croûte foncée sur le crâne de Kay, sans doute du sang séché. Pour autant que Stacy pût en juger, Alice semblait indemne.

Kay regarda dans sa direction, les yeux écarquillés d'angoisse. Par pour elle-même, mais pour Stacy.

Un piège, évidemment. Les jeux de rôle étaient fameux pour ça.

Ou bien il était derrière elle. Ou bien dans la penderie, dont la porte se trouvait en face des deux femmes.

Stacy ne pénétra pas dans la pièce. En silence, juste avec les lèvres, elle interrogea Kay. Des yeux, celle-ci lui désigna la penderie.

Logique. Il devait s'attendre à ce qu'elle se précipite pour libérer les deux prisonnières, ce qui l'aurait obligée à traverser sa ligne de feu.

Alice se raidit soudain, comme si elle venait de se rendre compte qu'il se passait quelque chose. Elle regarda dans la direction de Stacy.

Du même coup, elle alerta le Lapin Blanc.

La porte de la penderie s'ouvrit à la volée. Stacy pivota, visa et ouvrit le feu. Une fois, puis une autre et encore une autre, vidant son chargeur sur lui.

Il s'écroula sans avoir utilisé son arme.

C'était Troy. Elle le contempla avec un sentiment de soulagement. Le Lapin Blanc était mort. Alice et Kay étaient sauvées.

Elle éprouva du soulagement, mais aussi de l'incrédulité. Le Lapin Blanc était donc Troy, le beau gosse ? C'était bien la dernière personne à laquelle elle aurait reconnu assez d'intelligence et d'ambition pour orchestrer toute cette histoire.

Mais elle avait déjà été abusée, auparavant. Par un homme tout aussi séduisant. Et aussi impitoyable…

Elle se détourna du corps et se précipita vers Kay et Alice pour les libérer. Puis elle se figea en entendant le claquement métallique d'un pistolet qu'on armait.

— Tourne-toi lentement.

Troy ! Il était toujours vivant.

Il avait tout prévu.

Stacy lui obéit, songeant avec un mélange de dépit et de colère qu'elle avait vidé son chargeur.

— Déjà ressuscité ? demanda-t-elle en croisant son regard.

— Je me doutais bien que tu serais armée !

De sa main libre, il tambourina sur son torse.

— Un gilet pare-balles en Kevlar, comme on en trouve dans d'innombrables armureries.

Stacy lui adressa un sourire effronté.

— Ça fait quand même un mal de chien, pas vrai ?

— Ça valait le coup, puisque ton arme est vide — ce que j'avais également prévu.

Levant son pistolet, il visa la tête de Stacy.

— Alors, qu'est-ce qu'elle compte faire, maintenant, notre héroïne ?

Elle regarda le canon du pistolet, comprenant qu'elle était arrivée au bout de la route. Elle n'avait plus d'idées, plus d'options.

— La partie est terminée, Killian.

Il se mit à rire. Stacy entendit le hurlement d'Alice, le grondement du sang dans sa tête. La détonation absorba les deux. Mais ce qui aurait dû se produire — une douleur inhumaine, puis le néant — ne survint pas. Au lieu de cela, le crâne de Troy parut exploser. Il tituba vers l'arrière, puis s'écroula.

Bien qu'elle fût en état de choc, Stacy trouva la force de se tourner.

Malone se trouvait à la porte, son arme braquée sur la silhouette immobile de Troy.

61.

Dimanche 20 mars 2005
19 h 35

Les minutes suivantes passèrent dans une espèce de brouillard. Malone appela une ambulance, puis informa le *dispatch* de ce qui venait d'arriver. Pendant ce temps, Tony et Stacy amenèrent Alice et sa mère jusqu'à une voiture qui se trouvait dehors.

Spencer les rejoignit un moment plus tard.

— Tout le monde est en route, annonça-t-il. Y compris une ambulance. Vous vous sentez assez forte pour répondre à quelques questions, madame Noble ? demanda-t-il en se tournant vers Kay.

Elle hocha la tête, même si Stacy la vit joindre ses mains sur ses cuisses, comme pour les empêcher de trembler.

— Il était fou, murmura Kay. Obsédé par *White Rabbit*. Il s'est vanté de son intelligence, de la façon dont il nous avait tous abusés. Y compris Leo, le Lapin Blanc Suprême.

— Reprenons depuis le début, intervint Spencer d'une voix calme. La nuit où il vous a enlevée.

— D'accord.

Kay jeta un coup d'œil inquiet vers Alice, avant de se lancer.

— Il est venu frapper à ma porte, et il a demandé à me parler. Je l'ai laissé entrer. Jamais je n'aurais pens…

Sa voix la trahit. Elle porta une main à sa bouche, cherchant visiblement à se contrôler.

— Je me suis défendue. Je lui ai donné des coups de pied, je l'ai mordu. Et il m'a frappée. J'ignore avec quoi. Quand j'ai repris connaissance, je me trouvais dans le coffre d'une voiture. Ligotée. La voiture roulait.

— Que s'est-il passé, alors, madame Noble ?

— Il m'a amenée ici. Il n'arrêtait pas d'aller et venir. Il m'a dit qu'il avait… tué…

Alice se mit à pleurer, et Kay lui passa un bras autour des épaules pour l'attirer contre elle.

— Il s'est vanté de la manière dont il avait éliminé le Roi de Cœur, reprit Kay.

— Leo ?

Elle hocha la tête, les yeux brillant de larmes.

— Il parlait beaucoup, pour ne rien dire. Il radotait.

— A quel sujet ?

— Le jeu. Les personnages.

Kay essuya les larmes qui avaient commencé de couler sur ses joues.

— Son but était de tuer Alice, poursuivit-elle. Il a tout manigancé pour faire en sorte que son personnage se débarrasse des joueurs les uns après les autres. Quand nous aurions tous été éliminés, il s'en serait pris à elle.

Kay regarda Stacy.

— Vous lui avez échappé. Il ne pouvait pas tuer Alice avant

de vous avoir éliminée. Et Alice était l'appât qui devait vous attirer ici.

— Il y a eu d'autres Alice, auparavant, expliqua tranquillement l'adolescente. Je n'étais pas la première.

Spencer serra les lèvres.

— Où ? Quand ? Il a donné des détails ?

La mère et la fille secouèrent la tête. Kay prit la main d'Alice et la serra.

— Mais Alice était l'ultime. *L'*Alice. Il nous a trouvés grâce à des articles de journaux et des interviews en ligne.

L'ambulance arriva. Tony aida Kay et Alice à monter dans le véhicule.

Stacy les observa un instant, puis elle se tourna vers Spencer.

— Comment es-tu arrivé ici ? Et juste à temps ? On est à au moins deux heures de ton territoire.

— Tu n'es pas une aussi bonne menteuse que tu le penses…

— Le serveur qui a fait tomber le plateau chargé de vaisselle ?

— Non. Ta promesse de rester tranquille et de ne rien faire de stupide. J'ai reçu l'autorisation d'installer un émetteur GPS sur ta voiture pour te filer.

— Comme as-tu fait pour obtenir ça d'un juge ?

— J'ai un peu menti sur la situation.

— J'imagine que je devrais être furieuse.

Il haussa un sourcil.

— C'est curieux, mais je me dis que c'est plutôt moi qui devrais l'être.

Se penchant vers elle, il ajouta à voix basse :

— C'était vraiment une grosse ânerie. Dangereuse, de surcroît. Tu le sais, n'est-ce pas ?

Elle aurait pu y laisser sa peau. Oui, sans lui, elle serait probablement morte.

— Je le sais, Spencer. Merci. J'ai une dette envers toi.

62.

Mardi 12 avril 2005
13 h 15

Il s'était passé beaucoup de choses au cours des deux semaines qui avaient suivi les événements de Belle Chere. Stacy avait dû déposer pas moins de quatre fois. On avait découvert que Troy était un individu médiocre, sans but dans la vie, qui avait utilisé son physique pour s'en prendre à des femmes. Il les avait laissées sans le sou et le cœur brisé. Mais vivantes.

Sa transformation en Lapin Blanc était quand même étonnante. La police menait l'enquête dans les différents endroits où il avait vécu, en quête d'éventuels meurtres non élucidés de jeunes filles prénommées Alice.

On n'avait encore rien trouvé. Mais les recherches ne faisaient que commencer.

L'affaire *White Rabbit* avait été officiellement classée. On avait enterré Leo. Spencer était entré en contact avec le chef Jackson, à Carmel-by-the-Sea.

L'accident que la police de Carmel considérait comme le suicide de Dick Danson était officiellement devenu une affaire de meurtre, perpétré par Danson lui-même. Si l'identité de la victime était toujours inconnue, le chef Jackson espérait éclaircir cette énigme.

Bobby Gautreaux avait été inculpé pour les meurtres de Cassie Finch et de Beth Wagner. Malgré ses réserves, Stacy devait l'accepter. Toutes ses pistes s'étaient taries. Et le procureur pensait obtenir une condamnation.

Qui était-elle pour les contredire ? Elle n'était plus flic — du moins continuait-elle de se le répéter.

Elle n'était pas non plus étudiante, songea-t-elle en freinant devant son appartement. Elle avait été recalée de façon officielle au contrôle continu. La direction du Département de langue anglaise avait reconnu qu'elle avait des circonstances atténuantes, et lui avait permis de repasser ses examens à l'automne. Après tout, jusqu'au meurtre de Cassie, elle pouvait se vanter d'avoir obtenu de bons résultats.

Elle avait apprécié la proposition, mais elle n'était pas certaine de vouloir continuer.

Elle était fatiguée, usée.

Sa sœur lui conseillait de revenir à Dallas, ne fût-ce qu'un temps, jusqu'à ce qu'elle eût décidé avec certitude de ce qu'elle voulait faire. Elle lui avait aussi narré par le menu tous les progrès d'Annie : elle marchait déjà à quatre pattes, et riait en se regardant dans un miroir.

Stacy était très impatiente de la voir.

Et puis, il y avait aussi Spencer… Un flic de la Criminelle ne pouvait pas faire partie de ses projets.

Enfin, elle ne pensait pas. Bon sang ! Elle ne supportait plus la femme molle et sans volonté qu'elle était devenue.

Elle gravit les marches du porche. Sa nouvelle voisine, une

blonde filiforme pleine de vie, passa la tête à la porte de son appartement.

— Salut, Stacy !

— Salut, Julie !

Elle portait une combinaison en Lycra : elle avait été interrompue en plein cours d'aérobic.

— J'ai un colis pour toi, annonça-t-elle.

Elle disparut un instant, et revint avec une boîte FedEx.

— On a laissé ça après ton départ. Et on m'a demandé de te le remettre en mains propres.

Stacy s'empara du paquet. Pour sa taille, il lui parut assez lourd. Elle l'agita, et son contenu rebondit contre les côtés de la boîte.

— Merci.

— Je t'en prie. Bonne journée !

Julie rentra chez elle, et Stacy fit de même.

Les bras chargés, elle ferma la porte d'un coup de pied, abandonna son sac et ses clés sur la console de l'entrée, avant de s'intéresser au colis. Elle s'avisa qu'il n'y avait pas l'habituelle étiquette comportant notamment les coordonnées de l'expéditeur et celles du destinataire.

Intriguée, elle alla frapper chez sa voisine.

— Stacy ?

— Juste une question. Il n'y avait pas d'étiquette sur le colis ?

— Non. Je te l'ai donné tel qu'il était.

— Et tu as signé un reçu ?

Julie parut troublée.

— Eh bien… non. Je me suis dit que ce n'était pas la peine.

J'ai pensé qu'il y aurait un formulaire sous ta porte, ou je ne sais quoi.

— Je n'ai rien trouvé.

— Ecoute, je ne sais pas trop quoi te dire, déclara Julie, légèrement agacée.

— Ce n'est pas grave… Oh ! attends. Une dernière question.

La blonde, qui allait revenir à son programme télévisé d'aérobic, s'arrêta net dans son mouvement. Elle semblait exaspérée, à présent.

— Le type de FedEx portait-il un uniforme ? lui demanda Stacy.

— C'était une femme, corrigea Julie en fronçant les sourcils. Mais je ne me rappelle pas quelle tenue elle portait.

— Et la camionnette ? Tu l'as vue ?

— Désolée.

Comme Stacy s'apprêtait à formuler une autre question, Julie l'interrompit.

— Je suis en train de manquer la partie importante de la séance. Tu m'excuses ?

Et elle ferma la porte de son appartement.

Stacy rejoignit le sien. Elle s'approcha du colis, l'ouvrit, et examina le contenu. Celui-ci avait été enveloppé dans du papier bulle. Une carte était fixée dessus avec de l'autocollant.

Stacy la décolla et l'ouvrit. Il y avait simplement écrit :

« La partie n'est pas encore terminée. »

Les mains de Stacy se mirent à trembler.

Le Lapin Blanc.

Non, c'était impossible !

Lentement, elle tira sur le ruban adhésif et retira le papier bulle.

Elle retint son souffle. Un ordinateur portable. Un Apple, écran douze pouces, joli design blanc.

Un ordinateur qu'elle connaissait.

Celui de Cassie.

Elle l'alluma, et s'efforça de contrôler son souffle pendant le chargement. Quand le bureau s'afficha, elle survola du regard les icônes des dossiers fichiers et applications, s'arrêtant sur *Mes Photos*.

Elle double-cliqua dessus. Le logiciel faisant bientôt apparaître des photos en miniature. Stacy double-cliqua sur la première.

Une photo emplit l'écran. Cassie en compagnie de Magda. Elle étaient coiffées de chapeaux cotillons et soufflaient dans des « langues de belle-mère ».

Sur la photo suivante, on voyait le groupe de jeux de rôle en train de se livrer à une démonstration de french cancan.

Venait ensuite une photo de la mère et de la sœur de Cassie.

L'image suivante fit à Stacy l'effet d'une décharge électrique.

Cassie et elle. Au Café Noir. Faisant des grimaces à l'appareil photo.

Un cri silencieux jaillit de la gorge de Stacy. Elle se leva d'un bond et marcha jusqu'à la fenêtre. Les mains pressées avec force contre ses yeux, elle lutta contra la douleur. Contre le sentiment de perte qui l'avait soudain submergée.

Elle se rappelait très bien le jour où Billie avait pris cette photo avec son téléphone portable. Il lui semblait que c'était hier.

Cassie était vivante, à ce moment-là. Et aujourd'hui, elle était morte.

Stacy ferma les poings. Elle devait se concentrer. Non pas sur le passé, sur la douleur, mais sur ce qui se passait en ce moment même.

Ce n'était pas Bobby Gautreaux qui avait assassiné Cassie et Beth.

Mais qui, alors ? Et pourquoi lui avait-on envoyé cet ordinateur ?

Elle se tourna vers l'appareil. A l'évidence, quelqu'un voulait qu'elle sache qu'il existait un lien entre *White Rabbit* et la mort de Cassie. Et aussi que la mort de Troy n'avait pas mis un terme à la partie.

Le Lapin Blanc courait toujours.

Stacy inspira profondément et revint vers l'ordinateur. Elle ferma le logiciel de gestion des photos et examina le bureau. Un dossier *White Rabbit* lui sauta aux yeux. Elle l'ouvrit. Il ne contenait qu'un fichier.

La Partie.

Les informations relatives à ce fichier indiquaient qu'il avait été créé le samedi 27 février à 22 h 25.

Le soir où Cassie avait été tuée.

Stacy ouvrit le fichier et lut ce qu'il contenait. Il s'agissait d'une stratégie de jeu au coup par coup. Et c'était précisément la partie que Malone, elle-même et les autres avaient jouée dans la cuisine des Noble. Le Lapin Blanc avait rassemblé tous les personnages. De Vinci et Angel. Le Professeur. Néron. Alice.

Et, tout comme dans la partie qu'ils avaient disputée, le Loir, les deux cartes à jouer et le Chat de Chester n'étaient pas des personnages.

Ils étaient les obstacles. Les monstres que le Lapin Blanc envoyait pour affaiblir ou tuer des joueurs.

Les joueurs.

Bien sûr. Ils étaient tous morts, à présent. Y compris le Lapin Blanc.

Tous, sauf Angel et Alice.

Stacy se leva. C'était ça ! Evidemment ! Il était clair que Leo avait tout à gagner en faisant disparaître Kay… mais cela fonctionnait aussi dans l'autre sens. Et nul ne s'était penché sur cette hypothèse.

Si Leo disparaissait, Kay héritait de tout.

Stacy se mit à marcher nerveusement, gagnée par l'excitation. C'était Kay qui avait fait la connaissance de Pogo ; Kay qui avait fait inscrire Leo dans le fichier d'adresses de la Galerie 124. Elle était de mèche avec Troy. Et, à un moment ou à un autre, leurs projets avaient mal tourné.

A cause d'elle. Forcément.

Mais qui avait fait parvenir l'ordinateur à Stacy ?

Alice.

Alice avait tout découvert. Elle savait que sa mère était coupable. Qu'elle avait tué Leo.

C'est le dernier en lice qui gagne la partie. Qui rafle le butin. Tous les biens de Leo. Y compris les profits des récents et juteux contrats de licences.

Stacy était prête à parier que Troy était devenu un employé de Wonderland Creations, peu après que ces contrats avaient été signés.

Et Dunbar ? se demanda-t-elle en se massant les tempes. Kay l'avait-elle reconnu tout de suite ? Son projet fou était-il né à ce moment-là ? S'était-elle rendu compte que Danson faisait un bouc émissaire parfait, tandis que Troy lui apporterait l'aide dont elle avait besoin ?

La femme était brillante. Le plan l'était aussi.

Je suis plus intelligente qu'eux deux réunis. Papa vous l'a dit ?

Alice.

Elle avait tout découvert, tout compris.

Il restait encore deux personnages. La partie ne se terminerait que lorsque tous les joueurs seraient morts — tous sauf un.

C'est le dernier en lice qui gagne la partie.

Alice avait besoin d'aide.

Le souffle coupé, Stacy porta la main à sa bouche. Kay projetait-elle de tuer aussi sa fille ? Dans la foulée, d'une façon qui n'éveillerait pas les soupçons ?

Qu'y avait-il dans le testament de Leo ? Kay était-elle l'unique bénéficiaire de sa fortune ? Ou seulement la curatrice ?

Stacy s'empara de son téléphone et appela Malone. Elle tomba sur sa messagerie. Elle composa le numéro de la DES. La femme qui répondit lui indiqua que l'inspecteur Malone était en réunion, et proposa de lui passer un autre inspecteur.

— Tony Sciame est-il disponible ?

Quelques instants plus tard, le partenaire de Malone était en ligne.

— Stacy ? Qu'est-ce qu'il y a ?

— J'essaye de joindre Spencer. C'est important.

— Il est avec la capitaine et deux types de la PID.

Stacy connaissait évidemment cette division, qui justifiait

son existence en coinçant un maximum de policiers. Une réunion avec ces gens-là ne présageait rien de bon.

La jeune femme fronça les sourcils, inquiète.

— Que se passe-t-il ?

— Je n'en sais trop rien. La capitaine fait sa première demi-journée, et ces bouffons choisissent précisément ce jour-là pour débarquer. Malone s'est retrouvé sur la sellette.

— Vous êtes son partenaire, Tony. Vous devez quand même avoir une petite idée...

Il resta silencieux. Quand il reprit enfin la parole, Stacy sentit avec quel soin il choisissait ses mots.

— Il était dans leur collimateur, et il y a eu quelques irrégularités, récemment.

Comment as-tu fait pour obtenir ça d'un juge ?

J'ai un peu menti sur la situation.

— C'est à cause de moi, n'est-ce pas, Tony ? Parce qu'il m'a tenue au courant de ce qui se passait ?

— Pas seulement ça.

Stacy laissa échapper un juron de frustration.

— Quoi d'autre ?

— Je ne peux rien dire.

— Je serais morte, sans Spencer. Alice aussi.

Mais pas Kay. Comment avait-elle prévu de justifier ce détail étrange ?

En tuant Troy ? En réussissant à s'évader ?

— Stacy ? Vous êtes toujours là ?

— Oui. Vous pensez que Spencer en a pour longtemps ?

— Aucune idée. Ça fait déjà un moment qu'ils y sont.

— Dites-lui de m'appeler sur mon portable. C'est au sujet de *White Rabbit* et de Cassie.

— *White Rabbit ?* Mais c'est...

— Non, ça n'est pas fini. N'oubliez pas, hein ? C'est important.

— Stacy ? Attend...

Elle lui raccrocha au nez. Elle n'avait aucun plan en tête pour affronter Kay Noble. Rien qu'un sentiment d'urgence, la certitude qu'il fallait agir vite. Alice avait besoin d'elle. Il était assez peu probable que Kay agisse alors que la mort de Leo était toute proche. Stacy se refusait, toutefois, à prendre le moindre risque avec la vie de l'adolescente.

Ni avec la sienne.

Elle alla récupérer le Glock et le fourra dans son sac.

63.

Mardi 12 avril 2005
15 heures

Stacy s'arrêta devant la propriété des Noble. Kay Noble n'avait pas perdu de temps, constata-t-elle : un panonceau « A Vendre » était accroché à la grille en fer forgé. Une camionnette avec le logo d'une entreprise de déménagement se trouvait dans l'allée.

Stacy descendit de voiture et se dirigea vers la maison. Elle arrivait au niveau du porche quand Kay sortit du bâtiment. Elle n'était pas seule. L'homme qui l'accompagnait portait un uniforme et tenait une tablette avec une feuille à la main. Sans doute employé de l'entreprise de déménagement.

Il serra la main à Kay, lui promit de reprendre contact avec elle, et s'éloigna dans l'allée.

— Stacy ! lança Kay d'un ton chaleureux en se tournant vers elle. Quelle bonne surprise !

— Je venais voir comment vous vous en sortiez, Alice et vous.

— On fait de notre mieux. On va déménager.

— Je vois ça.

— Il y a trop de souvenirs, ici, déclara Kay avec un soupir

empli de tristesse. Je m'inquiète surtout pour Alice. Elle est trop calme. Elle ne parle presque plus.

Ça, Stacy l'aurait parié. L'adolescence était probablement trop terrifiée pour ouvrir la bouche.

Elle fit entendre un claquement de langue qu'elle espérait convaincant.

— Il fallait s'y attendre, commenta-t-elle. Elle a perdu son père dans des circonstances dramatiques. Ce qu'elle a vécu va au-delà de ce qu'une fille de son âge est en mesure d'endurer.

— Son médecin dit que la guérison prendra du temps.

En cet instant, Kay était l'incarnation vivante de l'amour et de l'inquiétude maternelles. Une performance qui aurait mérité un Oscar.

— J'espère qu'elle finira par oublier, ajouta-t-elle.

— Est-ce que je pourrais la voir ?

— Bien sûr ! Entrez.

Stacy suivit la mère d'Alice dans la maison. Elle constata qu'elles avaient déjà commencé de rassembler leurs affaires en prévision du déménagement. Elle regarda autour d'elle.

— Valerie n'est pas là ? J'aurais bien aimé la saluer.

— Valerie nous a quittées.

— Vraiment ?

— C'était Leo qui l'avait engagée. Et maintenant qu'il n'est plus là... Je crois qu'elle ne se sentait plus très à l'aise.

Mme Maitlin n'avait pourtant pas le sentiment d'être seulement un membre du personnel. Elle se considérait plutôt comme un élément à part entière de la famille, c'était évident.

Stacy éprouva une bouffée de compassion pour elle. Puis

elle se raisonna : étant donné les circonstances, sans doute était-il préférable qu'elle eût pris ses distances.

Kay lança en direction de l'étage :

— Alice ? Stacy est venue te voir !

Comme elle n'obtenait pas de réponse, elle se tourna vers Stacy :

— Elle ne sort pratiquement plus de sa chambre.

Là encore, l'explication semblait simple. Elle avait peur. Et elle ne supportait probablement pas de poser les yeux sur sa mère.

Kay commença de gravir les marches.

— Nous vous devons la vie, Stacy. Et je tiens à vous dire, une fois encore, combien j'apprécie ce que vous avez fait pour nous.

Ses yeux sombres brillaient de larmes contenues, et une nouvelle fois, Stacy ne put que la féliciter en silence pour sa performance d'actrice.

— Si vous n'étiez pas arrivée dans nos vies… je préfère ne pas penser à ce qui serait advenu. Nous ne vous oublierons jamais.

— Moi non plus, je ne vous oublierai pas, Kay.

Elles s'arrêtèrent devant la chambre d'Alice, et Kay frappa à la porte.

— Alice ? Stacy est ici : elle est venue te voir.

L'adolescente ouvrit la porte. Quand elle vit Stacy, ses lèvres esquissèrent un faible sourire.

— Salut, Stacy.

— Salut. Comment vas-tu ?

Alice jeta un coup d'œil vers sa mère.

— Ça va, j'imagine.

— Vous devez avoir beaucoup à faire, dit Stacy à Kay. Je vais rester un moment en compagnie d'Alice.

Kay hésita, puis hocha la tête.

— Je serai en bas.

Stacy la regarda sortir de la chambre, puis elle conduisit Alice vers la banquette qui se trouvait près de la fenêtre. Elle aurait aimé fermer la porte, mais elle s'en abstint afin de ne pas attirer l'attention de Kay.

Une fois assise, Stacy ne perdit pas de temps.

— J'ai reçu un colis très intéressant, ce matin, dit-elle à voix basse. Un ordinateur portable. Un Apple. Ça te dit quelque chose ?

Visiblement inquiète, voire terrifiée, Alice jeta un coup d'œil vers la porte. Elle semblait vouloir parler, sans en être capable.

Stacy posa la main sur la sienne.

— Je vais te protéger. Tu as ma promesse. Alors, est-ce toi qui m'as envoyé l'ordinateur ?

L'adolescente hocha la tête, les yeux noyés de larmes.

— Comment te l'es-tu procuré ?

— Je l'ai trouvé, chuchota Alice. Dans une caisse que maman avait préparée pour le ramassage des ordures encombrantes.

Les ordures encombrantes. Stacy s'efforça de combattre la rage qui menaçait de la submerger. Cet ordinateur était ce que Cassie avait eu de plus précieux au monde. La façon dont Kay comptait s'en débarrasser était une métaphore de la façon dont elle s'était aussi débarrassée de Cassie.

— Pourquoi as-tu regardé dans cette caisse ?

— J'ai vu ma mère jeter des affaires de papa dedans. Si je lui avais dit que je voulais les garder, elle se serait mise en colère :

elle aurait prétendu que je faisais des caprices, que tous ces trucs étaient bons pour la poubelle. Elle avait rendez-vous pour un massage, et j'en ai profité pour fouiller dans la caisse.

— Et c'est comme ça que tu as trouvé l'ordinateur ?

— Oui. Dans un sac-poubelle noir. Je ne sais pas pourquoi j'ai regardé dans le sac, mais à la seconde où j'ai vu le portable, j'ai senti qu'il y avait quelque chose d'anormal. Maman ne travaille pas sur Mac.

— Et ensuite ?

— Je l'ai ouvert, je l'ai allumé…

Elle faillit s'étouffer dans un sanglot, et les larmes jusque-là contenues s'échappèrent de ses yeux.

— J'ai reconnu ton amie. Et j'ai compris.

Le téléphone sonna dans la maison. Stacy entendit un claquement de talons dans le salon, une deuxième sonnerie, puis la voix de Kay qui répondait.

— Pourquoi n'as-tu pas prévenu la police ?

— Parce que… j'ai confiance en vous. Je savais que vous ne la laisseriez pas s'en sortir comme ça.

Elle baissa les yeux sur ses mains, serrées avec force sur ses cuisses.

— J'ai eu si peur qu'elle… découvre ce que j'avais fait, ce que j'avais trouvé. Et je pense qu'elle projette de… de…

— Quoi donc, Alice ?

— Elle veut me tuer, moi aussi.

C'était aussi ce que Stacy pensait.

— Je vais appeler Malone, dit-elle.

Elle porta machinalement la main à sa ceinture, et découvrit que le holster de son téléphone était vide.

— Qu'est-ce qu'il y a ? lui demanda Alice.

— J'ai laissé mon portable dans la voiture. Tu restes ici, d'accord ? Je vais le chercher.

Alice lui attrapa la main et la serra avec force.

— Ne me laissez pas !

— Ce sera rapide. Je t'assure que…

— Vous n'avez qu'à vous servir du téléphone de la maison !

Stacy secoua la tête.

— Trop risqué.

— Je viens avec vous, alors.

— Tu ne bouges pas, insista Stacy en libérant sa main. Il ne faut surtout pas éveiller les soupçons de ta mère.

— Je vous en prie, Stacy. J'ai… j'ai peur.

Et cela se comprenait, songea Stacy. La pauvre ! Sa mère était une tueuse. Une tueuse impitoyable.

Stacy jeta un coup d'œil par la fenêtre de la chambre, vers sa voiture stationnée contre le trottoir. Elle pouvait aller récupérer son téléphone et revenir en trois minutes.

— Mon pistolet se trouve dans mon sac, dit-elle. Tu sais te servir d'une arme ?

L'adolescente secoua la tête.

— Non.

— Tu vises et tu presses la détente, c'est tout. Je vais te le laisser. Mais tu ne dois t'en servir qu'en cas de nécessité absolue. C'est compris ?

Alice affirma qu'elle avait compris, et Stacy ouvrit la fenêtre de la chambre.

— Tu m'appelles si tu as besoin de moi. Je serai là en quelques secondes.

Elle regarda une dernière fois la jeune fille avant de quitter la pièce. Alice était recroquevillée sur la banquette, le sac de Stacy serré contre sa poitrine.

La malheureuse ! Comment allait-elle pouvoir dépasser ce drame ?

Stacy regagna le rez-de-chaussée d'une démarche apparemment décontractée, au cas où Kay ferait son apparition.

Ce ne fut pas le cas.

La jeune femme rejoignit sa voiture, s'empara de son téléphone portable et appela aussitôt Malone.

Il répondit, cette fois. Mais il semblait tendu.

— Je ne peux pas parler.

— Alors, contente-toi d'écouter, lui dit-elle. Viens aussi vite que possible chez les Noble. Avec Tony et deux hommes en renfort.

— Je n'ai pas trop le temps de jouer aux devinettes, et…

— Il s'agit pourtant de jeu. *Du* jeu. Et je suis toujours dans la partie.

— Tu en es…

— … certaine ? Oui, absolument.

— Stacy ! Au secours !

Elle leva les yeux et découvrit deux silhouettes qui s'agitaient à la fenêtre d'Alice. Elles se battaient. Kay semblait vouloir faire tomber sa fille.

— Lâche-moi ! Je te hais !

Stacy jura.

— Il faut que j'y aille. Dépêche-toi !

— Mais qu'est-ce qui se…

— Amène-toi, bon sang ! Et tout de suite !

Elle coupa la communication et s'élança vers la maison.

— Assassine ! hurlait Alice. Tu as tué papa !

Stacy survola les marches du porche. Le coup de feu claqua alors qu'elle franchissait la porte d'entrée. Un hurlement haut perché suivit.

« Oh ! mon Dieu, non ! songea Stacy. Faites qu'elle ne soit pas morte… »

Elle gravit les marches de l'escalier quatre à quatre, et arriva devant la porte d'Alice. L'adolescente se tenait face à la fenêtre. Ouverte.

— Alice ?

La jeune fille se tourna. Le Glock s'échappa de ses doigts.

— Je l'ai tuée.

— Mais où…

Stacy comprit et ne se soucia pas de formuler sa question. Se précipitant vers la fenêtre, elle se pencha. Kay était couchée sur le dos, au beau milieu d'un parterre de fleurs, les yeux ouverts. Vides.

Alice se mit à pleurer, le corps agité de violents sanglots, tandis que des sirènes se faisaient déjà entendre, au loin.

— Allez, viens ! dit Stacy en passant un bras autour de son épaule pour l'entraîner hors de la chambre. Ils vont te poser des questions. Mais tout se passera bien, je te le promets.

64.

Mardi 12 avril 2005
16 h 10

Malone, Tony et deux policiers en uniforme arrivèrent. Stacy les accueillit à la porte et leur expliqua de façon succincte ce qui s'était passé.

Tandis qu'ils travaillaient, elle resta au côté d'Alice. Elle savait à quoi s'attendre, pour ce qui la concernait. Son Glock était maintenant une pièce à conviction dans une affaire de meurtre ; elle risquait donc de ne pas pouvoir le récupérer avant un bon moment. En outre, les policiers allaient certainement emmener Alice.

Ce serait difficile de la laisser partir. Stacy ne savait même pas si elle en serait capable.

Après ce qui lui parut une éternité, Spencer vint enfin les voir. Il se planta devant Alice.

— Tu te sens en état de répondre à quelques questions ?

Les yeux écarquillés, emplis de terreur, l'adolescente se tourna vers Stacy.

— Je peux rester ? demanda aussitôt la jeune femme.

Quand Spencer donna son approbation, Alice laissa échapper un net soupir de soulagement. Puis elle se lança. Elle commença par évoquer les circonstances dans lesquelles elle avait trouvé l'ordinateur de Cassie, puis comment elle avait entrevu la vérité. Elle expliqua aussi pourquoi elle l'avait envoyé à Stacy.

Sa voix se mit à trembler quand elle en vint aux événements les plus récents.

— Elle avait dû nous entendre parler. Quand Stacy est partie chercher son téléphone dans sa voiture… elle est apparue à la porte. Elle était en colère. Elle m'a traitée de salope. De petite salope ingrate.

Sa main se crispa sur celle de Stacy.

— Elle s'est précipitée dans la chambre. Elle s'est jetée sur moi, comme une folle. Je ne savais pas quoi faire. Elle… elle m'a attrapée et elle a commencé à me traîner vers la fenêtre.

Sa voix n'était plus qu'un souffle.

— J'avais le pistolet de Stacy. Je l'ai pris et j'ai…

A ce moment-là, elle craqua et laissa les sanglots jaillir de sa gorge. Elle pleurait la trahison de sa mère. La perte de son père. Et elle pleurait sa propre vie, dont le cours venait d'être modifié à tout jamais.

Stacy en eut le cœur brisé. Elle garda l'adolescente en larmes contre elle, tout en livrant par fragments sa déposition à Malone.

Tony les rejoignit.

— J'ai de bonnes nouvelles, annonça-t-il.

Ils levèrent tous les yeux vers lui. La formule était étrange. Assez déplacée, pour tout dire, étant donné les circonstances. Comment une telle journée pourrait-elle déboucher sur de bonnes nouvelles ?

— Je viens de parler au juge. Il accepte de laisser Alice en liberté. Je lui ai expliqué la situation et il a estimé qu'une mise en détention n'était pas indispensable ce soir. Vous devrez quand même répondre du meurtre de votre mère, souligna Tony à l'intention de l'adolescente. Mais étant donné les circonstances, il y aura sans aucun doute un non-lieu. Je viens aussi de parler à votre tante Grace. Elle a pu prendre un vol qui partait ce soir, et elle sera à La Nouvelle-Orléans aux environs de minuit. J'irai la chercher à l'aéroport.

— Tante Grace, répéta l'adolescente d'une voix tremblotante.

Elle semblait se rappeler soudain qu'elle avait encore de la famille.

Spencer croisa furtivement le regard de Stacy.

— Rentre donc chez toi, Tony, dit-il à son coéquipier. Stacy et moi, on va aller chercher Tante Grace avec Alice.

A minuit, l'aéroport de La Nouvelle-Orléans donnait un peu la chair de poule. Les vols étaient peu nombreux, à cette heure. Le bruit de pas des rares personnes présentes résonnait dans le terminal presque vide. Tous les kiosques, toutes les boutiques étaient fermés, et seule une poignée d'agents au visage las assuraient la permanence aux comptoirs du terminal.

Alice parlait peu et restait cramponnée à Stacy. Heureusement, le vol de Grace Noble arriva à l'heure. Alice et elle s'étreignirent longuement, et s'accrochèrent l'une à l'autre en pleurant. Avec tout le ménagement possible, Stacy les poussa vers la zone de récupération des bagages, puis vers le parking.

— Nous avons pris l'initiative de vous réserver une chambre d'hôtel, expliqua Stacy. Si vous aviez pris d'autres dispositions…

— Merci, dit Grace. En fait, non, je ne… je n'avais pas pensé à ça. Je reste toujours chez mon…

La suite de sa phrase se perdit dans un silence chargé de douleur et de chagrin. Ils avaient tous compris ce qu'elle avait l'intention de dire.

Elle restait toujours chez son frère, Leo.

Une trentaine de minutes plus tard, ils déposèrent Alice et Grace à leur hôtel. Stacy les accompagna dans l'établissement, s'assura qu'il n'y avait pas de problème avec la réservation, puis rejoignit Spencer.

Tandis qu'elle bouclait sa ceinture, il se tourna vers elle.

— Je te dépose où ?

— Je n'ai pas envie d'être seule, Spencer, dit-elle en soutenant son regard.

Il se contenta de hocher la tête et de démarrer.

65.

Mercredi 13 avril 2005
3 h 30 du matin

Stacy se réveilla en sursaut et s'assit aussitôt, transpercée par l'aiguillon de la vérité.

— Oh ! mon Dieu ! gémit-elle en posant les mains sur sa bouche. Elle a menti.

— Rendors-toi, marmonna Spencer d'une voix ensommeillée.

— Mais non !

Elle le secoua.

— Tu ne comprends pas ? Elle a menti du début à la fin.

Il ouvrit les yeux.

— Qui ?

— Alice.

— De quoi est-ce que tu parles ?

Stacy avait la tête emplie du souvenir bien vivace du jour où elle était allée apporter son courrier à Leo, dans son bureau. C'était Valerie qui lui avait demandé ce service. Elle avait posé la pile d'enveloppes sur son ordinateur portable. Toute son attention s'était alors concentrée sur le courrier lui-même, et sur l'invitation de la Galerie 124.

Pas sur l'ordinateur.

Or, en cet instant, elle le voyait clairement, avec son boîtier en titane et la pomme bien reconnaissable au milieu.

— Alice a expliqué qu'en trouvant l'ordinateur de Cassie, elle avait tout de suite compris que quelque chose ne tournait pas rond, parce que dans sa famille, personne n'utilisait de Mac. Or, c'est faux. Leo en avait un. Il se trouvait même sur son bureau.

— Tu en es certaine ?

— Je suis formelle.

— Ce sera facile à vérifier.

Stacy se démenait pour mettre en perspective l'idée qui se formait dans sa tête. Alice ? Se pouvait-il que ce fût elle… depuis le début ?

— Il y a aussi les livres de droit, reprit Stacy. Le *DSM-IV*. Elle étudiait les pathologies mentales, pour se couvrir. Au cas où.

Cette fois, Spencer s'assit.

— Tu te rends compte de ce que tu es en train de suggérer ? Que cette adolescente faisait partie intégrale du plan.

— Je ne *suggère* pas. Je *pense* que c'est elle qui a imaginé ce plan.

Elle avait toute l'attention de Spencer, à présent. Il n'y avait plus la moindre trace de sommeil sur son visage.

— Alice aurait elle-même tout prévu, le moindre mouvement ?

— Oui.

— Et elle aurait entraîné Troy dans l'histoire ?

— Oui…

Stacy secoua la tête. Accepter une telle hypothèse n'avait

rien d'évident. Elle n'avait aucune envie d'y croire. Et pourtant, le portrait d'Alice qui se dessinait peu à peu était assez monstrueux.

Spencer resta un moment silencieux.

— Tu penses vraiment qu'une gamine de seize ans aurait pu mener à bien un truc pareil ?

— Elle n'est pas une adolescente comme les autres. C'est un génie. Une joueuse expérimentée. Et j'imagine, une brillante stratège.

Je suis plus intelligente qu'eux deux réunis. Papa vous l'a dit ?

— Elle a bien insisté pour me faire comprendre combien elle était intelligente. Elle était très fière de son QI. Un rien arrogante, aussi.

Spencer se caressa la mâchoire d'un geste lent.

— Mais pourquoi aurait-elle fait une chose pareille ? L'argent ? Il s'agit quand même de ses parents !

— L'argent était secondaire. Ce qu'elle voulait, c'était la liberté. Elle avait le sentiment de la mériter. Ses parents la surprotégeaient, selon elle. Ils l'empêchaient d'aller à l'université, ils insistaient pour qu'elle ait son propre précepteur à la maison.

— Tu as quand même vu Kay qui essayait de la tuer ?

Stacy secoua la tête.

— Je les ai vues en train de se battre, en fait. Et j'ai entendu Alice crier, accuser sa mère…

— Ce qui venait confirmer ce que tu croyais déjà.

— Exactement, dit Stacy en se passant la mains dans les cheveux. En réalité, Kay devait essayer de comprendre ce qui se passait. Elle tentait de calmer Alice, de la raisonner. Pourquoi m'a-t-il fallu tout ce temps pour m'en rendre compte ?

— Encore faudrait-il que tu sois dans le vrai !

Stacy regarda Spencer d'un air déterminé.

— Je suis sûre de ce que je dis !

— Il va te falloir des preuves. Autre chose qu'un flagrant délit de mensonge qui t'est apparu à la faveur d'un rêve…

Elle eut un rire nerveux, empli d'une colère naissante.

— Pas question que je la laisse s'en sortir comme ça !

— Et peut-on savoir ce que tu comptes faire, madame le héros ?

66.

Vendredi 15 avril 2005
10 h 30

Alice et sa tante occupaient deux chambres au Hilton de Riverwalk. Stacy les avait contactées, et elle avait prévenu Grace Noble de sa visite dans la matinée. La sœur de Leo ne fut donc pas surprise de la voir.

Elle lui ouvrit la porte de sa chambre et lui sourit.

— C'est gentil de passer, Stacy.

— Avec l'une des gâteries préférées d'Alice ! dit Stacy en brandissant le moccaccino glacé qu'elle avait acheté en chemin. Un grand format, en plus.

— Elle va adorer. Elle quitte à peine sa chambre, ajouta Grace dans un murmure. Juste pour les repas et pour laisser travailler la femme de chambre.

Elle avait les yeux emplis de larmes.

— C'est horrible. Elle doit se sentir si seule. Si trahie, aussi.

Stacy aurait plutôt dit « si contente d'elle » et « transportée de joie », pour décrire les émotions de l'adolescente. Mais elle préférait garder ça pour elle. En tout cas, dans un premier temps.

— Ça m'ennuie de la laisser seule, dit Grace, mais il faut que je m'occupe des affaires de Leo et…

Elle ne put aller plus loin, et Stacy éprouva de la compassion pour cette femme qui avait perdu son unique frère et qui était sur le point d'apprendre que la meurtrière n'était autre que la fille de ce frère tant aimé.

— Je ne sais pas quoi faire pour elle, ajouta Grace.

Stacy lui pressa la main, tout en tâchant de contenir la rage qui montait en elle. Jouer avec les gens, avec leurs émotions, leur existence même, était le jeu favori d'Alice.

Grace Noble alla frapper à la porte de sa chambre.

— Alice, mon cœur, Stacy Killian est ici.

L'adolescente sortit au bout d'un moment. Elle avait la tête de quelqu'un qui a fait un aller-retour en enfer. Son visage était si dévasté que Stacy eut même un instant de doute.

Et si elle s'était fourvoyée ? L'ordinateur de Leo était peut-être tout neuf. Alice avait pu ignorer son existence, ou bien se tromper. Ce n'était qu'un détail, après tout, au vu de tout ce qui s'était passé.

Non, elle ne s'était pas fourvoyée ! Alice avait orchestré tout cela ; elle avait planifié de sang-froid la mort de ses parents.

— Comment ça va ? lui demanda Stacy d'un ton préoccupé, aussi crédible que possible.

— Je tiens le coup.

— Je t'ai apporté un moccaccino.

— Merci.

— Alice, mon cœur, il faut que j'aille rencontrer les personnes qui vont se charger du déménagement. Je peux te laisser une heure ou deux ? N'oublie pas que nous avons rendez-vous avec le juge, cet après-midi.

— Je vais rester avec elle, Grace, proposa Stacy. Ne vous inquiétez pas.

Grace quitta la suite, rassurée, et Stacy bavarda un instant de tout et de rien avec Alice. Elle attendait d'être sûre que Grace n'allait pas revenir de façon inopinée.

Puis elle regarda l'adolescente avec intensité.

— Bon, allons à l'essentiel, d'accord ? Il n'y a plus que toi et moi.

Alice écarquilla les yeux.

— Mais pourquoi dites-vous ça ?

— Je *sais*, Alice, dit Stacy en se penchant vers elle. C'était ton plan. C'est toi qui as tout manigancé.

Comme la jeune fille commençait de nier, Stacy l'interrompit net.

— Tu es brillante. Ils te bridaient. Ils te traitaient comme un bébé. Tu as dû penser : « Comment osent-ils ? » Après tout, tu étais plus intelligente qu'eux, n'est-ce pas ?

— C'est vrai, confirma paisiblement Alice. Bien plus intelligente qu'eux. Et bien trop intelligente aussi pour me laisser avoir.

— Te laisser avoir ?

— Oui, votre tentative pathétique pour me piéger. Donnez-moi votre téléphone.

— Mon téléphone ? Pourquoi ?

Stacy faisait sciemment l'idiote. Elle savait précisément de quoi parlait Alice. N'avait-elle pas utilisé un téléphone portable allumé pour piéger l'homme qui avait essayé de tuer Jane ?

— Parce que je sais tout de vous, voilà pourquoi. Absolument tout. J'ai potassé.

Stacy lui tendit son téléphone.

Alice prit l'appareil, le regarda, puis croisa de nouveau le regard de Stacy.

— Maligne, mais pas assez.

Elle coupa la communication et posa l'appareil sur le côté.

— Qui était-ce, à l'autre bout de la ligne ? Spencer Malone et son gros plein de soupe de partenaire ?

Stacy resta impassible.

— Comment l'as-tu deviné ?

— Vous avez déjà utilisé cette petite astuce. Quand votre partenaire a essayé de tuer votre sœur. Je vous l'ai dit : j'ai potassé.

— C'est vraiment entre toi et moi que ça se passe, alors.

Alice sourit.

— Bon, j'ai répondu à votre question. A vous de répondre à la mienne. Qu'est-ce qui m'a trahie ?

— Tu as menti. Au sujet de l'ordinateur portable de ton père. Il avait un Apple.

L'adolescente hocha la tête.

— Je m'en suis aussitôt voulu de ce mensonge. Je me suis demandé si vous y aviez prêté attention… De toute façon, ça ne vous servira à rien. Ça n'aurait pas été mieux de continuer à penser que vous aviez sauvé la mise ?

— La vérité est toujours préférable au mensonge.

Alice se mit à rire. L'expression de son visage s'était transformée.

— Maman était censée mourir l'autre nuit, à Belle Chere.

Vous aussi. Mais votre petit copain, Malone, a tout fait capoter.

— Une chance pour moi.

— J'ai essayé plusieurs fois de me débarrasser de lui.

— Te débarrasser de lui ? Comment ça ?

— Des coups de fil anonymes à la police de La Nouvelle-Orléans, par exemple. Pour signaler que ce policier divulguait des informations à une civile dans une enquête officielle.

— Tu es redoutable, vraiment. Tout dans le cerveau mais rien dans le cœur. Comme un personnage de *White Rabbit*.

Alice se hérissa.

— Il fallait que j'acquière ma liberté. Je le méritais. La façon dont ils essayaient de me contrôler était ridicule. C'est moi qui aurais dû les diriger.

— Et pourquoi ça ? Ils étaient tes parents.

— Mais ils n'étaient pas à la hauteur. Je les dominais sans problème.

— Jusqu'au jour où tu as imaginé un plan. Un scénario sans faille.

— Merci. Vous savez quoi ? J'aurais dû rentrer à la fac il y a trois ans. Mais il ne m'a pas laissée partir. Et elle était d'accord avec lui. C'était toujours comme ça, même après leur divorce : elle était toujours de son côté. Et puis, ils m'ont collé ces idiots de précepteurs.

— Comme Clark.

Alice rit de nouveau.

— Clark a été la première base du scénario. J'ai découvert qui il était peu après son arrivée.

— Comment ?

— J'ai fouillé dans sa chambre. J'ai trouvé un reçu pour

un petit box de stockage, en ville. J'ai emprunté la clé, un après-midi, et... le faux Clark Dunbar était démasqué !

Stacy devait reconnaître qu'elle était ingénieuse, pleine de ressources. Mais aussi malfaisante au dernier degré.

— Il avait conservé plein de choses de son passé. Des photos. Des lettres. Des diplômes et des tas de documents. Je trouve ça curieux qu'il n'ait pas été fichu de se débarrasser de tous ces trucs. Moi, ça ne m'aurait posé aucun problème.

— Ça, je veux bien le croire. Après tout, tu as été capable d'assassiner tes parents sans rien de plus qu'un petit reniflement.

— A part maman, je n'ai tué personne, en réalité.

— C'est Troy qui s'en est chargé ?

— La seconde pièce maîtresse du plan.

— Où l'as-tu déniché ?

— Sur Internet. Le *chat* d'un jeu en ligne.

Stacy observa pensivement le tableau accroché au mur qui lui faisait face — un paysage sans grand intérêt.

— Et comment l'as-tu convaincu de se joindre à toi ?

— Facile. Troy aimait les jeunes nanas. Et il aimait aussi beaucoup l'argent.

Stacy était écœurée par ce qu'elle entendait.

— Il était aussi feignant que stupide, poursuivit Alice. Mais il excellait pour obéir aux ordres. Il la voulait, cette carotte.

— Combien lui avais-tu promis ?

— Un million de dollars.

Un million. Il était là le coût de toutes ces vies. C'était assez pour inciter un homme comme Troy à devenir un assassin.

Alice s'étira sur le canapé, à la manière d'un félin. Elle but une gorgée de sa boisson au café.

— Vous me croirez si je vous dis que maman m'a confié l'enquête concernant Troy ? Elle voulait savoir à qui elle avait affaire avant de l'engager. J'ai tout de suite su qu'il serait parfait.

— Et quand as-tu eu l'idée de créer un scénario inspiré de *White Rabbit ?*

— Quand j'ai découvert qui était vraiment Clark. C'était le bouc émissaire parfait.

Stacy hocha la tête.

— Tu as semé ici et là quelques indices pour amener la police à découvrir sa véritable identité. Tu t'es dit qu'une fois qu'ils auraient fait cette trouvaille, ils ne regarderaient plus ailleurs.

— C'est ce qui s'est passé avec vous, souligna Alice, contente d'elle. J'ai pensé à tout.

— Et après la mort de tes parents, tu étais libre…

— Libre et riche. Très riche.

— Et tous ces gens ? Leur mort n'était qu'un moyen d'atteindre une fin ?

Elle haussa les épaules.

— En gros, oui.

— Sauf que je suis arrivée et que j'ai tout fichu par terre.

— Ne vous accordez pas trop d'importance. Vous n'êtes qu'un petit défaut, rien de plus, dans une mécanique parfaite.

Stacy aurait volontiers effacé la vilaine expression suffisante de l'adolescente.

— Et Cassie ? interrogea-t-elle.

— Elle s'est trouvée au mauvais endroit au mauvais moment. J'étais au Café Noir, un jour, avec mon portable. Elle a jeté un coup d'œil par-dessus mon épaule et elle a vu le jeu. Elle m'a demandé ce que c'était. Du coup, elle est devenue gênante. Désolée.

Désolée, elle n'en avait pas vraiment l'air. Stacy serra les poings.

— Tu lui as dit que tu étais en contact avec un Lapin Blanc Suprême.

— Exact.

— Troy.

— Bonne réponse !

— Tu ne t'en tireras pas comme ça, tu le sais ?

— Sauf que vous n'êtes pas assez intelligente pour me surpasser. C'est un fait.

— Ça ne t'inquiète pas que je connaisse toute la vérité ?

— Pourquoi ?

Alice but un peu de sa boisson glacée avec sa paille.

— Allez donc voir la police. Ils ne vous croiront pas. Vous n'avez pas la moindre preuve. Et sans preuve, pas d'affaire…

— Tu pourrais me dire ce que tu entends par *preuve* ?

— Oh, je vous en prie ! Nous savons l'une et l'autre ce que cela signifie.

— D'accord, murmura Stacy en souriant. Tu ne veux donc pas me donner ta définition. Et si on revenait sur un mot que tu as prononcé tout à l'heure ? *Défaut.* Comme celui qui s'est insinué dans ton plan si parfait.

Alice regarda la jeune femme sans rien dire. Pour la première fois, une expression autre que la suffisance se lisait sur ses traits.

— Désolée, mais je ne comprends pas de quoi vous parlez.

— Je vais m'expliquer. Tu vois ce tableau, là-bas ?

Alice y jeta un rapide coup d'œil.

— Oui. Et alors ?

— Tu l'aimes bien ?

— Pas vraiment.

— Dommage. Parce qu'il se pourrait que tu passes le restant de tes jours à y penser. A le maudire.

L'adolescente laissa échapper un soupir agacé.

— Et pourquoi ça ?

— Parce que de l'autre côté du mur, là, derrière ce tableau, il y a des policiers. Ce matin, pendant que tu es allée prendre ton petit déjeuner avec ta tante, une équipe technique est venue installer un dispositif d'enregistrement audio et vidéo. Et ils viennent de filmer toute ta confession…

Le visage d'Alice se relâcha complètement sous le coup de la surprise et de l'incrédulité. Puis, dans un hurlement de rage, elle jaillit du canapé et se jeta sur Stacy. Elle la griffa, lui donna des coups de pied. Mais Stacy prit le dessus sans trop de problème. A cheval sur l'adolescente, elle lui passa les mains derrière le dos.

— Tu as le droit de rester silencieuse…

La porte de la chambre s'ouvrit, et la police investit les lieux, tandis que Stacy continuait de réciter ses droits à Alice.

— Tout ce que tu diras pourra être retenu contre toi devant une cour de justice. Tu as le droit de parler à un avocat avant d'être interrogée, et d'être interrogée en sa présence. Si tu n'as pas les moyens d'embaucher un avocat, un avocat sera désigné pour te représenter gratuitement. As-tu compris ce que je viens de te lire concernant chacun de tes droits ?

— Allez vous faire foutre ! Allez cuire en enfer. Allez…

— L'enfer, murmura Stacy, il est pour toi, en l'occurrence.

Elle leva les yeux. Les policiers, parmi lesquels Tony et Spencer, se tenaient derrière l'encadrement de la porte de communication entre les deux chambres.

— Killian, tu n'es plus flic, murmura Spencer.

— Je sais, je sais. Mais je pense qu'il va falloir que je remédie à ça.

Elle se redressa, et deux policiers en uniforme vinrent saisir Alice, qui les injuria copieusement.

— Je vois que tu as toujours un boulot ? dit Stacy à l'adresse de Spencer.

Il ouvrit sa veste, révélant son holster d'épaule et son arme de service, toujours en place.

— Ce n'est pas encore aujourd'hui que je quitterai ce boulot.

— Et la PID ?

— Ils m'ont sérieusement tapé sur les doigts pour la manière dont j'ai dirigé l'enquête. Ils m'ont posé pas mal de questions sur toi. Nous savons à présent d'où provenaient leurs soupçons.

— Et maintenant ? intervint Tony. Qu'est-ce qu'on fait, Junior ?

— Occupe-toi du suspect. Je vais prendre la déposition de Mlle Killian.

Tony gloussa, tandis que Spencer tendait la main à Stacy.

— Ça te va, madame le héros ?

Elle prit sa main, tout en approchant le visage du sien.

— Est-ce que je t'ai dit que tu étais moins agaçant que je l'avais pensé au premier abord ?

— Inutile, Killian. J'avais compris.

REMERCIEMENTS

Merci à tous ceux qui ont aidé à l'achèvement de *Jeux macabres*, m'accordant avec générosité et enthousiasme de leur temps et de leurs compétences. J'aimerais tout particulièrement remercier :

Michele Kraus, propriétaire de la boutique Gamer's Conclave, pour m'avoir fait comprendre le monde des jeux de rôle. Votre patience avec une novice était stupéfiante : merci !

Judy Midgley, agent immobilier à la Coldwell Banker Realty, à Carmel-by-the-Sea, en Californie, qui a pris une journée entière pour me montrer des propriétés entre Carmel-by-the-Sea et Monterey. C'était aussi amusant que riche d'enseignements ! Merci, Judy !

Warren « Pete » Poitras, inspecteur au sein de la police municipale de Carmel-by-the-Sea, pour le temps, le tour, les explications ; j'ai hautement apprécié tout cela.

Merci aussi à Frank Minyard, médecin des services du coroner de La Nouvelle-Orléans ; au colonel Mary Baldwin Kennedy, directrice de la communication du bureau du shérif de La Nouvelle-Orléans ; au capitaine Roy Shakelford, de la police de La Nouvelle-Orléans ; à Jason Blitz, de chez Munchen Motors, et à John Lord, Jr, de chez Arms Merchant.

De plus, je remercie tous ceux qui font de chaque jour un bon jour : mon agent, Evan Mashall, mon éditrice Dianne Moggy et toute l'équipe MIRA, mes assistantes Rajean Schulze et Kari Williams. Et enfin, quoique toujours en première place, ma famille et mon Dieu.

DANS LA MÊME COLLECTION
Par ordre alphabétique d'auteur

OLGA BICOS	*Nuit d'orage*
OLGA BICOS	*La mort dans le miroir*
LAURIE BRETON	*Ne vois-tu pas la mort venir ?*
BARBARA BRETTON	*Le lien brisé*
JAN COFFEY	*La dernière victime*
JASMINE CRESSWELL	*La Manipulatrice*
JASMINE CRESSWELL	*Le secret brisé*
JASMINE CRESSWELL	*La mort pour héritage*
JASMINE CRESSWELL	*Soupçons mortels*
JASMINE CRESSWELL	*Je saurai te retrouver*
CAMERON CRUISE	*La perle de sang*
MARGOT DALTON	*Amnésie*
MARGOT DALTON	*Kidnapping*
MARGOT DALTON	*Le sceau du mal*
MARGOT DALTON	*Crimes inavoués*
WINSLOW ELIOT	*L'innocence du mal*
LYNN ERICKSON	*Le Prédateur*
SUSANNE FORSTER	*Le cercle secret*
TESS GERRITSEN	*Présumée coupable*
TESS GERRITSEN	*Crimes masqués*
TESS GERRITSEN	*Ne m'oublie pas*
HEATHER GRAHAM	*L'invitation*
HEATHER GRAHAM	*L'ennemi sans visage*
HEATHER GRAHAM	*Le complot*
HEATHER GRAHAM	*Soupçons*
HEATHER GRAHAM	*La griffe de l'assassin*
HEATHER GRAHAM	*Prémonition*
HEATHER GRAHAM	*L'ombre de la mort*
HEATHER GRAHAM	*Danse avec la mort*
HEATHER GRAHAM	*Noires visions*
GINNA GRAY	*Le voile du secret*
GINNA GRAY	*La cavale*
GINNA GRAY	*Les bois meurtriers*
KAREN HARPER	*Testament mortel*
KAREN HARPER	*Le saut du diable*
KAREN HARPER	*L'œuvre du mal*
KAREN HARPER	*Les portes du mal*
KAREN HARPER	*Une femme dans la nuit*
KATHRYN HARVEY	*La clé du passé*
BONNIE HEARN HILL	*La disparue de Sacramento*
BONNIE HEARN HILL	*Mortelle perfection*

... / ...

DANS LA MÊME COLLECTION

Par ordre alphabétique d'auteur

CHRISTIANE HEGGAN	*Miami Confidential*
CHRISTIANE HEGGAN	*L'Alibi*
CHRISTIANE HEGGAN	*Intime conviction*
CHRISTIANE HEGGAN	*Labyrinthe meurtrier*
CHRISTIANE HEGGAN	*Par une nuit d'hiver*
CHRISTIANE HEGGAN	*Troublantes révélations*
CHRISTIANE HEGGAN	*Intention de tuer*
CHRISTIANE HEGGAN	*Meurtre à New York*
METSY HINGLE	*Le masque de la mort*
METSY HINGLE	*La fille de l'assassin*
GWEN HUNTER	*Faux diagnostic*
GWEN HUNTER	*Virus*
GWEN HUNTER	*Les mains du diable*
GWEN HUNTER	*Le triangle du mal*
GWEN HUNTER	*La piste du mal*
LISA JACKSON	*Noire était la nuit*
LISA JACKSON	*Dans l'ombre du bayou*
CHRIS JORDAN	*L'étau*
PENNY JORDAN	*De mémoire de femme*
PENNY JORDAN	*La femme bafouée*
R.J. KAISER	*Qui a tué Jane Doe ?*
ALEX KAVA	*Sang Froid*
ALEX KAVA	*Le collectionneur*
ALEX KAVA	*Les âmes piégées*
ALEX KAVA	*Obsession meurtrière*
ALEX KAVA	*Le Pacte*
RACHEL LEE	*Neige de sang*
RACHEL LEE	*Le lien du mal*
RACHEL LEE	*Secret meurtrier*
DINAH McCALL	*Le silence des anges*
HELEN R. MYERS	*Mortelle impasse*
HELEN R. MYERS	*Les ombres du doute*
HELEN R. MYERS	*Mort suspecte*
HELEN R. MYERS	*Suspicion*
HELEN R. MYERS	*La marque du diable*
CARLA NEGGERS	*L'énigme de Cold Spring*
CARLA NEGGERS	*Piège invisible*
CARLA NEGGERS	*La dernière preuve*
BRENDA NOVAK	*L'étrangleur de Sandpoint*
BRENDA NOVAK	*Noir secret*

…/…

DANS LA MÊME COLLECTION

Par ordre alphabétique d'auteur

MEG O'BRIEN	*Le piège*
MEG O'BRIEN	*En lettres de sang*
MEG O'BRIEN	*Pluie de sang*
MEG O'BRIEN	*La déchirure*
MEG O'BRIEN	*Spirale meurtrière*
SHIRLEY PALMER	*Zone d'ombre*
SHIRLEY PALMER	*Le bûcher des innocents*
EMILIE RICHARDS	*Le refuge irlandais*
EMILIE RICHARDS	*Mémoires de Louisiane*
EMILIE RICHARDS	*Le testament des Gerritsen*
EMILIE RICHARDS	*L'héritage des Robeson*
EMILIE RICHARDS	*L'écho de la rivière*
EMILIE RICHARDS	*Promesse d'Irlande*
EMILIE RICHARDS	*Du côté de Georgetown*
NORA ROBERTS	*Possession*
NORA ROBERTS	*Le cercle brisé*
NORA ROBERTS	*Et vos péchés seront pardonnés*
NORA ROBERTS	*Tabous*
NORA ROBERTS	*Coupable innocence*
NORA ROBERTS	*Maléfice*
NORA ROBERTS	*Enquêtes à Denver*
NORA ROBERTS	*Crimes à Denver*
NORA ROBERTS	*L'ultime refuge*
NORA ROBERTS	*Une femme dans la tourmente*
FRANCIS ROE	*L'engrenage*
FRANCIS ROE	*Soins intensifs*
M. J. ROSE	*Rédemption*
M. J. ROSE	*Le cercle écarlate*
M. J. ROSE	*La cinquième victime*
JOANN ROSS	*La femme de l'ombre*
SHARON SALA	*Sang de glace*
SHARON SALA	*Le soupir des roses*
SHARON SALA	*Meurtre en eaux troubles*
SHARON SALA	*L'œil du témoin*
SHARON SALA	*Expiation*
MAGGIE SHAYNE	*Noir paradis*
MAGGIE SHAYNE	*Un parfait coupable*
TAYLOR SMITH	*Le carnet noir*
TAYLOR SMITH	*La mémoire assassinée*
TAYLOR SMITH	*Morts en série*

.../...

DANS LA MÊME COLLECTION
Par ordre alphabétique d'auteur

ERICA SPINDLER	*Rapt*
ERICA SPINDLER	*Black Rose*
ERICA SPINDLER	*Le venin*
ERICA SPINDLER	*La griffe du mal*
ERICA SPINDLER	*Trahison*
ERICA SPINDLER	*Cauchemar*
ERICA SPINDLER	*Pulsion meurtrière*
ERICA SPINDLER	*Le silence du mal*
ERICA SPINDLER	*Jeux macabres*
ERICA SPINDLER	*Le tueur d'anges*
ERICA SPINDLER	*Collection macabre*
AMANDA STEVENS	*N'oublie pas que je t'attends*
AMANDA STEVENS	*La poupée brisée*
TARA TAYLOR QUINN	*Enlèvement*
ELISE TITLE	*Obsession*
CHARLOTTE VALE ALLEN	*L'enfance volée*
LAURA VAN WORMER	*La proie du tueur*
KAREN YOUNG	*Passé meurtrier*

7 TITRES À PARAÎTRE EN NOVEMBRE 2008

MIRA

Composé et édité par les
éditions Harlequin
Achevé d'imprimer en août 2008

par

LIBERDÚPLEX

Dépôt légal : septembre 2008
N° d'éditeur : 13827

Imprimé en Espagne